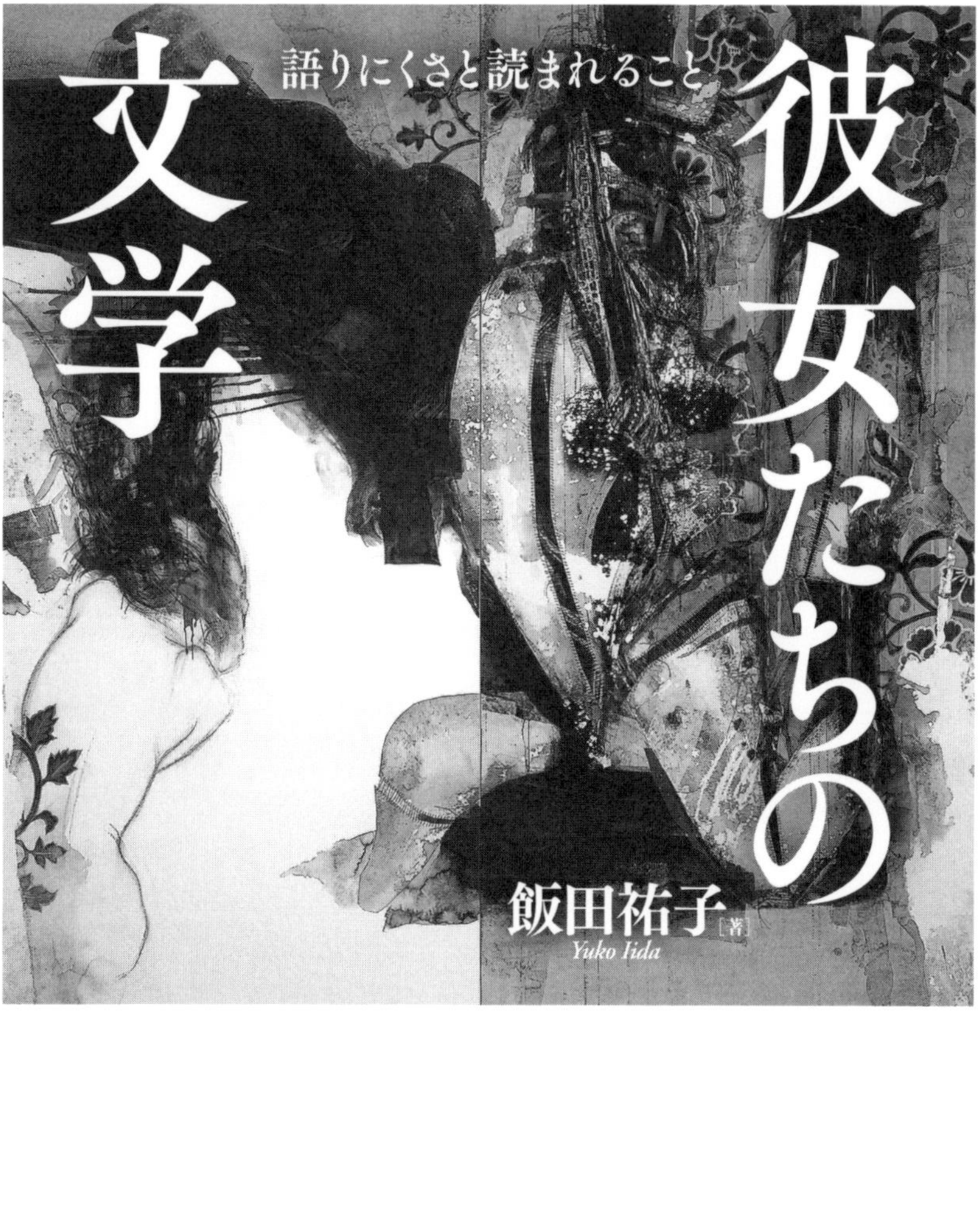

名古屋大学出版会

彼女たちの文学——目　次

凡例

一、本文における年の表記は、西暦を用い、適宜和暦を（　）で補った。
一、引用文中の漢字は、原則として新字体に改めた。仮名づかいは、原文のままとした。
一、引用文中の改行は、「／」で示した。省略箇所は、「(略)」と示した。
一、引用文中のルビは、原則として省略した。ただし、特異なものは原文のままとし、難読漢字については適宜引用者が補った。
一、引用文中の傍点は、原則として原文のままとした。
一、作品名は「　」で表記し、単行本の書名を指す場合は『　』を用いた。雑誌・新聞名は『　』を用いた。

序　章　〈女性作家〉という枠組み

1　六つの前提

本書が分析の対象としているのは、〈女性〉というカテゴリーに組み入れられた作家や問題である。はじめに述べておきたいのは、〈女性〉というカテゴリーをどのように扱うかということである。それこそが〈女性作家〉という括りを成立させている。フェミニズム批評やジェンダー批評の積み重ねの中で、ジェンダーという概念は文学・文化研究の中にはっきり組み込まれ、ジェンダーのみに絞り込んだ考察を経て、今ではジェンダー以外のさまざまな差異との関係性をふまえてジェンダーが複合的に機能する様態がとらえられるようになっている。そうした流れをふまえたうえで、なお〈女性作家〉という括りを用いるためには、それを自明のものとせず、どのような意図をもって、また何を論ずるのかについて述べておくことが必要だろうと思う。これまでジェンダーについてなされてきた議論を整理し、前提として六つの点について確認しておきたい。

第一に確認しておかなければならないのは、〈女性〉は文化カテゴリーであって、男と女という二項対立的なジェンダーの一方を構成するものだということである。ジョーン・スコットは、ジェンダーを「肉体的差異に意味を付与する知」と定義した[1]。性差を本質化させやすい「なぜ」という問いを離れて、性差がどのように構築され、どのように利用され、どのように機能してきたのか、その過程を分析することの重要性を説いた。また男と女というカテゴリーは対になって「性差に関する知」を構築していることを指摘した。女は男ではないものとして、男は女ではないものとして、規定されている。そしてまたジェンダーは、生身の私たちを縛ると同時に社会全体を覆う文化的な装置として、全く性差と関係のない事柄においてもレトリックとして機能していると論じたのだった。わかりやすい例では、植民地主義において、宗主国を〈男〉とし植民地を〈女〉として比喩的に語ることで、宗主国が植民地を保護し管理する力学が自然化されようとしてきたことなどが思い返される。こうしたジェンダーの機能に目を向ける試みがジェンダー・スタディーズとして展開されてきた。女性作家の〈女性〉という記号もまた、文化的なカテゴリーとして文学場において機能してきた。

第二にそれは、ジュディス・バトラーが述べたように、本質的なものではなく再生産され続けることで規範化しているものである。バトラーの議論では言語のパフォーマティヴィティ（遂行性）が前景化された。言語は使用されることによって再生産される。使用されなければ、再生産されなければ、言葉も意味も消えていく。女性というカテゴリーに、起源があるわけではないのである。「ジェンダーの表出の背後にジェンダー・アイデンティティは存在しない。アイデンティティは、その結果だと考えられる「表出」によって、まさにパフォーマティヴに構築されるものである[2]」。同時にバトラーは、反復がつねに正確になされるわけではないことに光を当てた。「抽象的に言えば、言語とは、理解可能性をたえず作りだすと同時に、理解可能性に異を唱えることも可能な、開かれた記号体系なのである[3]」からだ。バトラーは、攪乱的な反復の可能性を論じ、ジェンダー・システムの可変性を説いた。また、「呼びかけられる名称は、従属化と権能化の両方をおこない、行為体の場面をその両義性から生みだし、呼びかけの当初の意図を超える一連の効果を生みだしていく」というように、呼びかけへの応答として再生産の実践をとらえた。[4] 本書においてこの論点は、ことに重要な土台となっている。

再生産の実践という点で第三に確認しておきたいのは、〈女性〉というカテゴリーの再生産のあり方は多様だということである。女性が一枚岩ではないということは、アイデンティティ・ポリティクスの陥穽を指摘する際に、さまざまな差異の前景化とともに繰り返し述べられてきた。女性の複数性は、まず白人と黒人という人種の問題が論じられる際に、はっきりと前景化されたのだった。たとえばブラック・フェミニストのベル・フックスは、「私は女ではないの？」と問うた。[5] 第三世界フェミニズムの論者であるトリン・T・ミンハは「大文字の《私たち》は、〈わたし《me》〉をそのなかに含むこともあれば、排除することもある」と書いた。[6] またバトラーやイヴ・コゾフスキー・セジウィックなどによるクィア批評は、異性愛と同性愛という二項対立を問題化した。[7] 加えていえばセクシュアリティにおける差異が、その二種類におさまるわけでもない。民族、階級、教育や経済における格差、年齢、障がいなど、差異をつくり出す枠組みは社会的にも歴史的にもさまざまに存在している。それらを一括りにする〈女性〉というカテゴリーが、ときに暴力的で抑圧的になりかねない粗い枠組みであるように、〈女性作家〉という枠組みもまた、きわめて大きな枠組みである。その中には差異があるということを、〈女性作家〉というカテゴリーで論を立てる本書においても、はっきりさせておきたいと思う。

さてそして第四に、女性が一枚岩ではないということが同時に示すように、主体はジェンダーだけではなくさまざまな差異によって重層的多元的に構成されているということを、ふまえておかなければならないだろう。ミンハは「「私」はそれ自体が無限の層なのだ」という。[8] ジェンダーではない差異があるからこそ、女性は多様化するわけだ。加えてシャンタル・ムフの言葉を参照しておこう。「われわれが、合理的で自分自身にとって透明な行為主体として主体を見る観点を放棄し、また同様に、主体の位置が総合的に統一的で同質的であると見なすことを放棄した時、初めてわれわれは、多様な従属関係を理論化できるのである。一個人が、この多様性をもった存在であり得るし、ある関係においては支配的でもあって他の関係では従属的であり得る」[9]。ムフは、ラディカルな民主主義を可能にするには、異なる抑圧に対する闘争を節合することが必要であると論じ、主体の矛盾を孕んだ重層的決定性を重視している。アイデンティティを統一的なものとしてとらえるのではなく、「必然的な関係のない多様な言説によって構成された差異の閉鎖系の中にけっして完全に固定され得ない、種々の「主体位置」(subject positions)の集合によって構成されたものとして、しかしむしろ重層的な決定と置き換えの絶えざる運動として」とらえるのである。女性作家もまた女性としてのみ存在しているわけではない。他のさまざまな差異によって重層的に決定されたアイデンティティを持っている。主体位置は複数でありまた「偶然的で不安定」に構成され、一時的に固定化されることがあっても、動的なものである。このようなアイデンティティの重層的決定性をふまえることは、女性作家の書くという実践の動態をとらえるために、欠かすことのできない前提である。

また第五に、個々の主体によるジェンダー・カテゴリーの再生産は、必然的に不完全なものだということも確認しておこう。パフォーマティヴな再生産は、全くずれのない完全なものにはなりえないからだ。また、ある差異によって主体が構成されるとき、必ず同時に差異を構成するための外部が生産される。その意味でも、主体はつねに不完全なものといえる。エルネスト・ラクラウとムフの議論から一節を引用しよう。主体は重層的に決定される不安定なものであると同時に、ある敵対の中で自らの位置を得るわけだが、その「敵対が存在する限りにおいて、私は私自身に対して完全な現前を果たすことは不可能である」[10]。さらに書くという行為に関心を絞れば、ダナ・ハラウェイのサイボーグ宣言が思い起こされる。ハラウェイは、「サイボーグとは、ある種の自己――解体・再組み立てされ、集合的・個的であるようなポスト近代の自己――である」[11]としたうえで、「分裂し、矛盾をはらんだ自己こそが、自己設定に疑いをいだくことができ、記述を行いうるような存在であり、合理的な対話や空想上のイメージ形成作業を構築し、そうした作業に参加しうるような存在である」[12]と論じた。構成的外部が存在している限り、主体は純粋に単一のものとはなりえず、必然的に不完全である。

さてそして、〈女性〉というカテゴリーとアイデンティティがつねに亀裂を含んでいるということを明瞭にしておくとともに、最後に第六として確認しておきたいのは、〈女性〉というカテゴリーをアイデンティティに組み込んだ主体の複数形の経験は、完全にばらばらだというわけでも、結ぶことが不可能だというわけでもないということだ。異なる主体を節合し、経験の共同性を問題化することは、可能かつ重要である。アイデンティティの重層的決定性や必然的不完全性を論じることは、差異を固定化せず動的に関係を結ぶためにこそ議論されてきた。経験は言葉によって枠取られ再構築されるものである。ハラウェイは、「「女性の経験」は、ある種先行的な資源として、単にあれこれ描写され、領有されるべく、あらかじめ存在しているわけではない。何をもって「女性の経験」とみなしうるかは、複数の問題――相互に調和のとれていないことも多い複数の問題――の内部で構造化されている」[13]という。女性の経験は、主体同様、本質的な起源を持つわけではなく、それを意味づけ語る中で再生産されるものである。女性作家たちが〈女性〉というカテゴリーに言及するとき、その行為は自らの言葉をジェンダーの水準で再構成するとともに「女性の経験」に意味を与える実践となるだろう。ムフは次のように述べる。「結節点を作り出すことの結果、部分的な固定化が生起し、フェミニストのアイデンティティと闘争とに基盤を提供する「女性」というカテゴリーを中心にした、不安定な形態の帰属意識を確立することが可能になる」[14]。個々の経験を構築化のプロセスの中に置きつつ、それらを節合する場を見出し「女性の経験」として語ることは可能である。後述するが、本書では、〈女性作家〉という立場で書かれた作品に共通してみられる構造を応答性と被読性という点において取り出してみたい。主体は社会的・歴史的・文化的文脈の中に配置されている。〈女性作家〉の位置を問題化し、個々の文脈の中での彼女たちの振る舞いに目を向けることで、一枚岩ではない〈女性作家〉を結び合わせて思考してみたい。重層的に動的に構成され続けているそれぞれの作家たちを、〈女性〉というカテゴリーとの交渉に曝され続けてきたという点で繋ぐことを試みたいと思う。

2 亀裂の発生源としてのジェンダー

これらの六つの点は、最も単純化して要約すれば〈主体〉を動的で不安定なものとして思考するということにまとめられる。それと重ねて本書の出発点として確認しておきたいのは、女性作家は〈女性〉を代表しないということである。

女性作家が〈女性〉を代表しないということ、それ自体は単純な物言いである。これまでにも、女性作家が〈女性〉というジェンダー・カテゴリーに抵抗なく同一化しているわけではなく亀裂を抱え込んだ存在であるということは指摘されてきた。たとえば、水田宗子の次の指摘に、同様の問題意識が示されている。

> 作家になろうとするとき、女性は自らの属する女性文化と、公的な社会からの、二重の疎外と、それへの違和感を意識している。その意識こそが女性を作家にならしめるものであり、表現の根源に存在するものである。自己という、まったく私的な領域にのみ表現の根拠をおくことから出発する女性文学は、個の意識を中核にすえる近代文学に最も先鋭的に関わったといえるであろう。(15)

「二重の疎外」、「女性文化」からの「疎外」という指摘は、水田の女性作家論において一貫して強調されてきた。(16)ただし、この亀裂は、書く主体を問題化するときに消えていく。引用の後半で言及される「自己」は、前半で指摘された亀裂から離陸するように、あるいは亀裂を埋めるようにして立ち上げられる。ジェンダー・カテゴリーに対して生み出された亀裂が、書く行為の中で、ある種の統一性を獲得するという発展的な図式が組み立てられてきたといえるだろう(17)。

この語る自己像の創造の結晶化ともいえるのが、「山姥」という形象だった。山姥は里の女との対照をなし、里の外に跳躍する存在として論じられた(18)。

山姥はこのように、現代女性作家の語り直しを通して、確かな女性の原型として甦ってきた。それは自由に自らの生き方をまっとうする、ジェンダー規範の外に生きる女の原型である。民話の中の山姥は、女の原型として分類されているわけではない。むしろ、里の女を規範とする女の類型化からはみだす多義的な女の総称である。山姥を原型としてテキスト化するのは、現代の女による語り直しのナラティブなのである。

現代の語り直しにおいて、山姥は作家によってそれぞれの形象化をされてはいるが、山姥の女の生としての多様性、その善悪や意味性のあいまいさが、山姥を現代の女の想像力にとって原型たらしめるものであり、それがジェンダーシステムの外を生きる女の、それぞれの目的に見合った形象化に役立てられている。多義性やあいまい性は、里の女のジェンダー規範に照らしてのことであって、それは規範から逃れるための戦略としても有効なのである。山姥のあいまい性は、語り直しの中でも、本質的というよりは、多分に政治的である。そこには、山姥が里には棲めない女であるという主張と同時に、里の女は山には棲めない女であるという、規範を逆転する視点が明らかである。

主体を動的で不安定なものととらえる視点からすれば、この「山姥」論には、いくつかの問題が見出される。先行研究に対する本書の位置をわかりやすく示すために、説明しておきたい。

まず、ジェンダー・システムに外部はあるのかということだ。ジェンダー化から逃れ得る主体というものを、私は想定できない[19]。山姥は、里の女に示された具体的な規範性から逸脱した存在であったとしても、ジェンダーの枠そのものから出ているわけではない。やはりそれは里の女との関係の中にある以上、〈女〉というカテゴリーとの交渉から逃れるものではない。またかりに規範の範囲を狭く想定したうえで外部への脱出を考えたとしても、それは生き延びることを意味しているのかどうか。生き延びることが欲望されるとき、そもそも存在している場所で承認を得ることが求められはしないだろうか。外へ出ることが排除に転化することもある。内と外というレトリックは、規範そのものを動かさない。内である里には規範、それから逸脱したものは外の山へという物語は、既存の境界を攪乱しはしないだろう[20]。

そして、書くことに与えられてきた高い価値について問い直したい[21]。言挙げという言葉がある。語ることは、たしかに力となる。しかし、では語れないという状態は、否定されるべきなのだろうか。書くことが肯定的な評価の対象となるとき、〈語りにくさ〉や沈黙が、不十分な振る舞いとして批判されはしないだろうか。また、山姥は里の女との差異によって位置づけられているが、そうして里の女を他者化し語る主体を立ち上げること、山姥が里の女を差異化することを語りの完成形として提示してしまうことに違和感を覚える。差異化がなされているということを否定しようというわけではない。しかし、この枠組みは里の女を劣位に配置しないだろうか。里の女の経験と山姥となる女の経験を結ぶ、経験の共同性はないのだろうか。差異化が排他性に変質してはならないだろうと思う。女性作家は〈女性〉を代表しないという物言いは、差異を無視しないということ、自己のあり様に他者を同一化しないということ、そのような他者への配慮として述べられなければならないだろう。他の女性を差異化することにのみ繋がるのだとしたら、それは可能性とはいえない。〈女性〉というカテゴリーとのずれを他の女性との線引きによる主体化へ帰結させない語り方が必要ではないだろうか。

女性としていかに書いたのか、あるいは女性にとって書くことはどのような行為であったのかという問いを、本書も立てている。しかしだからこそ、書く主体について考えるとき、〈女性〉というカテゴリーとのずれや亀裂の感覚そのものを、その主体の書くことにおいて見出すことを目指したい。困難と破れ目をふさがずに読み、またそこにこそ限界ではなく可能性を見出したいと考えている。

女性作家はジェンダー・ポリティクスに敏感であっただろう。文学場が、ジェンダー・ニュートラルな場であったことなどないからだ。「閨秀小説家」「女流作家」という言葉が、対となるべき男性の側には該当する語を欠いたまま流通してきた場で、女性作家が〈女性〉であることと無関係に書くことはできない。女性として書くことになるというその感覚は、ジェンダーに対する違和感や不具合によって発生した感覚である。その感覚に、集中してみたいと思う。ハラウェイの言葉を借りれば「ただ存在しているのではなく、分裂状態で存在しているということ[22]」には、統一的な主体を創造することとは別の可能性がある。それは、自己の力の獲得に寄与するのではないあり様、他者に向かい合い、それだけでなく他者に曝され否応もなく出会うという事態に繋がるあり様である。

つまり、〈女〉として書くというとき、〈女〉というカテゴリーは書く主体のアイデンティティに安定を与えるのではなく、むしろその逆に、アイデンティティを不安定にさせるのである。書くことは、亀裂の感覚を生きることである。ジェンダーは、亀裂の発生源である。「人は女に生まれるのではない、女になるのだ」というシモーヌ・ド・ボーヴォワールの有名な一節があるが[23]、〈女〉であることに十全に同一化していたならば、こうした気づきはけっして生まれない。〈女〉であることに敏感になるとき、〈女〉であることとのずれが同時に生起する。「女になる」という気づきは、同時に〈女〉とずれていることを意味している。そうした亀裂に目を凝らし、亀裂の経験としての共同性を代表性にかわって示したい。

3　主体性から応答性へ

困難の中にある書き手は、否定的にとらえられなければならないのかという問いへ戻ろう。書くことにおける困難、たとえば語りと語られていることの関係を混乱させるような饒舌や、意味の連鎖を途絶えさせるような沈黙、迂回や言い淀みなどの〈語りにくさ〉が滲んだテクストは、意味の生産に失敗したものとして、あるいは文学作品としての完成度の低いものとして扱うしかないのだろうか。そして私たちは、すでに困難を脱しているのか。

亀裂した主体と書くという行為を交差させたときに、あらためて注目したいのは応答性という鍵語である。バトラーは、呼びかけへのずれを含んだ応答というあり様に可変性を認める議論を展開した。発話と同様、書くこともまた、そもそも何かに対する応答である。完全にオリジナルに、自己を起源として書くことは不可能だからだ。困難が前景化しているテクストは、呼びかけに対して滑らかに応答することに失敗した、あるいは抵抗したテクストといえるだろう。そこには、呼びかける声への応答における再生産の不完全性や不安定性が露わになっていると考えることができる。さらに、呼びかけに十全に応え得ないというその状態には、呼びかけに反応しているのだというそのことが、ぎこちなさを招くほどに強く示されていると受け止めることもできるだろう。滑らかな応答がなされている場合、たとえばスムーズに挨拶が交わされるような状況において、呼びかけへの反応はほとんど自動的に行われ、声に向かい合っていることが際立ちはしない。共有された規範がつつがなく再生産され、誰が誰に呼びかけているのかという、場の力学が問題化することもない。であれば逆に、規範を従順に再生産し得ないゆえに引き起こされた困難や失敗には、だからこそ、呼びかけにおける力学と個別具体的な応答性をはっきりと見出すことができるはずである。

ショシャナ・フェルマンは、「(私自身の自伝を私自身が所有しているわけではないので) 私が、自分の物語を書くわけにはいかない。私が出来るのは、他者の中に自分の自伝を読み取ることだけである」[24]と論じた。そしてたとえば、バルザックやフロイトの分析において、フェルマンは「自身の伝記に関するある意味」[25]が含まれていることに気づいたという。読むことから書くことへということの展開を、フェルマンは語りかけの構造と名付けている。語りかけは、過去の声(フロイト)への応答であると同時に、未来の読者に向かうものでもある。それゆえ次には、「男性中心の語りかけの構造を回避し、それを脱中心化する必要性」つまり「女に向けての語りかけを強調する必要」[26]があるという。自分の書くものを誰に届けるのかということが問題化されるとき、その応答の宛先は、単一ではない。個別具体的な状況に応じて、近く遠く、濃く淡く、さまざまな顔が書く行為にまつわって浮かぶだろう。書き手と読者との間に結ばれているのは、書いたものが後に読まれるという継起的な関係だけではない。いずれ読まれるということは、書くその時に予見されている。宛先の対象となる未来の読者は、書く現在において、書き手に迫るのである。現実に読まれるという出来事は、書かれた後にしか起こりえないが、読まれるということが引き起こす感覚や思考は、書く時間に属している。書き手は、つねにすでに読まれることに曝されている。そうした事態に本書では、〈被読性〉という言葉をあてることとする。

4　被読性と読者の複数性

読み、書き、そして読まれるという回路の中に主体は存在している。応答という語は、読んで書くという関係を鮮明にするだろう。それに加えて書いたものが読まれるという関係を分節しておくために、被読性という言葉を用意した。読んだ経験を経て応答として書くことと、読まれることを予見してそれへの応答として書くこと。二つの感覚が、書く行為の中には、明瞭に分けることのできない状態で混じり込んでいる。本書で見つめてみたいのは、このような書き手にとっての読み手の問題である。書き手にとって、読み手は複数存在している。読者が複数存在しているということ、その複数の読者の間にはずれがあるということが、書き手に何を引き起こすかということについて考えたい。

　読まれるという論点は、読者をめぐるこれまでの議論の中では見落とされてきた。ヴォルフガング・イーザーをはじめとする受容論のモデル[27]では、読み手は抽象化されるため単一のものとして提示されてきた。「内包された読者」は、テクストを最大限に豊かにするよう理想化されている。読者の複数性ということでは、カルチュラル・スタディーズにおけるオーディエンス研究が、現実の読者の水準に目を向け、コミュニケーションの過程にエンコードとデコードという契機を加えることで意味の伝達に発生するずれを問題化し、その意味で読み手の複数性を浮かび上がらせたといえる[28]。フェミニズム批評もまた、ジュディス・フェッタリーの「抵抗する読者[29]」という概念などが示すように、規範からずれた読者の問題をジェンダーの観点から論じてきた。ただし、これらの立場は、あくまでも読み手についての考察であって、書き手についてのものではない。読みの政治性は分析されてきたが、読者が書き手にとってどのように機能するかという問題は関心から外れてきた。

　とはいえ、応答性と被読性という視点の端緒を、これまでの女性作家論に探れば、書くという行為の実践性をメディアとの交渉の痕跡の中に探る研究に接続することができると思う。金井景子『真夜中の彼女たち　書く女の近代』（筑摩書房、一九九五年）、関礼子『語る女たちの時代　一葉と明治女性表現』（新曜社、一九九七年）・『一葉以後の女性表現　文体《スタイル》・メディア・ジェンダー』（翰林書房、二〇〇三年）、平田由美『女性表現の明治史　樋口一葉以前』（岩波書店、一九九九年）、北田幸恵『書く女たち　江戸から明治のメディア・文学・ジェンダーを読む』（學藝書林、二〇〇七年）など、文学場におけるジェンダー構造とそれを生きる主体との複雑なやりとりが、女が「書く」ということをめぐって明らかにされてきた。小平麻衣子『女が女を演じる　文学・欲望・消費』（新曜社、二〇〇八年）は、規範の外部を構成することがいかに困難かということを緻密に論じ、菅聡子『女が国家を裏切るとき　女学生、一葉、吉屋信子』（岩波書店、二〇一一年）は文学的感傷と女性性の結びつきを論じ、久米依子『「少女小説」の生成　ジェンダー・ポリティクスの世紀』（青弓社、二〇一三年）は少女という問題系から文学場のジェンダー・ポリティクスを明らかにした。〈女〉というカテゴリーと〈女〉を遂行することとの重なりとずれが、表象されることと表象することとの交渉や亀裂の痕跡の中に探られてきたといえる。これらの先行研究に連なりつつ、本書では、応答性と被読性に、強く焦点化してみたい。

主体の亀裂という問題もまた、書く行為が帯びた応答性と被読性を注視することから浮かび上がらせたいと思う。書き手にとっての読者の複数性が、書くことを複雑化させるのである。ことに、書き手が普遍に身をゆだねることのできないマイノリティである場合、読み手との具体的な交渉は避けられない。

発話における聞き手との関係の力学を、ゲイのカミング・アウトの特殊な構造において論じたものに、セジウィックの『クローゼットの認識論』がある。セジウィックは、具体的には、ラシーヌ『エステル』との比較の中から、『『エステル』流の告白」はゲイのカミング・アウトの「効果的モデルを提示してはいない、むしろその反対」[30]として、七つの点を示している。王妃エステルは自らの秘密のアイデンティティ、ユダヤ人であるということを、ホロコーストを行おうとする王アシュエリュスに告白し、ユダヤ人を差別する知の枠組みを覆した女性である。彼女の告白とゲイのカミング・アウトとの違いの第一は、エステルのアイデンティティは確固たるものであるが、ゲイ・アイデンティティは根拠を問われ激しく抵抗されるということ。第二に、エステルは、彼女についての情報をコントロールできると確信しているが、ゲイの場合、自分についての情報を誰がコントロールしているのか不確かであり、また複雑で矛盾したコードをコントロールすることはできないこと。第三に、エステルの告白はアシュエリュスを傷つけないが、ゲイのカミング・アウトは、その受け手を傷つける可能性があること。第四に、エステルのアイデンティティとアシュエリュスの本質には関わりがないのに対し、ゲイのカミング・アウトでは、打ち明けられた人のエロティック・アイデンティティが動揺すること。第五に、アシュエリュス自身がユダヤ人である可能性は示唆されないのに対し、ゲイのカミング・アウトではホモフォビックな人物がゲイである可能性すらあること。第六に、エステルは彼女の民が誰であるか知っており直接の応答可能性を持つが、ゲイの場合、断片の中からコミュニティを繋ぐ困難な作業を行わなければならないということ。そして第七に、エステルはジェンダー・システムを永続させるが、ゲイのカミング・アウトは、ジェンダー・アイデンティティの定義の境界を横断するものであるということである。

ゲイは、セクシュアリティにおけるマイノリティである。書く女性は、異性愛者であればその文脈ではマジョリティなのだが、それでもここで『クローゼットの認識論』を参照したのは、書く女は（置かれた文脈はもちろん異なるとはいえ）やはり一種のマイノリティであり、それゆえ彼女たちのテクストに示された、応答性と被読性がもたらす〈語りにくさ〉は、ゲイのカミング・アウトに通じるところがあると思うからだ。ここで示された第一から第六までのポイントは、打ち明けられる者、受け取り手に関わって生じている。つまり、セジウィックが取り出してみせたゲイのカミング・アウトの特殊性は、ゲイ・アイデンティティの内容ではなく、聞き手との関係性によって構成されている。カミング・アウトは、究極的な自己語りである。その発話は、聞き手を巻き込み、聞き手のアイデンティティをも不安定化させる。自己の発話が場を流動化させることを予見しつつ語り出すことは、容易ではない。聞き手は、その語りを待ってはいない（かもしれない）。語り手は、言葉が受け取られるかどうかすら保証のない場で、誰が待っているのかわからない言葉を、躓きながら語ることになるのである。どのように聞かれるのか、どのように読まれるのかという問題は、原理的にはあらゆる語りに含まれているだろう。しかし、エステルの告白がゲイのカミング・アウトのモデルにならないように、語り手と聞き手の関係は、けっして一様ではない。エステルは、ユダヤの民の代表として語った。本書が出発点とする立場における女性作家は、女性の代表ではない。

5　〈語りにくさ〉の倫理性

宛先の問題は、女性の自己語りを論ずる場合に、注目されてきた。フェルマンは、ヴィタ・サックヴィル＝ウェストの自伝を例として示しつつ、「女性の自伝で用いられる語りかけの中にいやおうなくすべり込んでくる複雑さ」を、「人は誰のために書くのか？　誰に読んでほしいと思っているのか？　誰に読まれることを恐れているのか？自分の書いたものがどう読まれているかを知るには誰の見方を信じればよいのか？」[31]という問いに見出している。書き手を励ます読者もあれば、緊張させる読者もある。招き寄せたい読者もあれば、できれば関わりたくない読者もある。それらの複数の読者に向かい合い、絶え間なく浮かぶ問いに揉まれるとき、書き手は自己を安全に保存しておくことはできない。フェルマンは、「問いかけるという行為は、それ故、否認と自己否定を通してのみ行われ、転移と自己解任というたえまない運動によってのみ実現する行為なのである」[32]ともいう。

フェルマンは、「問いかけるという行為」という言い方で、テクストにおける対話性を読み込んでいる。これはバトラーが可能性を託す「応答」の行為性に繋がっている。フェルマンの語りかけの構造への関心をバトラーは共有している。バトラーは、呼びかけることと呼びかけられることを結び、被傷性を重視する。語りかけの構造の中で、書き手は読まれることに「曝されている」。

私が自分自身にする説明が、いくつかの仕方で粉々に砕け、掘り崩される可能性がある。自分自身を説明しようとする私の努力が、ある部分で掘り崩されるのである。というのも、私は自分の説明を誰かに宛てており[address]、私の説明を誰かに宛てながら、私はあなたに曝されているからだ。(33)

主体と他者との関係を、「曝されている」という否応のなさとしてとらえるとき、主体はきわめて不透明なものになるが、そこにこそ倫理は宿る。

実際、人が自分自身に対して不透明であるのはまさしく他者への関係ゆえであるとすれば、また、他者へのこれらの関係が人の倫理的責任の発生源であるとすれば、そのときおそらく次のように言うことができるだろう。すなわち、主体がその最も重要な倫理的絆の幾らかを招き寄せ、支えるのは、まさしく主体の自分自身に対する不透明性によってなのである。(34)

「自分自身に対する不透明性」こそが、他者との繋がりの「発生源」となる。「私は自分のなかに他者を含むかたちで構成されているのであり、私自身に対する自分の疎遠さとは、逆説的にも他者たちと私との倫理的つながりの源泉なのである」(35)からだ。書く女性たちは、他者に向かって、切実に回避不可能な深さで開かれている。そのようにして他者との繋がりを必然的に含み込んだ語りは、「倫理的責任の発生源」となり得る。

女性文学という、文学研究の中では周縁化されてきた領域を対象とする場合、その配置を転換するためには、既存の文学的評価とは異なるかたちで作家や作品の価値を示す必要があった。そのために〈女性〉としての普遍性や代表性が対抗的に見出されてきたといえるだろうが、現在では、文学的評価の普遍性はすでに解体している。本書では語る主体の亀裂や、語りに滲む〈語りにくさ〉が、発話のポリティクスへの批評性と他者への応答性という倫理的可能性を持つことを示したいと思う。応答性と被読性は、もちろん女性文学のみに発生するわけではないが、単純に普遍化することはできない。被読性は、主体にとって親和的でない読者が想定されるとき、読まれることへの怯えや違和やときには怒りが生じている場合に高まるからだ。顕著な被読性が確認されるということは、主体が、書く場においてマイノリティであるということと無関係ではないのである。

最後に本書の構成を示しておきたい。本書は四部構成となる。それぞれにおいて近代から現代に至る文学および文化テクストを分析対象としている。

第Ⅰ部「応答性と被読性」では、応答性と被読性という概念を具体的なテクスト分析を通して提示する。第1章「〈女〉の自己表象」では、女性作家の自己表象について文学史的に検証し、被読性が女性の自己表象における困難を発生させていることを明らかにする。そのうえで例外として田村俊子の自己生成小説「女作者」をとりあげ、応答性を確かめるとともに異性愛的文脈からずれた特異な感覚世界について論じる。第2章「書く女／書けない女」では、『青鞜』という場で「小説」の習作を重ねた杉本正生という書き手に注目し、〈告白〉が試行されつつも結局は回避されるという〈語りにくさ〉が生じていることについて論じる。第3章「読者となること・読者へ書くこと」では、円地文子の『朱を奪うもの』をとりあげ、読者になることも、また読者に向かって書くことも、ともに書く主体に亀裂を入れる契機となることを確かめる。第4章「聞き手を求める」では、水村美苗『私小説 from left to right』を、読まれることへの抵抗を示したテクストとして読みつつ、それでも書く行為が読まれることへの欲望を孕むことを指摘する。第5章「関係を続ける」では、松浦理英子『裏ヴァージョン』に注目し、「文学」を成立させてきた書き手と読み手の関係性を攪乱し、書くことを読み手との関係を欲する行為へとずらす企てに目を向ける。

第II部「〈女〉との交渉」では、〈女〉を構成する規範との交渉を検証する。第6章「〈女〉を構成する軋み」では、近代に規範として生成された複数の女性カテゴリーの間に亀裂があることを確認したうえで、清水紫琴の「こわれ指環」がその裂け目で書かれた作品であることを明らかにする。第7章「「師」の効用」では、野上弥生子が師と仰ぐ夏目漱石との間に距離を設けていたことを、女性作家が生き延びる方法として論じる。第8章「意味化の欲望」では、宮本百合子の『伸子』を、主体化の現場を混乱とともに示したテクストとして分析し、出来事を意味化しようとする過剰な欲望のあり様を辿る。第9章「女性作家とフェミニズム」では、田辺聖子という腹の据わった書き手に、現実との折り合いや渡り合いの中に変化の兆しを発見していく姿勢を読み、フェミニズムと〈女性作家〉との距離について考える。

第III部「主体化のほつれ」では、アイデンティティの重層的決定性をふまえて、ジェンダーと外部の力学との節合を見つめる。語る主体はジェンダーのみならず、他の力学によっても構築されている。とくに注目するのは、帝国主義や植民地主義との関係性である。ジェンダーは、それらの異質な力学を補強する場合も、また逆に軋みを発生させる場合もある。第10章「〈婆〉の位置」では、愛国婦人会を設立した奥村五百子をとりあげ、帝国主義への女性動員の過程における亀裂とその隠蔽について検討する。第11章「越境の重層性」では、牛島春子の「祝といふ男」の重層性を指摘し、植民地主義が定型化した物語にわずかなずれが発生する瞬間を見つめる。第12章「従軍記と当事者性」では、林芙美子の従軍記『戦線』『北岸部隊』をとりあげ、先行テクストを読んで帝国の論理を再生産する行為と、書くことにおける当事者性の揺らぎとの重なりを確認する。

第IV部「言挙げするのとは別のやり方で」では、言葉が帯びている身体感覚に目を向けることで、言葉を発する主体の重層的で動的なあり様を描出する。第13章「異性愛制度と攪乱的感覚」では、田村俊子「炮烙の刑」をとりあげ、主体がジェンダー化する際に忘却される原初的な情動が、書く行為の中で断片的に浮かび上がるという事態に光を当てる。第14章「遊歩する少女たち」では、尾崎翠の言葉の運動性と〈少女〉というジェンダー・カテゴリーとの交渉のあり様を、歩くという身体感覚の中に探る。第15章「言葉と身体」では、多和田葉子『聖女伝説』と『飛魂』をとりあげ、言葉と身体の関係を組みかえることで、発話する主体を言葉の可動性と快楽に開く試みについて論ずる。

これらの分析を通して、語る主体の立ち上げを理念としたかつてのフェミニズム批評を批判的に継承し、語る主体の不完全性に応答可能性を読み込み、〈女性文学〉という枠組みで読むことの今日的な意味を提示することとしたい。

第Ⅰ部　応答性と被読性

第1章 〈女〉の自己表象
——田村俊子「女作者」

1 自己表象のジェンダー・スタディーズ

はじめに考えてみたいのは、〈女性〉が「文学」という形式で自己を語る行為、〈女性〉の自己表象がどのように実践されまた実践されなかったのかという問題である。

日本近代文学における自己表象を考えようとするとき、「私小説」というジャンルを避けて通るわけにはいかない。「私小説」は、自己を小説の形式で語るジャンルを意味するものとして認知されてきた。ジャンル発生の起源を辿れば明治の末ということになるが、「私小説」という名称そのものが事後的に与えられたものであることは、繰り返し確認されてきた。自己表象の形式としてはそれ以前に自伝や日記という形式があり、また一人称の語りとしては美文や写生文といったジャンルが先行している。それらの言語的な実践の中から、書く自己、語る自己そのものに焦点が絞られるようになる延長線上で、自己を表象するという欲望が小説の中に入り込んできたといえる。日本の近代文学の中心に位置してきたジャンルだけに「私小説」についての研究は膨大にあるが、近年ことに注目されてきたのは、そもそも自己を語るとはどのようなことなのか、それはいつからどのような過程で語られるようになったのか、またもともとは虚構を語るジャンルであった小説において、書かれる対象としての自己はどのようにして発見されたのかという問題である。端的にいえば、自己と小説の重なりそのものを問い、明治における書くことと主体の関係の変質の中に「私小説」の発生を位置づけ直す視点が提示されてきたといえる。ただ、それらの研究において分析の対象となってきたのは主として男性作家の作品であった。本章では、女性作家はいかに自己を語ったのか、小説という枠組みにおいてそれはどのように実践されたのかという問いを立てたい。女性は、男性と同様に自己表象へ向かったのか、また小説は自己表象において男性同様に主要なジャンルとなり得たのか、小説によって自己が書かれた場合、その展開は男性作家と同様の過程を辿ったのか。これらの問いの答えを予め端的に述べれば、同じではないということになるのだが、ではどのように異なっているのか。その過程を示しつつここで明らかにしたいのは、ジェンダーと自己表象との関わりである。「閨秀作家」「女流作家」と名指されてきたように女性の作家は〈女性〉というジェンダーを忘却することを許されていない。建前としてもジェンダー・ニュートラルではない文学場において、中心から周縁に括り出された〈女性作家〉の実践の痕を辿ってみたい。

2　男性作家の場合

まず、男性作家の場合、どのようにして自己表象がなされてきたのか、その過程を振り返っておきたい。「私小説」に関する先行の議論を総括し、自己表象という枠組みの中に再配置した研究に日比嘉高の『〈自己表象〉の文学史　自分を書く小説の登場』(1)がある。日比は、小説が自己表象に至るその過程を以下のように要約している。

「私小説」という色眼鏡を外し、〈自分を書く〉という表象行為が立ち上がってくる様相に眼をこらそう。すると、明治末から大正にかけての文化空間の理解は、まったく様変わりしてみえるはずだ。投書雑誌が煽り立てる青年たちの文学への欲望。その糧となる作家情報や創作の楽屋裏を明かすモデル情報の配信。そうした諸情報の交錯から立ち上がる現実参照的な読書慣習。倫理学が鍛え上げた〈自己〉〈人格〉観念は教育制度を介して青年たちを成型していく。そこから、教育によって切り分けられる世代間の差異が顕在化してくるし、一方、〈自己〉を論じることが青年の間でブームのようになり、〈自己〉〈人格〉が芸術を創作・批評する重要な基準として採用されてもいく。〈自分を書く／描く〉小説と絵画は、そうした中で新しい意味をまとう。〈自分を書く〉行為はこの時、新しい自己、新しい作家を描きだすものとして積極的な意味を保持していたのである。

日比は定義が不明瞭な「私小説」という名称を使うことを避け、「自己表象テクスト」という名称を提示した。それは、「作家が自分自身を登場人物として造形した小説」である。日比は、一九〇〇年頃からの自己への関心そのものの高まりによって、自分を書くという行為が小説というジャンルに滲み込んできたのだということを明らかにした。

日比の問題提起をさらに詳細に検討したものとして、山口直孝『「私」を語る小説の誕生　近松秋江・志賀直哉の出発期』がある。山口は「作家の体験に基づいたできごとを、主人公が語り手となって伝える小説」を、「「私」を語る小説」と名付け、自己表象テクストをさらに分節してみせた。そのような微分によって、「作家が自分自身を登場人物として造形した小説」と「作家が自分自身を主人公兼語り手に設定した小説」とが同時に成立したわけではなく、前者から後者へと展開したことを指摘した。(2) 前者は、見聞した事件を語る際の視点人物としてあるいはその場に居合わせた一登場人物として作家が作品内に語り込まれているものを指す。それに対して後者は、作家自身を主人公として、作家の経験を中心化したテクストである。それを山口は、「自己表象テクスト」の下位区分に包摂される「「私」を語る小説」と呼んだ。その出現は「一九一〇年代前半」と絞り込まれ、「「私」を語る小説」は、「一九〇七、八年の時点では、周知のものではなかった[3]」という。「「私」を語る小説」発生までのプロセスには段階がある。山口は、三人称から一人称へという移行を確認している。ただし、念のため確認しておくが、一人称形式と自己を語ることは同じではない。一人称形式であっても作者の経験とは全く無関係の虚構を語るテクストは、あらためていうまでもなく、一九一〇年以前にもいくらでもある。新しかったのは一人称形式そのものではなく、作家の経験が中心的素材として語り込まれる小説が発生したことである。その展開において登場してくるのが、芸術家になる道程を描いた教養小説や作品そのものの誕生過程が提示される「自己生成小説」である。山口は、「当初は偶発的なできごとであった自身を描く選択は、創作内容と創作行為との関係を否応なしに緊密化してい」き、「表現の行為性がこれまでになく意識されるようになった[4]」という。

作家が、自らを主人公として、書くことについて自己言及的に語った小説の具体例としては、たとえば次のような作品がある[5]。まずは、田山花袋の「蒲団」（『新小説』、一九〇七年九月）。「蒲団」は花袋が自然主義作家として再生する、その経験を語った作品である。作家仲間の姿も書き込んだ真山青果の「茗荷畠」（『中央公論』、一九〇七年一一月）。書くことを子供を失うという痛切な経験と並置する島崎藤村「芽生」（『中央公論』、一九〇九年一〇月）。「わが数年来幾多の短編を試みたのは、この長編を作らんための準備と見てもよい。少なくも《ママ》われはこれによつて旧い、自己に一段落を告げて、新なる生涯に移りたいと思ふ」という予告の付された正宗白鳥「落日」（『読売新聞』、一九〇九年九月一日-一一月六日）。不在の妻を宛先にすることで自己を語る方法を手にした近松秋江「別れたる妻に送る手紙」（『早稲田文学』、一九一〇年四月-七月）。書けないということを書く小宮豊隆「淡雪」（『新小説』、一九一一年一〇月）。後に「和解」（『黒潮』、一九一七年一〇月）という決定的な自己生成小説を書く志賀直哉は、この時期に「大津順吉」(『中央公論』、一九一二年九月)を発表している。洋行帰りの孤独な主人公が陥穽からの脱出口を、書くことに見出していく夏目漱石の「道草」(『朝日新聞』、一九一五年六月三日-九月一四日)も、この波の中で書かれた作品といってよいだろう。

その後も、作家の自己語りは綿々と続き、「私小説」という言葉がついに生まれる。その最初の用例として知られるのは、宇野浩二「甘き世の話」(『中央公論』、一九一八年九月)(6)における「「私」小説」(四五〇頁)であるが、宇野は次のように語った。

近頃の日本の小説界の一部には不思議な現象があることを賢明な諸君は知つて居らるゝであらう。それは無暗に「私」といふ訳の分らない人物が出て来て、その人間の容貌は無論のこと、職業にしても、性質にしても一向書かれなくて、そんなら何が書いてあるかといふと、妙な感想の様なものばかりが綴られてゐるのだ。気を附けて見ると、どうやらその小説を作った作者自身が即ちその「私」らしいのである。大抵さう定つてゐるのである。だから「私」の職業は小説家なのである。(四四二頁)

それでは、女性作家の場合はどうだったのか。男性作家たちと同様に、彼女たちも自己表象へ、そして自己生成小説へ向かったのだろうか。

3 女性作家の場合

「蒲団」が書かれた一九〇七、八年あたりは、「「私」を語る小説」は「周知のものではなかった」という山口の指摘どおり、女性作家の作品も自己表象から遠い。一八九〇年代から書き続けてきた大塚楠緒子は新しい波に揉まれる機会を逸して一九一〇年に亡くなり、一九〇七年にデビューする野上弥生子は虚構と写生が緩く織り交ざった習作期にある。田村俊子は佐藤露英の名で一九〇三年から書き始めてはいるが、この時期の作品は未だ擬古文で書かれており言文一致体ですらない。作家自身が登場する作品としては、国木田治子の「破産」(『万朝報』、一九〇八年八月一八日-九月三〇日)があり、一九〇六年の独歩社の発足から破産までが描かれているが、独歩が没した直後に書かれたもので、当然ながら中心に置かれているのは独歩である。「家庭の独歩」(『新潮』、一九〇八年七月)、「家庭に於ける独歩」(『中央公論』、一九〇八年八月)などの独歩を偲ぶ随筆と連動して書かれまた読まれたと思われ、自己表象への階梯にある作品と位置づけることは難しい。

それでも徐々に、作家自身と重なる視点人物や主人公が書かれるようになる。一九〇九年は森しげが書き始めた年である。一一月から一九一一年二月までほぼ毎号の『スバル』に書かれた作品は、鷗外との生活と自らを描いている点で「作家が自分自身を登場人物として造形した小説」といえなくもない。鷗外の「半日」(『スバル』、一九〇九年三月)と対になる「波瀾」(『スバル』、一九〇九年一二月)は、なかでも知られている作品だろう。そもそも夫である鷗外によって書かれた家庭の事情を妻の側から語り直す、その意味で視点の提示こそが眼目になった作品である。作家を主人公とし、それに焦点化する語りとなっており、またわずかではあるがその憤懣が「本能に支配せられてゐる富子には三人の子を生んで、一人の子を流産して、髪は抜け、皮膚は弾力を失つて、昔の俤がなくなる迄、大野のその時云つた事が、はつきりとは分からなかつたのである」と語り手によって相対化される箇所もある。語りの現在と物語現在との乖離が一瞬みられ、自己の複層化が拾える作品ともいえるだろう。しかしながら、連続して発表された作品は、全般的に妻としての身辺雑記的な内容を主としており、書く欲望や書く行為について言及されることは皆無である。一種の自己表象をなした森しげであるが、その執筆期間は短く自己語りがその後深まることはなかった。

一方で、この時期、投稿家から作家への道を拓く者が現れる。尾島菊子は徳田秋声に師事して『少女界』の投稿家として少女小説を書き始めているが、一九〇八年から発表媒体を広げ「妹の縁」(『趣味』、一九〇八年三月)を執筆した。作家自身との重なりが読める作品であり、母や妹の生活を支えて働く離婚経験のある姉娘の令子の視点で、妹の結婚に際して抱えた嫉妬や寂しさが描かれている。令子の気持ちの揺れ動きが丁寧に辿られた短編である。やはり投稿家として出発した水野仙子は『女子文壇』から『文章世界』に場を移し、「徒労」(『文章世界』、一九〇九年二月)[7]を書いた。お愛という姉の、結果として死産に至る難産の様子を描いた作品で、花袋に賞され上京を決意させた作品である。前半部分が、仙子自身と重なる妹お紋に焦点化した語りとなっている。お紋が語り込まれるのは以下の部分である。「「お紋ちゃん! ない(ねえ)一生! 嫁になんぞなるもんでねえない!」/あげたお紋の顔に、お菊の目の涙が写つた。/「えゝ!」/お紋はまだ子供である。けれども其答へには力が籠つた。女の果敢なさ! それよりもお紋の胸には、恐ろしさが先づ浸み込んだのであらう」(三七九頁)。ただしお紋は未だ一四歳の少女であって執筆時の仙子自身から遠く、また後半は母お才に焦点が移っている。これらの作品は「作家が自分自身を登場人物として造形した小説」として、あるいは「作家が自分自身を主人公兼語り手に設定した小説」の初期段階として読むことができるだろう。しかし、これらの作品が現れた後に、「自己生成小説」が展開されるのかというと、そうではないようなのだ。

女性作家の作品には、書く自己がなかなか現れてこないのである。女性作家のすべての作品に目を通せているわけでは到底ないので断言することは控えたいが、書く行為が描出される例はけっして多くない。わずかに垣間見られる姿を拾ってみたい。たとえば、同じ水野仙子の「四十余日」(『趣味』、一九一〇年五月)[8]。やはり姉の産後の苦しみ(これまた死産)を母の心配を織り交ぜつつ妹お芳の視点で書いた作品で、物語内容としては「徒労」に繋がるものである。「徒労」と違うのは、このお芳が「歌であれ、詩であれ、小説であれ、字の上には眼を皿にする興味を持つ」（四七六頁）というように読む少女であり、また「ものを書くことを知つて、それを雑誌などに投書することを覚え、高じては常にその道にあこがれてゐた」（四七九頁）という投稿少女であることだ。ところが、その憧れは「女といふ名に縛られて、所詮許されさうもない望」と断定され、それゆえ「ほんとに神様といふものがあるならば、私を殺して姉さんを助けて下さい」と、苦しむ姉の身代わりに我が身を差し出すという振る舞いへ結ばれている（四七九頁）。読み書く少女の未来は、閉ざされている。この時期の仙子自身は上京しすでに書く場を得ているのだが、お芳の未来にそれを感じさせる気配は全く書き込まれていない。物語現在のお芳は一九歳とされ、執筆時の仙子にとって数年前の出来事となるが、書くことが実現不可能なこととして語られているのは、未だ作家になる以前の過去を描いているからというわけでもないと思われる。というのも、上京して花袋に師事することになり書く場を得てからも、書く自己が描かれることはないからだ。東京で仙子は岡田美知代というもう一人の女性作家の卵と同居している。美知代は「蒲団」の芳子のモデルとなった女性であり、永代静雄との間にできた子供とともに仙子と同居生活をしている。この女性作家二人の同居生活を、仙子は「留守居」（『女子文壇』、一九一〇年四月）に書いている。美知代が帰るまで「私は何をしてたらいゝか、本を読まうか何か書いてみようか、それとも襦袢の襟でもかけ直して置かうか」と襦袢の襟掛けと並べてわずかに書く者であることが仄めかされているが、結局この日にしたのは餅の黴を削るという「仕事」である。美知代もまたこの同居生活を「ある女の手紙」（『スバル』、一九一〇年九月）に書いている。が、やはり執筆する様子は全く書かれていない。過去を語っても現在を語っても、いずれにせよ書くことは描かれないのである。

素木しづ「松葉杖をつく女」（『新小説』、一九一三年一二月）[9]には、作家志望の少女が登場している。しづを文壇に押し出すことになった作品であり、足の切断手術を受けたしづ自身と重なる水枝という主人公の視点で語られている。水枝は「私が病気しなかったら負けるんだけれども、私が病気したから勝ったのよ。私は今に立派な小説家になって見せるわ」（一一二頁）と語り、足の切断という悲しみを、書くことによって乗り越えていこうとする。ただ、書きたいとされる小説は、自身と切り離されて夢想されている。「彼はすべて空想を描かうと考へた。自分には小説に書く様な、華やかな、そして物悲しいローマンスをも持たない。（略）この悲しい淋しい心を縦しい儘に描いた恋や空想の中に入れて楽しませたならば――」（一一三-四頁）。自身の経験から離れることを虚構に求める姿勢は、書くことと自己表象の繋がり、ことに書く自己を見つめることからしづを乖離させる。しづは、「三十三の死」（『新小説』、一九一四年五月）、「青白き夢」（『新小説』、一九一五年一月）、「珠」（『文章世界』、一九一七年八月）など、その後も松葉杖をつく主人公を描き続けているが、書くという行為に言及されることはない。それを見過ごすことができないのは、没後に出ることになった「秋は淋しい」（『新潮』、一九一八年三月）[10]では、夫の繁吉が画家として登場し、娘と妻の病に精一杯の応対をしつつも「少しのひまでもといふやうにカンヴァスに向って描いてゐた」（二〇四頁）、「彼は気をとられながら、絵筆を持った」（二一一頁）と書かれているからだ。夫を創作者として登場させる一方で、死の寸前まで書き続けていたはずの自身が書く姿は最後まで描かれない。この非対称性をどのように理解したらよいのか。しづは、足を失うという固有の経験をしているが、書くことを中心化しないということがその特異な悲劇に由来するものではないことは、これまでに確認してきたように他の女性作家も同様に書くことに距離を置いていることから明らかである。彼女たちの作品においては、書くことによってなされる自己表象が、書くという自己の行為を前景化し「自己生成小説」が書かれるという展開にはならないのである。なぜそうなのか。その理由について考えるにあたって、彼女たちの書くことをめぐるもう一つの傾向を示したいと思う。

4　書けない女たち

もう一つの傾向とは、「書けない」ということは書かれているということである。たとえば、次のような例がある。

何故世の中に自分一人きりではないだらうかと思います。結婚しての文学上の煩悶は第一に是れなので、自由な筆に何の縛もせず、書いたらいゝやうなものゝそれが出来ないから辛いのであります。良人はよく私を戒めて云ひますが「文学で立たうと思ふものが誰の為めとか云うやうでは駄目だ。世の中に第一のものを芸術として戦はねばならぬ、良人よりも、我子よりも、最も大切なるは汝の芸術ではないか」と申しますが、あゝ男子は芸術其のものが、直に己が生命なり、人生なんでせうが、文学者たる女子はどうしても二重《ダブル》な生活をしなければならないのであります。什うしても我が芸術と生活とは一致しない。何故でせうか、私には其の煩悶が判からない。

（枝の小鳥「武蔵野より」『女子文壇』、一九一〇年一一月一〇日）

詩だの歌だのに情緒のゆらぎを表はせるうちはまだいゝ、若いのです。乾き切つた心には詩歌はない。歌や詩ではおつつかなくなつた。（略）若い輝きを失つた心。平凡に倦じ初めた心。

私は自ら警めなければならぬ。（略）たつた一人の子をもてあつかつて、この頃毎日のやう疲れた気分の離れたことがない。ちよつとの暇にも惰眠を貪らうとする私の心、あの活々とした魂の姿は何処へいってしまつたのだらう。（略）疲労、精神的堕落……何にも書けない、書けない。

（白木絲子「自ら警むる記」『女子文壇』、一九一一年七月一〇日）

どちらも既婚女性が、結婚後の生活が書くことを阻むと嘆く。夫と子供のいる生活は、書くことに必要な「一人きり」の時間と場所が奪われることを意味していた。これらは、『女子文壇』の「散文」（「美文」の変化したジャンル）として投稿されたものである。[11] つまり「文学者たる女子」と記されてはいても作家未満の〈書けない女〉たちであるのだが、その嘆きは、『青鞜』の小説にも響いている。

誰がこのやうにした？青春の気も何も消えて唯残るは深い痛苦のみである。理想を追ひながら端から破つて行くのは誰である？妻と云ふ者、母と云ふ者として人一培の要求をし、其の上尚ほ独身の女に対して有つやうな理想を求めて、それが満足出来ないとて朝に晩に責める、あんまり残酷だと久子は既う目に一杯涙を浮べた。

（加藤みどり「執着」『青鞜』、一九一二年四月）

妾は然ういふ胸の中から何か痛切なるものを抜き出して、夫れを紙に書かうと思つた。而して夫れを或る心を許し会つた親しい友に宛てて送る消息にしやうと思つたのである。ペンを握ると、不思議にも、心になき賑やかな気分が文章となつて並んで行くのを見つけた。見つけてはゐ乍ら、弱い心は其不満足を何うしやうと言ふ権利をも有たず只書くままの文字に任せてゐるのだつた。夫れも然し書き続く内に、速かに来る憐れな疲労と、枯れたやうな倦怠がいつか心に宿り入つた事を感知すると共に已う書き差したままでペンを投げ捨てたのであつた。

（杉本正生「習作の四」『青鞜』、一九一二年七月）

旅に行く、私は旅に行く、何処へ行くのだらう？　何処だか分らない、我行く先を自分でも知らないのである。（略）私はひとり旅に出て、思ふさまより以上の寂莫を味はう《ママ》としてゐる、私は一体何を求めてゐるのだらう？（略）私は私の家庭内に於ける愚にもつかぬ小さな葛藤の渦巻の中に巻き込まれて、共に泣き共に悲しみ、共に悶える女とさせられんことを最も虞れてゐる。

（尾島菊「旅に行く」『青鞜』、一九一二年一〇月）

『女子文壇』と『青鞜』は、一方は商業的な投稿雑誌、一方は同人誌という違いはあるものの執筆者に重なりもあり、どちらも明治末期から大正にかけて、書く欲望を抱えた女性たちが集った場といえる。嘆きの連鎖もまた、場としての繋がりから生まれたものだといってよいだろう。夫の要求に残酷だと憤慨し（加藤みどり）、疲労と倦怠で筆が止まり（杉本正生）、なんとか静かな時間を確保しようと旅に出る（尾島菊）。これらの〈書けない女〉たちについては、以前にも論じたことがあり、『青鞜』の小説にみられる〈喪失〉の物語の一つとして読んだ。[12] その際、比較の対象として『白樺』の書く男と書けない男たちについても以下のように言及した。

『白樺』での〈書く男〉も、早い例は武者小路実篤「二つ」（二-一、一九一一年一月）の「自分はどうかして西田の「すばらしい作」をつくつた事を喜びたいと思つた。喜べたらどんなに気持がいゝだらうと思へた。しかしやけていけない。自分がなさけなくなる」などがあるが、やはり全体的には第三巻あたりから〈書く男〉が繰り返し登場し始めている。例えば、「二タ月ばかり前から書き度いと思つて居る事がどうもうまく摑めないで、頭にしつかり這入つて居ないので筆が取りにくい。今度こそはどうしても書き上げたい。机の上へ原稿紙と、覚え書きの雑記帳を開いて、毎日々々その前に座つて見るが始めの書き出しすら出来ない。部屋の中を隅から隅へ斜に歩いて見て又机の前に座る」という園池公致「匍匐」（三-三、一九一二年三月）、「其気分を早速小説と云ふ訳でもなく、感想と云ふのでもない、只出任せにずら〱書き出して見た。処が未だ肝心な処へ来ない中に妙に気が抜けて来て、其書き振りの余りに長たらしく、無能な説明を連続させて居るのに不満になつたので、一寸筆を措いて二本許り煙草をスパ〱やり乍ら考へ直して見た」という平澤仲次「要一のまぼろし」（三-五、一九一一年五月）、「机の上に書きかけの原稿を広げ放しにしてゴロンと仰向けに寝て了つた」とするのは正親町公和「〆切前」(三-九、一九一二年九月)、「無理をしても碌なものは書ける訳はないと思い直して、座蒲団を二三枚畳の上に敷いたなり其上にゴロリとけつたるい体を横にした」というのは平澤仲次あため長与善郎「針箱と小説」(四-一、一九一三年一月)である。

これらの男たちとの違いはどこにあるのか。〈書けない女〉の苛立ちが、子育てや家事、生計を立てることなど、創作とは異質な生活の雑事によるものであることは共通している。書くという行為を切断し、時間と精神を散漫化させる生活への恨みは、男たちの文章にはない。そうした質の違いを、かつては「〈喪失〉の予感や苛立ちがない」と説明したのだが、ここで自己表象のあり様としてあらためて考えてみてより重要だと思われるのは、読者との関係性である。女性作家の「書けない」という文章において共通しているのは、これらが宛先を持った言い訳となっているということだ。加藤みどりの「執着」など、最もそれがわかりやすく示されている例だろう。彼女に妻であり母であるだけでなく文学者であることを望む夫に対して、書けないのだと苛立ち、それは他の誰でもない夫のせいだと非難を込めた言い訳が記されている。書かねばならない、書く自分でありたいと思いつつ、そうすることのできない自分についての言い訳である。言い訳は、誰かに向けてなされる。他の例も、同様の構造にあるといえるのではないだろうか。近い宛先であれば夫に、あるいは自分の原稿を読むはずの読者に。さらには読者としての自分にである。現状の自分の不甲斐なさを炙り出すあるべき自分、望ましい自分に、そして書いていた若かりし頃の自分、過去の自分に、言い訳がなされる。一方、『白樺』の男たちは、書けないという現在の自己に向かう。誰に言い訳する必要もなく、ただあるがままに書けないという状況を描出し、そこに書くことの意味を見出すのである。

5　女性の自伝

こうした書くことにおける女性たちの困難は、女性の自伝に関する議論を思い起こさせる。キャロリン・ハイルブランは、「自分自身の生涯について書く女たちは、女らしい態度という絆から自己を解き放つのは、まったく容易ではないことに気づいていた」という。[13] ショシャナ・フェルマンもまた「今《ママ》だかつて、女として正確に自伝と呼べるものを書いた女は私たちの中にはいない」[14] という。フェルマンは、女性の自伝における書き手と読者との関係の複雑さを指摘した。[15] 水田宗子も「読者の存在という自伝の重要な条件が、女性の場合、屈折した自意識を書き手に課した」という。[16]「神に向かっての告白でもない女性の自己語りを正当化し、聞き、読んでくれる他者＝読者は誰なのか。誰に向かって書き、誰に容認されることを希望して書くのかという、自伝を書く目的と、また、自己像を客体化しうる他者のイメージが、女性の書き手にはなかなか見えてこない。娘に向かって書く、あるいは〈同志〉に向かって書くというように、読者は書き手の生き方を理解できる限られた対象なのか、女性なのか、社会一般なのか」。

書き手に読者が存在しているということ自体は、もちろん女性の書き手に限ることではない。読み手を想定しないで書く者はいないだろう。ただ、その関係は一様ではない。その存在が書くことを力づけ、あるいは少なくとも障害になりはしない場合もある一方で、女性の書き手にとっては、読者の存在が書くことを滞らせてきたのである。この読者の顔はけっして単一にまとまるものではない。〈女性〉という規範をすでに逸脱している書く女性が向かい合う読者には、まずはジェンダー規範に対して保守的な読者と、その解体に積極的な読者がある。読者が作者に向けるセクシュアルな欲望をこれに絡めれば、細やかな感性とか豊かな情緒などという〈女性らしさ〉を期待する読者がいる一方で、逆に性道徳を逸脱した奔放さや官能性に窃視的な欲望を向ける読者の顔も浮かぶ。ジェンダーは読者の顔をさらに複数化する。読者となる女性たちが置かれた状況は、教育や階級や世代、親や夫や子供の有無などの差異によって分断されており、彼女たちが寄せる期待や欲望はばらばらである。最も単純化したとしても、けっして一つに重なることのない新しい女と旧い女という二つの顔が、この時期の書く女を引き裂いただろう。女性が表象する自己を散乱させ不透明にするのは、このような複数形の読者の存在である。

本書では、こうした事態に、被読性という言葉をあてている。読者に曝されているということ、読まれるということ。ときに書くことを混乱に陥れ、書くということを自己目的化させない、読まれるということ。女性作家の自己表象から浮かび上がってくるのは、自己を指示対象として表象する行為でありながら、指示対象となっている自己に向かうのではなく、読み手という他者に向かうという自己表象行為のあり様である。女性たちの自己表象は、そのように他者に向かって、切実に、けっして回避できない強さで開かれている。それは書くという行為に困難をもたらす。しかしそれは、必然的に、彼女たちの語りが他者との繋がりを含み込んでいることを意味してもいる。読まれることへの鋭敏な感受性は、それに対する応答性に繋がっている。応答そのものも、宛先が一つではない以上、複層化し、矛盾や亀裂を含んだ形で示されることになる。であれば、応答の効果、つまり応答が受け取られ得るための的確さが不十分になることもあるだろう。被読性の強さが、応答の有効性を劣化させるわけであり、そのような書きものは、完成度が低いと言わざるを得ないものとなるかもしれない。しかしだからこそそこには、他者への感応性の高さが認め得るのだと考えたい。

6　田村俊子という例外

さて、ここまで女性の自己表象において、書く自己を凝視するような自己への集中が見られないこと、それゆえ自己生成小説と言い得る作品が見つからないということを述べてきた。ただし、例外はある。田村俊子である。田村俊子は、「女作者」（『新潮』、一九一三年一月）[17]、「木乃伊の口紅」（『中央公論』、一九一三年四月）[18]といった、堂々たる自己生成小説を書いている。「女作者」という表題そのものが、書くことへの自己言及をあからさまに示しており、実に挑発的といっていいだろう。小説の冒頭部分には、筆が滞って「いたづら書きばかりしてゐる」（二九五頁）ことが書かれており、この作品を〈書けない女〉の系譜の中に置くこともできるのだが、書くということ自体を主題化している点で、やはり突出している。その突出具合を、やはり応答性と被読性という面から、説明してみたいと思う。

まずは、最も直接的な読者の声として同時代評を整理したい。田村俊子の同時代評には、定型がある。黒澤亜里子は、次のようにまとめた。[19]「同時代評の多くは、田村俊子を一種の「近代的妖婦」として迎え、その「感覚」や「官能」の新しさや性意識の大胆さ、赤裸々な夫婦の相克の凄まじさといったタームでもてはやす一方で、「女」の感覚の盲目性や「自堕落さ」、「思想」「自覚」の不徹底を非難するという褒貶の二極化が見られる」。ただし、二極化といっても論者が二派に分かれたというわけではない。多くの場合、一つの批評の中で感情や感覚描写への好評価と思想の欠如への批判が一組となって言及されている。典型的な例を示そう。たとえば、相馬御風（「芸術家としての才分と素質」『新潮』、一九一三年三月）は、「自由ならんとする情意生活を何物にか囚へられて絶へずいらく〳〵して居る若い女の心持を――多少誇大的ではあるが――鋭く、生々と描き出す点では、恐らく今の文壇で此の作家の右に出でるものはなからうと思つて居」ると評価する一方で、「併し真の自己の欲するところのものは何かについての明らかな自覚もなければ、真に自己の不満なる心の正体についての明らかな自覚もない」と批判する。青頭巾（「俊子の「誓言」」『新潮』、一九一三年七月）は、「感覚的といふ事は、技巧的といふ事と共に俊子の芸術のほとんどすべてを形造る属性だ。凡そ感覚芸術として、彼女の芸術程すぐれたものは無い」とすると同時に、「俊子の芸術から、或るまとまつた思想を求め、或る哲学を求めようとするものは、必ず失望するだらう」とする。中村孤月（「田村俊子論」『文章世界』、一九一五年三月）もまた、「田村俊子氏の創作は、多くの場合作家自らの心持を描いて居て、其抱いて居る作家の心持は極めて良く理解せられる」としながらも、「新らしい思想感情の生活を為なければならぬと言ふ確固とした自覚や思想をも有つて居ない」という。これらの批評に共通しているのは、表層に浮かび上がった感情や感覚の描写への注目と、新しい女としての自覚や思想といった深層の欠如に対する批判である。田村俊子のテクストは表層と深層に分けられ、深層から引き剝がされた表層は、意味に結びつくことのない過剰さとして受け止められている。表層が深層に奉仕することがなく、また深層が表層を支えることがないとされるのである。

こうした二重性は、現在の読みにおいても指摘されている。とくに「女作者」という作品は、「白粉」「お粧《つく》り」というメタファーが誇示されているために、表面に示されているものと隠されたものという二重性を前景化した作品として読まれてきた。少々長くなるが、当該の箇所を引用しておこう。

この女作者はいつも白粉をつけてゐる。もう三十に成らうとしてゐながら、随分濃いお粧りをしてゐる。（略）おしろいを塗けずにゐる時は、何とも云へない醜いむきだしな物を身体の外側に引つ掛けてゐるやうで、それが気になるばかりぢやなく、自然と放縦な血と肉の暖みに自分の心を甘へさせてゐるやうな空解けた心持になれないのが苦しくつて堪らないからなのであつた。（略）どうしても書かなければならないものが、どうしても書けない〳〵と云ふ焦れた日にも、この女作者はお粧りをしてゐる。また、鏡台の前に坐つておしろいを溶いてる時に限つて、きつと何かしら面白い事を思ひ付くのが癖になつてゐるからなのでもあつた。おしろいが水に溶けて冷たく指の端に触れる時、何かしら新しい心の触れをこの女作者は感じる事が出来る。さうしてそのおしろいを顔に刷いてゐる内に、だん〳〵と想が編まれてくる――こんな事が能くあるのであつた。この女の書くものは大概おしろいの中から生まれてくるのである。だからいつも白粉の臭みが付いてゐる。

けれどもこの頃はいくら白粉をつけても、何も書く事が出てこない。生地が荒れておしろいの跡が干破れてゐるやうに、ぬるい血汐が肉のなかで渦を描いてるやうなもの懐しい気分にもなつてこない。たゞ逆上してゐて眼が充血の為に金壺まなこの様に小さくなつて、頬が飴細工の狸のやうにふくらまつてくるばかりである。さうして何所にも正体がない。たゞ書く事がない、書けない、と云ふ事ばかりに心が詰まつてしまつて、耳から頸筋のまはりに蜘蛛の手のやうな細長い爪を持つたやはやは〳〵した手が、幾本も幾本も取りついてる様なぞつとした取り詰めた思ひに息も絶えさうになつてゐる。それで今朝、この女作者は自分の亭主の前でとう〳〵泣きだして了つた。

（二九八頁）

女作者にとって「書くこと」は化粧と同質の行為である。化粧と素顔という二重性を喚起するこのメタファーの評価は揺れてきた。一方には批判がある。尾形明子は「化粧に託して女であることに甘え、その範囲内でしか息付こうとしなかった田村俊子の文学に、その特異な魅力と才能を評価すればする程に、苛立しさをも感じる」と述べ[20]、水田宗子は「田村俊子の世界は、近代女性が知り尽くし、見慣れすぎた女性の内的風景である」という[21]。化粧の奥にあるべき深層の欠如や旧さを批判する論に対して、その戦略性を肯定する論もある。長谷川啓は「ジェンダー文化としての化粧を逆手にとって、女作者の創造力の源泉（略）にしている」「意識的で戦略的な異装」と論じ[22]、リベッカ・コープランドは、化粧を「女性から本来の自分を隠し、世間とつきあうための仮面」として、「その下にある、〈隠蔽された〉もう一つの読みの層、〈読むことができない〉という読みの層の存在をわざとアイロニカルに暗示している」と論じた[23]。また、そのような戦略性を受け止めつつも、やはり限界を指摘する論者もある。光石亜由美は「〈化粧〉の誘惑が誘惑として機能するためには、〈告白〉の対象となる内面は〈女作者〉にとって必要のないもの」とし、深層の欠如への批判を退けたが、結論としては「〈女作者〉の〈女〉はみごとに男性文壇のなかの〈欲望される女〉として読みかえられてゆく」として「〈女作者〉のセクシュアリティの表現、〈女らしさ〉の演出はヘテロ的な関係に支えられ、その関係でしか差異や新鮮さを生みだし得ない限界をはらんでいる」とした[24]。同時代評とほぼ同様に深層の欠如を批判する論があり、次の段階では表層に注視した戦略性の指摘がなされるが、化粧という行為と女性性との重なりのために、その表層の戦略の効果をめぐってあらためて否定的な評価が出されたといえる。

さて、表層と深層をめぐる分裂が指摘され、また表層についても深層についてもそれぞれに否定的な評価がなされてきたわけだが、それでも「女作者」が、女性作家の自己生成小説として稀有であることは間違いない。ここでは、この作品が表層と深層をどのように示しているのかを、被読性と応答性という点から今一度読み直してみたい。

「女作者」には深層をめぐる三つの応答が示されている。まず、思想の欠如をめぐる以下の場面に注目しよう。女作者は、（自分ではなく）夫の内面の空虚さを指摘している。「自分の眼の前を過ぎる一とつ〳〵に対しても、自分の心の内に浸み込んでくる一人々々の感情でも、この男は自分と云ふものゝ上からすべてを辷らせて了つて平気でゐる。この男の身体のなかはおが屑が入つてゐるのである。生の一とつ一とつを流し込み食へ込むやうな血の脈は切れてゐるのである」と女作者は思い、「自分の相手にするのもつまらない気がした」という（三〇五頁）。これは、俊子自身に向けられた思想の欠如という批判への応答と読むことができるだろう。批判を正面から打ち返すように、男の側の「身体のなか」の虚しさを指摘している。ここには作家としての矜持も重ねられている。男は作家でもあり（俊子の夫の田村松魚がモデル）、「もう書く事がないなんて君は到底駄目だよ。俺に書かせりや今日一日で四五十枚も書いて見せらあ」と言う。「何だつて書く事があるぢやないか。そこいら中に書く事は転がつてゐらあ。生活の一角さへ書けばいゝんぢやないか」と嘯くのだが、女作者は思わず「失笑して了」う（二九九頁）。夫が示すのは出来事をただありのままに書くという自然主義的な態度であるが、女作者は、その安易さを軽蔑するのである。

次に目を向けてみたいのは、新しい女の思想とのずれが示された箇所である。女作者は自らを「ある限りの女の友達の内で、自分ぐらゐくだらない女はないとこの女作者は思つた」と言い、「殊に二三日前に例にもなく取り澄ましてやつて来たある一人の友達」を思う。その女は「別居結婚」することを宣言する。「結婚したつて私は自分なんですもの。私は私なんですもの。恋と云つたつてそれは人の為にする恋ぢやないんですもの。自分の恋なんですもの」というのがその理屈である。彼女は明らかに新しい女の一人である。この友人に対し、女作者は「もう一年経つたらあの女は私の前に来てどんな事を云ふだらう」（三〇四頁）と言う。そして我が身を振り返りつつ、「さも自分に生きると云ふ事をもつともらしく解釈して、強い自分と云ふものを見せやうとしてゐたその女の友達の様子に、おびやかされる程この女作者の今の心は脆い意久地のないものになつてゐる。――／女作者は我れに返ると、何も書いてない原稿紙に眼をひたと押し当てた。何か書かなければならない。何を書かう」（三〇四頁）と言う。新しい女の思想の現実性を疑い、それとのずれが示されると同時に、「書くこと」へ向かう。これまた、俊子が被ってきた批判に対する応答といえる。

さらに三つ目の応答として読めるのは、感覚描写の部分である。先にも引用した「ぬるい血汐が肉のなかで渦を描いてるやうなもの懐しい気分」や、現在の「たゞ逆上してゐて眼が充血の為に金壺まなこの様に小さくなつて、頬が飴細工の狸のやうにふくらまつてくる」状態、「耳から頸筋のまはりに蜘蛛の手のやうな細長い爪を持つたやはくした手が、幾本も幾本も取りついてる様なぞつとした取り詰めた思ひ」といった「白粉の臭みが付い」た感覚描写である。思想の欠如と対比して肯定的な評価を得てきた部分であるが、そうした評価を先取りするように、ここでは「何所にも正体がない」とその空虚さに自ら言及している。それと同時に白粉の内側に隠されていた真相として示されているのは、夫を打擲する場面にも結びつく「放縦な血と肉の暖み」である。俊子は、「正体がない」と言いながら女の血と肉をいかにも女性的な感覚として提示してみせる。女作者はそのようにして、剥げかけた白粉に汚れた顔で自身に向けられた視線に応えるのである。

これらの応答はどれも深層(の欠如)をめぐってなされたものである。読まれることを前提として、一つ目は「男」、二つ目は「新しい女」、三つ目は「批評家」を宛先としてそれぞれに明示された虚ろな深層=真相である。三つの応答の宛先は異なり、結び合わされてもいない。俊子の応答では、欠如した深層を新たな真実で埋めることは目指されていない。女作者の深層は化粧によってすでに偽物化している。見せ消ちにされたそれらは、深さへの志向を断ち切る。そのようにして、内面を充実させることも、出来事に意味を与えることも、行為を思想化することも否定されるのである。こうした態度において際立っているのは、被読性と応答性である。深層の空虚さが批判されてきたが、深層に未知の内容を充填することではなく、代わりに読まれることへの複数の応答がなされていると読むことができるだろう。

「女作者」における自己生成は、その意味で男性作家たちのそれとは、質の異なるものとなっている。書くことへの自己言及がはっきりとなされた小説ではあっても、書き手の視線の先にあるのは、自己自身ではなく読者なのである。書くという欲望が、自己を見つめ自己を語るということに凝集することのない小説。その意味で、「女作者」は、非自己生成小説であり、非自己表象小説というべきだろう。

俊子のテクストの表層性は徹底している。たとえば冒頭近くに次の描写がある。

> 窓の外に掻きむしるやうな荒つぽい風の吹きすさむ日もあるけれ共、何うかすると張りのない艶のない呆やけたやうな日射しが払へば消えさうに嫋々と、開けた障子の外から覗きこんでゐるやうな眠つぽい日もある。そんな時の空の色は何か一と色交ざつたやうな不透明な底の透かない光りを持つてはゐるけれども、さも、冬という権威の前にすつかり赤裸になつてうづくまつてゐる森の大きな立木の不態さを微笑してゐるやうに、やんはりと静に膨らんで晴れてゐる。
>
> （二九五-六頁）

空に微笑まれるという感覚は「どことなく自分の好きな人の微笑に似てゐる」と目の前の光景からずれてゆき、さらに感覚そのものと戯れ始める。

> 思ひがけなく懐かしいものについと袖を取られたやうな心持で、目を見張つてその微笑の口許にいつぱいに自分の心を啣ませてゐると、おのづと女作者の胸のなかには自分の好きな人に対するある感じがおしろい刷毛が皮膚にさわる様な柔らかな刺戟でまつはつてくる。其の感じは丁度白絹に襲なつた青磁色の小口がほんのりと流れてゐるやうな、品の好いすつきりした古めかしい匂ひを含んだ好いた感じなのである。然うするとこの女作者は出来るだけその感覚を浮気なおもちやにしやうとして、ぢつと目を瞑つてその瞳子の底に好きな人の面影を摘んで入れて見たり、掌の上にのせて引きのばして見たり、握りしめて見たり然もなければ今日の空のなかにそのおもかげを投げ込んで、向ふに立たせて思ひつきり眺めて見たりする。
>
> （二九六頁）

その後の夫との関係性の描写を参照するかぎり、この「好きな人」は、夫ではない。誰とも名付けられぬ者というべきだろう。浮かんできた感覚を意味へと深化することが避けられ、見る／見られるという桎梏のほどけた妄想、宛先を持たない情動に女作者は漂うのである。

冒頭とほぼ同様に末尾にも自然描写から妄想へと流れていく記述があるが、末尾での妄想は「自分の好きな女優が舞台の上で大根の膾をこしらへてゐた。あの手が冷めたさうに赤くなつてゐた。あの手を握りしめて脣のあたゝかみで暖めてやりたい」（三〇五頁）という具合に、女性に向けて流れ込んでいる。小説の内容と繋がりを断って意味化を回避した妄想は、性別未分化な情動に接続していると思われる。俊子の感覚描写は異性愛的な文脈における女性性に直結するものとして受け止められてきたが、表層を滑るあてどない妄想の先に浮かび上がるこの両性愛的な情動を、ジュディス・バトラーがジャック・ラカンとジョーン・リヴィエールの「仮面」に関する議論を経由しながら論じた「一次的な両性愛」として読むことはできないだろうか。[25] バトラーは「仮面として女性性を装うこと」を「強制的異性愛を吹き込まれることから生じる、メランコリーによる否定的な自己愛の循環のなかで、同性愛を保存し、守っている奇妙な形態[26]」としたうえで、その「根」に「前-文化的な両性愛」を読み込んだ。また「男根主義の機構の外側に女の書きものの位置をしるそうとする[27]」リュス・イリガライの試みに対する批判を引き受けつつも、「基盤にある主体の位置からはこの過去を知りえないと言ったからといって、過去が主体の発話のなかで失敗や不整合やメトニミー的な言い違えとしてふたたび現れてこないということにはならない[28]」と論じている。俊子の感覚描写における失敗とも不整合性ともいうべき過剰さを、異性愛的機構に押し込めてきたのは読者である。

俊子の感覚描写は、明確に批判の対象ともなった。最も強く否定的な評価を下した一人に水野葉舟がいる。[29] 実は葉舟は、田村俊子の感覚描写が説明されるとき、しばしば同様の作風を持つ作家として引き合いに出されていた。では葉舟は、どのように描写したのか。一例を挙げよう。

> こゝの道に入らうとする時には、私の目は必ず第一に突き当りの槻の木を見る。そしてその暗緑の陰の中に吸ひ込まれて行くやうに歩き入つて行く。（略）こゝに立つた時に、私は必ず、自分の肉体を思ふ。私が、こゝに来てこの柔かく漂つて居る生きた光と色との液体を吸ひ込む時に、私の肉体がすぐ、その儘自由に溶けて、漂つてこの生きたものゝ中に溶け入つて行かないで居るのを感じる。斯う言ふ時に特に私は自分の肉の中に、この意識が潜入して行つて、自分で自分を感じる。この木の静かな腐り死んだ処のない姿が、自分をひたく〱と包んで来ると、自分の肉の弱さと、昏さとで慄へながらあえぐやうに成つて来る。(30)

葉舟は、中へ奥へ「潜入」していく。つまりここでは、深さが志向されているのである。柄谷行人が「風景の発見」に「内面の発見」を指摘したように(31)、風景の描写は、近代文学にとって自己表象を生み出す装置となってきた。葉舟はその実践者の一人である。そしてそれを俊子は拒否したことになる。彼らが見出す内面に背を向け、表層を滑ってゆくことが選ばれているといえるだろう。そのラディカルな表層性を異性愛の文脈に閉じ込めるべきではない。

女性作家は、文学場におけるマイノリティである。「女作者」は、マイノリティにとっての自己がどのようなものかを示している。それは、必ずしも自分に親和的ではない他者の目に曝されることを意味している。マイノリティの他者性がどのようにマジョリティの目に映るのか、マイノリティは自らに向けられた視線を読むことから逃れ得ない。あるいはその他者性すら見落とされるほどにマジョリティの均質化が強固な場においては、自らがどのように映り込んでいるのか、また見落とされた他者性が何かの瞬間に映し出されることはないのか、映し出されたときには何が起こるのか、新たな事態にはどのように向かい合ったらよいのか、緊張とともに自らに向けられた視線を読み続けることになるのである。それゆえ、マイノリティの自己表象は、自己に向かうのではなく他者に向かい、他者との関係性の絶えることのない交渉の実践となる。読者共同体への疑いと違和感が生む語りの複層化は、他者への応答性として読みかえられる。そしてまた、深層を欠いたまま見せ消ちにされた田村俊子の自己表象は、その失敗によってこそ、男性作家たちの自己生成小説の成功が、作家に自己を見つめることを許す同質の読者共同体に支えられていることを示唆するだろう。「女作者」は、そのようにして自己表象がジェンダー化していることを示すのである。

第2章　書く女／書けない女
——杉本正生の「小説」

1　〈自己語り〉と「小説」

本章では、「小説」という形式に注目したい。「小説」を書くことは、近代においてどのような行為として期待され実践されてきたのか、ジェンダーが生み出す力関係と合わせて考えてみたい。

さて、〈女〉が「小説」を書くことを考えるにあたって今一度参照したいのは、水田宗子が論じてきた〈自己語り〉の概念である。水田は〈自己語り〉という鍵語によって女の語りの特殊性を鮮明に描き出し、さまざまな女性作品について論じてきたが、〈自己語り〉の困難の指摘から新しい女性作家の表現へと論を展開させた。一方に見出されたのが「女性ジャンルとしての〈物語〉の方法の再生」[1]の試みであり、もう一方に見出されたのが「反物語としての、自己語り＝小説」[2]であった。

物語の抑圧的な性差のディスコースから解放されるために、ラディカルなリアリズムで、特殊な自己の、特殊な自己語りをしようとした一九六〇年代の女性作家たちは、どのように率直に自らの傷を切り開いて内面を語ろうとしても、厚い層を成して女性の内面を取り囲む物語の抑圧的ディスコースの壁に突き当たり、それを破壊しようとして自らの内面も破壊してしまう。近代女性文学において、最もラディカルな前衛表現であったものは、物語からの決別、小説における物語の排除の試みであった(3)。

物語の破壊としての「小説」の先にはさらに、「小説と物語、自己語りと物語の明確な境界線を崩し、互いに越境しあう(4)」試みが見出される。たとえば、大庭みな子の作品を「女性の内面の成長を託しうる、女性のナラティブとしての自己神話創造の試み(5)」と読み、高い評価を与えた。こうして〈自己語り〉をめぐって、水田は、女たちの「先行テキストとの格闘(6)」の跡をたどり、「〈自己〉も、書く主体も、男性のジェンダーとしてメタフォア化されていて、女性が託すべき規範が不在な中で、読む主体、読み替える主体、つまり、解釈する主体として、女性は表現を手にしていったのである(7)」と指摘した。さまざまな迂回や格闘を認めながら、女性を表現主体として立ち上げることに、貢献したといえるだろう。

さてしかし、ここまで論じてきたように、本書で考えたいのは主体の立ち上げではない。かわりに、主体が立ち上がらないということ、語ることよりも〈語りにくさ〉が生じるということに目を向けたい。〈語りにくさ〉には応答性が示されているからだ。応答といっても、もちろん十全な対話になるものではない。透明ではあり得ぬ行為としての書くことと、同様に透明ではあり得ぬ読むことが、にもかかわらず関係し合っているという意味での応答である。そのような観点から自己表象の困難を表現主体の外側へ開く糸口をさぐってみたい。書けないという困難は、まさに他者との関係の中で生じている。違和の感触を、内側に幾重にも重ねていくのではなく、他者との関係への可能性(とその不可能性)の問題として再記述してみたいと思う。

それでは、「小説」とはどういう形式であったか。物語や〈自己語り〉といった枠組みは表現主体にとってのテクストの質を説明し記述することを可能にしただろうと思うが、ここでは、制度的に用意された形式としての「小説」というカテゴリーを書き手がどのように用いたのかという問いを立てたい。あるテクストを「小説」として書き読み手に提示するという行為には、読み手との了解事が深く関わっている。とくに〈女〉にとってのそれは、どのようなものと考えられるのか。

村山敏勝は、次のように指摘している。

リチャードソンが定式化した小説というジャンルは、プライヴァシーを、とくに性的なプライヴァシーを安全に覗くことのできる特権的形式だった。舞台では直接的すぎて描けない情景でも、文字テクストという鍵穴を通して、主人公の「内面の襞」を通してなら表象可能になる。（略）女性教育の装置は、安全なポルノグラフィー装置でもある。そもそもプライヴァシーという概念自体、一八世紀後半以降の専業主婦増加に重なって女性性を刻印されている。小説を語る女性とは、自分のプライヴァシーを自分で生産しつつ、自分をポルノグラフィーの対象にすることで主体となる存在だといってもよい[8]。

村山の指摘は、日本の文学場においても十分に有効である。中山昭彦は、自然主義が勃興する日露戦後のメディア空間において〈告白〉の装置となった文学を支える読みの制度として、「〝作品から人へ〟という回路とともに〝人から作品へ〟という回路」が形成されたことを指摘したが[9]、男性作家の場合、「作家の肖像」の反復的な流通は、それがゴシップであったとしても「作家」としてのイメージと価値付けを強化することに繫がっただろう。女性作家の場合は、そうならない。たとえば小平麻衣子は、一九一二年に公刊された樋口一葉の日記が、自然主義的文学観を背景に「女性の深部を覗き見ようとするポルノグラフィー」として読まれたことを指摘している[10]。かつて「一般の女性とは一線を画した特別な存在」とされていた一葉が、「〈自然な女〉、〈女そのもの〉」を求める視線の中で、発表しなかった日記の書き手として見なされ、作家としてではなく「理想的素人」として評価されることになってしまうのである。女性作家に向けられた欲望は性的なものである。「〈女性的〉な日記にこそ読み取れる女性の内面と、肉体の深部としての貞操は、互いに比喩的な関係を結びながら、一葉のプライヴァシーの領域を確定してさえいる」、「女性のプライヴァシーが性的なこととしてのみ限定された」と小平は指摘する。小説が〈告白〉として書かれ読まれる文学場で、女性が小説を書くことによって作家の場所へ近づくことは、容易ではない。どのようなプライヴァシーを〈告白〉すればよいのか、ポルノグラフィックな視線との交渉は、非常に自己言及性の高い、〈語りにくさ〉を帯びた書き方を生む。この自己言及性は、先に述べてきたように、書き手の前に読者が存在していることの証である。〈語りにくさ〉に、「小説を語る女性」が陥る困難を見て取ることができるだろう。

2 『青鞜』という場

さて、以上のように、方向性を整理したうえで、第1章で扱った時代に次ぐ一九一〇年代の状況の一例として、一九一一年発刊の『青鞜』での実践に注目したい。

前章でも触れたが、『青鞜』の特徴は、女性による女性に向けた雑誌だという点にある。語られたテクストの形式は、小説・詩・俳句・短歌・戯曲・翻訳・評論・日記・手紙、さらには、雑誌のあとがきなど、さまざまである。このような多様さをみせながら、女性が女性に語るという場の特質は、私的な問題を語り出すことを容易にしていったと思われる。『青鞜』はそもそも文学雑誌として出発したが、徐々に、それにとどまらぬ傾向を持っていった。よく知られるように、『青鞜』第三巻第一〇号で概則が変更され、「本社は女流文学の発達を計り」の文言が

「本社は女子の覚醒を促し」となり、当初盛り込まれていた「文学」の文字が消える。「文学」という文字を消すことによる転換は、より直接的な形で「私」の考えを語ることへの転換であったともいえるだろう。

たとえば岩野清子や生田花世の〈告白〉的な文章は、後期の『青鞜』の中心的な話題を形成した。生田花世は、「私は私のものを云ふ事や、私がものを書く事が、私の生命のほとばしりであるように感ずる」（「恋愛及生活難に対して」、四-一）と書いている。このような姿勢で書かれたそれらは、評論というより、北田幸恵の言葉を引用すれば「ジャンル横断的」[11]なものである。北田は、このような傾向について「彼女らにとっては、おそらくジャンルという規範にかなったタブローの完成よりも、やみがたい衝動のままに自己を解体し創造していく表現過程こそが重要なのであったろう」と述べ、「男性の権威的検閲や審判を経ない、女性みずからによる女性の雑誌という性格が、かつて女性がもちえなかった猥雑なまでにエネルギッシュな領域侵犯的な新しい書く経験を保証したのだといえる[12]」と指摘している。

『青鞜』の内側の事情からすれば、このような「私」の記述に、与謝野晶子が創刊号で歌にした「一人称にてのみもの書かばや」という願望が、「『青鞜』の女たちの「一人称」の「語り」として具体化し[13]」たのだという解釈を与えることは妥当だろうと思う。ただ、ここであえて考えたいのは、『青鞜』の外側の文脈では、このような「私」の「語り」は、女性ジェンダー化した〈告白〉と解釈される可能性が高かったということである。

『青鞜』に関係の深い雑誌に、同じく前章でも触れた『女子文壇』という雑誌がある[14]。文学に関心を持つ女性にとって、非常に大きな意味を持った投稿雑誌であり、先の生田花世の出発点となった雑誌でもある。『女子文壇』は、河井酔茗を編輯主任とする文学投稿雑誌であったが、第六巻（一九一〇年）、第七巻（一九一一年）あたりになると、〈告白〉的要素の強い「散文」というジャンルが雑誌を特徴づける基軸となった。たとえば、第六巻第九号で記者は、「散文欄が最も特色を存してゐる」と指摘したうえで、「若き女子の感情と云ふやうなものが、最も散文に書き易いからであらう、また処女時代は全く感情に活きてゐる時だから、自然抒情的の好い散文が出来るのであらう、男子の文壇を渉猟しても此種の文字は滅多に見つけることが出来ぬ」(一記者「誌友作家の進境」)という。ここでわかるように、散文欄は明らかに女性ジェンダー化された〈告白〉なのであり、「小説も好くなりつゝあるが、小説となると、多少技巧を要するから、人生の見方とか其表はし方とかに、未熟の点があるやうに思ふ、詩は更に醇芸術的であるだけに進歩がぬるい」というように他の文学ジャンルの下位に位置づけられている。

生田花世は、この時期の『女子文壇』における、感情の吐露に焦点を絞った「散文」の中心的な書き手であった[15]。「入京記」(六-七)、「都会より地方へ」(六-一二)、「木柵」(六-一五)、「今秋のかたみ」(六-一六)と連続して語られる散文に、読者もまた熱い反応を返し、生田花世は『女子文壇』における〈告白〉への転換を加速させる働きをしている。

そのような生田花世にとって、『青鞜』での〈告白〉的評論の執筆は、『女子文壇』における「散文」の延長でもあっただろう。と同時に、『女子文壇』を想起し得る読者にとっては、『青鞜』の〈告白〉的評論が、「散文」の延長線上に位置づけられるものであった可能性は当然ある。生田花世の語る「私」は、「文学」と関わることで形成されたものでもある。つまり文学は、プライヴァシーと名付け得る領域と、それを露呈する〈告白〉のシステムを、同時につくってきたのであり、その最も女性ジェンダー化したジャンルとして、『女子文壇』における「散文」や、あるいは『青鞜』における評論が位置づけられていたといってよいだろう。書き手の女性にとっての意味と読み手にとっての意味は必ずしも一致しないだろうが、『青鞜』を外部の文脈の中で見るとき、こうした女性ジェンダー化への反応をどのように認識し評価すべきだろうか。

書き手である女性たちが、女性化された〈告白〉のシステムへの抵抗と、その中での〈自己語り〉の模索を、試みなかったわけではないはずだ。ここでは、その痕跡を辿るために、『青鞜』で「小説」だけを書いた杉本正生《まさを》に焦点をあてたい。この時期の「小説」は、自然主義の真っ直中にあって先鋭的に生み出された〈告白〉の形式そのものでもあり、数ある〈告白〉の形式の中で最も上位に位置づけられていた。その「小説」という限定された形式に、非常に意識的に向かったと思われる杉本正生は何を書いたのだろうか。

3 杉本正生という書き手

杉本正生が、『青鞜』に参加するまでの経歴を、簡単に追っておこう。

杉本正生についての調査として最も詳しい岩田ななつの研究[16]によれば、正生は一八九〇年、杉本敏行、いくの次女として、大阪に生まれている。兄が二人、姉が一人いる。一九〇一年に京都へ移り、平安女学院予備科に入学したのち、一九〇四年、京都市立高等家政女学校本科二年に転学している。この時期の、最も重要な出来事は、津田青楓と知り合ったことである。二人は結婚を望むが、共に戸主であったため、断念せざるを得なかった。一九〇七年三月、青楓は山脇敏子と結婚、四月にはフランスに留学する。一方の正生は女学校卒業後、京都薬学校に入学するが、文学の道へ進むことを決意し、退学して雑誌記者になり、『京華日報』に処女作を発表した。

一九一〇年、青楓は帰国し、一九一一年には京都から東京へ移る。妻子を呼び寄せるまでの間、正生は西から東へ青楓とともに動いている。六月一八日には茅野雅子の紹介状を持参して平塚らいてうや物集和子といった『青鞜』関係者に会い、同月末には漱石宅を訪ねている。八月より津田青楓も執筆していた『京都日出新聞』[17]に宮下桂子の名で小説などを書き始める。最も長い作品は、全五六回の連載小説「流離」(八月一八日-一〇月一二日)であり、同時並行して月曜文壇欄で八本の短編を書いている。

その後、一〇月三〇日の「夜の雨」を限りに執筆の場を『青鞜』に移し、一一月刊行の第一巻第三号より一九一四年四月の第四巻第四号まで、「習作」と題した六編を含む一五の作品を書いた。岩田なつの指摘によれば、正生は、青鞜社員志望第一号の女性である。その熱意について岩田は次のように述べている。

まさをがこの趣意書（正生の友人である茅野雅子のもとに届けられた、青鞜社の趣意書：引用者注）にどのような感慨を抱いたか、書き残された文章はない。しかし、青楓との恋愛に傷つきながらも、文学で自分を生かそうと努力していたまさをであるから、共感したことは容易に想像できる。それが、青鞜社員第一号として入社した敏速な行動に現れているのである(18)。

また、『京都日出新聞』への執筆については「まさをが一九一一年になって、『京都日出新聞』に短編小説や随筆、連載小説を掲載し出すのは、青楓の動きに呼応しているかのようである(19)」と指摘する。青楓との関係が正生の行動の向こう側に透けている。正生にとって、書くということは複数の欲望が重なる行為であった。

五月二九日の『京都日出新聞』に、「まさを子」の名で掲載された「六月の歌」は、この時期の様子をうかがわせる。

わくらわに往きける人を想ふ日の歌に生きたるわが身と思ひき
東来て京を想ふと言ふ人のなやみがちなる六月の家
流離てふ拙なくも又断ちがたき想ひの筆をとる小家かな
想ふ人を東に措きて京に来しかぼそき人の夏すまゐかな

筆の道へ進むことへの決意、東京で京都を想い出すという人（青楓であろう）と一時を過ごし、後に連載することになる「流離」を執筆しながら、京都に戻ったときには青楓を想う。書くことと青楓への想いが綴られている。書くことの裏側に恋があり、恋の裏側に書くということがある。

しかし、正生の抱えている複雑さは、それのみで説明しきれるものでもない。次の登場は八月四日、「宮下桂子」の筆名で書かれた「東京の印象（一）」という随筆である。そこには「青楓氏が東京の生活、を書いた。其中に現はれて居る正生女史とあるは妾の事である」と、記されている[20]。筆名としてわざわざ「宮下桂子」を名乗りながら自身のことを書き込むという、〈告白〉をめぐる正生の二重化した身振りが示されている。こうした二重化は、さらに、東京での文士訪問について述べる際にもみられる。

訪問する先方も、交際する人も、大方は文士とか美術家だとかで、世間とは一皮はつてくらしてゐる人々であつた。行く末はやはり此れらの人のやうに文士といふ名をつけもし、つけられも為なければならぬ妾は此れらの人々に接する事を、恐らく無上の喜びでなければならぬのに、何だか夫れが嫌であつた。夫れ丈け妾は世間に敗北してゐ乍ら、世間的な人間で、世間と一皮はつてゐながら、其皮の小穴の空隙から世間の臭味に憧がれてゐた。

ここでは「文士といふ名」で生きるあり方への抵抗感が、明示されている。彼女にとって書くという行為はけっして透明な行為とはなっていない。どの名前で書くのかということにも、書くことへの欲望にも、つねにある種の軋みを孕ませながら、正生は書き続けていく。この後、一〇月末までは『京都日出新聞』で、その後は『青鞜』で。『青鞜』への移行で興味深いのは、多ジャンルの混交する『青鞜』で、執筆した作品のすべてが「小説」であり、しかも前半六編については「習作」と名付けられていることだ。もちろん新聞での作品に「習作」と題されたものはない。では同人誌でもある『青鞜』に他の例があるかといえばそうでもなく、正生以外にこの表題を選んだ者はいない。「習作」と題されている以上、その時点で完成した作品を発表するということよりも、未来に向けて書く力をつけるための稽古が続けられていたということになる。書くことへの継続的な意志がなければ「習作」が試みられることはないはずである。あえて「習作」と題することで、正生は何を試そうとしていたのだろう。そこには「小説」という枠組みへの関わり方が示されているはずだ。「感想」や「手紙」や「評論」ではなく「小説」であることは、正生にとってどのような枠付けを意味したのだろうか。

また『京都日出新聞』から『青鞜』への移行は、どのような変化を意味したのだろうか。『青鞜』への参加は、六月の時点で決意されていたようだが、一〇月までの新聞での執筆活動は順調なものだったといってよい。連載と短編を同時に進め、読者の反応もある。一〇月一九日の読者欄「落しふみ」には「月曜文壇は宮下桂子氏が異彩を放つてゐる」「楽屋の書振りなどは近頃中で一番」（米次）という投書が載っている。「楽屋」は一六日掲載の短編小説である。このような反応もある中、完全に書く場を移して「習作」を試みた正生の作品は、どのような変化を見せ、何を目指しているのか。新聞という開かれた読者層に向かうメディアと、基本的に同人誌である『青鞜』とは、当然、質が異なる。この違いを正生はどのように受け止めたのだろうか。

女が「小説」を書くことについて考えようとするとき、杉本正生は、新聞から『青鞜』という特異な同人誌へ移動し、しかも「習作」を積極的に試みた書き手として非常に興味深く思われるのである。

4 『京都日出新聞』の短編群

まず、『京都日出新聞』の作品をみてみよう（筆名は宮下桂子・宮下かつら・みやしたかつら）。掲載されているのは、全五六回の「流離」（八月一八日-一〇月一二日）、短編では、「金貸」（八月二一日）、「従妹」（八月二八日）、「親分」（九月四日）、「あの女」（九月一八日）、「秋の宵」（九月二五日）、「日曜の朝」（一〇月二日）、「見合ひ」（一〇月九日）、「楽屋」（一〇月一六日）、「夜の雨」（一〇月三〇日）の九編である。[21] ここでは、とくに、『青鞜』に書いた作品と分量の近い、短編に注目したい。

短編の語りのパターンは、書かれた順にしたがって、以下の四つに分けることができる。

①全知の語り手によるもの（「金貸」）
②一人称で物語外にある語り手が語ったもの（「従妹」「親分」）
③一人称の語り手が自身について語る〈告白〉的なもの（「あの女」「秋の宵」）
④三人称の語り手によるもの（「日曜の朝」以下四編）

かなりはっきりとした書き分けがあり、明記されてはいないものの、ここでも習作が重ねられていることがわかる。語り手の設定は徐々に内面を語る形式へ移っていき、最後に、内面をも語る透明な語り手の形式へ辿り着いている。「小説」というジャンルの発展順序そのものになっているのが興味深い。意識的であったにしろ、そうでなかったにしろ、書き方について積極的な模索が続けられていたことがうかがえる。

内容も、こうした語りのパターンの変化とともに移り変わっている。

第一のパターンをとる「金貸」は、二度離婚したお澄という女が、金貸しの婆さんの紹介で、やはり金貸しをしている檀那の世話になるまでを書いたもので、どの登場人物の心情についても詳しく述べられるということがない。第二の形式になると、「妾」という一人称の語り手の説明の仕方やわずかな感想などで、出来事に対する判断が差し挟まれる。たとえば、「従妹」は、稚子という従妹と須川という男が近づきつつあるところで、稚子の結婚が他へ決まるという展開であるが、「夫れでも須川さんと稚子は、もう長い知巳《ママ》の様に親しんで談つてゐる。／稚子は嬉しげでゐる。須川さんは哀しみを含んでゐる」といった説明や、「妾は稚子の嫁入、夫れについで須川さんを想つた」という感想などで、出来事を淡い悲恋ものとして語る方向づけがなされている。ただし、物語内容の淡さにも釣り合って、こうした方向づけはあくまでも控えめなものである。

しかし、第三の〈告白〉的な小説になると全く趣が変わる。「あの女」の一人称の「妾」は、内側に抱え込んだ言葉を書く語り手である。語り手は、面前にいる何者かには語ることのできないそれを書くことによって露呈するという、〈内面の吐露〉としての〈告白〉の形式に非常に自覚的である。話の具体的な内容は、京都座で芝居を見ていた「妾」が、薬学校では秀才だったのに「仲居風の女」となっている友人を見かけ、そのことに対する「何とも知れぬ苦痛」や「言ひ様ない侘しさと哀しさ」を感じたというものである。「妾」はそのことを連れの男に伝えることができない。そしてかわりに、その場にいない「Tさん」という男に語りかける。「其男の友に、其女の事は説はなかつた妾が、貴方に語るのが矛盾にきこえますか、／いゝえ、いゝえ、妾は矢張り誰人に恁う言つて見度いのです」。語りかけになってはいるものの手紙の形式をとっているわけではない。冒頭は「Tさん、妾は今京都座の濤を見てをります」とされ、出来事をあえて現在形で語り出し、この文章の執筆の時間から語りの時間が分別されている。つまり語りの時間にあるこの語り手は、小説そのものの語り手といえる。「Tさん」は、語りかける対象として名を与えられた存在であり、新聞に発表されたこの文章は、「Tさん」という男を通して「誰人」という不明の宛先へ開かれている。

語り手は、連れの男に語れぬ理由を次のように説明している。

> 男と言ふものは一体、女の弱い生涯を定め込んで了つて鼻にかけてをり乍ら、矢張り気味が悪いかして些々、自分の裡を気にする様に、女と言ふものを考へて見るのです、其考へ方がね、已う女は醒めたらうか、まだ男に嬲られてゐる意だらふか、まあかう言つたやうな調子でせう、だものですから若し此男の友に、あの女が以前是れ〳〵でとか何とか言つて見る位ゐなら、
> 「それあ当然でせう。夫れが本当ですよ。」
> 此な返事しか出来ないと存じます。

〈内面〉を〈吐露〉する小説の形式に意識的な語り手は、ジェンダーの問題を同時に見出している。ここで言われているのは、「男」が「妾」の話の意味を理解できないということ、「女」についての前提が、それを妨げているということである。こうして問題を明確にジェンダー化したうえで、にもかかわらず「Tさん」という男に語る。「女」である「妾」は、最初の読み手として、理解されない可能性の強い「男」を設定するしかないのである。同時に、その向こうに「誰人」を期待する。こうした〈語りにくさ〉について、語り手はきわめて自覚的である。

〈告白〉の制度そのものについて語る「あの女」の次作「秋の宵」は、より直接的な〈内面の吐露〉となっている。冒頭は「また今日も夕べとなつた、ああ夕べとなつた。かう心に叫ばれた」と始まり、「已《ママ》う凝乎して文机に喰ひついてゐられなかつた」という「妾」が、窓より往来の人々を眺め「自分の孤独」を想うという内容である。「初恋の失恋」のために恋に躊躇を覚えていること、それが「男に対する憎悪」にも繋がっているということが語られており、正生自身の経歴を直接に覗き込むこともできる。失恋と孤独、寂しさの自覚は、この後『青鞜』に受

け継がれており、この語りのパターンが『青鞜』での習作の始まりといってよい。「妾」の悩みは「文机」の前で語られている。他のどこでもない「文机」の前が「妾」の基点である。その後の展開は、『青鞜』に見ることができるだろう。

『京都日出新聞』の作品は、この後、第四のパターンに移っている。第三の〈告白〉的な語りは、「秋の宵」において赤裸々さを深めた後、一人称から三人称へ移行する。残りの四作品はすべて三人称で語られており、ある種の安定性を得たと思われる。読者から評価された「楽屋」もこの第四のパターンの作品である。『京都日出新聞』での習作は、段階を追って変化しながら、三人称の語り手が女性の登場人物に焦点化して語るというパターンに落ち着いたわけである。

語りの形式に変化がある一方、内容は継続している。

　妾は夫婦になつた女の自分のかう羨むほどに総の不安から脱れ出て、只、倚り得る偉《おほき》な力といふものを見いだすものだらふかと思つた。併しそんな事は不安の現在を慰める、さもしい懐疑に過ぎないとは思つて見た。
（「秋の宵」）

第三のパターンの「秋の宵」で語られたこの結婚への懐疑は、第四のパターンへ移った「日曜の朝」で、花尾という既婚の女性を中心に据え「何うする事もできぬ、と言つたやうな寂しみは、未婚時代の寂しみ以上に痛切に感じられてならなかつた」と語られる。「見合ひ」は、三度の結婚の経験を持ち「已う、浮つ調子に新婚の夢に酔ふやうな女ではなかつた」お常の物語である。結婚と幸せを結ぶ等号は完全に切れている。

その後は結婚自体から遠ざかり、「男」との関係における性的な感情の動きに焦点が移っていく。「楽屋」では、舞台に立つ小萩太夫こと由枝という女がかつての「引気《ひいき》」と久しぶりに出掛け「わけもなく、男と談るといふ気の上るやうな喜びを味つて、押へきれぬ身内のどよめきを感じ」る。中島という「引気」は固有性を消されて「男」となる。『京都日出新聞』での最後の作品である「夜の雨」でも、勝代という女が、講演会で偶然会った「光山といふ学生」の下宿へ行くまでが語られるが、「光山」という固有名は一度使われたのみでやはりあとは「男」となる。男のみせる親密な様子に「勝利」の感覚と「心の飽満」を覚えながらも、「最終の満足」を得るための「卑しい手段かと思へば、水を浴るやうな言ひ様もない恐怖と嫌悪が総軀を包み締める」という。「男」との関係は、「恋」や「新婚の夢」から遠く離れた文脈におかれていく。結婚から性的な関係へ移行しながら異性愛関係への懐疑が深まっていくのである。[22]

さて、ここで『京都日出新聞』での執筆についてまとめておこう。まず、習作的な試みがあること。語りの形式には発展的に四つのパターンがみられ、最後の第四のパターンで書かれたものが最も多く、ある種の安定性を得ていること。内容的には、異性愛的な関係への懐疑が継続して語られているということ。このような特徴は『青鞜』での執筆にどのように繋がっていくのか。次節では『青鞜』での試みについて述べたいと思う。

5 〈告白〉と「小説」

『青鞜』における正生の作品は全部で一五編である。はじめに全ての作品名を挙げておこう。「夕祭礼」(一-三)、「習作の一」(二-四)、「習作の二」(二-五)、「習作の三」(二-六)、「習作の四」(二-七)、「習作の五」(二-九)、「習作の六」(二-一〇)、「髪(長編小説の序にかへて)」(二-一一)、「髪」(二-一二)、「髪」(三-三)、「髪」(三-四)、「朝霧」(三-七)、「朝霧」(三-一〇)、「阿古屋茶屋」(四-三)、「合奏」(四-四)。前半に「習作」が六編まとまり、後半には長編「髪」が途中で「朝霧」と改題されつつ書かれている。

各作品にジャンルが付されている号で、小説のカテゴリーに入っていないのは、最初に書いた「夕祭礼」という「小品」のみである。あとは全て「小説」として書かれている。[23] この時期、「小説」以外に設けられているジャンルを一覧すると、振事劇・翻訳・戯曲・脚本・史劇・評論・日記・論文・感想・手紙・批評、これに加えて短歌・詩・俳句などがある。実にさまざまなジャンル分けがなされていたことがわかるが、正生はこれらの中から「小説」を選んだということである。

さてはじめに、語りのパターンについて第4節での整理にもとづいて述べたい。

小品である「夕祭礼」は第二のパターンをとっており、「私」という一人称の少女が、母と父が東京から京都へ連れ帰ったおつねさん、三人の関係を語る物語である。「私」は微妙な三角関係に対しては傍観者的な位置にあり、その点で、一人称で物語外の語り手が語る第二のパターンといえる。次に書かれた「一」(以降「習作の」を省略して示す)は、秋江という女性に焦点化した三人称の語りで第四のパターンである。秋江が岸という男と二年ぶりに偶然再会するという物語で、細かい気持ちの揺れが現在形を多用して語られている。はじめの二つの物語で第二と第四のパターンでの語りが試みられたあと、「二」から「五」までは第三のパターンで語られる。内容的にもかなり関連性の強い〈告白〉的な小説が四編続く。そして突然「六」で、第四のパターンに戻る。「六」は、お紺さんという夫のある女にほぼ焦点化され、妻のある男との温泉への旅が語られている。

『青鞜』における習作で集中的に試みられているのは、『京都日出新聞』で最後に繰り返し書かれた第四のパターンではなく第三のパターンであった。第二と第四のパターンで書いてみたあと、第三のパターンで習作を重ね、ある時点でそこから抜け出るように第四のパターンに戻る。つまり、正生にとって『青鞜』で「小説」を書くことが、第三のパターンである〈告白〉の形式で語ることと重なっているということができるだろう。次節で詳述するが、

「髪」と「朝霧」は、紛れもない〈告白〉として、にもかかわらずやはり「小説」として書かれている。『青鞜』における「小説」の試みは〈告白〉の試みだったといってよい。

〈告白〉としての「小説」は〈女〉の書き手に非常に微妙な力学の中で書くことを強いる。一方では、自然主義小説、あるいは、『白樺』における私小説的〈告白〉などの、その時点での先端と重なるが、もう一方では、それが〈女〉の書き物である場合、第2節で述べたように、「感想」や「日記」のような女性ジェンダー化した〈告白〉の形式に滑り込む可能性がある。それらの力学の中で書く「小説」は、第1節で述べたように、隠されるべきプライヴァシーを暴露するものとして、ポルノグラフィックな視線との交渉を強いられることにもなる。〈告白〉に近づけば近づくほど、その交渉は過酷になる。

それらの構造を、『京都日出新聞』で「あの女」を書いた正生は認識していただろうと思われる。そのうえで『青鞜』であらためて繰り返し書かれるのが、第三のパターンである〈告白〉的「小説」なのである。筆名もまた、宮下桂子ではなく実名の杉本正生となる。一人称の「私」は杉本正生と重ねられて読まれることとなる。が、正生がそれを避ける様子はない。「三」での「私」は「まさを」と呼ばれているし、「五」では末尾に「木屋町の小さき家にて」という付記があるが、小説中の「私」もまた「木屋町」に住む女である。そのような強められた緊張の中で、どのように〈告白〉は「小説」として習作されているのか。その過程を辿ってみよう。

「一」は、先にも述べたように〈告白〉的ではない。三人称で語られた第四のパターンだが、注目しておきたいのは、ある種の〈語りにくさ〉が示されていることである。先に簡略に内容を示したように、語りの焦点となっているのは秋江という女で、美術館での再会から始まり、彼女の気持ちの流れが執拗に細かく記述されていくのだが、特徴的なのは、描写に異様な頻度で「やうに」が使われていることである。

恁う岸の袂に倚り添ひ乍ら、秋江は囁くやうに媚をつけて言つて見たけれど、此れが、ふと此まゝ何事をも起さず別れて仕舞ふ二人ぢやないのかと思へても来て、うら寂しい。

『一度宅へも被入して見て下さいな。』追つかけるやうに、恁う縛ぎをつけて置く言葉も撰んだ。

『はあ。』

憂へぬ人のやうに岸は極簡明に取扱つてゐる事を示した。

つと秋江は倚り添ふ様にし見《ママ》た。

岸も応じるやうな調子に其手を握り緊めてゐた。

初々しい鼓動が、少時く続いた。

秋江は湧き上がる様に語ひ度い言葉をも、男の無言を破らうとするのは然し苦しい。

公園の後は雑木林のやうになつてゐるので、道も茲は已に深い暗で明晰とはしない。


少々長くなったが、ここに引用した部分ではほとんどの文に「やうに」が使われている。秋江についても、岸についても、風景描写の際にも。この繰り返される「やうに」は、比喩を示す表現として使用されているというより、焦点や対象を曖昧にし明確な記述を避ける働きをしている。同様の使い方がされているのは、やはり頻出する「も」である。たとえば秋江に焦点化した箇所で「只何と言ふ訳もなく過去の恋と言ふ様なものがあまりに醇化されてゐたやうに思へば思はれもする。美しい空想に深い信念を立ててゐたとも言へば言はれもする」と語られる。判断を迂回するこれらの表現に何を読んだらよいのか。

もう一箇所秋江に焦点化した箇所を引用しておこう。

かう口の内で、闇に叫ぶ人のやうに、狂ふた人のやうに叫んで見る。かう総身を無茶苦茶に掻き毟つて了ひ度いやうに、可笑しい手つきを為ながら敷布の上を転げ廻る事もある。冷たい鏡の前に座つて、取乱した自分の顔を映しては、愚かしい眼付をしてはそれを眺めてゐる事も為た。

「やうに」と「も」がやはり使われているが、語り手はここで、「闇に叫ぶ人」とか「狂ふた人」という定型的な表現を明確に比喩化して扱うことで秋江との間に距離をつくりながら、同時に寄り添うことをしている。非常に自己言及的な行為の形態といえる。することと、その行為を見ることが、つねに同時に行われている。語り手の判断回避も、秋江の水準におけるこうした二重化する行為と同質だといえるのではないか。何かをするとき、同時にそれに対する距離が発生してしまうという、この動きそのものを記述しようとするため完結的な表現が回避される。「一」の語り手と登場人物は、水準の違いはあってもほとんど同質化しており、つねに意味との距離を孕んでしまう意識の状態を記述しようとするとき、語り手もまた判断を回避する語り方になるのだといえるだろう。

　登場人物と語り手は非常に近い。同時に、秋江は正生自身にも近い登場人物である。秋江は美術展に足を運び「空になつて行かうともする近来の淋しい脳に快よい逆上を感じてゐた」と描写される女性であり、そしてまた、「おつ母さん、私は迚《とて》もものになれませんわねえ」と呟く女性である。芸術的な仕事を目指す秋江には、書き手である正生自身を読み込むことができる。『京都日出新聞』の作品と比較すれば、内容としては、別れた男に再会するという意味で「楽屋」に、学生を相手にした恋という意味では「夜の雨」に非常に近く、異性愛を距離を持って語る第四のパターンと連続しているが、語り手と秋江が近接する語りの形式はむしろ第三のパターンに近い。このあと「二」からは一人称の第三のパターンに移る。このように考えれば、この「一」は、第四のパターンから第三のパターンの〈告白〉へ繋がる、中間の位置にあるということができるだろう。そしてこのあと、よりはっきりした形で、〈告白〉が習作されることとなる。

一人称の〈告白〉的小説として正生が書いた作品は、内容的にも第三のパターンを受け継ぐ失恋・孤独・寂しさを基軸としている。四編とも、正生自身に重ねられた語り手が、心情を語るものである。『青鞜』で試みようとしたのは、こうした苦しい心情を〈告白〉することであった。「二」から「五」への流れを辿っていくと、徐々に内向していくことがわかる。空間設定の変化をまず確認しておきたい。「二」では、吉村という友人宅を訪ねそこから連れだって散歩に出ている。気持ちを慰めるために吉村を訪ねた語り手は、結局、二人の差異を痛切に感じることとなる。「三」は中川という友人宅が舞台である。ここに東京から失恋して戻ってきたもう一人の友人光子が来訪し、語り手を含めた三人の対話が描写されている。中川宅まで「私」は出向いてきたわけだが、そこから外に出ることはない。「四」は自室での出来事が中心である。鬱屈した気持ちを抱えながら、友人に手紙を書こうとするが書けない。世木という友人が訪ねてくるが語り手は違和感を覚えるばかりで、最後に一人で湯へ出かけている。「五」の舞台もまた自宅であるが、語り手はヒステリーで床に臥している。家族が外出する折も自宅に一人残る。友人からの手紙が届けられるが鬱屈が晴れることはない。

「妾」あるいは「私」と記される一人称の語り手の精神的な状態は、空間の設定に示されたとおり、徐々に内向し自閉していく。「二」で「感情に動き、感情に亡びて行く妾」と形容された語り手は、「三」では「私だとか中川さんのやうに、灰色の、冷たい望みもない、屍のやうな人」となり、「四」に入ると「狂ふ様な心持ち」を「巧みにも人々には穏やかに秘め」ることとなり、「五」では「淋しい無音な、沼のやうな世界に私は一歩も浮び上がられぬ運命に沈んでゐる」と認識されて「ヒステリー」として形象化する。他の人物とのコミュニケーションは、徐々に描かれなくなり、かわりに内面が露呈されるようになっている。語られる感情は回を追う毎に密度の濃さを増していく。このような段階的な内向は、習作がひたすらに内面の吐露に向かって続けられたことを示しているだろう。第三のパターンに書き込まれた、「矢張り誰人に恁う言つて見度い」という欲望が、これらの習作を生み出していると思われる。

さてしかし、ここで注意を向けたいのは、このような内向によって自己認識が深化するかといえば、そうではないということだ。感情が煮詰まっていく様子は示されているが認識の内容そのものに変化があるわけではない。「私」の内部へ近づいていくことは、むしろ自身についての具体的な説明を後景化させている。それを端的に示すために、各習作の冒頭を比較してみたい。

> 妾は恋の悼ましい胸を抱へ乍ら、二條高倉なる吉村の家を訪ねたのである。（「一」）
>
> 久濶で光子さんが東京から帰つて来たといふ事が、淋しい私と、順しい中川さんとの間に、春のやうな暖かい悦びを与へたのであつた。（「三」）
>
> 午眠の快よい休息から覚めると、已う房の光線は淡くなつてゐた。井戸端に行つて眼と爪先きを冷たい水で洗つた。（「四」）
>
> 私の家の向ひともなる亀屋の裏二階からは何うかすると浪花ぶしが響いて来る。（「五」）

徐々に語り手自身から退いていっていることがわかるだろう。自己の内面についての描写（「一」）から、友人も含めた描写（「三」）へ、内面の描写を離れ（「四」）、自分自身を離れていく（「五」）。

末尾もまた同様である。

> 妾は昨年だつたか此辺で、一軒佳い二階を見つけて、母と別れて昼間を其処で勉強しやうとしたが、よく近所で訊き合はして貰ふと、其処が縛奕《ママ》などを打つ家だつたときいて、持ち運んだ机も其ままに打やつていた事を、

ふと今思ひ浮べるのであつた。（「二」）

さうだ、何故あの人達ちは恋を苦痛のかげに追ひ込めて考へてゐるのだらう。（「三」）

くたびれた様にして、歩き出すと、可なり夜の深くなつた事を告げる様に、寂とした辺りに風は響いた。見ると、夜の潤気は冷たく肌にあたり、広々と開展した空には水蒸気に反映する街の灯が仄紅く彩つてゐるのだつた。（「四」）

恁う姉は言つて、血の深い手を濡らせて台所から端書を握つて来た。
——小さい頃、小母に習つた笛の手も忘れて了つた。何うかすると思ひ出す追憶の寂しさが反つて心に食ひ入る——
と端へ持つて来て書いてある。（「五」）

語り手の現在を説明する過去の出来事（「二」）から、友人の話題へずれ（「三」）、風景の描写になり（「四」）、届いた手紙の引用（「五」）となる。ここでは冒頭と末尾だけを引用したが、全体を通して内面についての説明的な記述は後退している。苦悩の原因や自身について新しい何かが発見されることはなく、明示された原因として失恋を据え、自閉した憂鬱が綴られている。変化しているのは認識の内容ではない。

6　読み手としての〈新しい女〉

語り手が自閉していく一方で、説明的記述が後退するという事態は何を示しているのか。それを〈語りにくさ〉として考えたい。先に指摘したように、正生はすでに『京都日出新聞』の短編で語ることについての複雑な欲望——理解されないだろうという前提のもとに、「矢張り誰人に恁う言つて見度い」という欲望——について説明していた。習作では、望んだようには理解されないという諦念と語りたいという欲望の混在が引き起こす〈語りにくさ〉が徐々に強まっているように思われる。〈告白〉の主な内容は変化しないが、それを語り書く行為のあり方は徐々に変化する。正生の習作の場合、その過程で読み手の存在が徐々に重さを増しているようなのだ。書き読む行為の不透明さが高まり、それとともに他者に向けた関心は強まっていく。習作の語り手は語ることの困難さを語るようになり、書くことは認知されない危険な行為となっていく。

確認してみよう。「二」では、吉村というもう一人の女性と向き合い対話する中で自己を説明している。つまり、し得ている。またここでは、「妾には文学が中毒したんですね。……妾には文学のやうな学究的なものは柄に逢はなかつたんですね。生じ好きだつたのが身を誤つたのだわ」と吉村に説明し、文学との結びつきが示されている。「失恋の深い痛手は、痛切な文字を読むにさへ辛らく、寧ろ、無神経な人のやうに、物質の奴隷となつた打算の月日を送り、全く世間にも人にも囚はれない自由な隠れ家が望まれてならなかつたのであつた」とも説明されるが、この隠れ家は「母と別れて昼間を其処で勉強しやうとした」という記述があるように「勉強」する欲望とも結びついている。失恋後の憂鬱は文学をめぐる迷走と重ねられ、書く女としての不幸が語られているといえる。

「三」では、「まさを」なる語り手は直接自身について説明することを避け、失恋のモチーフは光子に、その後の

「灰色」の心境は中川に、それぞれ仮託される。中川は原稿を書く女であり、灰色な人生を送りながらも「教へを明るい眼で見上げて行かうとするやうな、静かに理智を育ぐくませて行かうとする」生き方をしており、それを「羨」ましく感じるという中に、「私」の書くこととの微妙な距離が語り込まれている。

そして「四」になると、文章を書こうとして書けないという出来事が語られる。前章で『青鞜』の〈書けない女〉の嘆きの一例として挙げた、語り手が握った「ペンを投げ捨て」る場面である。書けないのは、読み手の姿が浮かんでくるからである。

而して凭ういふ灰色の息苦しい心持ちを脱がれ得るだけ何うかして見やうといふ風に、ペンを拾つて見るのだつた。而して此時は正直に、淀みなく、何うして此夕暮れを妾はすごさうと思つてゐるか、などと云つた意味を一字一字現はして行かうとした。而してさういふ自分の表現に努めてゐた妾は又いつの間にか是れを手にして視て呉れる人の上を何う凭うと考へて見ずにはゐられなかつた。

このとき読み手は、書き手の心情を理解しないかもしれない者として立ち塞がる。「晴れやかな生活の前に斯かる愁患な哀訴の形が何うして拡け《ママ》読まるるかを思つて見たのだつた。／然う云ふ誇を失つた刹那の悲しみは、又書き差した五六行の文字を措かせ、ペンを捨てさせた」。書く行為が読み手の存在と不可分であることがここには示されている。「妾」は雑誌に記事を書いてもいるが、ここで書いているのは私信である。書く行為の宛先が徐々に閉じられていくと同時に具体的な読み手との関係は強まり、両者のずれもまたはっきりしてくるといえる。

「五」に至ると語り手はヒステリーに陥る。手紙についての二つの出来事の中に、書き読む行為の問題が現れている。書くことは、はっきりと危険な行為となる。宛先は失恋した相手である。「心の影にうづくまる可懐しい人にとて、読み了つたものを送り、端書を添へた。かゝる行為が、秘密なかゝる行ひが頓て私の身を亡すならば亡ぼされやう」。失恋した相手に手紙を送ることは社会的に認められない。書くことは、「文学」（「二」）や「勉強」（同）や「原稿」（「三」）という言葉を離れ、「秘密」で「身を亡す」行為として閉じている。書くことは、書きたいという欲望とは異なる文脈で望まぬ効果を生む行為となっているのである。一方で、「二」でも登場した「吉村」という名の友人から手紙が送られてくるのだが、それは語り手にとって全く共感できないものとなっている。「私が何ういふ花を好むかをも思ふ必要のない吉村は、恁うした大きな枝に、太く書いた文字の墨の匂さへ失せぬ様な手紙を寄来すのである」。吉村は「私」という読み手に無頓着な書き手である。正生は書き手と読み手のずれを注視する。前述のように、語り手の「私」は木屋町に住んでおり、作品の末尾に記された「木屋町の小さき家にて杉本正生」という一文が、ヒステリーに陥った「私」を正生自身に重ねている。とはいえその正生は、この「習作の五」という作品を書いているわけであるから、語られたヒステリーを事実として安易に受け取るわけにはいかないだろうが、ヒステリーに陥った女性を語り手にすることで〈語りにくさ〉が象徴的に示されているといえるだろう。

それでは、こうして語り手に〈語りにくさ〉を感じさせる読み手は誰なのか。それは〈新しい女〉である。「四」や「五」で語り手が書く手紙の宛先は男である。しかし、彼らはほとんど姿を現さない。直接の宛先にあたる男ではなく、語り手の行為を解釈する読み手として語り手が非常に強い関心をよせているのは女たちである。

「吉村」という登場人物がいる。吉村は「明晰りとした、感情に捕へられぬ、男性に見るやうな健全な表情に富む顔」をした、「意思、といへば恐ろしく健固な、思考に堪へ得る女」であり、「岩丈な人柄と、簡浄な生活」（「五」）と説明される女である。吉村は「二」と「五」に登場するが、類似する存在として「三」には中川が、「四」には世木が登場する。中川は「教へを明るい眼で見上げて行かうとするやうな、静かに理智を育ぐくませて行かうとする」女、世木は「已う少し切実な態度と現実を忘れぬと言ふ謹厳なものを女はまなばなければならぬ。

新しいとか言ふ女を疑ふ、恁う言つて、やがて又自身をも冷笑の中に認め乍ら、苦しい心持ちを抱いて帰つて行つた」と〈新しい女〉にも懐疑的な、「何か特別の心持ちを有つて、女を視める人」である。彼女たちは、憧憬の対象であると同時に反感の対象となっている。「妾はかうした吉村の夫れほど強く女を離れて行かうとする気分が解らず、寧ろ幼稚な夢のやうに考へられてならなかつた」という反感は単純な批判ではない。「迚も妾しは、吉村のやうに、意思を粧ふ女とはなれない、伴つて強く生きるより、そびる形ちを目前に見つめ乍ら、弱く哀しく、ありのままに教へに背いて暮した方が妾として有つて生れた自然ぢやないか知ら」という、痛切な失望と自己肯定との混合物である。語り手は、自身を「通常な世間の女」（［二］）という。その場所から投げかけられる批判は、「虚偽、仮面、さういふものの中に女を追ひ込めて視てゐるああした人達ちは、何ういふ厳威を有つてああした事を言ふのかと疑つて見度くなるのであつた」（［四］）という鋭さを含んでもいる。

正生の習作は、失恋を素材にするものであるが、語り書くことをめぐって必ず登場するのは男ではなく、こうした〈新しい女〉たちである。正生は、『京都日出新聞』で「Tさん」という男を直接の読み手として示しながら、その向こうに「誰人」を想定していた。その「誰人」が、ここでは〈新しい女〉なのだといえるのではないか。『青鞜』という場の特性をここに読むことは十分可能だろう。男に向けた感情を語ってはいるが、自身の場所の問題としてそれとは比較にならない複雑な感情を生じさせているのは、この〈新しい女〉との関係である。『青鞜』という場において〈告白〉の試みを重ねる過程で前景化してくるのは、読み手としての〈新しい女〉なのである。

〈新しい女〉という枠組みが承認に関わる複雑さを発生させる。世木という登場人物にあらわされているように、〈新しい女〉でさえ不十分だという立場もある。しかもそこに「自身をも冷笑の中に認め」（［四］）ざるを得ないという果てしのない離脱の試みがあるように、〈新しい女〉への同一化は容易ではなかった。

まだ実世間の波浪にも綣かれず圧迫の動かしい難い不自由さも感じず、まだ異性の厳威にさへも触れた事のない、極生れたままの直なる性情を、豊かな生活の為めに悠然と伸して行つたやうな、妾等から見れば羨望に堪へない尚とい部分を有ち備へてゐるのである。（「二」）

「二」でのこうした肯定的な評価は批判の中につねに混在している。同時に、「まだ」という評価は奇妙な転倒を孕んでいる。新しい生き方を「まだ」というのなら、各々の人生は、「古さ」に向かう過程ということになる。こうした矛盾を〈女〉の人生に持ち込むのが、〈新しい女〉という枠組みなのである。批判と、自身に対する「なさけない」という気持ちとの葛藤は、習作が重ねられる間に解決されることはない。ヒステリーの床で受け取った吉村の手紙に、「私は友の袖の汚点をなつかしむ様に、幽かな声を唸らせ乍ら、ころころ布団の上を転びまわつた」（「五」）とある。この「なつかしし」さもまた無視することはできない。

そしてここに「文学」の問題が絡んでいる。〈新しい女〉との距離を保ったまま、代わりに用意された枠組みは「ヒステリー」である。〈新しい女〉という枠組みと同様に、いやそれ以上にヒステリーは文学的な枠組みである。〈女〉に文学を重ねヒステリーを生む公式は、「蒲団」を持ち出すまでもなく公式化している。そのように考えれば、この習作で起こっていることは、〈告白〉という文学的行為の中で、文学的に流通している〈女〉の表象に近づくという事態なのだともいえる。〈告白〉という行為の積み重ねは、正生にとって「小説」という枠組みへの執着であっただろうことは先に述べた。その方向性の先にヒステリーが置かれていることは文学的表象への近接として理解できる。しかし一方で、書く女としては、文学から、少なくとも自己表現の可能性からは遠ざかっていくことになるのである。女が語り書くことはこのように難しい。

しかし、だからこそ正生の習作から受け取っておきたいのは、この困難さは被読性から引き出された応答性、読み手への反応として理解することができるということである。〈女〉に向けて語る場が用意されていることは、事態を容易に解決しはしない。むしろ、読者とのずれへの鋭敏な反応を生み出している。〈女〉という枠組みが、一つ用意されることで、逆にその中の多様性が前景化するのである。書けば書くほど読者とのずれが大きくなっていくという感性、視線のあり方。文学作品としての完成度とは別の問題系の中で、この習作群が生み出している意味を読むことができるだろう。内向すればするほど、〈書きにくさ〉が浮かび上がってくるというこの過程は、〈女〉の書き手としての、ジェンダー化した〈告白〉の不可能性を示している。「ヒステリー」の流用は、文学的な文脈を引き込むことで、自己そのものを語ることを回避することになっている。ここに読むべきなのは、〈告白〉への接近ではなく〈告白〉の回避である。文学という場での行為が、書くだけでなく読むことと深く繋がるとき、このような被読性と応答性の経験の記録となり得ることを正生の習作は示している。

7 〈告白〉の回避

そして正生は「習作の六」において、完全に方向を転換し第四のパターンに移る。ヒステリーに至ったところで〈告白〉は中止される。

こうした回避、中止は、『青鞜』の中でその後もう一度繰り返される。二度目の〈告白〉への挑戦となった連作「髪」でもまた〈告白〉は回避され中止されている。

〈告白〉の回避は、プライヴァシーの暴露を望む読み手の存在と関わっている。〈女〉が語りにくいのは、そうした視線への抵抗が必要になるからである。そもそも、より積極的に〈告白〉に近づくことを予告した連作「髪」が書かれたのは、『京都日出新聞』にゴシップ（「女文士の痛事　宮下桂子鼻摘み譚」、一九一六年九月一七日）が掲載されるという事件があったからだった。ゴシップは、プライヴァシーの暴露以外の何ものでもない。読者が向ける窃視的な欲望に暴力的に曝されるわけである。それへの抵抗として、正生は再び〈告白〉としての「小説」を意識的に選び取った。しかしながら、自己告白のはずのその中で実際に書かれたのは、ゴシップの時点からはほど遠い幼少時の、しかも兄を中心とした物語の部分のみで、正生が中心化するあたりで中断している。書こうとしても書けない、迂回と回避。

「髪」には、一回分にあたる長い「序」が付されている。そこには正生の切羽詰まった覚悟が異様な熱を孕みながら語られている。

文の荒まじく潤ひを含まぬ乱調なるは時間に乏しきばかりでなく情緒の荒れすさめるに依るものにてなほ世と身を呪ふ恐ろしき叫びをしづかに黙許しやうとする苦しき反撥の忍耐から、創作に従ふ情緒の準備をも欠くからの事である。

このような混乱の中で正生が語った「此告白文の一編をかゝんとするの理由」には、次のように、自己を語る欲望と読まれたいという欲望とが混じり合っている。まず読者との関係が「わたしは其中で人情として尤も暗黒なる醜罪の総てを物語り、而して夫れに陥り行きし道程の心緒と行為を叫び訴へるが如く披瀝して而して読者の悉くに肯定を希はんとする」と語られる。次には、語る欲望が「なほ此上自業を深く包みひめつつなほ粧ひ媚びて人々を愚弄するの武器を失ひ了りたるが故に、此告白は毫もわたし共の価値を滅却せぬばかりか、転々として来し豊饒なる越歴の過去を只一本の鍼の鋭き尖端もてほぜり出すよきてだて」となるはずだと示される。「有力なる人々の導示の儘に従」うための「唯一のよき上告文」であると、もう一度読者へ向き直り、最後に「同時に此れによつて得たる反響は二十三年に生を受けたるわたしの人として女としての位置を定むるに歩行を定むるにこなき手段」となると「思ひ信ずる」と記して自己へ向かう。

もちろん、「肯定」を頼める読者ばかりでないこと、読者の誤読の可能性を予期せぬ正生ではない。それでも〈告白〉を選ぶのはそれが文学的行為であるからだ。「小説の形式を借りて述ぶる妾一生の描写」に向かうことについて正生は次のように語る。

乏しき才能と貧しき読書とは迚も人々の共鳴を得るに至難なるはいふまでもなく此著述も全く徒労となり了はる事は毫も疑はず予期する処であるけれども、何かは知らず文芸を愛好するあはれなるわたしは空想にて作る事象の描写よりも、手近きわたしの真写がより以上の興味を起し、なほ前文に言ひたる如く告白の止むなき機会に遭遇するのために敢て此徒労をも惜しまないのである。

正生が習作を繰り返しながら中断し、こうして再度挑みながら迂回し回避せざるを得なかった〈告白〉としての「小説」は、語りたいという欲望を育てる一方で読まれることを前景化する形式であった。ここには、〈告白〉する〈女〉の、迷走の痕跡を辿ることができる。

8 〈語りにくさ〉と読まれること

正生は書く女であるが、そこに一貫したアイデンティティを持つ書く主体の立ち上がりを見るのは難しい。正生が『青鞜』で書いた作品は、〈新しい女〉に向けて、そうではない〈女〉として語りかけるものとなっていた。

〈女〉という意味に、どのように着地点が見つけられているのか、『青鞜』の作品には示されていない。「髪」という長編の題名は、異性愛制度における女性性を示すものである。「年久しくわたしの形ちをつくらひわたしの媚の全部を象くりし丈長き黒髪を肉の生命の身がはりとして剪り棄て」、「もうわたしは生涯に異性に与ふべき媚の悉くを失つたものとなつた」と、書く女としての覚悟を断髪に託して語りながらも、同時に「再びわたしは媚もて異性の遊戯に此身を玩具に捧げやうとは思はぬけれども、けれどもわたしは依然として髪は惜しい」という。主体は、揺れ続けている。こうした揺れ動きは、〈女〉という意味と交渉しなければならないものの不自由さを、はっきりと示している。

正生が想定したかもしれない読者としてあと一人、津田青楓がいる。「青楓」という言葉は、実は習作の中に二度書き込まれている。一つは、「私はふと、考へて行く青い楓の枝を視上げ乍ら、恋を失つた後の世の中、といふ様な事を考へ出した」(「三」)である。情景として描写されているが、「ふと」「失恋」にずれていく文脈には、青楓その人の影が見える。もう一つは、

> 輪郭を紅で染め出した青楓は、己う《ママ》其艶々とした新緑のなめらかな光りを見る事は能きないが、此初夏の夕暮れの冷たい大気のゆらめきに会つて其一枚宛の小さな葉をひらひらとそよがせ悦ばしい生の表現を示したのであつた。妾は此暗い色に続く瓦屋根と、一本の青楓とを見たきりで、又疲れたやうに机の前に坐つた。
> (「四」)

という「四」の一節であり、やはり植物としての青楓の描写がなされているわけだが、青楓を見上げる語り手の茫洋とした様子は、「青楓」という文字を綴る正生の内部に生じた空白を感じさせる。「四」には、同じ感触を滲ませる箇所がもう一つある。

厠の裾からでも出て来たやうな黒蜂が已う夏の夕べを告げるかの如く板塀の前を幽かな姿をついついとして飛び舞ふのだつた。妾は物忘れした人のやうな顔をして夫れを一心に見つめてゐた。（一四）

「黒蜂」という名は、正生が青楓と二人でつくろうとした同人誌の名前である。青楓が、「一寸消息」と題した記事（『京都日出新聞』、一九一〇年八月一四日）に、「二人切りもう誰れも寄つけない事にしましやうねえ」という正生の言葉をふくめて記している。[24]「一心に見つめてゐた」のは、「黒蜂」そのものなのかどうか。ここにも「物忘れした人のやうな」空白が語り込まれている。正生が書いた作品の向こう側に、青楓の影がよぎる。しかし、この空白は、どこで誰によって意味化され得るのだろうか。青楓なのか、あるいは事情を知る者か、あるいは空白は空白のままなのか、正生もまた宛先を明確に把握していたわけではないだろう。

最後に青楓の影に言及したのは、語り手が、特定の読者に向けて言葉を制御しきっているわけではないことを理解しておきたいからだ。正生の作品の揺れの振幅は大きく、「ヒステリー」の流用のような戦略的に解釈できる部分と、「青楓」が語り込まれる部分のように意味が朧化した部分とが混在している。このような不安定な揺れの中だからこそ、書くことと読まれることの不可分さを、私たちは読むことができるのではないだろうか。

第3章　読者となること・読者へ書くこと
――円地文子『朱を奪うもの』

読み、書き、読まれるという経験は、書く主体をどのように引き裂くのだろうか。読まない書き手も、読まれない書き手も存在しない。本章では、先行する読者論の枠組みの中に、書き手にとっての読者という問題を組み込んでみたい。

1　書き手にとっての読者

議論の方向性について述べることから始めたい。一つ目は、回路性を重視するということである。読者論は、作者とテクストの自律性を疑い、それらをコミュニケーションの回路の中に引き込んだ。ここでも、そうした回路性を重視したい。とはいえ、ふまえておかなければならないのは、読者論が、必ずしもテクストの中心性を奪うことばかりに貢献してきたわけではないということだろう。イーザーの「内包された読者」という概念(1)や、エーコの「モデル読者」という概念(2)は、むしろ優れたテクストの豊かさを導き出すことを目指したものだった。回路性を前提にしても、テクストの美学的な価値を論じることになっては言葉の応答性そのものへの配慮は霧散してしまう。すでに繰り返し指摘されてもいるその弊に陥ることなく、論を進めたい。

二つ目は、その回路が抽象的なレベルを経由して成り立っているということである。イーザーの理論でも、またとりわけ「経験的な読者」との差異を明確にするエーコの理論でも、非常に有益なのは読者が抽象的に仮構されていることを論じている点だろう。経験的なレベル、実体としての読者とは別に、抽象的なレベルで読者の像が機能していることについて考えることとしたい。

三つ目は、この抽象性をふまえたうえで、それと関わる主体との関係を論じることだ。その間に孕まれるいくつかのレベルにおける亀裂や軋みについて論じたい。軋みはいろいろなレベルに響いている。読者であるということは前提となる〈読者〉についての規範を参照しながら〈読者になる〉ことを意味している。その間に生じる、読者主体と抽象的な読者像との亀裂や軋み。また、期待された読者像は、一つではない。そのどれと深い関係を持つのか、そのときに孕まれる亀裂や軋み。行為の中に孕まれている、そうした亀裂や軋みについて考えることを目指したい。

読者は、書くことにおいてどのように機能するのだろうか。〈読者になること〉と〈読者へ書くこと〉という、回路を構成する二種類の行為について論じようと思う。とりあげるのは円地文子の『朱を奪うもの』[3]である。円地は、文学に親しむことで分裂することとなった主人公を説明して「紫の朱を奪うように滋子の生命はその黎明から人工の光線に染められていた」(二六頁)という。滋子はこの人工化、言い換えれば仮構性による分裂を生きることを特徴とした女である。「朱を奪う」という句は、そうした読む・書く主体における分裂の比喩である。示唆に富む例として円地の小説を適宜参照しながら、以上の方向性に沿って「読者」についての論じ方を整理し、コミュニケーションにおける軋みを応答性と繋ぐ試みとしたい。

2　読者となること

前節で確認したように、抽象的な〈読者〉像の問題と実体としての〈読者〉の問題は水準を分けて論じられる必要がある。実体としての読者が多様なのはわかりやすいが、モデルとなる読者像も一つではない。これらの問題の整理のため主として参照したいのは、和田敦彦の読者論である。和田は『読むということ』[4]において、読者の「社会的、歴史的な差異」を無視しないことが必要だといい、「読者という用語を、それ自体一般的な用語として概念規定しようとすることは、極めて差異抑圧的な「読者」の用語の用法を生むだろう」と指摘した。同書において和田は、歴史的な制度性を明らかにしながら、教育雑誌や『婦人画報』、『中央公論』などにおけるさまざまな「読者集団」を抽出している。そこで目論まれているのは、「読者を「つくる技術[5]」」の分析である。『メディアの中の読者』[6]にも問題設定は引き継がれ、さまざまなメディアにおける「読みの場」と「読みのプロセス」について考察されている。

読者の「差異」に目を向ける必要があるという和田の指摘は非常に重要である。それに賛同の意を示したうえで、ここでは亀裂と軋みをとりあげようとする本章の立場との違いについて、二つの面から述べたい。一つ目は、複数ある読者像の階層性の問題である。雑誌読者の分析については、他にも有益な分析がいくつも提出されてきたが、一つ一つの雑誌の読者について分析される場合、それぞれの雑誌がつくり出す個別の読者像における戦略性や規範性について明らかにされる一方で、周辺にある他の読者像との関係性（異質性）や階層性については論じられにくい。以前、『女子文壇』における二つの読者像と『文章世界』のつくる読者像との階層差について分析を試みたが[7]、それぞれの接面には融合しにくい質的差異があり、主体としての読者が読者像との間で抱える軋みについて考える場合には、こうした読者像の階層性の問題が重要になると思う。

和田の議論の前提（あるいは結論）になっているのは、「読みはそれ自体生産され、訓練された技術[8]」だという認識であり、その意味で読みの場における制度性に焦点が絞られている。「読みの不自由さ[9]」の指摘から、「メディアリテラシー」の問題系への展開[10]は、あるプロセスを辿ってある読みがつくられるという側面について論ずる立場を示している。それ自体に異論を唱えるつもりはないのだが、制度性を論じる場合に起こりやすいのは、その強制力の大きさを論じるため、つくられた制度と主体との齟齬や、あるいは、直接問題化されている制度とは質の異なる問題が入り込むことによる亀裂や軋みはとりあげにくいということだ。もちろん両者の問題を同時に論じることはできるだろうが、ここで焦点を絞りたいのは後者の亀裂の問題である。これが二つ目の違いである。

加えて、和田が選定している「読みのプロセス」という用語と、ここで選んだ「回路」という語の違いについても述べておこう。「回路」という言葉を積極的に選んだのは、「プロセス」と言った場合、順序のある流れを想定しやすいからだ。しかし読者となる場、作者となる場、それぞれの場で、抽象的な「読者」のレベルと交渉する主体には、流れの中に解消されない軋みが生じる。そのことに目を向けたいと思う。和田の言う「プロセス」の意識化は、メディアによる「規制」性の前景化と繋がっており、読者は読みを構成する技術とプロセスによってつくられるという。もちろんそれを受け入れたうえで、ここではそうした一面とは別に、読者となることが同一化の体験（「つくられる」と説明し得る）とはならず、むしろある種の亀裂の体験（「つくられる」と説明しにくい）となることについて述べたいわけである。

亀裂を指摘する先には、一つの方向として、秩序攪乱的な性質を、主体の行為の現場に見てとることができるだろう。抽象的なカテゴリーと主体の間に齟齬があることを、可変性に繋げば、呼びかけのコードをずらす主体のあり方を提示することができるからだ。しかし、ここで円地文子を例にとりながら示したいのは、実は、そうした可変性ではない。亀裂は亀裂のまま、軋みは軋みのまま、示しておきたい。それを論じることの効用については最後に述べることにして、『朱を奪うもの』を参照することにしよう。

『朱を奪うもの』の主人公である滋子は、祖母から「江戸時代の稗史小説や芝居の筋」や「怪談」（一一頁）、たとえば「南北や黙阿弥の歌舞伎」や「馬琴や種彦の読本草双紙」（一三頁）などを語り聞かされることを出発点として、「大方学校から帰って来ると、父の書庫から本をぬき出して来てはそれによみ耽」（二四頁）る非常に貪欲な読者として育ったという。その結果の説明が、「紫の朱を奪うように滋子の生命はその黎明から人工の光線に染められていた」（二六頁）という一節である。「滋子はもの心ついたころから生の人間を見失っていた。生きた人間の生活にあるものよりも、遙かに貪婪なめざましい世界を無自覚の中に外から与えられてしまったのだ」（九頁）とも説明されているが、この作品で興味深いのは、「奪」われるという比喩である。そもそも「紫の朱を奪う」というのは悪が善に勝ることをいうが、何かを「奪」われた滋子は、それによって「貪婪なめざましい世界」を「与えられ」て何か（たとえば悪）になったのではなく、「生の人間を見失」うことで何にもなれなくなっている。彼女について語られた箇所を引用しよう。滋子が初めて性関係を持った一柳燦は「曽て愛したことのある女の誰とも違う異様な底冷たさを感じた。滋子がこれまで男の手に触れなかった娘であることが明らかであっても、それでは説明の出来ない乖離感が滋子のひ弱げな内側にあった」（七七頁）という。ここにある「乖離感」。親類の医学生、笠松真一が滋子に投げかけた「結婚して見ろよ、直き何かになれるから……尠なくとも子持ちの鶲ってのは存在しないよ」（八七頁）という一言には、「鶲」。「乖離」も「鶲」も、一つではないあり様を示す言葉だ。

読者となることで引き起こされる事態がいくつものレベルでより詳しく語られているのは、新宿御苑での観桜会をめぐるエピソードである。彼女は園遊会に参加するが「この雰囲気は正しく亜流であり末流である」（三一頁）としか感じられない。「この雰囲気の源流」として想起されるのは「名婦伝」の一節（三二頁）である。あるいは源氏物語の「花の宴」（三〇頁）。こうした現実との乖離がまず語られる。より興味深いのは翌日の出来事である。彼女は、御苑への道で一人の子供が轢死したことを叔母たちの会話で知る。しかし、事実を知ることは、衝撃を受けることに直接繋がりはしない。彼女の受けた衝撃が説明されるのは、A新聞の記事を読んでからのことだ。記事は「高男ちゃんの轢かれたあとの道路を御苑に参入する着飾った紳士淑女の自動車が続々誇らしげな顔を載せて走りすぎて行った」と閉じられている。

滋子は読んでいる中に何度も眼の前が暗くなり、読んでいる文字が無数の点になって飛立った。進歩的だと言われるA新聞は他紙の問題にしなかったこの事件を故意に注意を惹くような扱い方をした。殊に最後の一節は自動車に乗っている貴族ブルジョア高級官吏などと警官のオートバイに轢かれた庶民の子供とを対比させることによって、観桜会のパーティに間接法による一矢を送っている……。

滋子は読んでいる中に、まるで自分の乗っていた自動車が小さい貧しい子供を太いタイヤの下に踏み過ぎたような錯覚を感じた。子供の肉体を越える時むくりとクッションが盛り上り、又すうっと滑り萎えてゆく、人を轢いたというには余りに柔和な音のない一瞬の隆起である……。（三四頁）

しかし、これはまぎれもない現実なのだ。

レトリックを介することで初めて、感情が喚起される。虚構のレベルに触れることで構成された感覚が、最も強烈なものとなるのである。読者として育った滋子は、現実を「亜流」と感じるだけでなく、虚構化しなければ現実に接し得ない。そしてその時、触れ得ないものとして「現実」が想定されている以上（虚構を経ない認識はないというような普遍化はされない）、ここには亀裂が生じていることになる。

そして、ここで受けた衝撃は、この後「どうして人生は尊卑とか貧富とかを鮮明にしてそれによって人間の生き方を区別するのであろう」（三五頁）というわかりやすい倫理的慷慨に着地する。そしてまた、この倫理的慷慨は、読むことに起因している。読書によって「嗜虐性の強い耽美派と人間の生き方に平等を求める社会主義とがシャムの双生児のように背中合せに蠢いていた」（二四頁）というように、「倫理性と嗜虐的な性の倒錯」（一四頁）という二つの傾向が生まれたと説明されているからだ。嗜虐性と裏表にあることで過剰に高ぶる倫理性は、周囲には揶揄されるだけで、理解されない。「どんなに足摺りして説明してみても、他人には理解して貰えない」（三八頁）という孤独感が、「どうしても一人で生きる方法を考えなければ」（三九頁）という決意、「芝居を書きたい」（三六頁）という書くことへの欲望と繋がっている。

さらに、二つの傾向が抱き合わせになっていることをふまえれば、この箇所の子供の轢死によって湧き起こる感触は、嗜虐的な快感への陶酔そのものでもあるということが理解されるだろう。そして最も興味深いのは、この快感についての説明が省かれていることだ。この感触を「嗜虐的な性の倒錯」と説明することは躊躇されている。かわりに、大仰で饒舌な倫理的悲憤慷慨が頁を埋めている。つまり、躊躇そのものすら隠されているというべきだろう。ここからわかるのは、『朱を奪うもの』が示す読書によって培われた感受性は、説明することのできない何かを孕むということである。こうして抱え込まれた何かが、滋子の「ひ弱げな内側」に名付けられぬまま折り畳まれてきたのである。

読者となることは滋子をさまざまなレベルで裂いていく行為そのものであり、主体をけっして一つではない者に変容させている。『朱を奪うもの』は、読むことが「奪う」ことであることを端的に示している。こうして育てられていく亀裂の経験を、何かへの同一化のプロセスに纏めることはできない。読めば読むほど何者にもならなくなってゆく身体を滋子は生きることになる。読むことを経験した身体は、具体的に書物を読む瞬間のみに機能するものでもない。滋子はそうした自分をほとんど持てあましているかのようですらある。

3　読者へ書くこと

読むことは書くことへと繫がっている。そして、書くことはまた読者へと向かう行為でもある。次には、書くことにおいて読者との関係の間に生じる亀裂について考えてみたい。

書き手が読者との関係で存在するということ自体はとくに注意を向けるまでもないことである。書き手が関係の中にあるという認識を私たちが共有するようになって久しい。テクストの方法についても、明確に虚構の読者をテクスト内に入れ込んだ形式として「読者」に直接呼びかける形式や、書簡体小説など宛先を仮構する形式を中心に、議論されてきている。ここでは総じて分裂や軋みに焦点をあてようとしているのだが、問題の所在を明らかにするためには、読者を仮構するテクストをめぐって提示されてきた問題との関連について述べなければならないだろう。

書き手の側から読者との関係を考える場合、主として、読者との繫がり方の模索として考えられてきたといってよいだろう。たとえば関肇は、近代的な読みのシステムをつくりあげる過程における尾崎紅葉のさまざまな模索を論じている。作者と読者の距離が広がりゆく活字文化の形成段階に、紅葉は「不特定多数の見知らぬ読者と対峙しよう」[11]としたという。「読者」に呼びかける形式は近世との連続性を持つので、そうした形式の歴史的な位置を問う分析である。あるいは、新しい語りの方法の模索として論じられる場合もある。日高佳紀は、谷崎潤一郎の作品を対象として、「〈読者〉に対して、ディスクールが働きかける力とそこで生じるダイナミズム」[12]を、メディアの複層性や読者市場の拡大など同時代の文化状況をふまえて明らかにした。

これらの論について、二つの傾向を指摘しておきたい。一つは、基本的に、書き手の実践の有効性を評価することが論の目的になるので、書き手が抱える分裂や不安を論ずることにはならないということである。それに対してここでは、読者に向かうことによって書き手が分裂を抱え込む事態について考えてみたい。二つ目は、想定される読者像が、テクストの内外というレベルの差は考慮されていても、それぞれに質的な一貫性を持つ存在として前提されているということである。というのも、かりに「不特定多数」だとしても、それは「見知らぬ読者」という一つの性質を持つ集合体として想定されているからだ。作家の実践の多様性は、その集合体としての読者との交渉の方法の多様性として論じられている。それと関連していえるのは、前提となっている読者が、言葉の受け取り手としてのみ想定されているということだ。言葉を受け取ること以外の機能については触れられていない。この点についてここでは、書く行為における読者の機能について、受け取り手にならない事態も視野にいれて考えてみたいと思う。

具体的に述べる前に、第一の点を問題化した分析として、再び和田敦彦の議論を参照しておきたい。和田は書き手やテクストの限界やリスクについて論じている[13]。とくに、読者を仮構するテクストについて、書簡体小説や二人称小説という用語に代えて「呼びかけ小説」という概念を提示している。また、「対話性」という用語の代わりに、「対者依存」（「対者」とは、「表現の想定している受け手（読み手、聞き手といった享受者）」を指す）という用語を提起し、対話の安定性や十全性を疑い、「リスク」を孕んだうえでなおもつくり出されるものとして、テクストと「対者」の関係性を論じている。「呼びかけ小説」の可能性は、テクストが仮構する「対者」の外側に存在する読者との関係をも含めて、次のように説明されている。

これらの小説がはらむ可能性は、私たち読者をより効果的に、対者と言葉の送り手との対話関係に引き込んでゆくところにある。私たちによって構成される言葉の送り手と構成されるその対者とは、たがいに依存しあいながら、相互補完的に生成、変貌してゆく[14]。

和田の議論では、向かい合う者同士の関係の不全性が積極的に前景化されている。テクストの側の読者への依存に目を向けることで、書き手やテクストの戦略を考えたときに生じやすい意味の占有性を問題化し、読者を抑圧しない語りのあり方が探られているといえる。しかし第二の点についていえば、ここでもやはり読者は言葉の受け取り手として想定されており、それ以外の機能については検討されていない。テクストと読者との関係は、言葉を送るものと送られる者との関係であり、限界やリスクは互いが結ばれる可能性に向けて提示されている。ここで考えたいのは、書く行為そのものにおける読者の機能はそれ以外にもあるということである。

ここで円地の「散文恋愛」[15]という小説をとりあげたい。タイトルから想定されるように、恋愛を素材にしながら、書き手となることの分裂性や読者との関係のあり様が複雑に示されている。中心になる登場人物は、夫の希望で歌手となっている鴇子で、夫の礼二は結婚後、経済的な後ろ盾を失ったばかりか女中と関係を持ち、夫婦の間は冷え切っている。そうした状況の中、結婚前に関係を持った曽根という転向文学者と再会、それを終わらせるまでの物語である。「散文恋愛」で書き手となるのは鴇子である。彼女は歌手であるが、三度の日記の引用があり、最後は曽根に宛てた別れを告げる手紙が挿入されている。曽根が手紙とともに送られた日記の封を切るところ、つまり、曽根が鴇子のテクストの読者となることを決意することで物語は閉じられている。

まず確認しておきたいが、読者となることは、ここでも感受性の加工を被る行為である。鴇子の手紙は「疲れ果てた都会生活者の人工的なゆがみがここでは誇張して神経を刺戟する」（三〇八頁）と説明され、曽根によって比喩的に思い出されるのは、転向で出所した後、「自然に親し」みやすい「原始的になった神経を、都会生活に耐えられるように訓練するのには一年も努力しなければならなかった」こと、「取戻さねばならぬ必要に駆られて、苦い薬を飲むようにそれらの刺戟を耐えた」ことである。鴇子のテクストは、「あの時の苦しかった経験と似たもの」（三〇九頁）を強いるという。ここでも読者となることは、自然さを奪われていく「苦い」行為である。

それでは、こうした軋みを読者に与える書かれたものは、どのように軋んでいるのか。引用の一箇所目の「四月二十日」の日記は、曽根との偶然の再会と動揺する気持ちをごく短く綴ったもので、単層的である。しかし二箇所目の「四月二十×日」と付された五日分の日記は、曽根ではなく礼二の追いつめられた様子が綴られたもので、最後には「私は帰った翌日から今日まで、曽根のことを何にも書かなかった」（二九三頁）というように、書かれていないことについて言及される。書き手は、書かれたことの虚構性を思う。「嘘」に気づくこと、同時に書かれていないことを抱えることが、書くことというわけだ。徐々に不整合性は大きくなる。三箇所目は、ついに家を出た翌日「七月二十×日」の日記で、「「愛」という言葉の持つ響きをこの頃ようやく複雑に聞きわけるようになった」（三〇〇頁）という。再び多く記述されているのは礼二との関係である。ここでは、「礼二が家へ帰り、私の置手紙をみて、私の離婚の意志が不可避的であると思いこんだ瞬間の彼の取乱す様を思うと、私は自分の方が気違いになりそうな気がする」（三〇二頁）という一節を記したあと、実際に礼二の自殺（未遂）を知らせる電話がなり、ペンを止めることになる。書かれたことと現実との結びつきは遠くしかも近く、虚構性も問題化される。また、置き手紙の宛先は礼二であるが、こうして想起されているようにもちろん自分自身もその読者となっている。さらにこの日記は曽根に渡される。鴇子が書いたテクストとしては四箇所目になるが、彼女にとっての「恋愛」について説明する手紙に添付され、日記は曽根に送られている。これらの束ねられた書かれたものの読者として想定されているのは誰なのか、それを特定することは不可能である。曽根に渡されてはいるが、主に書かれているのは礼二のことであり、礼二について考えて書いているそのとき、彼女を書かせている欲望は礼二に向いている。また、彼女が語る「恋愛」の物語は、彼女自身の「複雑」に分裂した状態を説明するもので、この書きものを誰よりも欲しているのは、彼女といえる。そして直接の宛先となる読者は曽根なのである。日記であるにもかかわらず。こうした〈宛先の非単一性〉を、「散文恋愛」の挿入テクストは明らかに示している。読者は宛先として機能しているが、それは一つではない。日記も手紙も、幾重にも考え直していく過程が執拗に語られたものだが、言い訳にも分析にも告白にも片づかぬものを書く主体には、こうして質の異なる複数の読者がいるのである。そして、挿入されたテクストとはレベルの異なる地の文においても、宛先としての読者に形が与えられている。

読者はここで、鴇子が曽根を愛しているかどうか危むに違いない。しかし、鴇子の感情を説明するにはまずその背後に当時の青年男女に与えたプロレタリア恋愛観——特にコロンタイ女史の「赤い恋」等の影響を見過すことは出来ない。（略）その時代のそういう空気の中で、鴇子などが、恋愛や結婚を、現実よりはるかに軽く見、扱おうとしていたことは争われない。（略）その頃と現在では、思想的にも大分変化が来ている。

（二八四–五頁）

ここにおける読者は、まず第一には宛先としての不特定多数の読者である。しかし、その機能について考えるならば、それが同時に一種の規範的な働きをしていることが理解されるはずだ。読者への呼びかけはこの一箇所であり、「散文恋愛」というテクストに非常に唐突な歪みをつくっている。もちろん題名の由来を説明する箇所でもあり、テクストの読み方を規制するメタレベルの働きが期待されていると考えることもできるが、とくに複雑なことを述べているわけでもなく、読者に呼びかけなくとも同じ内容を記述することは十分可能である。にもかかわらず、こうしてわざわざ直接的に説明しようという書き手の拘泥は、読者を規定するというよりむしろ、読者に配慮しなければならないことを示しているといえないだろうか。仮構されている読者は、テクストを批評する存在でもあり、書き手はそれに配慮しながら書くことになる。その機能は、宛先というより規範といった方がわかりやすい。しかもここでの説明にはねじれがある。〈鴇子は愛しているかどうか〉の答えが〈愛している〉ならば、「危むに違いない。しかし」という接続関係は妥当だ。しかし後の説明からわかるように、答えは〈愛していない〉である。「しかし」という接続詞は論理的に選ばれたものではない。つまり、「危む」読者の批判への抵抗として書き込まれているると考えられるのである。こうした読者はテクストに添わず、しかも無視できない読み手なのであり、対話を望んで語りかける対象としての読者と一括りにはできない。

そして今一度、『朱を奪うもの』に戻りたい。物語内容からいって、『朱を奪うもの』は「散文恋愛」を取り込んだ小説であり、主人公の女がまさに書き手となっていくその過程を描いた小説である。書くことにおける読者の問題について、続いて『朱を奪うもの』を通して整理してみたい。

さて、読者の機能を規範と宛先という二つに分けて考えることを提起したが、それぞれの機能においてさらに質の違いをふまえる必要があるだろう。読者の規範的な役割についていえば、「散文恋愛」で見たような道徳的な規範となる場合とは別に、より市場的な期待を一種の規範として示す場合が想定できる。『朱を奪うもの』の場合は、どう考えることができるだろうか。半ば自伝的に読まれるだろうことは、円地にとって予測のうちだったはずである。文学に毒された女性の性を語る物語と言うこともできる『朱を奪うもの』は、その点で前章で述べたポルノグラフィックな読者の視線に応える側面を持っている。自伝となれば一層その効果は強まるだろう。ただそれゆえにこそ注視したいのは、歯の抜けた女性の物語として書き始められていることである。若い少女のあるいは妻となった女性の性を語る姿の後ろには、つねに「女性の性を半ば以上肉体から奪われた」(一〇頁) 女性が映し出されている。女の書き手への読者の期待に対する有効なパロディとして、身体の内部に「化物」を抱えて不気味に老いた女によるこの二重化を受け止めたい。

宛先としての読者についても、それが一括りにはできないことを確認しておこう。「性の加害者のようにばかり見られる男が可哀そうで堪らなくなる。そうして男の与えられた荷を理解することの出来なかった自分の過去に悔いを感じるのだ」(九頁) という一節がある。

『朱を奪うもの』は「過去」についての反省として読むことができる。悔いは、悔いの対象となる者に向けてなされる。それゆえ、ここでの悔いや反省の宛先となるのは、男の立場に同情し殊勝に頭を下げる姿を肯定的に受け止める読者といってよいだろう。そうした読者は『朱を奪うもの』の宛先の一つである。しかし一方で『朱を奪うもの』は、けっして衰えぬ「化物」を語る物語ともなっている。三部の末尾まで書かれても「悔い」は「化物」の存在に重ねられるだけで「化物」が滅せられることはない。「恐らく、自分の内に生きている修羅は娘や夫を相手におら《ママ》び、たけり、不体裁な争いをつづけながら容易にこの場を動かずにいつまでも生き続けて行くことであろう」（四三五頁）とあるように、化物はけっして衰えないのである。そして同時にこの核となる「修羅」は、自伝的小説という枠を明らかに越えて、「今自分が妻として母として堕ちているようなみじめな状態に、恐らく数千数万の夫を持った妻、子を抱えた母親が落ちこんだことがあるに違いない」（一四六頁）という連帯感に繋がっていく。書くという手段を持つ滋子は彼女らとの差異を確認するが、「その人々を思うことは滋子を厳粛にした。一度しかない人生の一刻一刻をのっぴきならず生きている必死な息吹きを滋子ははじめて身内に吹き入れられるように思った」と語られる書くことの意味そのものが変化する瞬間となる。書き手にこうした代表性への近寄りを発生させる読者も、宛先の一つである。

　そしてさらにレベルを違えた存在として宛先となっているのは、夫である。『朱を奪うもの』は、結婚を呪い夫への憎悪を書いたものだからだ。もちろんそれは単純な呪いでも憎悪でもない。「散文恋愛」で礼二が書かれることについて指摘したように、夫と結んだ関係は書き手の書く欲望を生むものとなっている。『朱を奪うもの』で「小説を書きたい」と滋子がついに思い始めるのは、夫である宗像の失態とその夫と別れられない自分への嘲笑や冷罵を思った瞬間である（一四五頁）。ここでの呪詛は夫に向けられているが、しかしその夫は彼女の小説の読者にはならない。（呪詛の）欲望の宛先は、書いたものの宛先にならないわけである。あるいは、柿沼を宛先と考えてみたときも同じである。柿沼は、滋子が子宮を喪った後に結ばれるまで、彼女を精神的に愛し続け、その書く力を信じ続けてきた男である。滋子が戦後、少女小説作家の位置から離陸するためには、柿沼の存在が不可欠であり、彼は滋子の小説の第一の読者となる資格を持つといってよい。しかし、作品がついに日の目を見たとき、柿沼は読む機会を持たないまま死んでいく。最も直接的な宛先として想定される読者は、読まない。読まない読者も含んで、宛先となる「読者」は、幾筋にも裂かれているのである。

4 裂かれる主体

〈読者となること〉と〈読者へ書くこと〉は、それぞれに主体を裂く行為となる。コミュニケーションの回路においてメッセージの十全な流通が保証されていないことは言うまでもない。その事態についてどう論じるかは、それぞれの論の方向性によることになるだろう。ここでは、どこにも解消されていかない亀裂と軋みを前景化することを選んだ。繰り返し述べてきたように、コミュニケーションの不全性を前提に言葉の応答性について考えるとき、亀裂と軋みは、応答性の高さとして理解することができるだろうと考えるからだ。読むことにより主体が裂けるという記憶は、言葉を使うことの安定性や十全性への信頼を奪う一方で、書き手の側に移ったときには読まれることへの配慮を高めるだろう。亀裂と軋みは、回路が閉じることではなく、回路が繋がれている（ときには繋がれてしまう）こととして、理解することが可能である。

このような重層性はさまざまなテクストにおいて考察していくことができるだろう。たとえば亀井秀雄は、読者あるいは作者の重層化の問題を、亀裂や軋みと名付けず論じている。亀井は、三遊亭円朝の『牡丹燈籠』と矢野龍渓の『経国美談』を分析して、作者の像がつくられるという問題や、テクスト内読者との関係を通して読者が「複眼的な読み」を行うことを指摘し、[16]またイーザーの「空所」の概念を参照しながら、二葉亭四迷の『平凡』に「新聞小説的な対他性と手記的な対自性という二重構造の不整合《ギャップ》そのもの」があることや、あるいは島崎藤村の『新生』に「ある心的な禁制が働いてどうしても表現志向が動かない領域としての「空所」」があることなどを指摘している。[17]

ただ、亀裂や軋みという言葉を選んで論じてきたのには理由がある。というのも、ここでは具体的な例として成功していった書き手である円地文子の小説をとりあげたが、無名の書き手のテクストや、あるいは書くことが望まれなかったり許されなかったりという、困難な状況で書かれたテクストについて考えるとき、こうした視点がより重要になるだろうと思うからだ。それらのテクストが孕みがちな不整合性や構築性の低さは、被読性への敏感さと理解し得るし、そうした交渉の痕跡を応答性として受け取ることができる。美学的な基準では論じられる資格を与えられないテクストも、言葉を介した関係の複雑さを学ぶことのできるテクストとなる。亀裂や軋みにことさらに光を当てたいと考えるのは、それゆえである。

第4章　聞き手を求める
——水村美苗『私小説　from left to right』

1　声と力

声が聞き届けられるには、どうしたらよいのか。私たちがどのように語るかという問いは、どのようにして聞き手を得るかという問いでもある。声が声となるためには誰かが聞かなければならない。聞き手が必要なのである。本章では、語ることを力として行使するのではない、コミュニケーションの回路の中で、聞き手を求めて語りかける語り方について考えてみたい。

声のあり様をめぐってなされてきた問いの一つのタイプは、いかに声をあげるかという問いである。問いの主体は語り手の側に自らを置き、強いられてきた沈黙を破り、声をあげるための勇気を持ち、共に声をあげる仲間を探して、語ること自体を目的としてきた。フェミニズムの場合、はじめは女としてフェミニストとして。女やフェミニストを一括りにすることが問題化されてからは、それぞれに異なる女あるいはフェミニストの立場から、すでにあげられていた声とときに衝突しときに共鳴し、不協和音や軋みを孕みながら、多様な新しい声が生み出されてきた。いかに声をあげるかという問題は、あげられた声が既存の文脈の中で名付けられ簒奪されてしまいやすいものであることも浮かび上がらせた。バトラーがアルチュセールを経由しながら提示した、呼びかけからずれていく可変性を帯びた主体のあり方は、こうした点で、いかに声をあげるかという問題系に繋がるものといえるだろう(1)。

もう一つのタイプの問いは、問いの主体が聞き手の側に自らを置いて、どのようにして声を拾うか、どのようにして沈黙を強いられてきた声を聞くかを問うものである。その先には、どのようにして語られた声を搾取せず代弁するかという問いもある。代弁という語はふさわしくないかもしれない。どのように当事者として問題に関わり発話するかという問いとして、声をあげることを可能にする場をつくることが模索されてきた。スピヴァックの「サバルタンは語ることができるか」という問題提起(2)はこの点を鋭く問うものであったし、コミュニケーションにおける応答責任がさまざまな立場から問われてきた。

これらの問いの前提にあるのは、声は力だということだ。フランツ・ファノンは「言語を所有するとき、そこには、異様な力が伴うのだ(3)」といった。声が力を示すからこそ、女あるいはフェミニストがジェンダー・システムの転覆を図ろうというとき、声をあげるということを何よりも大切な方法とし目的としてきた。対極にある、声の無い状態は、力を奪われた状態、沈黙を強いられた状態と説明される。声を持つことは優位を示し、声を持たぬ者は劣位に置かれる。しかしここであらためて確認したいのは、声を持つということはそれだけで力になるわけではないということだ。どのような声で語るのか、誰に語るのか、声は社会的な文脈に依存しており、それそのものでオリジナルに存在するわけではないからだ。弱者が力を得ることを目的として語るとき、その一つの方法は強者の声で語ることである。ファノンは、黒人が白人のように語ろうとすることを、繰り返されてきた出来事として描いた。しかしもちろん、それは皮肉な結果に終わる。ファノンは、強者の声で語ろうとする弱者の姿に、人種差別の力学の深刻さを見出した。またあるいは逆の事態も考え得る。弱者が弱者として自己主張の言葉を語るということだ。しかし「弱者の声」が期待された文脈の中で弱者が語れば、聞き手となる強者は強者のまま、語り手となる弱者は弱者のまま、そのカテゴリーが再生産される。声をあげたとしても、その関係性は変わらない。言葉の階層化はつねに生じ、弱者が弱者の言葉を話すことは、弱者として語りかけられる事態を同時に引き起こす。たとえばファノンは、「黒人に片言をしゃべらせるのは、彼を黒人というイメージにぴったりと張りつけ、鳥もちで捕え、身動きできなくさせ、彼自身には責任のない、ある本質の、ある仮象の犠牲とすることである」[4]という。聞き手が語り手を同定し、期待した言葉しか耳に入れないという事態はけっして珍しいことではない。どのような声で語るかということと、どのような場で語るかということを、切り離すことは不可能である。声が力を持つかどうかは、それが発話された場によって大きく違ってくる。

どのような場で語るのかという問いは、どのような聞き手に語るのかという問いへ続いている。鄭暎恵は、弱者が強者に語るという構造の限界を鋭く問い、「何よりも肝心なことは、「マジョリティ」に向かって、「マイノリティ」として語らないこと」[5]であると説いた。さらに、言葉がつねに力になるとは限らないことを的確に穿ち、「皮肉なことに、〈語らないこと〉こそが「マイノリティ」を主体たらしめ、〈拒否されること〉が「マジョリティ」をいやがおうでも主体的立場に立たせる」[6]とも言う。沈黙がこのように遂行されるとき、それが力となる場合もあり得るのである。そして、鄭は誰に語るかという問題について、次のように言う。「「マイノリティ」は「マイノリティ」に向かってこそ、おおいに語るべきなのだ。語り合い、「マイノリティ」として括られた者どうしの間にもある〈差異〉を浮き彫りにしていくこと」[7]。弱者（鄭の使う「マイノリティ」という語を弱者という語と同値にするのは乱暴だと思うが、ここでは既存の力学を明確にするという意図でこのまま重ねることとしたい）が強者に語るという構造を揺さぶるために、語りかける相手は誰であるべきなのかと問い、弱者が弱者に語るという場をつくり出そうというわけである。鄭はスピヴァックの言葉を引用している。「わたしにとって、「誰が語るべきか」という問いは「誰が聞くか」というものより重要性は少ないのです。「わたしは第三世界の人間としてわたし自身のために語りましょう」というのが、今日政治的動員のためには重要な立場です[8]」。鄭が述べるように「わたし（たち）に向かって語ること」は、たしかに一つの方法であるだろう。鄭の議論の主眼はいかに語り手となるかということに置かれているのだが、聞き手についての前提を覆すことで、それを図ろうとしているといえる。

ここでは聞き手の問題により重点を置きたい。その点であらためて注意しておきたいのは、聞き手が「わたし（たち）」というように差異を含んだ複数のものとして想定されていることだ。ファノンもまた聞き手について「ニグロの多くは、以下に続く文字の中に、自分の姿を見出さないかもしれない[9]」と言った。聞き手が、語られている文脈の中で語り手と同じカテゴリーに配される者だったとしても、必ずしも思いが重なるとはかぎらない。しかしまた同時に、語り手に共感し賛意を示す聞き手もあるはずである。さらにいえば、対するカテゴリー、つまり語りかけられていない強者の側にある聞き手の中にも、言葉を受け取り共鳴する者がいるはずだ。もちろん、共感するどころか既存の枠組みに押し込めてしまう聞き手もあるだろう。くだくだしくなったが、つまりここで確認しておきたいのは、聞き手を一括りにすることはできないということである。聞き手を語り手が完全に把握することができないというだけではない。語り手が想定する聞き手もまた、そもそも一通りではない。たとえば鄭が引用した「わたし自身のために語りましょう」という先のスピヴァックの言葉は、次のように続いている。「けれど真の要求は、わたしがそうした立場から語るとき、真剣に聞かれるべきだということです[10]」。鄭はスピヴァックの「わたし（たち）」をマイノリティの聞き手として読んだが、同時にここで「聞かれるべき」だと「真の要求」をぶつける相手として想定されているのは、「覇権をもつ人びと、支配する人びと」でもある。聞き手は、わたしであり、多様なわたしたちであり、同様に多様な彼らである。語り手はつねに、こうした異なるレベルの質の違う聞き手に向かい合っているのであり、容易には折り合わない複数の聞き手に向かって語ることになる。

前述してきたようにこの聞き手の複数性は、語り手にとって語ることを容易ではなくする。人が完全ではあり得ないコミュニケーションの回路の中にあってその不完全性に敏感であるのならば、言葉を発することで、躊躇や戸惑いや恐れ、ときには呪い、同時に言葉を受け取られたいという要求、怒り、そしてまた強い願いや祈りを、整理のつかぬまま抱えることはしごく当然のことではないだろうか。語り手にとっての聞き手の複数性について考えたいのは、動き続けるコミュニケーションの回路の中で言葉を発することが孕む複雑さを、力を志向するのとは違う道筋で考えたいからである。聞き手の側から語り手へ向かって問いを立てるのではなく、語り手の側から聞き手に向かって問いを立ててみること、そして、強い語り手ではなく、容易に語れない語り手、聞き手を欲する語り手の側からコミュニケーションのあり方について考えることは、コミュニケーションを力と力のぶつかり合う場としてではなく人と人が関係する場とすることに繋げる一つの方法となるのではないか。

2　文学テクストを書く

文学は、コミュニケーションの一形態である。コミュニケーションの回路の中で、書き手は読み手に向かい合っている。

文学研究における読者論は、読者という要素を理論に加えることで、読者が参加することを可能にする豊かなテクスト性を論じることに貢献した。その読者の抽象度はさまざまであるが、いかに書き手あるいはテクストが、その世界に読み手を引き込んでいるかを検討する論もある。これらの論の特徴については第3章でまとめたが、総じていえるのは、テクストの方法に焦点を絞って読者との関係を記述するとき、その関係の亀裂が浮かび上がりにくいということである。かりに亀裂が発見されたとしても、それはテクストの豊かさに回収されてしまう。しかし、テクストと読者のコミュニケーションについて不全性を前提に考えるためには、モデルには収まらない、具体的に異なる読者の存在に目を向ける必要があるだろう。また、亀裂がありながらも基本的にはテクストを作品として成立させる、読みの制度に目を向けなければならない。

現実の読者の考察に重点を置いたのは、カルチュラル・スタディーズの読者あるいはオーディエンス研究である。カルチュラル・スタディーズの問題提起は、文学研究に変化をもたらした。社会的歴史的に規定された現実の読者に光を当てることで、カルチュラル・スタディーズ（あるいはそれに接続する文学研究[11]）での議論は、情報の提供者が望む読者像からずれた受け手の存在を浮かび上がらせてきた。山口誠は、エンコードとデコードというスチュアート・ホールのモデルが拓いた可能性について次のように指摘している。このモデルを前提とすることで、「メディアとは、単に「送り手」と「受け手」を配置する透明な伝送パイプではなく、メッセージの作成にむけて節合され現れた諸契機の複合的な一行程としてのエンコーディングと、メッセージ解読にむけて節合された一行程としてのデコーディングによって構成された、社会的意味＝価値をめぐるせめぎ合いの場として捉えることができる[12]」。カルチュラル・スタディーズにおける読者（オーディエンス）研究では、価値や意味の発信者として読者を再発見する。こうした議論は、受け手を抵抗の主体とすることを可能にすると同時に、ヘゲモニックな権力がメディアを通して受け手のアイデンティティを構築していくシステムを検証することを可能にし、情報の送り手と受け手の関係は「せめぎ合い」として描き出されることになる。

コミュニケーションが意味のせめぎ合いの場であるということをふまえて、文学テクストに戻ろう。エンコードとデコードのモデルに照らしたとき、文学テクストはどのような位置に置かれるだろうか。重要なのは、その配置が単純ではないということだ。まずは、文学もまたメディアの一部であるから、送り手として扱うことが可能である。しかし同時に、文学テクストの具体的な書き手は、ジャンルをはじめとする読みの制度の中でそれと交渉しながら書いているわけなので、受け手として扱われるべき側面も持つといえる。意味のせめぎ合いがあることに注意を払えば払うほど、文学テクストは、どちらかに片づけられなくなる。文学テクストの持つ声が、送り手として力を得ることは、受け手としての交渉と不可分に絡まり合っているからだ。書き手が書く行為の中の交渉において向かい合う相手はいわゆる〈読者〉である。複数の異なる聞き手に向かい合い、それぞれに望まれる言葉を想定し、近づいたり遠ざかったりしながら、どのように応えるのか、つねに交渉しながら書くことになる。カルチュラル・スタディーズにおける問題提起に共鳴しまたそれを共有しながら、ここで文学テクストを経由して考えたいと思っているのは、このような意味での聞き手に向かい合う語り手の問題である。また先述したように、コミュニケーションの場を、力と力のぶつかり合う場としてではなく関係が模索される場として考えてみたいと思っている。語り手の側に自らを安定させたものとしてではなく、聞き手を得てはじめて語り手となり得るという微妙な立場に文学テクストを置くことで、声の有／無と強者／弱者の二項対立の重なりに疑問を呈したいと思う。オーディエンス研究が描き出した多様性が、基本的には複数の読み手の間の多様性であるのに対して、ここでは読者の複数性を前景化することで、一人の書き手（同時に読み手でもある）の中の多様性に光を当てたい。「モデル」となる読者も、現実の読者も、共に書き手が書く行為の中で向かい合う複数の読者たちの一つの層である。より正確にいえば、現実の読者という場合も、歴史的社会的な文脈の中で類型化された読者と向き合うわけであるから、やはり抽象化されているといえる。抽象と具体の二極の間に、複数の階層があるというべきだろう。それらの読み手は、つねに語り手の言葉を待っているとは限らない。語り手は必ずしも強者ではないということに力点を置けば、望まれない言葉を語ろうとする語り手について考えることができるはずだ。それでも語ろうとするとき、力のぶつかり合いではないコミュニケーションの場が開かれるのではないかと思う。

ところで、文学研究の中で、書き手やテクストが想定する読者像からずれた読者を積極的に抽出してきた立場がある。〈女〉という読者の存在を明らかにしたフェミニズム文学批評は、その一つである。フェミニズム批評は、文学の豊かさではなく、文学の制度性に向かい合ってきた。さらに、読み手だけではなく〈女〉の書き手について考えるとき、事態の複雑さがはっきりと浮かび上がる。〈女〉の書き手は、書き手であると同時に読みの制度から逸脱した読者であるからだ。「女流文学」の周縁性は明らかであり、〈女〉の書き手は必ずその中に配置される。そうした制度のなかで生き残っていくことが交渉と無縁であるはずはない。〈書く女〉は、〈女〉を囲い込む制度を問い、それから逸脱し、それを読みかえる役割を担ってきた。〈書く女〉はそもそも〈女〉からはずれた存在である。フェミニズムが問題化してきたように、〈女〉とは沈黙するものの代名詞であったからだ。現在のフェミニズムにとって不可欠の前提である〈女〉の中の偏差を浮かび上がらせれば、〈書く女〉も、そしてフェミニストも〈女〉というカテゴリーの中心からは、遠い位置にある。〈女〉からはずれた者であるからこそ、そのシステムと交渉する必要性に敏感なのである。もちろん制度の外部にいるわけではない。誰もが、制度の中で生きている。どの点に関してどの文脈でどのようにはずれているのか、またどの点に関してどの文脈でどのように同一化しているのか、そのあり様を単純に制度の外側と内側に振り分けることはできないだろう。だが、〈女〉に同一化できない、少なくとも一括りにできないものが〈女〉というカテゴリーで一様に枠取られるのはなぜなのかと問いかけるところから、フェミニズムの思考ははじまっている。

フェミニズムが語りかける聞き手は、〈男〉であるとともに〈女〉でもある。聞き手をどちらかのジェンダーに片づけることはできない。〈女〉が〈男〉に対して声をあげるというような、明瞭に区分された二者関係で、フェミニズムの声を説明することはできない。フェミニズムの声を望む聞き手と望まない聞き手は、ジェンダーによって決定されるわけではない。その二つの極の間に、さまざまなかたちでジェンダー化された聞き手が存在している。フェミニズムに好意的な女の聞き手もあれば男の聞き手もあり、好意的でない女の聞き手も男の聞き手もある。またジェンダーのシステムはそれのみで単独に機能しているわけではなく、たとえば階級や人種といった他のシステムと絡んでいることを、忘れるわけにはいかない。語り手は、聞き手を一束にして語りかけることはできない。ある聞き手に対する配慮が、別の聞き手に有効とは限らないからだ。語り手は、抽象度もさまざまに多層化した聞き手に向けて語りかけることになるわけであり、そうした複雑な交渉の中では、発せられた言葉が必ずしも力になるとは限らないだろう。重要なのは、それでも語りかけるということである。

文学テクストに戻って、そうした例の一つとして、聞き手との間にある亀裂と語りかける欲望を共に孕んだ語りのあり方を示してみたいと思う。具体的な分析対象として、水村美苗の『私小説　from left to right』[13]をとりあげる。聞き手を求めるテクストとして読んでみたい。

3 『私小説　from left to right』

『私小説　from left to right』は、美苗という名の「私」が、一二歳から過ごしたアメリカでの二〇年間の経験を、ある一日、姉の奈苗との数回の電話を挟みながら振り返る小説である。美苗は、アメリカになじめず日本近代文学を読み耽って生きてきて、日本語で小説を書きたいと考えている。英語に抵抗して現在は仏文科で学ぶ大学院生だが、日本に帰って小説を書くことを決心するところで、閉じられている。〈書く女〉となることを語る小説の一つである。

さて、この小説が非常に珍しい形式で書かれていることは、ページをめくれば即座にわかる。日本語の小説でありながら左から右へ流れる横書きであり、けっして少なくはない量の英語がアルファベットで入り込んでいる。そもそも冒頭が英文である。題名に刻み込まれているように、この特異性がはっきりと選択されたものであること、そこに日本文学の形式に対する批評性が含まれていることは疑いようがない。そしてこの形式が、この小説を日本語で書かれた小説としては読みにくいものとしていることも明らかである。読みにくさが覚悟をもって選ばれている。

英語が混じっていることは、日本の読者を遠ざける。水村はこの作品で一九九五年に野間文芸新人賞を受賞しているが、その選評ではずいぶん辛口のコメントが出されている。[14] たとえば、選者の一人である秋山駿は「私は読むのに難渋した。はっきり言うと退屈した。その理由は、文章にある。文章が、これでは小説のよい文章にならぬ。電話の会話など、随いてゆくのにかなり閉口した」という。電話の会話部分は、最も多く英語が含まれた部分である。柄谷行人も、この形式的な「工夫」について「文学（言語）的実験のように見えるが、そうではない。もしそのような視点で見れば、失望させられるだろう」と否定的である。高橋英夫は「英文を大量に混用した作品を（略）賞の選考者の立場で許容することはできなかった」とさらに厳しい。富岡多恵子は「日本文学にあこがれる主人公が日本の「私小説」を書くというのなら、水平に並べる文字を垂直にする苦痛及び苦悩との直面から始まるのではないだろうか」といい、三浦雅士もまた「いい表題とは思えない。また、本文横組英文混じりという文体にも抵抗を覚えた」という。英語を交えて書けば、日本語のみで読み書きしている読者の中に、非常に大きな抵抗を生む。しかしそれは、予測されていたはずだ。あえて選ばれた読みにくさをどう理解したらよいのだろうか。

一方の英語についても、同じように読みにくさが仕組まれている。もちろん英語を使っている読者に、日本語がそのまま読まれるという可能性は非常に少ない。しかし英語でも書ける水村が、英語を選ばなかっただけでなく、翻訳されることを想定したうえで、英語を交えて書くということには次のような意味があるという。

『私小説　from left to right』は、世界中のいかなる他の言語にも訳しうるでしょう。朝鮮語、ポーランド語、あるいはアラブ語に。そして、英語のセンテンスをそのまま残すことによって、このバイリンガルな形式を写し取ることができるでしょう。翻訳不能な唯一の言語が、英語です。(15)

日本語をすぐれてローカルな言語、英語をユニバーサルな言語、とそれぞれ規定し、その非対称性を浮かび上がらせるべく、英語に訳されることを積極的に拒否している。他のどの言語とも異なって、英語で読む読者にとって最も読まれにくい形式が、こうして選ばれているわけである。

日本語と英語で書かれた、日本語でも英語でも読まれにくい小説。読まれることに対する抵抗は、語り手であり主人公でもある「私」（美苗）とその姉奈苗のアイデンティティのあり方と関わっている。「私」は、執拗に何かでない者として描かれているのである。「いづれにせよアメリカ人にはなれないわよ、あたしたちは」（三〇九頁）と奈苗は言う。そもそも彼女たちは白人ではない。しかし有色人種というカテゴリーにあてはまることにも違和感がある。

日本人が黒人と同じように“colored”だというのは、女が月と同じように陰の世界に属するといった類いの、観念の世界でのことがらであり、物理的世界からそのまま推論できることではない。それは近代に入ってから西洋人が西洋言語の主体である自分たちを white とし、彼らにとって異質に見える人間をすべて colored と呼ぶことによって機能するようになった概念でしかなかった。

（二六二－三頁）

それでは、東洋人というカテゴリーならばどうか。これまた深い違和感が繰り返し語られている。

自分が東洋人であるのを知る驚きとは、それは西洋人から、あなたは向こう側の人間です、と私から見ても向こう側の人間と一緒くたにされてしまう驚きであった。しかも、私自身彼らではないことを幸せの一つとひそかに数えている人間と一緒くたにされてしまうことに対する驚き——そして屈辱であった。　（二五三頁）

差別の視線は自分自身のものであり、「東洋人」というカテゴリーと折り合いをつけるのは非常に難しい。東洋人でないだけでなく、彼女たちはすでに日本人でもない。学生のころ夏に帰省した奈苗を見て「私」は次のように驚く。

私の目には、Hispanic にも Filipina にも Indian にも Chinese にも Vietnamese にもなんにでも見えるのだが、日本人にだけは見えなかった。（略）こう妙なものになろうとは思わなかった。　（二二六-七頁）

それからずいぶんの時間が流れ、語りの現在に近い時点でも、「そこに私が見たのは、もう充分には若くないひとりの東洋人の女であった」（二六四頁）というように同じ印象が繰り返される。日本人ではない。しかし東洋人にそのまま同一化できるわけでもない。「あの寥々とした空気はアメリカ生まれの東洋人の漂わす空気ではなかった。根を下ろすことも人々と手をつなぐこともできない異邦人の空気であった」（二六四頁）というように、異邦人というどこにも帰属しない者を表すカテゴリーへとずれていく。「醜いというよりひからびた顔」（三〇六頁）をした女たちの一人なのであり、「年々 campus に増えつつある若い東洋系の女たちは、何と自信に満ち満ちた表情をしているのだろう」（三〇六頁）というアメリカ生まれの東洋人にも、嵌り得ない。彼女たちは日本人でないばかりか帰国子女ですらない。

それにしてもあれからなんと時代が隔たってしまったことだろう。今親に連れられてニューヨークへやってくる日本の少年少女の眼に、私たちの望郷の念が、まるで明治の人間の昔話のように時代がかって映っても当

然であった。（一二三頁）

時代の変化は、越えられない違和感を生み出している。さらに、同じ時代を生きたとしても、男と女で異なりがある。彼女たちの「悲哀」は、「二人が姉妹であり兄弟ではないということと、分かちがたく関わっていた」（一四二頁）。男ならば日本に帰れていたからだ。中産階級の日本の女であることは、日本人と結婚するという未来が用意されていることを意味し、自身が日本に帰る必要が薄まることを意味していた。「日本の大学は出なくっていいけど、その代わり、日本人と結婚しろってことでしょう」（一四三頁）。しかし二人は、「いつとはなしに日本の規範から逸脱」（一四四頁）してしまっていたのであり、日本人と結婚する帰国子女の一人ですらなくなっている。「なんでこんなことになっちゃったのかな」（一三六頁）という呟きが、何度も何度も繰り返される。「アメリカに来たから何かが狂っちゃって。こんな風にアメリカで一人で食べて行かなくちゃならないことになっちゃって」（一六三頁）。階級と人種とジェンダーが絡み合いながら、目の前にあるさまざまなカテゴリーとの繋がりが逐一失われ、ただ「孤独」（四〇二頁）である。「誰の思うとおりにもならなかった」（一五六頁）現在を生きている。

次々とこうしたアイデンティティを形づくるはずのカテゴリーが現れ、その度に否定されていく。読みにくさはこの否定と関わっている。誰の体験とも重ならない体験。何にも同一化し得ない場所で生きる者として、共感することとされることに徹底して抵抗し、容易に読まれることを拒否しているのである。かりに少女美苗が小説家になることを目指していたとしたら、このアメリカでの時間は、代わりに語ってくれる言葉を待っている自らの聞き手を失っていく時間であった。具体的に類型化されるどのような読者も、言葉の受け取り手として、十全な存在にはなり得なくなっている。

さてしかし、忘れるわけにはいかないのは、これが「小説」であるということだ。読者のいない小説はあり得ない。読者がいなければ、それは小説とは呼ばれない。徹底して安易な共感を排す一方で、読者が求められているはずなのである。しかもこの小説は、日本近代文学を代表してきた「私小説」と題されている。

「私」はそもそも読み手である。彼女の特異性の、決定的ともいってよい原因あるいは根拠となっているのは、読むことである。アメリカでひたすら日本近代文学を読み耽る少女。アメリカからも日本からも現在からもずれてしまったのは、日本近代文学の読者であったからだ。彼女が日本語で書けるのかと問われたときの答えは、いつも同じ、「日本語ばかり読んでた」（一一三頁）から、「I've been reading Japanese all these years」（三八一頁）だからだ。書くことは読むことを前提としている。反転すれば、書かれるだろう彼女の小説に読者が必要なことも明白である。そして、日本の若い読者が好むであろう「今風」（一六八頁）で「漢字とひらがなとその間にちりばめられたカタカナとで縦にうねうねくねくねと書かれた日本語の文章の中に日本語の世界も英語の世界もとけあい、両者の間に亀裂どころか継ぎ目もないようなそんなおめでたい小説」（一六九頁）を書くことでも、アメリカの読者が好むだろう渡米移民の解放の物語（三七二頁）でもない、「私小説」を書いた。

「私小説」は、鈴木登美が指摘したように、「ひとつの読みのモード[16]」である。「私小説は、これまでの通説に反し、対象指示上、主題上、形式上の何らかの客観的な特性によって定義できるようなジャンルではな」く、「単一の声による作者の「自己」の「直接的」表現であり、そこに書かれた言葉は「透明」であると想定する、読みのモード」である。想定された媒体の透明性は作者とテクストと時代を結び、「私小説」は読者を作者に直接結びつける装置となる。私小説を読む読者は、生身の作者の姿をテクストに読み込む。テクストの外側の情報をその内側へ積極的に持ち込み、意味を充塡し、またそうして意味をつくり出すことでテクストのインサイダーとなっていく。『私小説　from left to right』では、「美苗」と名付けられた「私」は、作者水村美苗に接続し、書き手になる欲望に輪郭が与えられた時点で閉じられた小説のその先に、「美苗」は水村美苗という日本語で書く小説家になるという結末を付加することになっている。そうした読みを妨げるものは、とくに設けられていない。むしろ読者は、現実の情報で空白を補完し、現実の作者と繫がることを要請されているといってもよい。

水村は次作『本格小説』の中で次のように、私小説を定義している。[17]

「私小説」的な作品とは、実際に小説家が自分の人生を書こうが書くまいが、究極的には、それが作り話であろうがあるまいが、何らかの形で読み手がそこに小説家その人を読みこむのが前提となった作品である。

（二三〇頁）

水村も言うように、書かれている内容が問題なのではないのである。そしてそれとは違うモードで書くことが目論まれた『本格小説』では加藤祐介という語り手と水村美苗という聞き手が小説内に仮構されている。『私小説 from left to right』における読者の場所が、テクストの外の作者に向かい合って用意されていたことは、明らかである。

読みにくさを一方の特徴とし、私小説という枠組みを一方の特徴とするという組み合わせは、書き手と読み手の関係を複雑にしている。最も類型化しやすい読者カテゴリーは、日本人の読者というカテゴリーと、アメリカ人の読者というカテゴリーだろうが、先に述べたように、どちらの読者に向けても、共感されることへの抵抗が示されている。読み手との間にある歴史的社会的に生じた亀裂を明確にしながらでなければ、語れない書き手。しかし同時に、その書き手は、より抽象的な位相では、読み手との接触性が最も高いモードを選んでいるのである。つまり、聞き手を失っていく時間を生きた語り手が、聞き手を求めていく小説と言うことができるのではないだろうか。聞き手がつねに言葉の望ましい受け取り手となるわけではないという事態を語る行為の中で、それでも聞き手がいなければ、書き手にはなれない。私小説という日本近代文学の軸となってきたモードで語ることで、聞き手をつくり出そうとする語り手の強い欲望を、読み込むことができるのである。

そしてこうして聞き手との関係を軋ませ続ける語り手は、一筋の軋まぬ回路を設けている。「私」には、一つだけ馴染んでいると思われるカテゴリーがある。「山姥」である。序章でも言及した「山姥」は、〈書く女〉たちが延々と受け継いできた形象である。[18] ここでの「山姥」は、里の女との差異化に向かうのではなく、「女たち」を繋ぐ形象となっている。

山の奥から躍りでた女たちが吹雪をけちらし裸足で駆けてくる。蓬髪をうしろにたなびかせ、尾根を渡り、かけり、かけりて谷間に降りる。墓から甦り、闇夜に走る山姥たちであった。あれは私の祖母、あれが私の曾祖母、あれがそのまた前の祖母――みんな、みんな私につながっている女たち。（一〇一一頁）

さまざまなカテゴリーからただただ逸脱していくことを語ったこの小説の冒頭には、このように繋がりが書き込まれている。そして「狂おしい生への思いが身体をめぐり、その瞬間、墓を躍り出た山姥たちが蓬髪をたなびかせ、裸足で山を駆け降りる音が今一度耳朶に轟と鳴っ」（四六〇頁）て、小説は閉じられていく。山姥たちは、〈書く女〉に「目覚めよ、あらゆる願望よ。／目覚めよ、あらゆる欲望よ」と伝える、この小説の聞き手である。この聞き手が、遙かな時と場所へと繋がる回路に語り手を繋ぐ。彼女たちに向かい合うことで、「欲望」が遠いところから湧き上がってくるのである。複数化した聞き手の中に、そのような聞き手が存在していることもまた、確かである。

さまざまな聞き手とさまざまな質の関係を持ちながら、聞き手を求めて聞き手に向かって語りかけるとき、声は、必ずしも力にはならなくとも関係の変化を指向する微妙で柔らかい意思の現れとなるのではないだろうか。聞き手への複雑な思いは、聞き届けられたいという欲望の現れである。私たちは、聞き手を求めている。

第5章　関係を続ける
——松浦理英子『裏ヴァージョン』

1　書き手と読み手の力関係

ここまで、応答性と被読性という切り口で作者にとっての読者の問題について考えてきたが、前章で考察した聞き手を求めるという欲望のあり方からもう一歩踏み込んで、第I部の最終章となる本章では、「文学」という制度における作者と読者の関係性を攪乱する試みに目を向けてみたい。言葉を読み手に届けたいという欲望が強まるとき、書き手と読み手の関係は変わるかもしれない。とりあげるのは松浦理英子『裏ヴァージョン』[1]である。『裏ヴァージョン』は、書くことが読み手との交渉そのものであることを扱った小説である。登場人物は二人の女性であるが、彼女たちを描写する地の文は全く設けられておらず、一方の女性が書いた短編小説と、もう一方の女性が書いたコメントが交互に配されている。二人の女性の関係からなる物語が外側にあり、登場人物の一人によって書かれた短編小説が内側に設けられるという二重構造となっている。

読み進めるうちに登場人物と状況の設定が知らされる。二人の女性は高校時代の友人で、親が死んで空き部屋のある一方の女性の家に、昔小説で新人賞を取ったものの売れなかったもう一人の女性が間借りして同居を始め、家賃の代わりに月に一編の小説を書くことになっている。書かれた小説は、全部で一四編。それぞれの末尾に家主である読み手の女性によるコメントが付いている。小説とコメントの往還に加えて、読み手からの質問状や詰問状、さらには書き手の側からの果たし状という直接的な問答形式のやりとりも挟まれており、二人が別居するまで文字を介した対話が進められていく。作品数から考えて、同居の期間は一年と少しということになるだろう。二人は共に四一歳になる「独身」の女性で、徐々に再生される高校時代の記憶は現在の関係の再編に容易には繋がらず、結局、離れることになっている。書かれたものは、すべてフロッピーでやりとりされていて、二人の間には、空間的、時間的な隔たりが設けられている。小説の書き手である女性が嘆くのは、期待した反応がほとんど得られないということだ。

何か全然いいところを見てもらえないし、瑣末なところにいちゃもんをつけられてばかりで、もしかするとわざとわたしの書く物を、はたまたわたし本人を拒絶しているのかとも想像してしまうの。（一九〇頁）

同居を維持するために書き続けられたはずの小説は、誤読され続け、目論見とは異なる結果を生む。書き手と読み手の力関係は非常に微妙である。書き手の女性は、「小説」という形式で書くことを同居の条件とされており、一人だけの特定の受け手に向かって書き続けている。書き手の、発信者としての優位性は、その意味でそもそも剝奪されており、言葉を発する者が、受け手に対する受動性を帯びている。終盤近くに出された書き手からの果たし状は、書くことが読み手の文脈に曝される不安定な行為であることを、はっきりと指摘する。

だいたい立場が不平等な気がするんだよね。いや、家主と居候っていう立場のことじゃなくって、小説を〈書く者〉と〈読む者〉っていう立場がさ。書く方は自分なりに苦労してるのに、読む方は書くのにかかった

時間の何十分の一かで読み終えて、好き勝手なことを言うんだものね。（一八七頁）

書き手と読み手の立場は、固定されず動き続けている。家主もまた、コメントの形で書き手となり続けているからである。さらに最後には家主が第一五話「昌子」の書き手となり、書き手の交代が起こる。これまで書き手だった女性が家を出た後に書かれたことになっているこの小説が、読み手に受け止められるかどうかは、全くわからない。

このように、『裏ヴァージョン』は、発話の行為性そのものについて多くを語る小説といえる。

2　『こゝろ』のパロディ化

さてここで、問いを立てよう。『裏ヴァージョン』の、〈表ヴァージョン〉は何か。表題そのものが、何かへの応答性を孕んでいる。ここでは、〈表ヴァージョン〉として夏目漱石の『こゝろ』と林芙美子の『放浪記』を読み込んでみたいと思う。『こゝろ』と『放浪記』は、書く行為と「文学」のジェンダー化において、共にある種の典型性をもつ作品である。[2] ここでは、『裏ヴァージョン』の二人の女性が「小説」というものを挟んで向き合っているということにこだわり、二作品のパロディとして『裏ヴァージョン』を読んでみたい。『裏ヴァージョン』は、それらをどのように反復しているのだろうか。

説明を簡単にするために、ここで二人の女性に名前を与えておこう。家主の女性は「鈴子」で、間借りした女性は「昌子」である。二人の名前が確定するのは、『裏ヴァージョン』の終盤であるが、以下では、全体についてこの名前で説明することにしたい（二人の固有名がずらされ続けていることは、この小説の重要な特徴であるが、それについては、後でとりあげることとする）。

まずは、『こゝろ』から始めよう。『裏ヴァージョン』が『こゝろ』のパロディとして読み得るのは、どちらも三角関係を反復する小説だからだ。

『こゝろ』については、あまりに有名な日本近代文学のカノンなので、あらためて述べる必要もないかもしれないが、一応説明しておこう。『こゝろ』は二重構造になった小説で、内側にある「先生の遺書」と題されたテクストでは先生とKとお嬢さんの三角関係が、また、「私」と名乗る青年を語り手とする外側のテクストにおいては、先生と青年「私」と先生の真実（あるいは奥さん）の三角関係がしつらえられている。

『裏ヴァージョン』の方では、内側のテクスト、つまり昌子という間借りをしている女性が書いた小説では、トリスティーンとグラディスという二人の女性を中心として、高校生時代の物語ではラウラという女性、現在の物語ではマグノリアという女性との三角関係が語られている。昌子が書いた一四の小説の中でも、「トリスティーン」「トリスティーン（PART2）」「トリスティーン（PART3）」と題された三つの作品は、このトリスティーンという名が、高校生時代の昌子がつくったキャラクターの名であることを鈴子が思い出すという展開で、外側のテクストと内側のテクストを繋ぐとりわけ重要なものとなっている。『こゝろ』の「下」にあたる「先生の遺書」で語られる先生とKの関係が、「上」の「先生と私」で語り手の青年が語る彼自身と先生との物語において反復されているように、「トリスティーン」三部作は、一〇代の末に出会った二人が後に再会する物語として、昌子と鈴子の関係の原型になっている。

『こゝろ』も『裏ヴァージョン』も、二重構造になっており、二重になった水準のそれぞれに三角形がつくられており、三角形の中で同性間の濃密な関係が描かれている。このように『こゝろ』と重なる『裏ヴァージョン』であるが、ではどのような点で〈裏〉になっているのか。その〈裏〉としてのあり方について考えてみたい。『こゝろ』のパロディとして読んでみると、「小説」を語ることと「文学」の立ち上げとの関係に対する、『裏ヴァージョン』の非常に戦略的な態度が見えてくる。

『こゝろ』は、模倣的な欲望を発生させる三角形をしつらえることで、二人の男たちが欲望する対象を高く価値づけることを可能にする小説であった。先生とKと奥さんの三角関係を原型として反復される、青年と先生のつくる三角形では、先生が内側に所有した真実が、青年によって強烈に欲望されていた。青年に遺書が宛てられたことは、先生の所有した真実を青年が譲り受けることを意味していたし、『こゝろ』の読者は、青年に寄り添ってそれを押し戴いてきた。「先生の遺書」は、先生の所有する「過去」を記した、命と等価な真実のテクストとなり、最も高尚な文学的テクストのあり様に具体像を与えた。『こゝろ』はそうして、カノンとして機能してきたわけだ。

『裏ヴァージョン』は、やはり三角形を語るが、その語られ方は込み入っている。第四・五・六話にあたる「トリスティーン」三部作を書いたのは間借り人の昌子だが、第一三話「ANONYMOUS」では、三部作の書き手に関わる情報を攪乱する説明がなされる。架空の一人称の語り手「私」（作家という設定、ただし昌子ではない。昌子は家主磯子の書いた小説の読み手として登場する）が、「そういえば、私は三角関係というものにはあまり興味がなく自分の小説で書いたことはないのだが、磯子は『トリスティーン』のシリーズで三角関係を使っている」（一七八頁）という。磯子は家主の名とされているので、後に鈴子と名指される女性に重ねられている。となると、三角形に「興味」があり、それを書いたのは誰なのか。「トリスティーン」三部作を書き、昌子と鈴子の関係を同性愛の文脈に繋ぐ欲望の主体を定めることができなくなるのである。三角形は、『こゝろ』を典型として〈文学〉的欲望の温床として反復され続けてきた。そのヒエラルヒーを生み出す欲望への抵抗が示されていると読んでみたい。

また、『こゝろ』では二人の男が一人の女と異性愛的三角形を形成しつつホモソーシャルな関係をつくっているが、「トリスティーン」で語られる三角形は女三人によるもので、そのうちの二人の女があっさりと同性愛関係をつくる。異性愛文化におけるホモフォビアとミソジニーが濃密なホモソーシャル関係を生むのとは対照的に、「トリスティーン」における三角形には禁忌がない。また三人とも女であるゆえ、誰もが第三項になる可能性を持っている。別の二者関係の可能性も仄めかされていて、その意味で第三項への抑圧や排除がない。物語の中心になるのはトリスティーンとグラディスの二者関係であり、三人目の女性マグノリアは二人のゲームを熱くする仕掛けとして登場するが、マグノリアもそのゲームを了解して楽しんでいる。一〇代での三角関係に登場したラウラについても、鈴子による「当て馬に過ぎなかったみたいで、あまりにも気の毒なように思えますが」という質問状での問いに、昌子が「あんなふうな錯綜した三角関係において、一人が単なる当て馬に過ぎないなんてこと、あるわけないじゃないの」（八三頁）と答えている。第三項を固定させない「錯綜した三角関係」が描かれているわけである。

さて、では外側の三角形はどうか。『こゝろ』の「先生の遺書」に代わって、昌子と鈴子がつくる三角形の第三項は、昌子の「小説」となっている。鈴子は、昌子が小説家として挫折したことを悲痛だと感じ、昌子に小説を書かせようとしている。昌子は、「プロの小説家になれなかったことを挫折だなんて思ってない」（一九三頁）と言っており、挫折だと感じるのは鈴子自身の「文学への古臭い幻想のせい」（一九六頁）だと言う。それゆえまずは、小説をめぐって、昌子が欲望している（と鈴子が思っている）「小説」を、鈴子が模倣的に欲望しているという構図を描くことができる。しかし、「トリスティーン」を敷衍すれば、「小説」は、昌子と鈴子のゲームを成立させるための仕掛けにすぎないということになる。また、『こゝろ』においては、外側のテクストと内側のテクストの水準が明瞭に分けられ、その構造が内側のテクストのカノン化を可能にしているが、先にも述べたように『裏ヴァージョン』では外側の二人の女の間で内側のテクストが行き来し、欲望の主体が誰なのかをめぐって闘争が起き、安定することがない。やりとりの間で、二人はそれぞれの解釈を激しくぶつかり合わせる。互いに互いの秘密をつくり、暴き、それを互いに否定し合う。それゆえ、『裏ヴァージョン』で「文学」とも言い換えられている「小説」の場所には、誰かが所有する過去や秘密や真実が、発生し得ない。昌子の書く「小説」は、真実性を積極的に裏切るものとして、と同時に、現実と空想の境界を破壊するのに十分な程度には現実と重なるものとして、語られている。読み手が、隠された真実への期待を育てる機会は、完全に潰されている。

『裏ヴァージョン』は、作家になろうとして挫折した女が、あらためて「小説」を書くという設定になっているが、ここで欲望されているのは「文学」ではない。書くことは、『こゝろ』に見られるような文学的価値の崇拝とは、無関係なところに向かっている。もちろん、ラウラがイタリアへ一人去り、マグノリアが傍観者として楽しんでいるように、第三項に置かれた「文学」には「文学」の快楽があると考えることもできるだろう。ただそれは、昌子と鈴子の二人の関係にとって、重要な意味をもたらすものではない。

3 『放浪記』という〈表ヴァージョン〉

それでは、林芙美子の『放浪記』を〈表〉として読み込んでみたらどうだろうか。『裏ヴァージョン』が『放浪記』のパロディと読めるのは、昌子が挫折する作家として過去を語るからだ。『放浪記』は周知のとおり、林芙美子が売れる前に書きためていた日記の抜粋によって書かれている。一九二二年頃を始点とする極限的な貧困の時代の日記を一九二七年に少しずつ切り出して発表し始め、それらをまとめたこの作品によって林芙美子は世に出ることとなった。現在では三部構成になっているが、第一部は、一九三〇年に「新鋭文学叢書」(改造社)の一冊として『放浪記』の名で出版されたものであり[3]、第二部は同叢書から『続放浪記』の名で出版された[4]。第三部は、戦後

『放浪記第三部』として出版され(5)、現在の『放浪記』はこれらをまとめたものである。第一部、第二部、第三部に書かれた出来事は、時間的に継続しているのではなく、それぞれが元の日記全体から内容により選別されて再構成されたものである。

『裏ヴァージョン』中、直接的に『放浪記』に近いのは、第一一話「マサコ」である。「どうも、本格的な私小説、さもなきゃ自伝小説をありがとう」（一六二頁）と鈴子にコメントされる作品で、一人称小説になっている。貧困の度合いにはずいぶんな差があるが、『放浪記』同様アルバイトを転々としながら、編集者に原稿を突き返されつつ小説を書いている「私」の日常が綴られる。仕事で疲れて書く時間がない。文学業界とは関係のない友達だけが憂鬱な気分を共有してくれる相手だという。「あの頃、小説を書くことがうまく行かなくても、お金にまあまあ不自由しないとか、色恋の方面が充実しているというようなことがあれば、断言はできないけれども、あれほど陰気な気分に支配されずにすんだのではないだろうか」（一五五頁）という生活。マサコの放浪記である。

『放浪記』と『裏ヴァージョン』の構成にも、ある種の類似性を見ることができる。『放浪記』は先にも述べたとおり三部構成であるが、もう少し細かく分けると、繰り返しになっている第一・二部と、第三部の間には違いがある。前者には母を恋い涙を零し食べ眠り男たちとの関わりも持つ放浪の生活が、そうしたある種の雑多性とともに書き込まれているが、それに比して第三部は小説の書き手となる欲望がはっきりと焦点化されている。『裏ヴァージョン』も三部に分けられる。第一話から第六話までと、第七話から第一二話まで、これは繰り返しになっている。第一話と第七話は始点として異性愛を扱う小説。第二話と第八話は独白体で「あなた」という相手に向けて語られた小説。第三話と第九話でその後の三作へ繋げる余話のような物語が語られ、前半では、第四話から第六話までがアメリカを舞台にＳＭでレズビアンの登場人物を配した「トリスティーン」、後半では、第一〇話から第一二話まで、昌子との重なりが深く鈴子も登場する私小説的な作品が連ねられている。こうした六話二組の小説が語られた後（一年分か）に、それまでの小説とは異質の作品、第一三話「ANONYMOUS」と第一四話「鈴子」そして家主鈴子が書いた第一五話「昌子」の三つが置かれている。

こうした重なりに『放浪記』を〈表ヴァージョン〉と考える妥当性の根拠を見ることにして、〈表〉と〈裏〉の違いについて考えてみたい。『放浪記』のパロディとして読むことで、女が小説を書くことをめぐる事情の違いが、見えてくる。書くことを通して名乗ることに積極的なテクストと、そうではないテクストという。

『放浪記』は〈女〉の書いた「小説」である。第2章でも参照した「小説を語る女性とは、自分のプライヴァシーを自分で生産しつつ、自分をポルノグラフィーの対象にすることで主体となる存在だといってもよい[6]」と指摘した村山敏勝は、「女性一人称の自伝的語りが、自らのプライヴァシーを形成しつつそれをポルノグラフィー化しないことに成功するとしたら」と仮定して、「反物語への力の意志と物語への欲動の葛藤を、非‐主体と真実の主体の対立としてでなく、まさに主体形成として読むという発想はありうる[7]」と言う。こうした視線を『放浪記』に向けるとき、〈女〉の書いた「小説」としてきわめて戦略性に富んでいることに気づく。

『放浪記』は、そもそもは、「小説」として掲載されたものではない。初出は、長谷川時雨主宰の雑誌『女人芸術』だが、副題に「放浪記」と付された芙美子の文章は、実話的なものとして受け止められていたと思われる。同時期には山田邦子の「長流記」という自伝的文章も連載され、隣り合って目次に並んでいる[8]。『女人芸術』での掲載をきっかけにして、『改造』にも「九州炭坑街放浪記」という文章（第一部冒頭に、「放浪記以前」と題して収められている[9]）が掲載されるが、これも創作欄ではなく、また同号に通俗的な位置づけでまとめられた「犯罪小説」などという作品群とも別に、一般の散文扱いで掲載されている。

女性が書く実話物は、窃視的な欲望に向けて自らのプライヴァシーをつくりあげ暴露することで成立したジャンル以外の何ものでもない。『放浪記』はその路線に巧妙に乗りながら、しかも男性の書き手が書く自伝的な教養小説の枠組みに潜り込むことに成功したといえる。『放浪記』の中で芙美子は、志賀直哉の『和解』を読んでいる。『和解』といえば、志賀直哉を大正期の人格主義的文学精神を代表する存在へと決定的に押し上げた作品である。[10]自らの過去を小説にまとめるまでを素材にした私小説であり、まさに書く主体を立ち上げた作品である。芙美子はそれを読んでいる。小説の書き手を目指す者が参照し、その読者であることをさりげなく誇示するものとしてこれほど適切な作品はないだろう。

『放浪記』は、男の物語に対抗しながら女が書く主体になる、女性にとっての一種の教養小説という解釈もされてきたが、[11]ここで重要なのは、『放浪記』が〈女〉の書いた「小説」として、実にパフォーマティヴに振る舞っているということだ。先にも確認したように、『放浪記』は第一・二部と、第三部で、かなり質が違う。発表された時期の違いは当然影響しているだろう。時期の問題として繰り返し参照されているのは、芙美子自身による説明で、一例を挙げれば「此第三部放浪記は、第一部第二部のなかにあるものなのだが、その当時は検閲がきびしく、発禁の恐れがあったので、発禁にさしさはりのないところだけを抜いて、第一部第二部として発表した。したがつて、此第三部は発表出来なかつた残りの部分を集めたことになる[12]」というような内容である。もちろんここで言われるように「発禁」への配慮から外された部分はあるだろう。しかし、戦後に発表された第三部全体を見ると、たしかに天皇への言及などがごく一部にあるものの、第一・二部との大きな違いは、先にも触れたように、「小説」を書くことへの欲望がほとんど全ての部分を覆っていることにある。〈女〉の立場で作家にならんとした彼女が、「実話」と「小説」の間で商品にし得たのは、小説に向かう欲望ではなかったはずだ。『放浪記』で語られるプライヴァシーはその意味で厳選されたものだといってよい。とくに第一部の好評によって出版された第二部は、文学関係者の記事すら第一部や第三部に比べて極端に少ない。第三部には文学関係者との出来事ばかりが収められていることを考えると、元の日記にはそうした記事が多く混じっていたはずであり、第二部が編まれる時点では戦略的に文学関係の記事を回避したと考えるのが妥当だろう。かわりに第二部で選ばれたのは、実らなかった初恋のエピソードである。プライヴァシーとして暴露するのにどちらが適しているかは明白だ。

〈女〉の語るプライヴァシー＝真実は、まさに現実のそれである必要がある。『こゝろ』の先生の真実が、抽象的な普遍性を志向するのとは、全く事情が異なる。『和解』はその点で『こゝろ』と同質である。私小説であろうがなかろうが、彼らの小説に向ける読者の視線は、窃視的なものではない。書くことの意味は、ジェンダーによって大きく異なっている。

一九三〇年の『続放浪記』（現第二部）出版の時点で、芙美子はその末尾に「この「放浪記」は、私の表皮にすぎない。私の日記の中には、目をおほひたい苦しみがかぎりなく書きつけてある」（四四〇頁）と書き加えている。「ボロカス女」（四三一頁）、「孤独の女」（四三三頁）。第二部におけるこうした名乗りは「表皮」である。負の価値を付されたこれらの蔑称をあえて名乗ることによって、彼女は作家となった。付加した部分には「これからの私は、私の仕事に一生懸命に没入しようと思ってゐる」（四四一頁）ともある。戦後、すでに作家としての地位を得た時点で、再び第三部として『放浪記』が発表されることになったとき噴出したのは、「小説」を書くという仕事への強烈な欲望だった。

4 『放浪記』のパロディ化

このように『放浪記』は、〈女〉が「小説」の作家となる場合の戦略を示した作品である。それでは、松浦理英子の『裏ヴァージョン』に戻ろう。〈裏〉では、〈女〉の「小説」はどのように書かれているのか。

いくつかの重要な差異を確認していかなければならない。まず、この「小説」を書く〈女〉昌子は、鈴子のためにだけ書いているということ。さらに、昌子の書いた放浪記、つまり彼女のプライヴァシーは「過去」についてのものであるということ。そして、物語現在の昌子は、名乗らないということ。

第一〇話から第一二話までが、私小説的語りへと展開した後半の三部作である。[13] 三作とも現在の状況と繋げられている。第一〇話「トキコ」は、昌子をモデルとした間借り人朱鷺子が、トキコと名付けたゲームボーイ『ポケットモンスター』の主人公とともに家主の家を探索する話である。「あなたの名前は朱鷺子なんていう優美な名前じゃなくって昌子でしょ」(一五〇頁) という家主鈴子のコメントが入って、次の第一一話は「マサコ」と題され、放浪記的な生活が綴られる。第一二話は「マサコ (PART2)」となり、二人の最近の出来事を素材にして語られている。「トキコ」が、初めから「マサコ」であったら、「マサコ」三部作ということになるわけだ。

固有名をめぐる闘争は、私小説的になった後半の重要な部分である。少々長くなるが、やりとりを引用してその迷走ぶりを追っておきたい。そもそも第九話「千代子」は家主の体験と一部重なっていて、家主は「第九話の千代子って何？　私をモデルにして勝手なことを書いたその意図を、納得の行くように説明してください」(一三一頁) と迫る。「あなたを千代子として書いたつもりはないの」(一三一頁) というのが昌子の答えである。第一〇話では先に引用した「朱鷺子」と「昌子」という名前についてのコメントが出る。これに対する昌子の答えは「あのさ、小説の主人公の名前とわたしの名前の印象の喰い違いよりもさ、毎月渡してる小説をほんとうにこのわたし、昌子が書いているのかどうかってことを、気にしてみたら？(略) ねえ、磯子ちゃん」(一五一頁) というもので、この「磯子」については、「人の名前をわざと違えて書くような見え透いた嫌がらせも願い下げ。誰が磯子なのよ、くだらない」(一六二頁) というコメントが付される。そしてそれに応えて、第一二話直前では「えっ、磯子じゃないならあなたは誰なの？」(一六三頁) と、昌子。第一二話のコメントは「私の名前は磯子でも何でもいいけど、これだけは言っておく。二度と私を小説に出すな」（一七四頁。原文では、最後の一文のみ一八ポイントで強調あり）。第一五話では、「小説」の書き手を磯子とする「あらすじ（書評担当者はご利用ください）」（一七五頁）が書かれ、昌子執筆の最後の小説となる第一四話「鈴子」で、「磯子、ではない。鈴子だ、わたしの友達は」（一九八頁）、「鈴子、いや、磯子で通すべきだろうか、この家の二階の部屋で書く文章に登場する友達の名前は。しかし、もうこれまでと同じ気持ちで書くことはできない。わたしはここに登場する友達を新たに〈鈴子〉と命名する。鈴子というのは、わたしの友達の現実の名前でもあるのだけれども」（一九九-二〇〇頁）という記述に至り着く。本章では、最後の情報から遡及的に、二人の女性を昌子と鈴子と呼んできたが、本来なら、そのような一貫した固有名で説明するべきではない。

徹底して「命名」（二〇〇頁）されることを避ける『裏ヴァージョン』を振り返ってみると、第七話は「ワカコ」という名の繋がりで、同名の三人の女について語るものであったし、第八話の「ジュンタカ」は、「順高」の読みがわからないので皆で勝手に命名した名であった。安定して固有名が語られることが、回避され続けているのである。命名をめぐる闘争は、昌子の「小説」が、鈴子のみに向けて書かれているという設定とも関わっているだろう。二者のやりとりであるからこそ、文脈のずれは明確になっている。ずれは収束の見込みなく、展開してゆくばかりである。浮上する「過去」についても、同様の闘争が繰り広げられる。『放浪記』が置かれていた文学場では、現実性と真実性が商品の価値となったわけだが、テクスト内で二人に限定された回路に開かれた「小説」は、「過去」をそのまま語ることを志向していない。昌子は、「今（略）思い迷っていた時期のことを甦らせようとしている。けれども、あの陰気な気分を甦らせるのには心理的な抵抗があるのか、意思と裏腹に頭は肝心なところを絶妙にカーブを切ってすり抜けて」（一五二頁）しまうと説明し、「思い出す努力をしたい」（一五三頁）という。「過去」は、再現性の低いものとして提示されることになる。

それゆえ「過去」をどこに読むかという闘争も熾烈だ。前半の同性愛の物語をめぐって浮かび上がるのも「過去」である。同性愛が繰り返し話題になることに文句をつける鈴子だが、その理由は同性愛を差別しているからではなく「「昔に戻れ」って無理な注文を出されてるような気がする」（一三四頁）からである。過去の中の互いの像や二人の関係の記憶の仕方、あるいはその語り方は、現在における互いの像と関係の中で闘争の対象となる。

二人の間に限定された場で受け渡される「小説」は、名乗ることを回避しずらし続けることで命名をめぐる闘争を呼び込み、「過去」の物語として語られることで意味づけをめぐる闘争を引き起こす。〈女〉の「小説」は、『放浪記』から、遠く隔たった地点に来ている。

5　関係を欲望する

『放浪記』の第三部は小説を書くことへの欲望を噴出させたものであると先に述べた。最後に『裏ヴァージョン』に渦巻く欲望が、書くことと関わりながらどこへ向かっているのかについて考えてみたい。

最後の三話で一気に浮上するのは、互いに対する互いの想いである。そしてそれは変えるという欲望と結びついている。

第一四話「鈴子」には「わたしの希望はごく単純だ。鈴子とこの家で和気藹藹と暮らしたい。お互いに相手に批判的な気持ちを抱いていてもかまわない、どこかにいくばくかの愛着心が残ってさえいれば」（二〇〇頁）という昌子の側のメッセージが語られている。

第一四話の結末では鈴子が家から出ていくことになっているが、第一五話では昌子が出ていったとされる。そして、第一五話「昌子」で、書き手となった鈴子の側から「ほかならぬ昌子と私がそんなふうな通り一遍の友達同士になり下がったのはひどく口惜しかった」(二一四頁)として、「昌子が帰って来たら、私たちはまた始める、私たち共作共演のゲームを。/帰って来い、昌子。/帰って来い、アホ」(二一二頁。原文では最後の一文のみ一八ポイント)と語られる。昌子もまた「ゲームはまだ終わっていない」(二〇九頁)と語っていた。書くことが真実の提示(『こゝろ』的)あるいは暴露(『放浪記』的)に繋がらない『裏ヴァージョン』で、最後にまとめられるのは、「ゲーム」としての言葉の往還である。「過去」が誰にも所有されないことは、それが媒体として交互に受け渡されるものとなることを可能にし、ゲームの続行を可能にする。このゲームの続行のみが書くことの効果として目論まれてきたといってもいいだろう。言葉の行為性が圧倒的に前景化していることも、ゲームという比喩の中では、理解しやすい。

しかし、昌子が去ることでゲームはとりあえず中断してしまっている。なぜだろう。具体的に語られるもう一つの欲望があった。昌子の側からは、「わたしは鈴子を変形したい。同時にわたし自身も変形したい。わたしたちが今とは別の物語を生きられるように。それがもう一つの凡庸な物語になるだけだとしても」(二〇五頁)と、鈴子の側からは「昌子を変えたかったわけではない。むしろ変えられるものなら昌子を取り巻く世界の方を変えたかった」(二二〇頁)と示される、変わる、変えることへの欲望である。名乗らず、それがずらし続けられていたことは、この変える欲望と結びついているのではないか。何者かになりきってしまうことを回避し続けることとして。

ゲームはルールがあってはじめて成立する。そして、ルールに基づく立場を名乗り合ってはじめて成立する。このとき、ルールと名前が変化するものであったらゲームは成立するだろうか。成立しない。ゲームは、プレーヤーが仮構の制度を了解し合うことによって可能になるものだ。ゲームを続けたいという欲望と、変わりたいという欲望は、矛盾している。

変えるために、名乗る。『裏ヴァージョン』において欲望されていたのは、ゲームなのだろうか。同性愛と性愛と友情とがうまく咬み合わないまま、とりあえず別れていった彼女たちは、二人とも関係の継続を願っている。それには世界が変わり、鈴子が変わり、昌子が変わることが必要である。であれば、「ゲーム」はこうした文脈を説明するのに適当な比喩ではないのではないか。ゲームを成立させるためにではなく、ルールを変えるために名乗らねばならない。『裏ヴァージョン』は、相手に命名し呼びかけ始めることで、終わっている。闘争という比喩もすでに適当ではないかもしれない。孤独に闘った林芙美子の生きた場とここは違う。再び出会うために、命名し、呼びかけ、名乗る。

書くことは、そのとき、主体の立ち上げではなく、関係の継続そのものを志向する行為となる。

バトラーは攪乱する反復あるいはパロディについて、次のように語っていた。「ある知的見解をパロディー化しようとするとき、それを説得力あるものにするには、まず最初に、パロディー化しようとする対象のなかに入り込むこと、つまり、パロディーの対象として取り入れたり真似たりする見解に対して、親密な関係をもったり、もとうとしたりすることが不可欠であるということだ。パロディーをおこなうには、ある対象に同一化する能力や、可能なかぎりそれに近づく能力が必要とされる」[14]。この能力を、文脈を攪乱しずらすことを可能にするというだけではなく、二つの異なる文脈をすり合わせることを可能にする能力と考えてはどうだろう。文脈の対立構造そのものを変えるためのすり合わせには、互いの文脈に入り込む能力が不可欠だ。異なる文脈が完全に重なることはあり得ないから、すり合わせの行為は、永遠に継続されなければならないだろう。しかしそれは、固定した対立関係の中での闘争ではない。

『裏ヴァージョン』に戻ろう。『裏ヴァージョン』は、読み手の要求に応えて、新たな物語を提出し続けるという書き方を提示している。『こゝろ』や『放浪記』において、書く行為は、(後者の場合は、よりパフォーマティヴではあるが）「主体」を立ち上げることを志向していた。しかし、『裏ヴァージョン』は一人の読者に向けて書かれる小説という状況を語ることで、書くことを関係の継続を志向することとして提示する。名乗り、そして、互いに同一化し、可能な限り近づき、そしてルールを変える。パロディ化の中で、文脈をずらし合い、それをすり合わせる。言葉を換えていえば、私たちにとっての書くことは、こうした継続のための、そして事態を動かすための妥協を目指すべきなのではないだろうか。

昌子と鈴子は、四一歳という年齢について、「これまでとは違って衰えて行く過程にあるこれからの四十数年は、遥かに変化に乏しく平板なものになるだろう」（二二一頁）と予測する。「若さ」の中での闘争ではなく、「老い」に視線を向けながら関係の継続のための妥協を志向したい。それには、世界を変えることが必要だ。「昌子」と「鈴子」。過去と繋がる名前を命名し名乗り、その名が置かれた文脈そのものの変更を始める。関係の継続への欲望は、それを可能にするはずだ。『裏ヴァージョン』という小説が書かれる現場は不特定多数に開かれた文学場であり、書き手は複数の読者の顔に向かっていることになるが、昌子と鈴子の物語を敷衍すれば、『裏ヴァージョン』という小説を書く行為にも、この小説を介した関係が継続されることへの欲望を読み込むことができるのではないだろうか。小説を発表する〈作家〉の欲望を、自己表象やそれによる承認への欲望から解き放つ試みがなされているのだと読んでみたい。『裏ヴァージョン』には、そのように書き手との濃密な関係を維持しようとする読み手の席が用意されている。『裏ヴァージョン』は、それについて書くことを、誘いに応答し読み手の席に着席することへと変容させる可能性を開いているのである。

第II部　〈女〉との交渉

第6章 〈女〉を構成する軋み
——『女学雑誌』における「内助」と〈女学生〉

1 カテゴリーとその配置

第I部では、被読性と応答性という視座から書く主体の亀裂について考えてきたが、第II部では、〈女〉を構成する規範との交渉に焦点をあてて考えていきたい。〈女〉が意味するものは文脈や場によってさまざまである。亀裂や軋みの経験は一通りではなく、それとの距離のとり方や向かい合い方も一通りではないだろう。

本章ではまず、交渉する規範そのものの複数性と、その亀裂や軋みを確認することとしたい。近代に入って、女性という存在の意味づけが変わったことは、よく知られている。「男女同権」、あるいはそれと対立的に立ち上げられた「男女同等」という用語によって、とにもかくにも、女性は新しい場所を与えられた。〈女〉というカテゴリーは、このとき、国家的役割を担うべきカテゴリーとして認識され、近代日本の中に、はっきりとした輪郭を持ったのである。

〈女〉の中には、複数のカテゴリーが設けられた。〈賢母〉〈良妻〉、あるいは〈主婦〉。さらに、それらの新しい女性たちを育てる土台となる女子教育から直接生まれた〈女学生〉というカテゴリーがある。これらのカテゴリーのそれぞれの展開については、すでにさまざまな研究が重ねられてきている。そうした成果をふまえたうえで、ここでは、〈母〉や〈主婦〉、また〈女学生〉という概念が、それぞれどのように絡み合っていたのかという問いを立てたい。女性を枠取るこれらの近代的カテゴリーは、亀裂なく繋がっていたのだろうか。結論は、見えている。もちろん、そうではなかったのである。〈女学生〉から〈主婦〉へ、また〈母〉へという道筋は、女子教育の文脈の中では一つのセットをなしているが、こうした複数のカテゴリーが合わさるときに、その隙間に軋みがなかったわけではない。〈女学生〉は、〈主婦〉や〈母〉というカテゴリーとなめらかに接続することはなかったし、〈良妻〉とまとめられたカテゴリーの中には、いくつかの役割が、咬み合わぬまま含まれていたと考えられる。本章で確めたいのは、こうしたカテゴリー間の関係である。それぞれのカテゴリーの接続の悪さは、女性の人生に、大きな切断がつくられることを意味する。また、用意された複数の選択肢が、非常に異質なものとして設定されるということをも意味するだろう。

近代が生んだカテゴリーとその配置は、女性にある種の生きにくさをもたらしたと思われる。明治における女性を囲む論理の変化は、「男女同権」ではなく「男女同等」へと言い換えられている。つまり、公私の分離と性別役割分業を前提とした良妻賢母思想の中で、私領域に配置された女性には公領域における権利が与えられなかったわけだが、ここで生きにくさとして注目したいのは、そのような女性の社会的自立に対する障害という側面ではない。かりに女性としての役割を引き受けた場合においても、ある種の生きにくさが生じたのではないかということを、これらのカテゴリーの齟齬の結果として理解してみたいと思う。用意されたカテゴリーが対立し合ってしまう構図の中では、どの立場にあっても苦しみが発生し、また、一貫したアイデンティティを形成するのが難しくなる。一貫性を必ずしも重視しなければ、もちろんそこには、多様さへ開かれるという可能性を読み込むことも可能なのであろうが、そのように視座を移す前に、カテゴリー間の関係を確かめてみることで、近代における女性の生きにくさについて考えたい。そして最後に、清水紫琴「こわれ指環」と北村透谷「厭世詩家と女性」とについて論ずる。ほぼ同時期に書かれた二つのテクストに、カテゴリー間の亀裂、また理念と現実の間に開いた亀裂を読むことができるだろう。

2 〈賢母〉と〈良妻〉と〈女学生〉

はじめに、近代的な女性カテゴリーについての、これまでの議論を概観しておきたい。

最も集約的な枠組みとなるのが〈良妻賢母〉である。深谷昌志の指摘[1]によれば、その発生は、『明六雑誌』における中村正直などにさかのぼることができ、意識的に使用され始めたのは、一八九一年発刊の『女鑑』であるという。深谷はそれを「日本特有の近代化の過程が生みだした歴史的複合体」と説明した。より具体的には「ナショナリズムの台頭を背景に、儒教的なものを土台としながら、民衆の女性像からの規制を受けつつ、西欧の女性像を屈折して吸収した複合思想[2]」と指摘し、敗戦における切断を説明する文脈の中で、儒教的規範との繋がりを批判的に検証した。それに対し、小山静子らによるその後の研究では、近代的家族像との関わりの深さが指摘されている[3]。良妻賢母主義規範と現在との繋がり、また近代的国民国家形成との繋がりが明確化されたといえる。

〈良妻賢母〉概念の成立について重要なのは、「家庭」という単語に落ち着いていく、近代家族像の輸入が関わっているということである。「近代家族」とは「公共領域と家内領域とが分離し、それぞれの領域を「男は仕事、女は家庭」という形で分担すること、家族内においては家族成員相互の強い情緒的関係が存在すること、などの特徴をもつ家族[4]」である。「家庭」という語がホームの訳語として流通したことはよく知られているが、輸入された家族像をもとに、その理念上の変化がはっきりと現れ始めるのは明治二〇年代（一八八七-九六）のことであり、その定着は二〇年代後半から三〇年頃である。[5] たとえば、「一家団欒」という概念がやはり二〇年代に出現し、日清戦後「一種の家族信仰にまで高められる」[6] という山本敏子の指摘など、具体的な検証が重ねられている。

国民国家の形成と、近代家族像が結び合わされたところに、良妻賢母のうちの〈賢母〉像、具体的にいえば、育てるものとしての母親像が立ち現れる。[7] 明治二〇年代は、大人と異なる存在として子供が発見されるとともに、それを育てる母が理念的に語られ始める時期にあたる。この「育児担当者としての母親[8]」という概念は、近代以前と以後を切断する概念である。

小山静子は、江戸期の女訓書に記された女の役割について、以下のように整理している。

いずれも子を育て、教育する母としての徳目は皆無であったといってよい。あるのはもっぱら妻として、嫁としての徳目であった。すなわち、諸徳目は勤勉、質素、倹約、正直などの対自己道徳と、三従、七去といった対家族道徳だけで構成され、夫には主君に仕えるごとく仕え、舅姑には従順に孝行を尽す女性が理想とされた。いってみれば女の存在意義は妻・嫁という面に限定されていたのであり、「良妻賢母」ではなく、「良妻」という側面だけが当時において意識されていたことがわかる。そして女子に教育が必要なのも、妻役割・嫁役割を十分に果たせる女性に育てるためであった。[9]

これが、明治に入って大きく変化したわけである。育児する母像の導入は、繰り返し指摘されてきたように、次世代の国民を育てるという国家的要請に直結している。〈賢母〉が決定的に新しい概念であったことは、良妻賢母主義が女子教育導入の基盤となっていたということを、容易に理解させる。新しい教育が、新しい母を「造ル」わけである。

女子教育に触れる前に、〈良妻〉についても、その内容と出現の時期を確認しておこう。近世における女性の役割が妻と嫁であったことを述べたが、とはいえ、近代における〈良妻〉にはやはり決定的な新しさがある。小山は〈良妻〉概念について、日清戦後「知識による内助や女性の道徳性に対する注目[10]」が新たに起こるという。

単なる従順さだけが良妻の条件なのではなく、「男は仕事、女は家庭」という近代的な性別役割分業観にのっとった上で、家事労働を十分に果たし、家政を管理することができる女性が、良妻と観念されているのである[11]。

近代以前にも性別による役割分業はあるが、公私の分離と組み合わされて新たなジェンダー配置がなされたわけである。家庭という私的な閉鎖空間を支える存在として、〈良妻〉に重ねて出現したのが〈主婦〉という概念である。牟田和恵は、総合雑誌を対象に明治二〇年代後半の変化に光を当て「「主婦」の語が現れ、その仕事が具体的に細かく描かれ掃除や料理の実用記事が連載される[12]」ようになると指摘している。二〇年代の前半から、すでにその変化の兆候を認める論もある。犬塚都子は、二〇年代前半からの『女学雑誌』における巌本善治の「ホーム」論を分析し、「主婦の職務についての論説が、「ホーム」論の中心を占めており、その中に「和楽団欒」の担い手としての主婦像を見ることができる[13]」という。岩堀容子もまた、『女学雑誌』における家事・家政に関する記事が妻の役割を具体的に提示していたと指摘し、「妻中心の家政学の誕生[14]」を見出している。発現の時期についての指摘に若干のずれがあるが、「新しい家族の理念にもとづいた家庭内の女性の役割の理想像としての「主婦像[15]」が、明治二〇年代に現れたことに関しては共通している。

さて、〈賢母〉と〈良妻〉、〈主婦〉について見てきたが、それでは、その土台となるはずの女子教育から生まれる〈女学生〉という概念についてはどうだろう。〈女学生〉もまた決定的に新しく、また女子教育という抽象的な理念が先行する形でつくりあげられた近代的女性カテゴリーであったはずである。女子教育がなければ、〈良妻〉も〈賢母〉も生まれようがなく、その意味で、同様の変遷過程を辿っても不思議はない。ところが、〈女学生〉というカテゴリーは、両者とは全く異なる展開を見せ、国民国家的な文脈には着地していない。それが着地したのは、文学的文脈であった。文学的文脈から〈女学生〉について論じた本田和子は、「単なる「女子」の「学生」であることを超えた、独特の陰影に隈どられた「女学生なるもの」[16]」の「誕生」を明治三〇年代（一八九七―一九〇六）に見る。それは、「直接的効用性は判然としないながら、そして、そのゆえに大方の庶民たちとは無縁ながら、近代の象徴、都市の花として「あってもよいもの」と位置づけられる[17]」という。「揶揄したり忌避したりするのではなく、「ハイカラ」と受けとめ、「美しい」と賞でさえしながら……[18]」という一節には、それ以前の〈女学生〉が揶揄と忌避の文脈の中に置かれてきたことが暗に示されている。岩田秀行もまた、文学的表象である「海老茶式部」という語の発生と流通について論じ、やはり明治三〇年代が、その転換期であったことを指摘している[19]。もちろん〈女学生〉という言葉そのものは、明治二〇年代からある。本田が指摘するのは、明治二〇年代の〈女学生〉という用語と、明治三〇年代におけるそれとの間に、大きな違いがあるということだ。〈賢母〉と〈良妻〉には、二〇年代と三〇年代の間のそうした切断はない。

〈女学生〉と〈賢母〉、あるいは〈女学生〉と〈良妻〉というカテゴリーの間にあるその形成時期のずれは、〈女学生〉から〈良妻〉・〈賢母〉へという、女性のライフサイクルに従った繋がりが形成されにくかったことを示している。それぞれの時期における〈賢母〉・〈良妻〉カテゴリーとの関係の変化が、〈女学生〉カテゴリーにおける質的な変化をもたらしたと考えられるだろう。

新しいカテゴリーの形成過程において発生した軋みは他にもある。たとえば、牟田は〈主婦〉というカテゴリーの中に「パラドックス」が生じたことを指摘している。

明治二〇年代のうちに、少なくとも理念の上では「家庭」という新しい家族像が現れ、「主婦」という階層が誕生するに至ると、「家庭」に一種のねじれ現象が起こる。すなわち「家庭」は女性の場、私的領域となり、総合評論誌の公論の対象から除外され、同時に主婦には封建的武士階級の妻の像が理想として重ねられる。明治初期、「東洋的」という理由で否定された儒教的家族観念が、西欧的「家庭」観念を経由し情緒的価値付与がなされ新しい装いで復活するのである。[20]

新しさをめぐるこのねじれは、三〇年代における〈女学生〉カテゴリーの意味の変質と関わりを持つだろう。新しさそのものの表象である〈女学生〉と、封建的理念を支えとする〈主婦〉との繋がりは、徹底的に悪くなるだろうからだ。また小山は、〈良妻〉概念の登場について論じながら、次の指摘を加えている。

ただ良妻賢母というものの、妻と母、どちらに重点が置かれて女子教育の必要性が主張されるかといえば、それは圧倒的に母役割であった。やはり次代の国民養成に深く関わる母役割の方が、国家からみればより重要であり、価値づけやすかったのであろう。[21]

小山は「妻や嫁としての役割（たとえば最も代表的なものでは、夫や舅姑に従順に仕えること）は、国家の側から意義づけにくいのに対して、母役割は次代の国民養成という点で国家と結びつき、容易にとらえうるものであった」[22]ともいう。母役割への期待の肥大化は、妻や嫁の役割との繋がりに、影響を及ぼさなかったのだろうか。それらを担うのは同じ女性である。分担するわけではない。またあるいは、犬塚による「巌本は、「ホーム」提唱者の中でもとりわけ「夫を助けること」「内助」を重視しており（略）特に精神面におけるケアを妻の重務として期待していたことがわかる」[23]という指摘にも注意を向けたい。そうであれば、巌本が重視した「内助」の務めは、〈主婦〉に期待された役割と同じものではないことになる。〈良妻〉というカテゴリーは、この二つの任務を、等分に含んで発展したのだろうか。〈賢母〉、あるいは〈良妻〉のうちの〈主婦〉のカテゴリーが、近代に易々と着地していくのと比較して、「内助」の着地具合は、不確かではないか。また〈女学生〉が着地した文脈は、〈賢母〉とも〈良妻〉とも違う文脈ではないのか。

ここでは、こうしたカテゴリーごとの事情の違いをつき合わせつつ、とくにその着地が難航したと思われる〈女学生〉と「内助」について考えてみたい。分析の対象としたのは、その二つのカテゴリーについて議論の多い『女学雑誌』である。一八八五年に創刊され、近代における女性についての理念形成において、あらためていうまでもなく大きな影響を与えた『女学雑誌』は、この二つのカテゴリーについて、とくに強い情熱をもって語った雑誌である。女性についての新しい理念が語られる過程を辿り、その軋み具合を明らかにしてみたい。

3 〈良妻〉から〈賢母〉、そして「家族」へ

大きく二つの時期に分けて整理してみたい。一〇〇号まで（I期）と、それ以後（II期）である。はじめにI期について述べよう。

『女学雑誌』は、〈良妻〉論を唱えることから始まっている。

まず注意しておきたいのは、この〈良妻〉は「内助」する者であるということだ。家事に関わる理念ではなく、夫との関係に関わる理念が先行している。創刊直後、三回にわたって連載された「婦人の地位」（二号、三号、五

号）では、「ハッピー、ホーム」を理念に、「吾人思ふに夫は妻を愛すべし妻ハ夫を敬すべし夫は外を理むべし妻ハ内を守るべし夫妻は天権を均ふして而も世に在りてハ妻たるもの夫の保護を受けて之に副ふべし」（五号）と唱えられる。内を守り夫に「副ふ」ことを妻の理想的な姿とするこの大前提の上に「今の婦女論者ハよく〳〵此の理由を思ひて婦人の地位は到底男子の副助たるべき者とまでになすべきことと覚悟しいろ〳〵の改良策を執らるべし今の婦女ハ男子の下婢なり吾人は此れより之を進めて男子の助け手相談相手と為さんとす」と、女子教育の必要性が重ねられている。あるいは、「婦女の責任」（八号）では、「夫を助けて夫の為さんと欲する所を為さしめ其の憂を消し其の楽を増し後に顧慮せしむる所なくして敢て外に全力を尽さしむるは婦妻たるものゝ義務なり」ということを第一義とし、次に「会計」「食物衣服」の用意に触れ、その次が育児という順になっている。「我国」には「教育を受けたるもの及び如此き義務をよく尽すものなし」というように、これらの役割を提示する中で、義務に結びつく教育の必要が説かれるわけだが、夫が第一で次が家事と育児という優先順位は、初期の『女学雑誌』に一貫したものだ。「真正の愛情」と「婚姻」の改良も、そのために求められる。「女権の保護を要む」（一六号）あるいは「婚姻のをしへ」（二二号、二三号、二五号）などがある。「妻は夫を知り夫を裨くべし」と題された社説は以下のように述べる（一八号）。

妻と夫ハ一体なり夫の妻を愛して何事にもその相談がたきとすべきとは勿論にて今の如く之を婢の如く雇人の如く取扱ふハ尤も不可なる理しバ〳〵論じて遺すところなき程なれども今ま亦た妻の一方より言ふときは妻また夫を愛し夫を裨け艱難にも之に従ひ憂苦にも之に従ひ万事万端みな夫と共にすべきことハ同じく明白なる理なり。

開化の時代に合わせた議論も展開され、「男子の気性活発に」なった時勢に、「無学文盲なる婦人が同意を表したりとて男子の気を鼓舞するにハ足りますまい」（田口卯吉君演説「想像世界」、二四号）という、演説が紹介される。

それでは、〈母〉についての議論はどうかといえば、この時点では、〈妻〉についての記述に比べて、まず数が少ない。もちろん「母親の心得。愛育と云ふ事」（一四号、一五号）など、「愛育なる者を施さゞれば到底十分の教育ハ為し得まじき也／愛育とは子供を非常に愛して愛しいつくしむの間に之を教へ導くの工夫を為すことなり」（一四号）という教育する母像を生もうとする論は出ている。問題視されているのは子供を折檻する従来の厳しい母像で、「愛育」が理念として導入されている。ただ、この段階では揺れがある。「子供を監督して之を教へ導く者は母か保姆か成るべく其人の定りてあらんを要す」、「母又は保姆たるもの教育の任に当り何事もその教に由て子供の進退をなさするやうにするを良とす」と説かれており、育児担当者が完全に母に固定されているわけではない（「家庭教育の要目」、四三号）。

〈母〉についての議論が立て続けに繰り返されるようになるのは、「女生徒の妻」（四九号）という社説で、妻となった女生徒についての批判が問題化された後である。女生徒への批判には二つの論点がある。第一は、女らしさの欠如である。「嫁の行儀作法あらくしくして物の言ひ様女らしからず」、「愛想」に欠けるという。第二は、買い物・洗濯・裁縫といった家事が全くできないということである。「必竟は書生として読書するの術を学びたりとも人の家を修ることを心得ざるがゆえ也大凡そ今の嫁を定めんとするものはゆめく女生徒を迎ふ可らず」と批判されているという。もちろん、この批判をそのまま受け入れているわけではなく、「其頭脳中尚ほ男尊女卑の旧習を存して妻を婢女の如くあいしらハんとの望」があるゆえの「心得違」を指摘し、「男生徒」を教育することの要が説かれてもいる。

この女学生批判の後、〈母〉論が繰り返し掲載されるようになる。「日本人民改造の権は一に婦人の手にあり吾人はこの賢良なる母に依りて現今の時弊を医やすの外他《ほかた》に良法の存せざることを歎ずるもの也」と「母親の責任」

（五二号）が唱えられ、「乳母の良否」（五四号）、「子守女の論」（五七号）などの社説で、立て続けに子守や乳母から母への責任の転換が積極的に説かれている。「妊婦と胎子との関係」（五五号）も、それを補強する記事である。同号には、重ねて岩田文吉「乳母の弊害」が寄せられてもいる。そして、女子教育は母を育成するために不可欠なのだということが明確にされる（「女子と理学（第二）」、五六号）。つまり、〈女生徒〉と〈妻〉カテゴリーとの連続の悪さが、〈母〉論を引き出した展開になっているといえる。

この後、〈賢母〉と〈良妻〉を一つにまとめあげる「日本の家族（第一-第七）」（九六号-一〇二号）の連載が始まる。「真正のホーム」「真正の和楽団欒」（九七号）を理念に、「婦女子にして若し家族を幸福にするの力なくんば則はち萬の改良方殆ど空に帰すべき也」（一〇〇号）と、女性は改良の要に配置される。この連載の最終回は「一家族の女王」（一〇二号）と題され、その家族の中心たる女性の姿を力強く立ち上げた。同時期の〈内助的良妻〉論として、宇川盛三郎「女子の教育」（九四号、九六号）があり、「教育がなければコンブエ《ママ》ルセーシヨン談話をすることは出来ません、談話がなければ良人と共に協同して暮すと云ふことは出来ません」（九六号）という。育児論としては、サムエル・スマイルス述、後学しづ訳「家族の勢力」（九六号、九七号）があり、「ホーム即はち家族なるものは人の品行を養成する最初の学校のごとき者」「家族の教育は容儀をも心意をも品行をも養成するものと云ふべし」という。〈妻〉の理念と〈母〉の理念に接続して、女子教育の必要性があらためて述べ直されている。

こうした過程からわかるのは、複数の女性カテゴリーが、家族を基盤にした一つのセットとして、同様の安定度や重要度で論じ続けられたわけではないということだ。しかも、家族論が提示されたこの後、女学生への批判はおさまるどころかいよいよ大きな波を迎える。『女学雑誌』もまた、それへの対応を迫られることになっていく。

4　女学生批判と「内助」論

Ⅱ期について述べよう。女学生への批判は、大きく三種類に分けることができる。Ⅰ期と同様、第一には生意気で行儀が悪いこと、第二は実際の家事に無知であること。そして新たに加わるのが第三の、「醜聞」として語られる性化された女学生への批判である。この三つの批判について、それぞれどのような反論がなされたのか、整理してみたい。

第一、第二の生意気で実際の家事に疎い女学生という批判には、反論もⅠ期と同様の形で繰り返されている。「明治二十一年終る」（一四二号）には「生意気」と「高尚の事を言つて実際の事を行はぬ」という二つの批判がとりあげられているが、第一の生意気に対しては、学問がまだ不足しているのだから一層の女学の充実が必要と説き、第二の批判については、「高尚に志ざすと共に則ち尤も実際卑近なる義務をも大切に」と反省を促しながら、知を志向する女学の方向性を支持している。「何をか中正の旨義と云ふ、女子教育に関する幾多の謬見」（一五七号）は、女学生批判を含めた七つの論点を整理したものだ。五つ目までは、女学生批判というよりは女子教育不要論であり、男女は「不同」であるゆえ、女子の「脳」・「躰力」・「智力」は男子に劣るゆえ、そして、女子は妻母になるのみゆえ、高等教育は不要という意見であるが、ここではそれぞれに反論があるということだけ述べておく。残り二つが、女学生批判である。一つは、女性を教育すると生意気になるという意見、二つ目が、ホームを領地とする女の徳である優美さが害されるという意見である。これらは、先の三分類でいけば第一の批判に当たると思われるが、前者については、「人の学問するや一度は生意気になる、更に学問してこそ此生意気を経過して深く謙遜となるなれ」として、生意気を成長の一過程として肯定する反論を提示している。後者には、「若し夫婦が真正の和楽を欲せば其知識学力の大抵同様なるを必要とす（略）凡そ真正の和楽は高尚の教育ある妻のホームに於て生ず」という、『女学雑誌』に繰り返されてきた「内助」のための女学必要論が提示されている。

生意気論に対して生意気を肯定する反論は、『女学雑誌』の中ではめずらしくはない。もちろん女学生をたしなめる場合もあるが、鈴木券太郎「生意気の説」（九二号、九三号）では、「時流より生意気とて見ゆる程ならずてハ天下に率先して新風習、新意見、新感情、新好尚を作り其時代又は社会を腐敗零落の中より救ひ出すこと能ハざればなり」（九二号）、「今日の冷評却て他日の金牌なることを思ふべきなり」（九三号）と新時代を生む気質として肯定される。中島俊子の「生意気論」（二四一号）も「名珠瓦礫共に同一様の評語を蒙らすは甚迷惑の至りならずや」と反論した。このような生意気肯定論とともに、女学生として養われる気質を価値づける「内助」論が提出されているといえる。

第二の家事をめぐる批判については、家政学の必要性も唱えられた。「家政学は女子教育の要素なり」（二一一号）と述べ、読者からの寄書課題として「女学生出校して後学びたりし学科の何れか尤実効を奏せしや附たり出世後学窓を顧みて教科上に於ける感覚如何」を示し、家政学の必要性について書かれた文章を掲載している（二一二号、二一三号）。主婦養成論といえるこれらの論と「内助」論が組み合わされて、〈良妻〉のための女子教育必要が説かれた。

さて、では第三の女学生批判についてはどうか。以上確認してきたように第一と第二の批判は新しいものではなかったが、第三の女学生像を生んだ醜聞は、新たに発生したものであった。女学生についての醜聞はこの時期、異様な勢いを見せている。村上信彦はそれについて、以下のように指摘している。

二十年代の女学生攻撃は、この時代的な抵抗ないし反感の自然な水準を越えて、政府の意図（修身を中心とした国粋主義的教育統制：引用者注）を受けた人々が意識的につくりだしたものである。一般的な反感は、生意気だ、おてんばになるという線にとどまっているが、意識的な攻撃は卒業して世間に出てからの障害や在学中の堕落を仄めかすことによって、女学校教育そのものが有害だという印象をあたえようとする。とくに漠然とした人身攻撃は女学生を娘に持つ親たちの不安をかき立てることになるから、効果的な戦術であった。[24]

「くされ玉子」（一八八九年）[25]や「濁世」（一八八九年）[26]といった女学生を揶揄する小説や、新聞を中心とするメディアでの女学生批判[27]が、この第三の女学生像をつくり出した。

『女学雑誌』は醜聞報道を徹底して批判している。「くされ玉子」、「濁世」、高等女学校校長谷田部良吉、教頭能勢栄の言動をめぐる一連の騒ぎなど、それぞれについてそのたびに反応を示している。たとえば「高等女学校を評す」（一六六号）では、「濁世」掲載の『改進新聞』、『日本』、『日々新聞』、『読売新聞』などの名が具体的に挙げられ、これらが語る性化した女学生像を、虚言だとして厳しく非難している。『女学雑誌』の全面否定の態度は一貫している。『日本新聞』掲載の「女生徒の品行」については、「吾人が探知する所ろによれば府下に決して如此きことあらず」（「何等の怪報ぞ」、一六三号）といい、「女学生の父兄に与ふるの書」（一六七号）では、「生は真実に今の評判を信じ申さず又自から穿鑿しても殆んど其種を見出さゞるに苦しむものに候」「今の諸新聞紙の評判の如き大層なることは決して之れなし」と説明する。『読売新聞』の連載記事「女学生の醜聞」についても、「吾人細かに其文を味はふに殆んど確認し得べきものを見ず」（「女学生の風聞」、二〇二号）、「兎にも角にも彼の記事の虚なることは余が保証して一点の疑なきものなり」という投書を掲載し（「女学生の風聞と、日本、読売の二新聞」、二〇三号）、「読売新聞の垂示を便りとして多少探索したり（略）殆ど虚聞に属する」（「女学生の風聞」、二〇六号）と、否定を繰り返す。

注意しておきたいのは、これらの醜聞については、記事内容そのものをはっきり否定していることである。問題を引き受けたうえで提言するというような素振りは全く見せていない。完全否定である。

そして、同時期に増加したのは「内助」論であった。中山清美は、次のような指摘をしている。

明治二二年後半頃から「くされ玉子」事件、「国の基」事件など女学生の堕落、女子教育無用論が叫ばれたため、『女学雑誌』は二三年頃特に強く「内助」の役割をうちだそうとしていたように思われる。女学の衰退が余儀なくされていた時代の中で『女学雑誌』一誌が女権の伸張拡張、女学推進を訴え続けることは困難な状況であった。そこで、女権、女学に対する主張を控えるようになり、結果として自然と温かい家庭に於ける「内助」の役割が前面に押し出される形になってきたのではないかと考えられる。[28]

また、「女学と良妻との間を具体的に繋ぎ、世間も女学生をも納得させられるような女学校出身の理想的妻を描き出すことに『女学雑誌』は必死だったのであろう」ともいう。醜聞という新手の攻撃に曝される中、事実関係の否定だけでなく、女子教育の必要性を補強する必要が生じていたということだろう。しかし、なぜ醜聞への対応として、I期で打ち出した〈賢母〉論ではなく、「内助」論を強化したのか。「内助」論の特徴は、何か。

それは、〈賢母〉論とは異なって、新しくないということにある。女性を〈嫁〉と〈妻〉に限定する旧来の女訓に向かい合った最初期の『女学雑誌』において「内助」論が唱えられたように、女性の男性に対する慰めを価値化する点で、（教える〈母〉像が、新しく登場したのとは異なり）「内助」論は、女性を男性に奉仕する存在と見る旧い文脈と繋がっている。「内助」は既存のカテゴリーを更新するものであった。

なぜなら、醜聞は女学生を性的な側面に閉じ込める点でたいへんに旧式な揶揄だからだ。醜聞は、「女学校は第二の妓楼なり」（田舎家ぼんやり「女学生について」、読売新聞、一八九〇年二月二三日）というように、女学生を旧い文脈へ取り込もうとする。男性に慰めを与える点に女性の価値を見出す議論は、女子教育をも、異性の目を引くための「お飾り」にしてしまう。「昔しは学文せざるが人に好かれたれば学文せずと云ふ今まは学文せざれば縁組も覚束なしとて勉学すと云ふ学ぶも学ばざるも共もに其身を飾る目的に過ぎず」という「開化したるお飾り主義」が批判されている（「当今女学生の志は如何」、七五号）が、女子教育を「お飾り」とみる目によって、女学生を性化する醜聞が生まれるのである。

I期の女学生批判には、こうした醜聞は含まれていなかった。新しさへの批判に対し、〈賢母〉という新しい理念を対抗的に打ち出したということだろう。II期の醜聞に対しては、その旧さに向かって、旧い文脈に新たな理念を組み込む「内助」論が示されたということができる。「内助」論における旧さが、ここでは重要である。

5 「内助」論の特殊性

さて、前節では「内助」論の旧さを強調したが、更新である以上そこにはもちろん新しい側面も含まれている。最初期の「内助」論との違いを、まとめておこう。新しさが明確になっていく過程で注目しておきたいのは、「内助」論が繰り返されるにしたがって、「同伴」「朋友」あるいは「半身」という比喩が、鍵語となっていくということである。

たとえば、「犠牲献身」（一六九号–一七二号）では、「新日本の貞女烈婦人」として次のように述べられる。

其良人を天の如く見做さゞる可し、則ハち之を同輩同人間として尊重すべし、彼れ宜しく其の良人を旦那の如く見做さゞる可し、則ハち之を同伴同運命の朋友として敬愛すべし、彼が熱愛を以て良人を愛すること固より可なり、可なるのみにあらず当に必らずや然るべし、然れども其の愛するは之を同人間たるの良人として終生の最愛者として愛すべし。（一七一号）

あるいは、「女性をして全く外事を知らしめざるは、之れ彼女をして真妻たるの資格を失なわしむるもの也、彼女をして良人に於ける最幸最福なる同伴者たらしめず、但だ之が下婢たらしめ侍女たらしむるもの也」（「女性亦外事に注意すべし」、一八四号）。また、三回連載の「細君内助の弁」（二二四号-二二六号）でも「朋友中の朋友とは夫れ夫婦の謂ひか、夫婦は当に朋友なるべし、決して主従なる可らず」として、「一身同体」、「マイ、ハーフ」、「半身」なのだと説く。

もう一つの特徴は、家事を中心とした家政と、同伴者としての内助の役割の違いが前景化されているということだ。たとえば、「快ろよきホームを作れよと教ゆるものは、亦之に向つて汝ぢ家内の衣食住を十分にするのみならず併せて外界の事を心得置よと教へざる可らず」（「女性亦外事に注意すべし」、一八四号）という。より具体的には、以下のように説明する。

たとひ能く之を為し畢へぬとも、若し他の更に大切なる一事を欠く時は、功未だ全しと云ふ可らず、彼女は実に妻の為すべき事務の九十九迄を一々為し得たることもあらん、左れど最後に残る最大必要の義務、則はち妻にあらずんば決して為し能はざるの一大事を欠く時に於ては、喩へば千刻万彫の仏像師、最後に其眼こに点せざるに似たり、前の百の苦行は悉ごとく画餅に失すと云ふべき也。（「細君内助の弁（中）」、二二五号）

ここでいう「事務」とは「割烹裁縫」などの家事を指しており、そうした仕事は、「料理番」や「仕立屋」などが代理することができるという。子育てについてさえ「姆」が代わりになるという。こうした一種の極論を述べることで、他の者に代わることのできない、全く特殊な役割として、「内助」に最も高い価値を与えていくのである。「所謂る、良人を助くるとは、只だ、之に甘き料理を供え、暖かき着物を用意するのみの謂にあらず。かゝることは婢にても能く為すべし」といい、「良人の身の半身」「心の半心」となることが「内助」なのだと、繰り返し論じている（「各女学校の校長。並に、各女学生の父兄に告げ参らす」、二五九号）。

「同伴」「朋友」といった比喩が立ち上げられることで、家事を担ういわゆる〈主婦〉の役割との違いが明確にされたといえるだろう。正確にいえば、〈主婦〉という概念が頻出するようになるのは一八九二年頃からのことであり、この段階ではまだほとんど使われていないが、「同伴」としての「内助」の輪郭がはっきりすることで、〈良妻〉というカテゴリーの中に異質な二つの役割が含まれていることが明確化する。「内助」は〈良妻〉の任務の一部となる。

先に、「内助」論が旧さとの連続性を持つことで醜聞に対抗し得ているということを指摘したが、このようにして「内助」論としての新しさが立ち上げられていく。ところが、この新しさは、〈賢母〉や〈主婦〉というカテゴリーが確立されたようには展開していかない。新しさが「同伴」「朋友」として明瞭化するとき、同時に深刻化した問題があった。

それは女学生と結婚との齟齬である。かつて「女学生の妻」のように女学生批判の中で語られていた問題は、女学生の側から、異なるかたちをとって次第にはっきりしてくる。

「明治女学生の亡霊を慰さむ」（一七五号）という社説は、「今の高等なる女学生は英才の実に中挫し、夭折し、廃絶するものにあらずして何にぞ」と嘆く。「明治女学生」を「亡霊」としてしまう、その大きな原因が、結婚であるという。

吾人数多の女学生を知れり、其学校に在るや顔色花の如し、其業を卒ゆるや英志燃ゆる如し、只だ善を為さんことに決心して遠く志を立つるもの頗ぶる多きを知る、然れども父兄は乍まち厳命して之を嫁せしめ、婚家は乍まち之をして老衰せしむ、其の花の如くなりし顔色は則はち棗の如くなり、其の高尚なりし英志は頓はかに収縮し去る。（略）之必ずや女性の弱点にあらず、反て実に今の男子の乱暴無慈悲なる、世俗の束縛極めて圧制専擅なるに由る。

女学生と結婚がなだらかに繋がらないのは、女学生の責任ではないという。理想と現実の乖離、ことにその現実における男性の側の問題が指摘されるのは、「内助」論の展開と同じである。

確認しておきたいが、ここでいう「英才」「英志」は、女性の社会的自立や学問的向上を指しているわけではなく、結婚において「善を慕ひ、善を行ひ、善に勉むるの志想」を意味している。

そもそも『女学雑誌』が、結婚を外れた自立を女学生に求めることは、ほとんどない。「女子教育の尤も正当なる尤も普通なる決果は、敢て陽発せざるにあり、其功寂として人に聞へざるホームの内に没し、一種の潜勢力となりて良人児子を温ため、以つて遙かに国家の大勢力の根基となるに在る」というのが大前提であり、それが揺らぐことはない（「当今女子教育者の胸臆」、一三二号）。

先に述べてきたように、「内助」は、ホームをホームたらしめるに不可欠の要素である。しかし問題なのはこの理念が、とりわけ現実性の低いものであったことである。「内助」を新しい理念として語る一方で、同時に、「婚事最も難し」（一七八号）と語られる。「たゞ一度二度の顔見たるのみにて、早くも一生の吉凶を取極む、嗚呼天下の懼るべき事何者か之に若ん」というのが、実際の結婚の事情なのである。

結婚と女学生の接続の悪さにおいて女学生の側からも提出される最も大きな問題が、この「内助」における理念と現実の齟齬である。この悲劇は、女性の声をもって語り直されていく。

その一例としてよく知られているのは、紫琴清水豊子の「当今女学生の覚悟如何」（二三九号）であろう。「此良好なる良人は容易に得べきのもの乎、又快楽なる室家は容易に造り得べきもの乎」、「女学生として結婚したるもの、多少此苦境を、経験せざるはなし。而して生中、高尚なる理想と善美なる、志望とを抱くを以て、昔時の婦人よりは、其困難を感ずること一層切なり」と語る。この悲痛な声は、「女学雑誌記者は堂々たる天下の女学生をして暗々裡に厭世家否厭婚家に引入れんとする者の如し」（半風子、二四七号）という批判を呼びよせもするが、複数の声がここに重ねられていく。「オー、スウイートホーム、スウイートホーム、汝は学窓の妄想よな、汝は無極の虚欺者よと、怨み喞てども詮方なし」、「スウイートホームの女王たらめや、其道如何に何処ぞと」（多涙生「現今女生の悲況」、二六五号）。

「内助」論は、希望ではなく、むしろこの新しい困難へと結び合わされている。〈賢母〉や家事を担う〈主婦〉としての〈良妻〉となることとは異なり、夫を「内助」する〈良妻〉というのは、高邁な理念として唱えられると同時にその悲痛な挫折が語られる、特殊な理念となる。

6　理念が生む軋み——「こわれ指環」と「厭世詩家と女性」

こうした過程を前提とすれば、清水紫琴の「こわれ指環」（二四六号）と北村透谷の「厭世詩家と女性」（三〇三号、三〇五号）は共に、「内助」論と現実との亀裂を、妻と夫それぞれの立場から言語化したものだったといえる。二つのテクストは、この亀裂に、明瞭な形を与え、その後の展開を象徴的に予示している。

「こわれ指環」は、「当今女学生の覚悟如何」を書いた紫琴が、つゆ子の名で書いた短編小説である。やはり女学と結婚の問題を扱っている。「優美」「高尚」（不動劔禅「こわれ指環を読む」、二四八号）、「純潔」（不知庵「こわれ指輪を読んで」、二四九号）と、好評を博したが、ここで注目しておきたいのは、むしろその一貫した「優美」さの奇妙さである。というのも、「優美」さは、一人称のこの語り手が、落ち着いた態度で自らの成長を受け止め、動揺や悲哀を直接には示さぬところに生じていると思われるのだが、語られている物語は、女学の理念と結婚の実際の衝突が引き起こした悲劇以外の何ものでもないからだ。父の勧めた結婚を無知ゆえに受け入れた語り手は、愛のない夫との生活に苦しみ、苦しむ娘に心を砕いた母は亡くなる。この結婚の苦しみによって語り手は女学に目覚め、離婚を選び、世のために働く決心をする。内容としては「当今女学生の覚悟如何」に書かれていたのと同様、女学生の結婚の「苦境」が語られているにもかかわらず、文体は悲憤慷慨の口調を避けている。物語の内容と語り口との間に、妙なずれが生じているのである。

　最も奇妙に思われるのは、語り手が最後に、「なぜ私は、ああいふ様に夫に愛せられ、又自らも夫を愛することが出来なかつたのかと、この指輪に対し升て、幾多の感慨を催す事で御座り升」と問い、また「只此上の願には、此こは《ママ》れ指輪が其与へ主の手に依りて、再びもとの完きものと致さるゝ事が出来るならばと、流石に此事は今に……」と語って、復縁を希望するかのような態度を示していることだ。しかし、「当今女学生の覚悟如何」に書かれていたように、夫の改良が困難を極めることは明白である。この小説の中でも、「私は此結婚后の二三年間に於て、いつとはなく、非常に女子の為に慷慨する身となり升た」というように女学に目覚めた語り手は、だからこそ離婚を選ぶことになっている。女学がもたらすのは、夫の改心ではなく、離婚に他ならない。そうした現状認識を語り手は、物語の筋としては書き込みながら、明瞭すぎるほどの結婚の悲劇の原因について、わざわざ「なぜ」と問うてみせ、復縁を希望してみせすらする。こうした奇妙さの中に読み込むことのできるのは、「内助」を理念として掲げなければならないという要請である。夫の改良が妻の務めなのだという理念、結婚の成功つまりホームをつくることこそが女性の務めであるという理念の強さを、ここに見ることができるであろう。結婚の失敗をふまえて、一人で自立して生きていくことを、物語の結論にすることはできないのである。

しかしその一方で、逆に、理念を語ろうというのであれば、成功した者の物語を書いてもよかったはずなのである。『女学雑誌』には、たとえば、ひさご「苦患の鎖」（二八七号）のように、妻の理念が夫に通じるという物語もある。しかし、「内助」論の周囲には、理念の実現よりむしろ理念の挫折を語る言葉が満ちている。紫琴が拾い上げたのは、この挫折であった。

「こわれ指環」は、現実に溢れる悲劇を語るということと、見果てぬ理念を語るということの、二つの矛盾する要請の中で紡がれた物語なのである。

そして同時に指摘しておきたいのは、「こわれ指環」の力は、この対立を無化するところにこそあるということだ。越えることのほとんど不可能な、非常に深く大きな溝が、理念と現実の間にある。しかし、その溝の深さを眺めて嘆くことなく、あたかも溝が埋まるのではないかという幻影を見せるところに、論理的整合性に帰さない力が生じている。この力の源は「可憐なる多くの少女達の行末を守り、玉のやうな乙女子たちに、私の様な轍を踏まない様、致したいとの望み」である。「こわれ指環」の語り口が、出来事の悲惨さとは対照的に希望に満ちているのは、この物語が結婚や夫の改良そのものに向けられているのではなく、少女達に向けられているからである。未来を生きる少女達が語り手を支える読者となる。そしてまた語り手は「嗚呼、このこわれたる指輪、此指輪に真の価の籠つて居るとは、恐らく百年の後ならでは、何人にも分り升まい」と言う。語り手が思いを馳せる読者は、百年後の誰かである。未来の読者が、目の前の現実の溝に落下することから、語り手を守るのである。

さて、「内助」論の軋みを響かせたもう一つのテクストについて、述べておこう。透谷の「厭世詩家と女性」である。愛に満ちたホームという理念を提唱してきた『女学雑誌』に書かれたこれは、ある種の怨みすらにじませて、大きくその理念を逸脱している。あらためて確認するまでもなく、「恋愛は人世の秘鑰なり」（傍点を省略した。以下同様：引用者注）と語りはじめ、「嗚呼不幸なるは女性かな、厭世詩家の前に優美高妙を代表すると同時に醜穢なる俗界の通弁となりて其嘲罵する所となり、其冷遇する所となり終生涙を飲んで寝ね《ママ》ての夢覚めての夢に郎を思ひ郎を恨んで遂に其愁殺するところとなるぞうたてけれうたてけれ」と閉じられており、「詩家」という特殊な主体を立てることで、セットで輸入された近代家族と愛という概念から恋愛のみを取り出し、恋愛と家族を相容れないものとして説明し直すものである。「想世界と実世界との争戦より想世界の敗将をして立籠らしむる牙城となるは即ち恋愛なり」とし、「敗将」という比喩は「内助」の理念を肥大化させていく。前提となるのは、想世界と実世界との対立であり、それが激しければ激しいほど、恋愛と女性に過剰な期待を込めることになるという。「所謂詩家なる者の想像的脳髄の盛壮なる時き《ママ》に、実世界の攻撃に堪へざるが如き観あるは、止むを得ざるの事実なり、況んや沈痛凄測人世を穢土なりとのみ観ずる厭世家の境界に於てをや。曷んぞ恋愛なる牙城に拠る事の多からざるを得んや、曷んぞ恋愛なる者を其実物よりも重大して見る事なきを得んや。恋愛は現在のみならずして一分は希望に属するものなり、即ち身方となり慰労者となり、半身となるの希望を生ぜしむる者なり」。「身方」「慰労者」、そして「半身」という比喩は、「内助」論そのものである。ただし、これは結婚において、実現しない。結婚は実世界を引き込み、「人を俗化」するからである。それゆえ、「始に過重なる希望を以て入りたる婚姻は後に比較的の失望を招かしめ、惨として夫婦相対するが如き事起るなり」という悲劇が起こる。こうして、恋愛と結婚は相反する概念となるのである。同じ『女学雑誌』に書かれていながら、その愛と結婚を結び合わせることこそを主張した「ホーム」論とは非常に対立的な枠組みを提示しているといえる。夫の側から、やはり「内助」と現実の乖離、「内助」の実現の不可能性を語るのである。

透谷は「詩家」の存在を特殊なものとして語ったが、『女学雑誌』にとって、それは特殊なものではなかった。後に、文学に焦点化した白表紙が分化し、さらに『文学界』が生まれていく経緯を考えれば、明白である。むしろ、この恋愛と結婚を対立させる図式は、文学という領域の中で新たな普遍性を獲得していく。結婚以前の存在である〈女学生〉が恋愛の対象として発見されていくのは、この延長線上でのことである。そして二〇世紀がはじまる頃、〈女学生〉は文学的文脈に着地する。

「内助」論の軋みに鮮明な輪郭を与えた紫琴と透谷のテクストは、その後の展開を象徴的に予示していたと先に述べたが、むしろこうした言語化が、「内助」論の行方を決定したというべきかもしれない。一八九〇年代における変化は、「内助」論の後退を意味した。〈主婦〉という概念が登場し、〈良妻〉のもう一つの領域の自立性が高まる。〈主婦〉となった〈良妻〉は、〈賢母〉とともに、国家の基礎としての家族を支える女性カテゴリーとして、着実な発展をとげていくことになる。そのとき付与される道徳的価値は、牟田和恵が指摘したようにレトリカルな反動性を帯び、一方で〈女学生〉は、〈良妻賢母〉とは全く異なる場所に、新しさを価値として着地するのである。

近代において発見された女性を枠どる複数のカテゴリーは、滑らかに接続してはいない。それらの組み合わせを生きることになる女性にとって、これは幸いな事態であったかどうか。少なくとも、〈女学生〉としてあることと、〈良妻賢母〉としてあることの間には溝があり、〈良妻賢母〉として生きることと、「愛」ある家庭の〈妻〉となることとの間にも溝がある。それぞれの溝を、どのように越えるのか、あるいは統一し、あるいは無視し、さらには分裂を生きるのか、組み合わせの方法は幾通りもあるだろうが、容易でも単純でもなかったことだけは確かである。

第7章 「師」の効用
——野上弥生子の特殊性

1 女性作家と師

女性作家の師が女性であることは、まずない。女性作家は、男性の師を見上げて書くことになる。男性の師は、誰よりも先に彼女に評価を与える存在となる。ジョアナ・ラスは「テクスチュアル・ハラスメント」という概念によって、女性作家が受けてきた誹謗中傷の手口を図式化したが、[1]ジェンダーがつくる力学によって女性作家が不当に損なわれた例は枚挙に遑が無い。では女性作家は、男性の師とどのように向かい合えば生き延びられるのか。男性の師とどのような関係を持てば、自らを損なわず書き続けることができるのか。本章では、野上弥生子と夏目漱石の関係をとりあげ、女性作家と師の関係について論じよう。漱石を師と仰ぎながら野上弥生子は、九九歳で死ぬまで、見事に書き続けた。

漱石山脈において野上弥生子は特殊な存在である。というのも、弥生子自身が漱石に会った機会というのは、ほんの数回しかないからだ。よく知られているように、弥生子と漱石の関わりは、夫である野上豊一郎に経由されたものであり、彼女自身は木曜会などに一度も参加していない。[2]弥生子にとって漱石はどのような存在だったのか。

もちろん、漱石は作家弥生子にとって唯一の師であったと考えられる。「私がもっとも影響を受けた小説」として弥生子は次のように書いている。

夏目先生の作品。
この世に生きるといふことがどういふものであるかを、若い幼稚な私にはじめて教へてくださつたのは先生の作品であり、また八十六の老媼になり果てた今日において、いよいよ深くその一事をおもひ知らせてくださるのも先生の作品です。(3)

ただ、それにしては、弥生子が語る漱石についての記憶は、数種類に限られていて、しかも断片的にすぎる。列挙してみれば、長男を連れて漱石に会いにいったときのこと、(4)『伝説の時代』の序文のお礼に謡本の箱を送ったら運ぶ際に白木に汗のような染みがつき、それを漱石が執拗に気にしたこと、(5)謡をはじめて聞いたときのこと、(6)弥生子宅へ訪ねてきたときに面会した弟について「八重子《ママ》さんのじきの弟さんかい」と言ったこと、(7)そして京人形をもらったこと。(8)この五つほどのエピソードが、組み合わせを替えながら、繰り返し語られているだけなのである。

これらの記憶は、すべて弥生子が直に接したときの記憶である。つまり弥生子は、豊一郎から聞いた漱石について、ほとんど語ろうとしなかったといえる。この限定性については、「過去のことをふり返って、あのときはどうであったとか、こうであったとか、そういう昔話をするのが好きではございません」という彼女の資質に、「いろいろ教えを受けた、と申しましても、いわゆる漱石山房の出入者の一人であった野上を通じてでございまして」という遠慮が加わってのこと(9)と了解することはできる。が、一方で気づかされるのは、豊一郎の情報からどのような漱石像がつくられていたのか、知る手がかりがほどんどないということである。豊一郎から聞いた木曜会での話は、詳細に日記に書き留めていたが、戦争で焼けてしまったという。(10)「また聴き」であるうえに、記録も失われているわけであるから、記憶を公にすることに慎重になったと考えてもよいだろう。そのような可能性も認めることとして、とにかくここで確認しておきたいのは、弥生子が語る漱石像の浅さ、薄さである。間接的ではあっても、多くの情報を得ていたのであれば、それを元に具体的で豊かな脚色を施して語ることは可能なはずだが、弥生子が選んだ記述の仕方は、全くその逆であって、断片を断片のまま語ることだった。弥生子の直接の体験自体も、描写の揺れが少なく、定型化されている。弥生子の記憶から、漱石という人について何かを知ることは、ほどんどできない。

2 記憶の中の漱石

さて、漱石山脈の中における弥生子のもう一つの特殊性は、関係の間接性にもかかわらず、漱石の弟子の中で小説家として大成した「唯一」の作家としての評価を受けている点にある。「野上弥生子はそういう漱石の唯一の弟子たるに恥じない人である」[11]、「いまかりに夏目漱石の小説遺産をもっとも正統的に受けつぎ、同時に、現代という時代のなかで、それを生々と実現した作家がだれかということになれば（略）野上弥生子をおいてほかにはない」[12]、「漱石は多くの弟子を持っていたが学者として教鞭をとった人が多く、作家として生きた人は案外少数である。その中で、あせらず根気ずくで、牛となって八十年近い作家生活を送ったのは野上氏の他にはなく、この意味で野上氏こそ真の漱石の一番弟子と言う事が出来るのではないだろうか」[13]といった具合である。「死火山」[14]と称されてきた漱石山脈の中で、弥生子は、たしかに特殊な存在となっているといえる。

弥生子が語る漱石の記憶の中で、最も大きなものは、処女作「明暗」[15]について批評した手紙をもらったことである（一九〇七年一月一七日）。「明暗」は、幼い頃から画才を示して「画を生命画を良人にして生涯を独身で居ると誓ふ」（一九頁）閨秀画家幸子が、両親を亡くしてから全てを共にしてきた兄の結婚話に動揺し、「自分の弱さと果敢なさを危く悟りかけ」（五四頁）るという話である。自らの作品が突然色褪せて見えてしまうほどの懊悩と、自らの主張を守らねばという思いとの揺れ動きが綴られている。漱石についての直接的な記憶の浅さと対照的に、この手紙が弥生子に与えた影響は、たいへんに深い。弥生子の生前には、「明暗」の原稿さえ失われたままであり、その点でまたも具体性を欠くこの手紙が弥生子の作家としての人生の支柱となったといっても過言ではない。

いまは話しだされるのも恥しいほど幼稚な作品を丹念に読んで、文学の手ほどきをして下すったのは夏目漱石先生である。もしあの頃、とてもものにはならないから書くことはやめなさい、と仰しゃられたら、作家生活は私には今日までなくてすんだかも知れない。（「夏目漱石」[16]）

わけても、文学者として年をとれ、との言葉は私の生涯のお守りとなつた貴重な賜物でございます。（「解説」『昔がたり』[17]）

先生は私の「明暗」の構成から登場人物の心理、行動まで分析し、さまざまな不自然さは別として、いくぶんのとりえがなくはないのを挙げるとともに、今後はただ年齢を重ねるだけでなく、文学者として生きる覚悟をもたなければならないと書いてあった。（「処女作が二つある話」[18]）

弥生子の感謝は深く、「文学者として生きる」というフレーズが特別な重みをもって回想されている。漱石はたしかに、次のように書き送っていた。

明暗の著作者もし文学者たらんと欲せば漫然として年をとるべからず文学者として年をとるべし。文学者として十年の歳月を送りたる時過去を顧みば余が言の妄ならざるを知らん。

この理念が、作家野上弥生子を誕生させ、長い時間をかけて学び続けていくというスタイルを支えることとなったのである。漱石の存在は、生身のそれとしてより、この手紙の書き手として、意味を与えてきたといえそうだ。

3 漱石の「明暗」評

作家として大成した弥生子を知る現在から見ると、この間接性こそが良い結果に繋がったという因果関係を結びたくなる。[19]というのも、漱石による「明暗」評と「明暗」を対照してみると、漱石には理解できなかった部分があると思われるからだ。

書簡のある部分は、漱石の当時の関心事によって構成されている。[20]弥生子への手紙が書かれる数日前の一月一二日には、森巻吉に宛てて、彼の「呵責」という作品について、長い批評を漱石は書き送っている。[21]この評と「明暗」評の枠組みには、かなりの重なりが見られ、当時の漱石の評価の傾向を知ることができる。まず、「呵責」評の要点をまとめておこう。

枠組みを構成する要素のひとつは、「詩的な作物」と「人情もの」との二項対立である。これにもうひとつの二項対立が重ねられており、詩的な作物では文体の問題が重視され、後者では、筋の問題が重視されている。そのうえで、漱石は、両者のバランスの悪さを指摘する。とくに、筋については、原因結果の不明瞭を批判し、人情をあらわすためには筋を明瞭にする必要があるという。具体的に書かれた部分をとりだすと「あの女が無暗に一人で苦しんで、居る様に思はれる、苦しみ方が突飛で作者が勝手次第に道具に使つてゐる様に見える。凡ての人間が頭も尾もないダーク一座の操人形の様に見える」とある。そして、漱石の模倣を批判しながらも基本的には、文章の面で良さを認め、「尤《ママ》も取るべき点があるなら文章である」とまとめている。また、「君は其等の評をきくと不平に違ひない」という配慮を見せ、「僕の解剖は正しい」「不平かも知れないがさう云ふ評が適当である」と、諭すような文句が見える。「遠慮のない事をいふ」のは、「君が正しい点から出立して一個の森巻吉として成功せん事を望むからである」というように、将来への期待を寄せて、評は閉じられている。

　ここで確認しておきたいのは、これらの要点がほとんど「明暗」評と重なっているということだ。「明暗」評においても、「明暗の如き詩的な警句を連発する作家はもつと詩的なる作物をかくべし。（略）人情ものをかく丈の手腕はなきなり。非人情のものをかく力量は充分あるなり」と、「詩的なる作物」と「人情もの」の対立で評価を定めている。筋については、「幸子を慕ふ医学士の如きはどうも人間らしからず。之に対する幸子も大分は作者がいゝ加減に狭い胸の中で築き上げた奇形児なり」と、ここでは「操人形」のかわりに「奇形児」という語で、批判を加えているが、指摘の方向性は同じである。「明暗」評後半の具体的な指摘の部分では、「源因」が不明瞭で、それぞれの展開について「突然」であることが注意されているが、そうした点も重なる。文体に漱石の模倣を指摘しながらも、結論では「詩的」で「非人情」な文章を書くことを勧めている点も重なっている。そして、弥生子にとって大きな支えとなった「文学者として年をとるべし」、「文学者として十年の歳月を送りたる時過去を顧みば余が言の妄ならざるを知らん」という部分についても、将来への期待が示されている点、それが漱石の判断に対する不満への配慮と合わせられている点などで、「呵責」評と酷似している。

　二つの評が重なるということは、二つの作品が類似していたというより、漱石の評価軸が作品の個別性に左右されぬほどに固定的であったということを意味しているだろう。その意味で、これらの重なっている部分を、「明暗」

そのものへの漱石の反応として受け取るわけにはいかない。

4 「明暗」評と「明暗」

さて、そこで興味深く思われるのが、「実際に就て御参考の為め愚存を述べん」と記された後半部分である。後半では、幸子という女主人公について、運びが「突然」で「不自然」であることが指摘されている。前節の冒頭で、漱石に不理解な点があるのではないかと述べたが、この後半部分には「明暗」評と「明暗」のずれを認めることができると思われる。「突然」という評価そのものは「呵責」評と同じものであるが、女主人公に対するこの書き込みの分量は「呵責」評とかなり異なる。

漱石は、「妙齢の美人」が仕事に生きようとすることについて「こんな心を起すには起す丈の源因がなければならん夫をかゝなければ突然で不自然に聴える」という評価を与え、「かゝる変な女」とまとめる。漱石には、幸子という女のあり方そのものが、基本的に「不自然」だと思われているわけである。「明暗」には、幸子が幼い頃から画に才能を見せていたことが書かれている。これを、漱石は伏線と認めないようだ。才能だけでは理由として不十分だと感じる読者であったわけである。また、「兄が嫁を貰ふのを聴いてうらめしく思ふ」ことも書き込み不足の点として挙げる。兄妹二人きりの生活である。兄が結婚する以上、妹がそのまま今の生活に留まることは不可能であろう。幸子は兄を失うだけではなく、生き方の変更を強いられる瞬間を迎えている。非常に理解しやすく思われるそうした明治における「妹」という立場の複雑さにも漱石はより多くの説明を要求する。[22] あるいは、幸子が結婚について悩みはじめた頃、急に自分の仕事に対する自信を失う過程にも説明を求める。しかし、「明暗」が示していたのは、そうした根拠のない気持ちの変化ではなかっただろうか。仕事に生きようとしている女性が、結婚という問題が視野に入ってしまったとたん、自らコントロールできない混乱に陥るということそのものが描かれた作品である。「明暗」に示されているのは、「女」にとって、仕事と結婚が、全く咬み合わないということだ。「かゝる変な女を描く事は一方から云へば容易なる如くにて一方からは非常に困難なるものなり。変人なる故普通の人と心理状態の異なる所以を自づから説明せざるべからず」と漱石はまとめるが、これらの指摘は妥当だったといえるだろうか。

「明暗」では、「突然」さは、重要な意味を持たされている。幸子を悩ます原因となる医学士猛の告白は、「余り突飛な相手の言葉に煙にまかれ」（二八頁）るという経験として描かれているし、それが六年後の「今」浮かび上がってくることも、「二千日以前の昔の一夜が、たゞ昨夜の事の様に新しく」、突然「六年と云ふ長日月の隔てが消えて了」（三四頁）う出来事として描かれている。兄が結婚することについても、「分りきつた其真理が、幸子にとつては不意なる大事件」（四〇頁）であったと語られる。幸子の混乱は、こうした「突然」さと結びついている。起こってしまえばわかりきったはずのことが、唐突な出来事として感じられるという事態そのものが、問題にされているのである。

一方で、「突然」さの描写として、妙に力が込められている箇所がある。たとえば、叔母と兄嗣男と幸子が問いを交わす場面を描写した部分を見てみたい。「叔母の問は斜に部屋を横つ《ママ》て椽側の嗣男に出て、椽側の嗣男からまた斜に部屋に入つて幸子に来て、幸子から真直に叔母に帰つた。もし其途筋に線を引けば、幸子から叔母様の間の一線を底にして、不等辺三角が出来る、叔母の問は三角になつて答へられた。其不等辺三角の一辺が叔母の所にぴたりとついた時、――幸子が兄に「して下さいよ」と云つた時早速」（六頁）という明らかに説明過多な記述は、やりとりの瞬間的な様子の描写を試みたためと思われる。ほかにも、たとえば幸子の「あちらむく」という「瞬時の一動作」について一段落二百字ほどの説明があり（一三頁）、行為にかかる時間と描写の量の不均衡が目立つ。語り手は、説明できる瞬時の「突然」な動きについてはバランスを崩すほどの説明を試みている。こうした特徴と考え合わせると、女主人公が経験する突然さが、まさに説明のできない「不意なる大事件」として描かれていることが理解される。気持ちの変化における因果関係が描かれていない点にこそ、〈女〉としての経験の特徴を読むことが可能なのである。

「明暗」評と「明暗」の間のずれは、〈女〉の状況に対する前提の違いにあったと思われる。女学生を主人公に据えて結婚に対する違和感を語る小説は、投稿雑誌などの作品の中ではけっして珍しくない。弥生子自身がそうした作品を読んでいたかどうかはわからないが、同じ時代に共有された問題を取り扱っている以上、書かれていない文脈を読むことは読者にとっては容易だっただろうと思われる。そうした読者が読んだとすれば、この「突然」さはすでに説明の必要のない感覚として受け取り得たのではないだろうか。幸子を「変な女」として「不自然」だと受け止める漱石に、ここにある空白の感覚は読めていない。

5　「師」の抽象化

しかし、弥生子自身は漱石の評に全く違和感を覚えなかったようだ。回想の中では「明暗」評に対する抵抗は一切なく、指導への感謝のみが記されており、発表された作品もまた漱石の指導を全面的に受け入れたものといってよいものである。漱石の推奨で『ホトトギス』に掲載された次作の「縁」[23]では、「明暗」に見られる時間感覚は、みごとに切り捨てられている。また、「京都の叔母様は今日お出立だ」（一頁）という冒頭の一文に示されているような幸子に対する焦点化は、登場人物が被った不意打ちについて距離をとって説明することを結果的に不可能にしたとも思われるが、「縁」ではこの距離も積極的につくり出されている。「縁」は、寿美子とその祖母とが、寿美子の母について語るという一種の枠小説になっている。過去の出来事を、当事者以外の人物に焦点化して語っている。この点でも、「明暗」を「篇中の人物と同じ位の平面に立つ人の作物」として批判し、「大なる作者は大なる眼と高き立脚地あり」と指針を示した漱石の指導に、忠実に応えているといえる。

弥生子は漱石の言葉の中に、自分を支えるもののみを読んだのだと考えたい。書かれたメッセージをどう受け取るかは、読み手次第である。森巻吉宛て書簡とかなりの重なりがあることを考えると、弥生子の感激に見合う熱意を漱石が特別に持っていたかどうか疑わしいが、そうした感情の量など判定できるものではないし、かりに漱石のメッセージ以上のものを弥生子が読み込んでいたとしても、善し悪しや正確さを論ずるべきではないだろう。重要なのは、弥生子にとって、漱石の手紙が、繰り返し感謝を込めて語り得るものとなったということだ。

弥生子の語る師としての漱石は、非常に抽象化されているが、それが容易に可能になったのは、書かれたもののみを介した限られた関係だったからではないか。直接議論を重ねるような機会があれば、立場や感受性の違いが表面化してしまう事態に陥りやすい。朝日文芸欄をめぐる師弟のすれ違いなどは、その顕著な例でもある。がっぷりと組み合うばかりが関係ではないだろう。ことに〈女〉という特別席を与えられてしまう者にとって、このような間接性を積極的に利用することが、自らの力に対する妨害を除去する可能性を持つ場合もあるのである。弥生子は積極的に間接性を維持していた。野上弥生子をめぐって見えてくるのは、「師」たるものを自分の支えとしてつくり出した弟子の姿である。漱石山脈にあって、それはたしかに特殊なものであったはずだ。

第8章　意味化の欲望
——宮本百合子『伸子』

1　伸子という主体

本章では、主体化の過程について考えてみたい。主体を安定したものではなくつねに主体化し続けるものとしてとらえたうえで、主体化においてカテゴリーとの交渉がどのようになされるのか、参照されるカテゴリーはどのように配置されるのか、主体は自らをどのように名付けるのか、そして主体化することが制度に従属するだけではなく攪乱的になる可能性はあるのか、また主体化する際に外部へと押し出されるものはないのかという、主体化に関わるいくつかの問いに向かってみたい。とりあげるのは、宮本百合子の『伸子』(1)である。

『伸子』は、宮本百合子自身の結婚と離婚をめぐる経験をもとに書かれた作品である。一八九九年生まれの百合子は、一九一八年、父に付いて渡米し、一五歳年上の荒木茂という男に出会う。翌年結婚し、一九二四年に離婚している。『伸子』はこの経緯を素材に書かれた小説で、伸子という主人公の渡米から始まり、荒木を思わせる佃一郎という男との出会い、「私どもの心に育っているものを、まっすぐ伸して立派なものにしたい」(二-五)、「ただ旦那様と細君を作りたいからなんじゃあ」(同)ないという理想を掲げた結婚、その後の泥沼状態、離婚を実行に移すまでの躊躇や混乱が順に語られ、「飼鳥になっては堪らない」(七-十)と自立の決意を固めるところで閉じられている。

以上のように要約可能な『伸子』についての評価は、本多秋五の「《家を破る女》[2]」を描いたという論を基盤として展開し、フェミニズム批評においても、女性の解放と自我の確立を描いた小説として高く評価されてきた。たとえば水田宗子は「結婚によって明るみに出された不毛な愛の認識を通して成長していく女性の内面を描いた小説であり、離婚をテーマとした教養小説[3]」と論じ、岩淵宏子は「仕事と愛を基軸にして自己実現をめざしてゆく伸子の姿勢が鮮やかに描かれている[4]」と評価した。『伸子』は、「自己評価の基準を失って、アイデンティティの喪失におちいった」(水田)彼女が、新たにアイデンティティを構築していく物語として、それまでにない形で女性としての「主体」を立ち上げた点で肯定されてきたといえる。

しかし一方で、こうした伸子の成長物語には批判もある。あまりにも、主体のあり様が一貫しすぎているというのである。荒正人は「後退はなく、前進だけがあるのみ」、「第三者の立場からみれば、伸子という女はどうして自分の責任を反省しないのであろうか[5]」と述べ、他者である佃を、検事のように裁くばかりできちんと見ていない、理念的すぎると批判した。フェミニズム批評における『伸子』の評価を覆すことを企図した千田洋幸は、「伸子の確固とした統一的主体のイメージだけが生成される[6]」と批判し、「『伸子』は、自然主義、あるいは白樺派の作家たちが生産しつづけた〈リアリズム〉小説の系列につらなる、男根的《ファリック》なテクスト」であると論じた[7]。

2　「ごちゃ混ぜ」な『伸子』

『伸子』評価をめぐる二つの立場は、基本的に「一貫した主体」にまつわる評価の両側面となっている。その意味で、どちらに与しても伸子の主体像そのものはたいして違わない。さて、こうした議論を前提として疑わねばならないのは、ほんとうに『伸子』は、理念に沿って一直線に主体が形成されるドラマなのかという点である。実は理念的な作品と言われる一方で、その割には「必ずしもそれがハッキリと読者にわかるようには書けていない。それだけ作者においてもごちゃ混ぜになっているのだといわれるかも知れない[8]」という指摘がある。引用したのは本多秋五の論の一節である。『伸子』については、早い段階からテクストの不整合性が認められているといえる。

不整合とは言わないまでも、『伸子』において理念的な一貫性が強く志向されていることを認めたうえで、それに収まらない部分を抽出した論もある。高橋昌子は、「伸子に密着した志向を持つ語りと、客観的な場面描写を用いる語りが混在するという、複合的な方法」を見出した[9]。高橋は前者を「女性解放という理念的志向」、後者を「明治大正文学に優勢だった主観排除の外面描写」と意味づけ、その衝突を指摘した。加えて、『伸子』には、認識されぬままに書き込まれた「母依存の体質や母子的優劣的関係形成癖」があるとも指摘し、複層的な読みを提示している。また生方智子は、「〈広さ〉や〈自然〉に到達し、〈男〉になることで〈書くこと〉が達成される」という「自己実現」の構造を分析するとともに、「身体をめぐる語りの言い淀み、意味付けの停滞」に注目し、「言葉の残余として、徴候的に表現することしかできない」身体を浮かび上がらせ、「伸子は一貫した〈主体〉たり得ることができない」と論じている[10]。千田の論を包摂しつつ、単層的な読みを排した論といえるだろう[11]。

『伸子』は、まず九つの題で連作発表されたのち、大幅な改稿を施されて単行本化されるという成立過程をふんでおり、書き始めから単行本になるまでに四年という年月がかかっている。こうした事実もふまえて参考にしたいのは、『伸子』という作品が「伸子にとっての（伸子の側だけの）正当性を読者に、また伸子自身に納得させること、このことが『伸子』の〈語り〉の強力なコンテクストをなしている」という吉川豊子の指摘[12]である。江種満子も同様に、「いわばこれは、すべて事後的な振り返り、事後的な検証の弁として言説構成されている」という[13]。江種は、書くという行為に注目したうえで、「伸子にとっての書くという行為は、手に余る「現在」の「実生活」を「素材」とし、自分を取り巻く人たちのそれぞれの生き方のスタイルの違いから発生したディスコミュニケーションに対して、それぞれの人の位置を見極めつつ、その中での自分自身の位置を選びとる作業のことであり、それを通して錯綜した現在を解きほぐし、「透明」化することが目的なのだ[14]」ともいう。両論とも、『伸子』の一貫性を疑う立場にはないが、一貫性を構築すること自体が「目的」なのだという指摘からは、『伸子』を、経験に意味を与えていくテクストとして読む視座を得ることができる。結婚から離婚へという既定の展開に沿って進むテクストであるとはいえ、それぞれの出来事はありのままを写実するような体裁で語られているわけではない。明らかに意味が付されているのである。『伸子』における意味化の欲望は過剰だと感じられるほど強い。この欲望に巻き込まれるようにして、論者は『伸子』に統一した主体と理念的な一貫性を見てきたのではないだろうか。しかし、主体たることが欲望され、意味の制御が目論まれていたとしても、それが揺らぎも失策も起こさず完遂されることなどあるだろうか。強すぎる欲望は、かえって行為の遂行を妨げるものである。そもそも意味の制御が、完全に遂行されることなどあり得ない。

ここでは『伸子』を、継続する主体化の現場を示したテクストとして読むことにしたい。注視したいのは、主体とそれを構成してゆく理念との交渉、意味化の過程である。そのような立場から『伸子』を読めば、亀裂は至るところに発見され、一貫性からほど遠いことは容易に見てとれる。『伸子』の欲望に応じて統一した主体を立ち上げることはやめて、むしろこの亀裂の跡を確認することにしたい。一見確固として成立しているように見える主体は、よく見れば不均一、不統一で混乱しており、一方で、だからこそ（ほとんど無理矢理に）形を整える努力が続けられていることがわかるだろう。『伸子』の特徴は、意味との過剰な交渉にある。個別具体的な経験を解釈し枠組みを与えることが執拗に繰り返されていく。選び取られた意味の部分を結べば、結婚制度を成立させるジェンダー・システムへの懐疑やそこからの解放の論理を認めることはもちろん可能であり、また同時代においてそうした理念的問いと解答を示したことには大きな意義があっただろう。ただしそれは単線的に組み上げられたものではない⒂。むしろ理念と事態の溝の大きさが、執拗に意味を志向させ、「正当性」を付して出来事を「透明化」することを欲望させるのである。意味に向かうその過程は、それゆえに「ごちゃ混ぜ」となる。この不均一な状態を確認し、意味の構築を（結果としてではなく）過程としてとらえることを試みたい。

3　三つの層

伸子は、主体化し続ける過程で、一般化・抽象化した意味、理念と交渉する。ただし、一口に理念といっても、その内容は一まとまりになるものではない。『伸子』の結末が示す理念は女性解放に収斂するものとなるが、そこに至るまでの迷走は、近代の国家家族主義によって価値づけられた「結婚」という理念や、身体の管理を含んで構築されたジェンダー規範など、社会的に中心化した理念との交渉によって生まれている。『伸子』では、そのような中心化した理念が頻りに参照されつつ、そこから逸脱した場所に対抗的な理念が見出されていくわけである。

そのような意味をめぐる交渉は、伸子が結婚へ踏み込む時点から開始されている。「人々は皆結婚する。男も女も結婚する。結婚ということは、人間に眼と鼻とがあるように当然な人生の一つの約束のように行われる」(二一三)という認識、この制度化された結婚という理念に対して、伸子は、「人間が家庭を欲する心持、また愛し合う男女がともに生活したく思い、一組として扱われたい心持の強いこと、それらは彼女にもわかった」と異なる理念を志向して普遍化を試みる。そこには、「互の愛をまっすぐ育てられる位置において二人が、より豊富に、広く、雄々しく伸びたいからだけ」という、結末まで変奏され続けていく理念が含まれている。『伸子』というテクストを特徴づけているのは、このような一般化・抽象化された意味づけのレベルと、個別具体的な出来事との往復が休止することなくなされ続けていることである。きわめて強く主体を立ち上げることが欲望される場において、そこにおさまらない出来事に対する動揺や焦燥が物語となる。その揺らぎが示されたテクストとなっているのである。

全編にわたってこのような理念との交渉が綴られているが、ここでは終盤、第六章の冒頭部分について、具体的にその動態を確かめてみたい。第六章は全体の構成からいえば、別居に踏み切った第五章の後、いよいよ離婚に向かい始める頃にあたる。結論の方向が見えてきてはいるが、結論は出ていない。ここに、大別すれば三つの層があることを確認してみよう。三つの層とは、個別具体的に出来事を扱う層/出来事を抽象化しようとしてできない(伸子の)層/一般化・抽象化された意味の層、の三つである。

第六章第一節は母多計代と伸子の対話場面となっている。

多計代は、俄に力をこめた声を出した。

「私なんかだったら、一思いに、思い切っちゃうね、自分を真から愛してくれもしないような者に引きずられて行くなんて、考えただけだって堪らないことだ」

伸子には、佃に、自分に対する微塵の愛もないとは思えなかった。彼としての関心は、——少くとも男が自分の妻になっている女に対して抱くだけの心持は伸子に対してもあった。――それが判っていて、自分がその人情に安んじられないから、伸子は悲しく苦しいのであった。

「だって――それじゃあ自分の心持はどうするの、相手が本当に愛さない、それなら、って自分の愛が急に消え切る？　そう都合良く片づかないから、切ない思いをするんじゃあないの。つまり云えば誰だって相手の愛を苦しむんじゃあなくて、自分の心にある愛を苦しむ方が多いんだわ」

「じゃあお前――まだ佃を愛しているの？」

隙間風のような寂しさが伸子の心を通った。世間の、一度結婚してそれが破れ、親の家に戻った娘が一人残さず経験するだろう憂愁の源が、母親の単純な質問の中にあった。

伸子は、ほどたってから云った。

「私にはね、どうしても普通の結婚生活がやって行けないからって、残っている行為や愛まで打殺さなけりゃならないわけは決してない気がするの。何もこれまでの夫婦がそうだったからって真似をするには及ばないんですものね、組立てるにだって、ほぐすにだって、めいめいのやり方ってものがあっていいわ」

「佃という人にそんなことは解らないよ、――初めっからお前――目的が違うんだもの」

「それならそれでいいのよ、私と生活して何かいいことがあったんなら、私それで満足よ。だから、別々になればどうこうと自棄みたいなことを云ってさえくれなければね。――私自棄ほど嫌いなものはないわ、世の中に自分がそんな外道人間を一人作るのかと思うと、ぞっとして、勇気も何も失ってしまうのよ」

個別具体的に出来事を扱う層に一重線（――）を、出来事を抽象化しようとしてできない（伸子の）層のうち個別の出来事として語られている部分に波線（〰〰）を、抽象化がなされようとしている部分に点線（……）を、一般化・抽象化された意味の層に二重線（‖）を引いた。このように抽象度によって区分けしてみれば、概ね母の台詞を第一の層、仲子の台詞を第二の層、地の文を第三の層と見ることができる。それぞれの層で語られていることは、ずいぶん質が違う。母は、仲子や佃の性格という、基本的に二人の個別的な事情を問題にしている。「私なんかだったら」あるいは「佃という人」という具合に、個々の事情を離れることなく、抽象的な議論が無化されている。

これと対照的に、仲子の台詞と地の文には、事態を抽象化しようとする動きがみられる。とはいえ、両者には質的な違いがある。地の文では、「男」と「自分の妻になっている女」、「親の家に戻った娘」と「母親」、さらにこの箇所の後ではこの夜の対話全体を総括して「妻である女とその母とが、あんな会話をした」という具合にカテゴリーを用いた説明が抽象的になされている。固有名詞が「妻」や「娘」というカテゴリーに変換され、事態に意味が与えられているといえるだろう。ただし、注意しておきたいのは、この抽象化において用いられるそれぞれのカテゴリーの間には連関性がないということだ。「妻」と「娘」というカテゴリーは、どのように繋がり、どのように途切れているのか。そもそも、ここに引き起こされている問題は、この二つのカテゴリーの不連続によるものでもあるはずだ。[16] 多計代の「娘」であることは、佃の「妻」であることを難しくしている。しかしながら、その齟齬が見つめられることはない。意味化は瞬間ごとになされており、両者をつき合わせることが避けられていると言うこともできるだろう。どのようなカテゴリーで自らを語るべきなのか、判断は先送りにされ、意味化の運動がただ繰り返されている。

第二の層とした仲子の台詞によって構成される部分では、不整合がいっそう顕著である。「都合良く片づかない」「自分の心持」という個別具体的な問題としてとりあげられながら、「誰だって（略）自分の心にある愛を苦しむ」という箇所では自らを普遍化してとらえる。「私には」という一人称が示されたすぐあとで、「これまでの夫婦」に対する「めいめいのやり方」という抽象化がなされて、一般に対する自らの特殊性が強調される。やはり一人称で「それならそれでいい」と語られながらも、「自棄」という語を経由して「外道人間」という枠組みをひねり出すあたりでは、一般に対する特殊を志向する方向性は再び曖昧になる。内容的にも質的にも関連を見出すことは困難な理屈が次々と繰り出されているのである。

三つの層の異なりは、第二節でも同様に見てとれる。第二節には、庭の薔薇を契機にした伸子と佃との悶着が描かれている。佃の台詞と伸子の台詞、そして地の文には、やはり抽象化の度合いにおいて異なりがある。

東京の自宅に戻った伸子は、庭の薔薇を眺める。

艶ある濃い臙脂の繊い枝の線、夜の霧に蝕まれはじめた葉の色。荒廃した黒い羽目に、これより優れた飾りはなく、秋の薔薇の花にとってもこの調和に優る周囲はないと、思われた。

伸子は、快感をもって一隅の詩情を味わった。

地の文では、ここでも出来事が抽象化される。先に第三の層とした箇所と同質である。この後、佃が萎れた蕾を剪り始める。伸子はそれに対し、「黙って見ていた」というように言葉を発しない。佃が先に眺めていた花までも剪ろうとするとき、はじめて「あ、それはやめて下さらない。綺麗だから」「剪っちゃ、まわりの様子が違ってしまうから」と声にするのだが、抵抗を示す佃にそれ以上の説明はできない。「伸子は、言葉に出すと気障なようで、その二輪の黄がかった鮭肉色の薔薇が、その背景あってこそどのように風情に富んでいるか説明できなかった」と、この対話における伸子の沈黙が、強調されていく。一方の佃が発する言葉は、「こんな花！ もっともっと綺麗だった時には見る人もなかった」という、伸子に苛立ちをぶつける一言に集約されるように、感情的な、意味内容よりも効果に重きが置かれたもので、行為遂行性が顕著なものである。佃の言葉として、先の第一の層と同質の、意味化から最も遠い言葉が書き込まれているといえるだろう。伸子の沈黙は、それと対照的である。佃がその場での効果を意識しているという意味で事態の具体的な文脈に参加しているのに対し、伸子は沈黙することで別の文脈（抽象化された詩情）があることを匂わせている。しかし、伸子の層ではそれは「説明できな」い。伸子の台詞は、先に第二の層としたように、目の前の具体的な事態と抽象化された意味との二重性を潜在的に帯びているといえる。事態をまとめ、明確に言葉を与えるのは、つねに地の文である。「これから何年か経った後のある秋晴の日、偶然今日の些細なこの情景が、記憶の底から浮び上ることがあったら、縁側にこうやって坐っていた自分、庭にいる佃の姿、美しかった二輪の薔薇は、何を自分に語るだろう」という部分が示すように、意味は、完全に事後的に構成されていく。薔薇に与えられるのは、もつれきった二人と対比的な、「無心な鮮かさ、浄らかさ」という意味である。

さて、三つの層に分けてみたが、その質の違いは人物造形に収斂するものではない。個別具体的な事態に拘泥する人物は第一節では多計代、第二節では佃というように場面によって異なり、異なっているにもかかわらず同様の性質を帯びているからだ。また伸子の台詞には、個別具体的な記述の部分と抽象化した部分が入り乱れている。つまり『伸子』というテクストのあり様として確認できるのは、人物の個性の書き分けなどとは無関係に、個別具体的な出来事と抽象化の間に複数の層が重なっているということである。参照されたカテゴリーに統一性はなく、しかもそのずれが放置されているように、意味化は十全になされているわけでもない。はみ出すものの痕跡をありありと残しながら、意味が付与され続けているのである。

4　名付けをめぐる攻防

さて、ではカテゴリーはどのように主体に、一応のまとまりを与えていくのだろうか。繋ぐことのできる意味を辿っていくと、一応の道筋が拾える。

まずは続く第六章第三節を見てみたい。登場人物間の対話はほとんど組み込まれず、物語現在と語りの時間の差も不明瞭であり、地の文において、個別具体的な事態の記述と、物語現在の伸子にみられる具体と抽象の往復と、意味化の作用が入り交じっているが、注目したいのは、名付けをめぐる攻防がみられることだ。

いよいよ結末へ向かう中でなされるのは佃の呼びかけあるいは名付けに対する伸子の抵抗である。佃の呼びかけは、「帰ってさえ来れば、いつでもウェルカム・ホームですよ。ベイビ」という台詞に集約されている。この「ベイビ」という呼びかけに対して、伸子は抵抗する。まずは、「しかし、本当の嬰児のように、無垢ではない。伸子は女で、彼の妻であった」という説明がある。つまりここでは、「女」や「妻」というカテゴリーが、「ベイビ」に対抗して立ち上げられるわけである。しかし「女」も「妻」も、「ベイビ」というカテゴリーに拮抗するのに十分なものではない。むしろ容易に包含されてしまう。続いて描かれるのは、「勇気の足りない自分」、「自分の働き一つで生きて行こうとする将来へのたじろぎ」といった内省である。これらの内省は、「ベイビ、ベイビと甘やかす生活」に、不如意なものを抱えながらも伸子が応えていることを示しているだろう。結婚からの脱出を決意できない伸子は、「自分は自分で、知らず知らずそこにつけ込んでいるのではないかという気」がするというように、「ベイビ」という呼びかけを無視し得ないのである。「女」も「妻」もあえなく自立不能な自己像をつくり出してしまう。伸子を搦め捕る「ベイビ」という名付けから我が身をずらすためには、他に対抗し得るカテゴリーを見出さねばならない。

離婚の決意というこの後の展開に繋がる兆しは、同時に埋め込まれている。「夫がもう自分をなみの女として扱えなくなったのを知った」という部分と、それに応じるように引き出される「伸子自身、もっと違った女に生れかわるか、或は一般の性生活の常識が、ある点変化でもして、もっと無理なく、ならなければ」という部分である。「ベイビ」という佃の呼びかけに応じざるを得ないように、「なみの女」におさまらないという逸脱もまた佃から与えられた枠組みとして示されているが、伸子はそれに乗じて「もっと違った女」へと向かっていく。『伸子』で試みられる抽象化には、佃の中に伸子が読み取った意味が組み込まれている。その意味が、佃の人物像を破綻なく構成するものか否かはさておき、ここでは、伸子の主体化が他者との応答関係の中にあることを確認しておきたい。

そもそも佃との結婚によって伸子が経験したのは、母や知人による解釈、それも負の解釈に曝され続けるということだった。ミス・プラット、知人の高崎直子、父の友人の子息である田中寅彦、母のもとへも悪評が届き、母自身の疑いがそこに加わる。押し寄せる意味を押し返しながら結婚に踏み切り、また継続してきたように、結婚から離脱していく際にも伸子は他者との交渉の中で主体化していく。『伸子』には他者性が希薄だという評価もなされてきた。たしかに伸子が他者の存在によって批判的に相対化される箇所は、多いとはいえない。ほとんどないといってもよいだろう。しかしだからといって、伸子に向けられた言葉が無視されていたとはいえないだろう。むしろ他者の視線に曝されるという経験は、『伸子』もまたそうした視線に曝されるのだという被読意識を高めることになったのではないか。そうした一種の被読経験が、事態を意味づけ直す抽象化の欲望を肥大化させたのではないだろうか。伸子に届いた言葉への応答が、伸子を主体化していくのである。

さて、『伸子』の結末となる第七章に至って、伸子は主体に鮮明な輪郭を与える言葉に行き当たる。

仲子は考えた。世の中に自分のような心を持つ女は一人しかないのであろうか。自分の得たいと願う生活の歓びは、この世にあっていけないほどぜいたく極まったものであったのであろうか。——神よ、神よ。そして、自分は誰からも愛して貰えないほど、度はずれな女なのであろうかと。（七-七）

仲子は自らを「度はずれな女」と名付ける。問いかけの形をとってはいるが、もちろん答えは出ている。仲子は「度はずれな女」なのである。この名付けが、仲子を制度としての結婚から解放することとなる。結婚制度からの解放という理念は、『仲子』の中で、最も抽象度の高い理念である。というのも、それは佃と仲子の固有性から切り離されて立ち上げられるからだ。第六章第三節では次のように語られている。

彼女は、佃と誰かを比較して、結婚生活がいやというのではなかった。相互の性格によっていろいろ生じる不都合と、ならびに、結婚生活のしきたりとでも云うか、一般男女間に通用している生活内容の感じかた、生かしかたに、納得ゆかぬ数々を見出しているのであった。

結婚制度は「一般男女」によって再生産されるのであり、その問題性は、佃や仲子の固有性とは無関係である。個別具体的であった事態を徹底して抽象化した水準に、『仲子』の結論は置かれている。「一般」の、普遍の、社会的に中心化した制度として結婚が認識されるのと同時に、「なみの女」ではない「度はずれな女」として仲子は脱出する。「自分の本質に烈しく自由や独立を愛してやまない本能があること」を知り、「どんな女性でも一度は捕われずにはいまい結婚生活の夢想から、かなり完全に解放」されるのである（七-六）。確立されたこの理念が佃にも言い渡される。「あなたに本当に入用なのは細君である一人の女なのよ。（略）あながち仲子に限ったことではないのよ。仲子だから、というのでは決してないわ」（七-十）。固有性と切り離された結婚制度の否定という意味が離婚に与えられ、同時に仲子に新たな名付けがなされることで、『仲子』は結末を迎える。意味化の過程を見るかぎり、『仲子』ではこのように一般的なカテゴリーからの逸脱者というカテゴリーでまとまりを付けることで、仲子の主体化が安定していく。

5　放置された細部

それでは、このような『仲子』を私たちはどのように評価したらよいのだろうか。それは、『仲子』の分析をどのような文脈に着地させるかという、読み手の立場によって異なってくる。〈男〉と〈普遍〉が何の亀裂もなしに重なって理解されているとき、〈女〉という主体を立ち上げるために、意味化した部分に焦点を絞って論じることは重要な意味を持った。一方で、〈女〉というカテゴリー自体を解体することを目指すのなら、かわりに問題にすべきなのは、『仲子』という作品がカテゴリーを用いること自体への抵抗力を持たないということだ。仲子は、一般の〈女〉を対立項にすることで事態を処理していく。第3節で確認したように、『仲子』では、ずれが問題化されることなく複数のカテゴリーが参照され続けており、基本的にはカテゴリーに無根拠に依存しているともいえる。そして「度はずれな女」という特殊な枠組みで仲子がまとめられる一方で、一般の〈女〉というカテゴリーは保存される。むしろ〈女〉を強固に構築することで、それと対照的な自己同一性を得ているともいえる。その意味で仲子は〈女〉一般を代表してはいない。

とはいえ、「度はずれな女」という名乗りに、一歩踏み込んで、積極的な評価を付すことも可能かもしれない。というのも、「度はずれな女」という名は、「誰からも愛して貰えない」というように、否定的に意味づけられたある種の蔑称として引き受けられているからだ。もちろんそれは結婚制度からの離脱と表裏になっている。結婚を社会的理念とする文脈を参照して否定的な意味づけを引き出したうえで、あえて蔑称を引き受ける行為には、蔑称を再生産しつつも、同時にそれを蔑称化する規範そのものを攪乱する可能性を認めることもできるだろう。「度はずれな女」であることは、吉見素子というパートナーを得て、「悪い意味の女らしさから来る窮屈を脱したいい心持」という「全然新しい感情」(七–八)にも繋がっていく。価値の組み換えは、「度はずれな女」という特殊なカテゴリーを立てることによって可能になる。『伸子』という小説が持つ規範への抵抗性を、その点に読み込むこともできるかもしれない。

しかし、こうして離婚に結婚制度の否定という意味が与えられる傍らには、結末に向かう過程で書き込まれはしたものの意味化されずに放置された細部もある。それらは、結婚制度の否定という最も普遍化した意味が離婚の理由として確定することによって、忘却されている。ここでは、外部に押し出され、意味づけからはみ出した問題を二つ拾い出しておきたい。

一つ目は、佃の「男らしさ」に関する問題である。伸子は、佃の男らしさに言及している。まずは二人が結婚を決める物語の発端において、伸子の申し出に対する佃の反応は次のように描写されていた。

伸子が、涙を止めあえ《ママ》なかったのは、彼の理解の嬉しさばかりではなかった。彼が、初めて、男らしい権威を以て、自分の心持を明言してくれた歓喜である。ああ! 彼は初めて、男らしく口を利いてくれた。

(二一五)

伸子は、佃に「男らしい権威」を求めている。一方で女性の自立や解放という理念が掲げられていることを思うと、冒頭近いとはいえ見過ごすことのできない箇所である。それは伸子の決意を確かなものにする価値を帯びている。しかし結婚後に明らかになったのは、佃が伸子の期待する男らしさからはほど遠い人物だったということだ。佃はときおり涙を見せる。「男は女より、誠意をもってしか涙はこぼれないものと思いこんでいた」伸子は、「ひとりでにぞっと」するのだった（五-六）。率直さを欠いた隠蔽体質や偽善性が複数のエピソードを通して語られ、ついに別居を提案する際には、佃を批判して次のように言う。

あなたは、じゃあ、いつか一度でも、私が伺うことに、淡泊に、男らしく、返答して下すったことがあって？　自分の間違いを、内心でだけででも、正直にお認めんなったことがあって？（五-五）

佃の偽善性を男らしさの欠如として否定する伸子は道徳をジェンダー化している。男らしさというジェンダー規範は、そのように包括的な価値を付されて支持されていたことになる。であれば、伸子が佃を見限る離婚の理由に、このジェンダー規範が関わっていないといえるだろうか。あけすけにいえば、佃が男らしくないということが離婚の一因であったと考えることも可能なのではないかということだ。男らしさの欠如は、結婚制度によるものではない。それゆえこの問題を抽象化したならば、結婚の制度性とは別の文脈、伸子が再生産しているジェンダー規範が明瞭になったはずである。しかし、そうはならない。男らしさの欠如は佃固有の人格的特徴として処理され、制度的な考察がなされることはない。結婚制度批判が前面に押し出される一方で、伸子のジェンダー規範は不可視化され、潜在的に温存されているといえる。小説の最終節、佃との最後の談判の際、伸子は次のように言う。

どうしてあなたは私が何でも仕事仕事というだけで生きていられるとお思いになるのかしら。まるで変だわ――私はへぼ小説を書くより前、女に生れて来ているのよ、しかもまるで女なのに――（七-十）

末尾の「飼鳥になっては堪らない」という女性解放の言挙げと、この台詞はどのように結び合わされるのか。

ジェンダー規範によって生み出された欲望は、脈絡の説明を欠いたまま、『伸子』の底流に蠢いている。

もう一つは、階級という問題である。階級の問題が『伸子』において意味化から漏れていることは、宮本百合子自身が述べるところでもある。[17]

『伸子』は一九二四年から一九二六年の間に書かれた。そのころの日本にはもう初期の無産階級運動がおこっていたし、無産階級文学の運動もおこっていた。けれども作者は直接そういう波にふれる機会のない生活環境にあった。『伸子』には、日本のそういう中流的環境にある一人の若い女性が、女として人間として成長してゆきたいはげしい欲求をもって結婚し、やがて結婚と家庭生活の安定について常識とされている生活態度にうちかちがたい疑いと苦しみを抱くようになって結婚に破れゆく過程が描かれている。

伸子が否定した結婚制度の中産階級性が剔抉されきっていないという自己批評として受け止め得るかと思う。ただし『伸子』には階級の問題が書かれていないわけではない。伸子は自身を「中流家庭の娘」(一-七)としたうえで、「貧しく、社会的背景も持たない」佃との結婚に反対し、「お前の考えはボルシェビキだ」という母を次のように諭している。

普通、娘さんはお嫁に行って落着いて、良人と同化して、最も現在の社会に安定な生活を得ようとするのが目的でしょう? だから同じ階級、同じ伝統をもった家、また少しか或は沢山、運命が許すだけ成り上ることを条件とする——違うというのはここなの……私は自分が育ったようにして育ち、自分が見てきたようなものばかり見てきた。その親達も母様達とそっくりだというような男には、ちっとも興味を感じない。それどころか不安よ。(三-四)

つまり結婚当初の説明においては、佃は中流に属した人物ではなく、伸子は彼と結婚することで中流階級から脱出しようとしたことになる。しかしながら、脱出は失敗したようだ。なぜなら、佃こそが中流を体現した人物となるからだ。

彼女に辛抱ならぬ中流的な精神や感情の不活発さ、貧弱な偽善、結局は恩給証と引きかえになるのが楽しみらしいいわゆる仕事の態度、それらと、とてもうまく調子を合せて行けない自分を見出したということになるのであった。（六-二）

辻褄を合わせれば、中流化した佃がまとう保守性から脱出すべく離婚を決意する、つまり、結婚が中流階級からの脱出に繋がらなかったため、再度の脱出が試みられたという展開と読むことができるだろう。それをさらに先の「あとがき」と結べば、こうした迂路に陥ったことこそが、中流階級に浸りきった伸子の甘さという具合になるだろうか。つまり、「中流階級」批判と、そこからの脱出という正義が、十分とはいえないまでも、意味化し記述されていたということになる。

さてしかし、こうして批評性が足りなかったという自己言及があるからこそここで注目したいのは、伸子が見せた中流階級性への反発ではない。意味化されぬまま浮き出ている伸子の中流階級性そのものである。伸子のそうした性質はすでに指摘されてもいる。たとえば高良留美子は「〈姫〉」の「〈身分違いの結婚〉物語」と読み[18]、江種満子は、ピエール・ブルデューの「文化貴族」という概念を参照しつつ、佃との間の「趣味感性の溝」を指摘している[19]。伸子は「趣味」として身体化した自らの中流階級性に意味を与えることをしない。それは佃が持つことのできなかった文化資源であるが、その格差は、結婚という制度に中流階級性を限定し佃を巻き込むことによって不可視化する。しかし伸子の趣味は、『伸子』の末部においても、変わることなく維持されている。伸子が佃から離れる決意を固め得たのは、素子との出会いがあったからであるが、その素子の最初の印象は次のように書かれている。

素子が着物や帯、細々した紐などをある趣味で選び、身につけていることが一目でわかった。このような服装のできる、そして専門は露西亜文学の、独りで一軒の家の主人となって自由に暮していられる女性の生活が、伸子にはひどく悠々独立的なものに想像された。（七－三）

伸子は、一目見て、素子の趣味に反応する。初めて会った佃を「白い低いカラアと黒いネクタイと黒い地味な少し手ずれた服を着て」（一－二）いる男として認知した伸子の眼に変わりはない。しかし、階級的な文化資源である伸子の眼が抽象化の対象になることはない。素子の趣味を女性の自立という文脈に回収することで、伸子の趣味は不問のまま温存されるのである。それが離婚の理由として意味化されることは、ない。

『伸子』が複数の読者に向かいつつ過去に意味を与えるテクストであることを考えるとき、素子には自立した女性のモデルや、あるいは親密な関係性を構築するパートナーというだけではない役割も認められる。素子は、伸子にとって信頼できる読者だからだ。「時々胸いっぱいになるいろいろな感情や考えを、佃とのことにつき、また他のことにつき伸子は前後かまわず、大きい紙や小さい紙に書きつけて」送った手紙に、素子は「愛のある皮肉で応答」している（七－七）。これまでの読者の中で伸子に最も近い位置にあった母と佃は、共に望ましい読者ではなかった。伸子が書いた小説が母と佃の間に決定的な亀裂をつくるという出来事が書かれているが、そのとき母は「活字にまでして、お前に赤恥を掻かされなければならないようなことをした覚えはない」（四－七）と憤って伸子に「索寞とした気持」を与え、一方の佃は「このひとの書くものには、絶対の自由を認めておりますから」と言って、「何と胸に浸み徹る、冷たい寛容さ！」と伸子を失望させる。母は小説と現実をぴったりと重ねてしまう読者であり、佃は交わりを拒む読者であった。どちらの読み方にも、伸子の書く行為への応答は望めない。しかし、素子はそうではなかった。宮本百合子が『伸子』を書いた成立事情に目を向ければ、素子のモデルである湯浅芳子と出会った後、『伸子』となる原稿が書き出されたのであり、書き手が向かう複数の異質な読者の中に信頼できる顔が加わることが、いかに書き手を支えるかがうかがわれる。

『伸子』における主体化の過程には、意味化への強い欲望と、そこにおさまりきらない部分が共に認められる。主体化がいかに「ごちゃ混ぜ」なものであるかを示した『伸子』は、その点で、〈女〉やその下位カテゴリーと主体との非一貫的で恣意的な関係を読み込むことのできる小説として問題提起性を持っている。カテゴリーから自由な主体があり得ない以上、ことに〈男〉と〈女〉というカテゴリーの強固さを考えるとき、『伸子』の意味化にみられる恣意的な強引さは、カテゴリーとの切実に不自由な関係を浮かび上がらせ、興味深い。読まれることに抗しながら、書く主体は、意味に向かうのである。

第9章　女性作家とフェミニズム
――田辺聖子と女たち

1　多様な新しさ

女性作家とフェミニズムとの関係は一様ではない。どちらも〈女〉の中心からずれた場所で〈女〉について語るが、両者の距離は作家によってさまざまである。本章では、田辺聖子とフェミニズムの関係について述べてみたい。田辺聖子の〈女〉との交渉は、フェミニズムとどのように重なり、どのように違っているだろうか。

田辺聖子は多様な女性の新しさを描いてきた。恋多き「女の子」から元気な「ハイミス」、働き始めた「主婦」、さらには美しい「姥」まで。光が当てられるのは物語のヒロインになりにくい女たちである。可愛らしさや大胆さ、切なさや悲しさ、朗らかさや明るさや華やかさ、また寂しさや味気なさも取り混ぜて、くるくると表情を変えながら逞しく生きる女たちが描かれてきた。

そうした田辺聖子の作品とフェミニズムとの関係をどのように理解したらよいだろうか。答えは、容易にはまとまらない。非常に多様な様相を呈しているフェミニズムをどのようなものとして語ればよいのかというのも問題なのだが、まとめにくい理由はそれだけではない。田辺聖子という腹の据わった書き手が繰り出した物語は、ある部分ではフェミニズムと強く共鳴し合っているし、ある部分では別の方向を向いている。田辺聖子はフェミニズムの旗を振ってきたわけではない。とはいえ、さまざまに女の新しいあり方を提示してきたということ、それは疑いようがなく、その意味でフェミニズムの枠組みと重ねて語り得る部分がたしかにある。ところが、その女（と男）の描き方には、フェミニズムという思想・運動になじみにくい部分があるようにも感じる。一体、どこがなじみやすく、どこがなじみにくいのだろう。フェミニズムのどこをどうとらえるかという焦点の絞り方によって、フェミニズムと田辺聖子の関係は、離れも重なりもする。

まずは、田辺聖子が描いてきた新しいタイプの女の生き方を拾ってみよう。たとえば、『愛してよろしいですか？』[1]では、旅行先で知り合った年下の大学生と恋をし、最後には結婚まですることになる三四歳の「ハイミス」すみれが登場する。一九七〇年代の末に、結婚形態のヴァリエーションがどれほどあっただろうか。男性の平均初婚年齢が女性より若干高いという関係は、徐々に差が縮まっているとはいえ現在に至っても変わっていない。女性が年長ということ、しかも十を超える年齢差、同時代では間違いなく稀な組み合わせである。後に田辺は、「女性が男性より十歳以上年長という間柄は、社会通念上、安定や均衡を破るものと思いこまれているので、女は社会のみか自分自身ともたたかわねばならないのである」[2]（四八一頁）と記している。自分自身が内面化している常識との対決をも伴う、マジョリティから外れることの難しさを滲ませながらも、「夫婦」を「最高に気の合う男女」として意味づけるという「危険思想」[3]（四八一頁）を物語にしてみせた。

また、『お目にかかれて満足です』[4]の主人公は、経済的社会的な力を得ていく「主婦」るみ子の物語だ。一九七〇年代の半ばまで低下し続けた女性の労働力率に変化が生じ、労働省の調査結果で共働き女性が専業主婦をはじめて上回る数字が出たのが一九八四年[5]。主婦が仕事を持つ時代が始まろうとしていた。るみ子は、夫に借金ができたのをきっかけに自分の手芸品を売る仕事を始めるが、重要なのは、徐々に自己評価が変化していくことだ。自信が生まれ、夫の洋との関係だけで完全に充足していた彼女の世界は外に開かれていく。妻として夫に頼り切って満足していたるみ子は「女が仕事をしてる間は男を四つにたたんでホッチキスでとめて、ポケットへ入れるわけにはいかないもんかしら」(二三一頁)などと考え始め、「世間の概念でいう「亭主」のような気になって、店を支え、「女房」の洋を養わなければいけない、庇護しないといけない、そういう覚悟」(四三一頁)を持つようになっていく。夫を捨てるわけではない。「生き甲斐はやはり主人」(四六〇頁)であることは変わらないのだが、彼はすでに「不出来でもやっぱり私にとっては、「かわいい女房」」(同)へと変貌しているのである。螺旋を一巻き移れば上からは同じ地点にいるように見えても三次元的には違う場所に移っているように、自分が変われば出来事は変わっていなくともその意味が変わっている。るり子は、そういうやり方で新しいステージに移っているのだといえるだろう。

閉ざされた場所から外へ向かい新しい生き方を選ぶ女性たちは、一九七〇年代にはじまるウーマン・リブ、そしてその後のフェミニズムの波の中から、あるいはそれと連動しながら登場してきた。田辺聖子が描き出した女性たちも、その大きなうねりの中に存在している。

2 田辺聖子の視線

さてしかし、それではフェミニズムと全面的に親和しているのかといえば、そうでもない。視線のあり方が異なっているのである。田辺聖子が日本の現実の中を生きている新しい女たちに向ける視線は、現実的で日常的な感性に支えられた暖かな生態観察とでもいうような、現在に向き合う、またはその現在を形作ってきた過去へ向かう視線である。それは、新しさそのものを志向する未来に向けられた視線とは違うように思う。過去の道筋と現在の進み行きがユーモアの溢れたこまやかな筆致で辿られていて、その人生の醍醐味や滋味のようなものを感じることへ読者を導くのだが、積極的に変化の良し悪しの評価へ向かわせるものではない。

一方、フェミニズムといわれる思想あるいは運動は、基本的に現在の社会制度を変化させることを志向する思想だといってよいと思う。それ自体が大きく変化してきたので、具体的な論点を一つ二つ挙げてまとめることはとてもできないが、その方向性を最大公約数的に示すとすれば、ジェンダーやセクシュアリティによる抑圧と差別を問題化し、その文化構造を変化させ、抑圧と差別を解消していくことを目指すものとでもなるだろうか。現にある問題に目を向け解消しようとするのだから、現状を受け入れることより変えることにエネルギーが向けられているわけで、現在を味わおうという態度とは、相容れないとは言わないまでもなじみやすいとは言いにくい。

フェミニズムは、多様性と可変性を非常に重要視している。もともとフェミニズムは女性の権利の獲得を目的として一九世紀末に出発しているが、第一波から二〇世紀半ばの第二波へ、第三波やポスト・フェミニズムという言葉も生まれた現在に至って、〈女〉を軸に語る場合でもその意味を固定化させぬよう注意深い配慮がなされている。たとえば竹村和子は、次のように記す。[6]「わたしが念頭に置いているフェミニズムは、女に対して行使されてきた抑圧の暴力から女を解放することを意図しながら、同時に、そのような「女の解放」という姿勢自体を問題化していくこと、つまり「女」という根拠を無効にしていくこと――まさにフェミニズムを、現在女と位置づけられている者以外に開いていくこと――である」。「女」という言葉を軸に説明されているが、ここで大切なのは、「女の解放」を最終的な目的にしているのではなく、それ自体についても問い直しがなされ続けているということ、「女」だけをフェミニズムの担い手や関心の対象にしているのではないということである。〈女〉の意味を固定的に扱うことをやめないかぎり、けっしてそれをつくり出している構造は動かないからだ。〈女〉というカテゴリーは〈男〉

というカテゴリーと組み合わされ、また〈異性愛〉というカテゴリーや〈同性愛〉というカテゴリーをつくっている。〈レズビアン〉や〈ゲイ〉、あるいは〈クィア〉、〈トランス・ジェンダー〉や〈トランス・セクシュアル〉、それぞれに異なる文脈と配置によって生産／再生産されているカテゴリーであるが、それぞれに絡み合ってもいる。〈女〉の問題が、〈女〉の問題だけにとどまって解決できるはずもなく、フェミニズムは語られていない場所へ向かって、派生し、増殖し、分化し、またその先で、絡み合い、対立し、混ざり合い、変わり続けてきた。フェミニズムは、そうした一つの場所に止まることのない流動的で柔軟な可変性そのものをエネルギーの中心に据えた思想である。竹村の言葉にもどれば、「わたしが念頭に置いている」という断りに、フェミニズムの多様性が含意されていることも丁寧に受け取っておかねばならないと思う。フェミニズムは、「とは、〇〇である」というフレーズで語ることを目的とも必要ともせず動いてきた。また竹村は、先の引用に続けて「言わば、フェミニズムという言葉を手放さずにおくことによって、フェミニズムという批評枠を必要としなくなるときを夢想することである」ともいう。フェミニズムは自らが歴史的な役割を終えることを目指した思想なのであり、変化しながら消えていくこと（遺物となっていくこと）が「夢想」されているのであるから、思想的なアイデンティティの確定が目的となるはずもない。フェミニズムは、現在においては必要ではあるけれど無くてすむのなら無ければよいものなのであって、そうした自死を志向する遠い視線の中に、ある種のメタ的な自己に対する距離感が孕まれている。

長々とフェミニズムについて書いてきたが、そのような変えることに向けるエネルギーを中心にしてフェミニズムをとらえると、田辺聖子の作品が描いてきた主人公たち、一筋縄ではいかない人と人との関係や一所に片づけることのできない自分の中の欲望をじんわりと受け止め受け流し、どこへ行くのかという問いについては見つめすぎず明日を迎えていくというような女や男たちを、フェミニズムの枠におさめることは簡単ではないし、適当でもないと思われる。フェミニズムは、ときに「肩肘はった」という形容で揶揄的に評されることがある。これだけ多様性と変化に寛容な思想が、なぜ「肩肘はった」と言われるのだろうと不思議に思ってきたのだが、現実に対する批評性とそれを変化させようとするエネルギーが、ときに現実に対して不寛容な態度として受け取られるのかもしれない。現実を変えたいと思う人がいる他方には必ず、変えたくない人も、また変えられない人もいる。現実を受け入れることを考えたいとき、現実と折り合うことを学びたいとき、フェミニズムが示す現実の分析や新しいオプションが役に立たないこともある。フェミニズムが万能でないことはあらためていうまでもなく自明なことであるので、役に立たないことがあるといってもフェミニズムの必要性や重要性は損なわれないと考えていることを一応付け加えておきたいが、田辺聖子の描く滑稽で神妙な現実の味わいや、それと渡り合っていく醍醐味は、とにもかくにもフェミニズムが拓いたのとは別の場所にあるといってよいのではないだろうか。元気な「ハイミス」も働く「主婦」も美しい「姥」も、新しい現象として受け取ることができるだろうが、彼女たちはけっしてラディカルなものとして描かれているわけではない。すでにこの世に生まれ棲んでいる現実の存在としての感触を滲ませている。たとえば『姥ざかり』『姥ときめき』『姥うかれ』『姥勝手』と、四冊のシリーズの主人公となった歌子さんについて、田辺自身は次のように言う。

読者から好評を得た、というのは、七十六歳の老婆が主人公、という意外性と、しかもその老女が、従来の老婆イメージを払拭して、老いたれど、気力・体力・容色において、現役の女性らに負けない、優雅にして性根の据った、美しきシルバーエイジのレディ、という設定にあろう。

いや、現に、その時代、そういうレディが出はじめていた。戦争をくぐり抜け、生き延びたオールドレディたちは、肝っ玉据り、美事な人が多かった。

現実の、二、三の知人を思い浮べつつ、特定のモデルはないが、もし私が老いたらこうもありたい、と思って、たのしく書き進んだ。[7]

一人暮らしを存分に楽しむ歌子さんという老女は、「従来の老婆イメージ」を「払拭」する新しい老女であるが、同時にそれは現実に「出はじめ」ている存在なのである。田辺聖子の小説の世界は現実と地続きなのであり、そこに、現実を変えようと志向するフェミニズムとはまた別のエネルギーが汲み上げられている。

田辺聖子は、社会の変革を促すというのではなく、現実と折り合いながら変貌する女たちを描く。さまざまな場所で、さまざまなやり方で。『猫も杓子も』[8]の阿佐子は、いくつかの恋の後、結婚したいわけではないが必要な存在だった悟と死別して、最後にこう呟く。「美しくするのも醜くするのも、すべて人間の気持のもちかた次第で、ものごとそれ自体は事実にすぎない。人生の事実は単に素材で、そこから何かを作るのが人間の仕事である」(二〇七頁)。「人生の事実は単に素材」で「気持のもちかた次第」というのは、けっして単なる現状肯定ではない。ある種の諦念、きっぱりとした覚悟である。「ハハア、こうやって人間、トシをとってゆくのかな、とわたしは時間の割れ目にストン、とおちこんだ気がした」、「ただ、町を歩いているわたしの耳もとで、すぎゆく風のようにひびくのは、一瞬かいま見た、人生の冷厳な貌、永久無限に流れる時間の、びゅうびゅう音をたててうなる音である」(二〇七頁)。自分が生きている時間をふと離れ、人間の短い生とは無関係に流れ続けている時間に触れるメタ的な感覚がもたらす瞬間に、「気持のもちかた次第」というフレーズが呼びよせられる。フェミニズムの視線が現在を離れて遠い未来に向けられているのとは別の感じ方で、人の現在を離れた大きな時間の流れがあることが受け止められているのである。

3　田辺聖子と女たち

そして、目を向けてみたいのは、異性愛の問題である。田辺聖子の描く恋は、見事に異性愛の枠組みで語られている。これについて何を言うべきだろうか。

まず確かめておきたいと思うのは、田辺聖子の描く女性たちは、老いも若きも性に対して開かれているということだ。躊躇も衒いもなく、悠々と自分の身体の中に性欲を発見しそれを肯定している。性によってもたらされる快い解放感と充溢感が、人生を華やかにそして豊かにするものとして大切にされている。異性愛的といったが、必ずしもそれが性器結合的な関係に限られているわけではない。たとえば、『魚は水に女は家に』[9]の舟子と宇杉氏。舟子は家庭の主婦で、宇杉氏は、舟子の夫の妹の、その夫の恋人の兄である。双方ともに既婚者。義妹の夫の恋愛について相談するために出会って、互いに互いを、会って嬉しい、気持ちの華やぐ人として認め合う。二人の関係は、恋愛と名付けられることも、すでにしている結婚と抵触することもないが、互いがはっきりと大切な存在となるにつれて、舟子は結婚に対する考え方を変える。「結婚しなくても、しても、人生の苦や楽は同じようについてまわるのだ。（略）ただ好ましいのは、そして楽しみなのは、一緒にいて弾力ある快楽を与えられる異性である」（三二一頁）。異性間の関係は、そのように複数的に緩やかに結ばれている。性と恋愛と結婚と生殖が芋づる式に繋がるような窮屈なものではない。そして、田辺聖子の作品における異性愛的な関係は、人と人との間の微妙なコミュニケーションを学びまたそれを楽しむ最も重要な場となっている。隣にいて最も異質な存在として異性がとらえられており、男とは、女とは、と対比するフレーズが、異文化との接触の面白みや困難に出会う文脈の中で頻用されている。異文化との関わりは、自分の中の他者性を発見する経験にも繋がり、新鮮な驚きや困惑が、次のステージへ主人公を進ませることになる。そうして年を重ねていくのだが、快楽を求める心意気が失われることはない。八十を越えた『姥勝手』[10]の歌子さんは、「飲み友達」の滝本氏と、「ボケ予防療法」と名付けてデートを楽しむ（三七四頁）。田辺聖子の世界には、エイジズムも、ない。

一方、フェミニズムが明らかにしてきたのは、女性は性から遠ざけられているということだった。より正確にいえば、性との関わり方によって女性は二分されており、性から遠ざけられた家庭の女性と、性的な存在そのものである家庭の外の女性、聖母と娼婦の二つのカテゴリーに区分けされるという構造になっている。この枠組みはいたるところで機能し続けており、性をめぐる解決すべきさまざまな問題に依然組み込まれている。性から生まれ、そして性に向かう欲望は、必ずしも人を豊かにするものだけではなく、容易に抑圧や暴力と結び合わされもする。そうした局面においては、女性と性の関わりに窮屈な縛りがあることをフェミニズムは問題化してきた。それゆえ性の解放は、女性の抑圧からの解放の非常に重要な鍵となってきたのだった。現在では女性が自らの性を謳歌することは禁忌でなくなりつつある。こうしたフェミニズムの知見を前提にすれば、田辺聖子が明るく描き出してきた女性たちのあり様は、抑圧されてきた女性の性が伸びやかに解き放たれた姿として受け取ることができると思う。

ただ、現在のフェミニズムの議論と照らし合わせようとするとき、田辺聖子の解放された性愛の風景がきわめて異性愛的であるということに、やはり引っかかりを覚えないわけでもない。あまりにはっきりと男と女の関係に限定して性愛が描かれているので、フェミニズムになじみが良いと言うことがためらわれてしまう。近年のフェミニズムは、クィア理論と連動しながら、唯一の正しい性愛の形態として特権的な位置に異性愛が置かれてきたこと、そうした異性愛中心主義が他のさまざまな性愛の形態を抑圧してきたことを指摘してきた。田辺聖子の作品に、異性愛中心主義への批評性を期待するのは難しい。フェミニズムの理論も徐々に展開して現在に至っているわけなので、そうした批評性のなさについては、かつてのフェミニズムと合わせて歴史的な限界として説明すればよいのかもしれない。しかし、田辺聖子の提示する大らかな性のあり様に対して、遡及的にたがを嵌めるような評価を与えることが、望ましい読み方であるとは私には思えない。希有な大らかさ、快楽への開放性を、現在のフェミニズムの議論の進行方向とは別の方向に開かれたものとして受け取りたいと思う。フェミニズムの知見が生かされるべき方向と、田辺聖子によって開かれる方向は、同じではないと思うのである。重なりはもちろんあるのだが、より強く感じるのは、質の違いである。ただ、違いがあるからといって、フェミニズムと田辺聖子の世界が対立しているというわけでもない。ゆるやかな重なりを持ちながら、違う方向に向かって開かれているのである。どちらかを基点にして、もう一方を測るという語り方も、フェミニズムと田辺聖子の関係を語るのに適当ではないと思う。比喩的に言うならば、異なる志向を持ちながらもゆるやかに重なる同志的な連帯が、そこにはあると言うことができるかもしれない。違いを対立に仕立ててしまう過ちをおかさぬよう、といって同一化しようとして重ならぬ部分を削ぎ取ってしまうことにもならぬよう、違いながらも繋がり合っている〈女〉と〈女〉の関係を、そのままに受け止めたいと思う。

第III部　主体化のほつれ

第10章　〈婆〉の位置

——奥村五百子と愛国婦人会

1　女性の再配置

第III部では、ジェンダーと他の力学との節合の様相について具体的に考えてみたい。とくに国家の論理との関係に焦点を絞って論じるが、亀裂と軋みを注視する本書の目論見に沿って、ここでも複数の文脈が主たるものに統合されていくことより、文脈の多重化やそこにある不整合を記述することとする。

本章では、今一度明治に戻る。第II部第6章では、近代において私領域に配された複数の女性カテゴリーの間の軋みについて論じたが、ここでは女性の国民化の過程で、あらためて公領域との接続が図られていく過程における、一つの事例を扱う。文学からは離れるが、女性の下位カテゴリー間の亀裂とその糊塗について、具体的に検証してみたい。

公私の領域の分断とそのジェンダー化は国民国家の基礎である。いったん私領域に分断された家庭の女王であるべき良妻賢母はどのようにして公の領域に関わっていったのか、とくに戦争への参加においてどのような回路が分断と参加の双方を成り立たせていったのか。銃後の守りというフレーズに明らかなように、戦士となるのではない、女性だからこその役割というものが見出されていったはずだが、その過程はどのようなものだったのだろう。女性の働きを家庭という私領域に限定している以上、矛盾を露呈せずに女性をその外へ繋いでいくためにはある種の迂回や論理のすり替えが必要だったはずである。また、女性が動員されるとき、そこから排除されたものはなかったのか。女性というカテゴリーは、誰をどのように束ねたのか。女性を一括りにしようとする論理に、軋みは生じていなかったのだろうか。

　女性を国民化する回路が公私の領域を行きつ戻りつしながら探られていた一九〇〇年代、女性の戦争参加について考えるうえで非常に重要な団体が生まれている。愛国婦人会である。本章で具体的に検証するのは、その成立過程である。一九〇一年という日清日露の戦間期につくられた愛国婦人会は、婦人による軍事援護団体の先駆けとなり、大日本連合婦人会（一九三〇年成立）・国防婦人会（一九三二年成立）とともに大日本婦人会に統合再編される一九四二年まで、女性を動員する最大級の組織として存在し続けた。一八九〇年代から生まれつつあった婦人団体の流れ[1]に位置しながらも、愛国婦人会はその規模の大きさにおいても社会的認知の度合いにおいても、他と一線を画して最も強力な団体となった。一九〇八年には、会員数七〇万を越している。

　その提唱者は奥村五百子《いおこ》という老婆である。[2]日露戦争を経て国家的規模にふくれあがった愛国婦人会は、実は、この一人の老婆の並々ならぬ情熱によって生み出されている。もちろん正確にいえば、彼女の情熱は、近衛篤麿をはじめとする時の権力を把持した男たちによって、また内務省や陸軍省によって、明治中期の女性の国民化と再配置にとって有益だと判断されたのであって、[3]もしその支持と援助を得られなかったら愛国婦人会は存在しなかっただろう。「愛国婦人会」という名称そのものが、近衛の発案によるものである。しかしまた同時に、彼らだけでは、「愛国婦人会」は生まれも育ちもしなかったはずである。奥村五百子にはどのような力があったのか、ついに出現する大規模婦人軍事援護団体の成立過程とともに考えてみたい。奥村五百子というその老婆は、なぜ、いかに、家庭の婦人たちを惹きつけ得たのだろう。そしてまた良妻賢母を公の領域に繋ぐ回路を提供した彼女は、日露戦後、はっきりと役割を終えたように愛国婦人会から引退し他界している。近代国家としての日本の輪郭がいよいよはっきりしていくとき、耳順を越えた老婆の猛烈な力は、どのように新たな枠組みを始動させ、またどのように消えあるいは残されていったのか。質の異なる力が絡み合い、迂回や亀裂の補整を重ねながら、女性の国民化という一つの方向へむかって事態が進行していく過程を明らかにしたいと思う。

2 愛国婦人会と日本赤十字社

女性による軍事援護団体は日清戦争期より現れはじめているが、その大規模な展開に成功したのは愛国婦人会がはじめてである(4)。最初の体制内婦人会でもあり、各レベルの行政長が責任者となる組織形態は、日本赤十字社と深い類似性を持っていた(5)。「元来此会は日本赤十字社と相対して車の両輪の如き者(6)」とも言われているが、一方それゆえに、立ち上げにあたって両者の違いが見えにくい場合は、協力を拒否されることもあったようだ。奥村五百子には数々の伝記(7)があるが、それらの中に、五百子の遊説先での困難が逸話として記されている。長崎では「地方庁として赤十字社以外は、如何なる会にも」尽力できないと言われ(8)、地元唐津でも、軍人援護ならば「女でもこの赤十字に加入すればよいではないか」と言われたという(9)。神崎清による伝記に記述されている五百子の反論は、両団体の基本的な性格の違いを明確にするもので興味深い。「一口に軍人援護といつても、赤十字は、戦場で傷いた軍人に手当を加へる衛生機関を支へる団体だし、愛国婦人会は、戦死者の遺族や傷痍軍人の生活を助ける婦人団体だから、性質がちがふ。女が半襟一かけ買ふお金を節約して、国家のためにつくすところに大きな、意味があるのだ」という。それでも納得しない相手に、「女でない貴様に、女のことがわかるもんか」とついに入歯を投げつけたというのが話の山場だが、重要なのはいうまでもなく「女のこと」という一言であり、その「女」は、戦地に赴く看護婦ではないということである。伝記であるゆえ粉飾がないとはいえないが、赤十字社との違いが愛国婦人会の基点となったのは確かだろう。愛国婦人会は、戦死者遺族救護を目的に掲げて創立されており、直接戦地と接触性を持つものではないからだ。ここには、ある種の迂回がある。上野千鶴子は、女性の国民化を、兵役への「参加型」とそれからの「分離型」の二種に分けたが[10]、愛国婦人会が果たした役割は明らかに後者にあたり、そのための回路をつくり出したことにある。上野は、分離型において女性が靖国神社にまつられる道として従軍看護婦があったことを挙げている[11]。従軍看護婦はその意味で、公領域に近い場所に配置されていたといえる。愛国婦人会は、それとは別に、より徹底した女性の分離を前提としながら、同時にある種の関係を生み出していく回路をつくり出したといえる。「半襟一かけ」の「節約」という、家庭における良妻賢母でありながら可能な援助のメタファーが、愛国婦人会の方向性を明確にかたちづくった。

3　奥村五百子のジェンダー

女子は女子だ。

奥村五百子は、そうした大枠としてのジェンダー区分を前提にしたとき、どのような位置でどのように働いたのだろう。

什麼《どんな》に男優りの奥村五百子女史だからとて女子に相違ない以上、何処かに其の天分が残つてゐべき道理《ママ》だ。いや実のところは何処かに残つてゐると云ふやうな生優しいものでは無く、此の一面も亦ふんだんに持合せてゐたのである。(12)

小野賢一郎『奥村五百子』によせられた、小笠原長生による序文の冒頭である。「男女両性中孰れに属すべきであらうか」と疑問視されるほどという彼女の男性性は、五百子を語る際に必ず前提とされる特徴である。愛国婦人会立ち上げの時点においても、「女丈夫とは真に足下の事、その体格に於て、その勇気に於て、足下はすべて男性的なり。逞しき骨格、怒りたる肩、鬼をも取挫ぎつべき手、世界をも踏破するらしき健脚、破鐘の如き音吐、案を叩いて絶叫するところ、まことに偽らざる足下の真面目なり」（一記者「奥村五百子女史に与ふ」『婦女新聞』、一九〇一年四月一日）と語られている。存命中から伝記化の後まで、五百子のジェンダーは同じ口調で語られ続けた。角力でいつも男の子に投げ勝っていた(13)というような、その男性的な豪胆さを物語る逸話も多い。なかでも繰り返されているのは、男子の出入りが禁じられた長州へ、兄に代わって父良寛の使いを務めることとなり、叔父である家老宍戸礼元へ勤皇のために力添えを願う手紙を手渡すため、義経袴に朱鞘の大小を帯びた男装で乗り込んだという話である。長州に入って兵士に囲まれた五百子は、「防長には真の男子が無いと見える。女一人がさまでに恐ろしいか」と大笑いしてのけたという。(14)「女史の噂といへば、やれ某大臣を叱り飛ばしたの、それ何大将を捩伏せたのと、宛《まるで》馬琴の書いた傾城水滸伝でも読むやう(15)」と大仰に造形されていった。

さて、こうして語られる豪傑ぶりは五百子像に物語的な面白みを与えているが、それを歴史的人物の傑出した個性として片づけるわけにはいかない。私領域に括られた「女性」を公領域である「戦争」に繋ぐ役割を果たした五百子の位置を考えれば、「元来女史は、男勝り」であるが「たとへ男性的の所ありしと雖も、要するに婦人は婦人なり[16]」という二つのジェンダーにまたがる五百子の特性は、重要である。「男勝り」は男性ではない。男性性が付される一方で、声高に確認されるのは女性性なのである。あくまでも女性でありながら男性に近いという位置が意味を持つ。愛国婦人会の立ち上げに至るまでにも、五百子はさまざまな活動を繰り広げており、若い頃は尊皇派の女壮士、国会開設後は選挙運動や唐津の開発事業に奔走、その後はさらに近衛篤麿など中央の権力者との繋がりをつくりながら活動を広げ、韓国広州に実業学校をつくり、また南清や北清に視察や軍慰問に行っている。先に紹介した男装の逸話からもうかがえるとおり、こうした活動の中における五百子の特殊な強みは、彼女が女であったということである。たとえば南清視察の際、近衛篤麿は五百子の役割について小笠原長生などと話し合い、次のように記している。「婦人の事なれば裏面より運動し、表面には本願寺の布教視察といふ事に致し置、支那の婦人を信認せしむるの方針を取る事、事業の範囲は彼地にある彼我の悪感情を、以上の方法によりて矯正する連鎖として働かしむる事を決す[17]」。五百子は、男と女の領域が明確に分離された場にあって、女性という立場で男性とともに動く女性であった。男性に同一化した者でも、女性のために動く女性でもなく、女性の領域とその外部を接続する役割を果たしたのである。

愛国婦人会での活動にあたっても、そうした形での二重性が生きてくる。非女性的な領域から女性に働きかける女性という位置である。五百子が愛国婦人会を立ち上げる契機となったのは、一九〇〇年の北清事変における軍慰問である。一九〇一年三月二日、会員奨励会[18]の壇上に登った五百子は、戦地における惨状を報告するとともに、「忠死」した兵士に報いるため「戦死者の遺族に襦袢の襟一つ宛義捐して貰ひ、「貴方方の死んで呉れたのは決して無駄ではない、名誉の戦死である」と云つて慰めたならば、死なれた霊魂も満足される[19]」と訴えた。女性の代表者である一方で、このとき同時に重要なのは、彼女が戦地にある兵士を語る代弁者となっているということだ。また、外地の状況を内地へ持ち帰るという意味でも代弁者となっているということを、重ねて確認しておこう。女性にとって二重の外部である戦地について代弁しながら、それを女性の側へ持ち込み、また女性の代表者として、五百子自身の兵士達に対する熱い同情への同一化を求めて女性たちに語りかけたわけである。五百子はこうして、隔たる二つの領域を媒介した。この媒介性は、徹底している。彼女は兵士でもなければ、彼女が語りかけた女性たち、兵士を送り出す側の〈良妻賢母〉でもない。女丈夫である彼女には、国のために夫を捨てたという話すら残っている。[20]〈男〉に向けては〈女〉を代表し、〈女〉に向けては〈男〉を代弁する、ここに、彼女の位置取りの特殊性がある。

しかし、となると、なぜこのジェンダー区分からの逸脱ぶりが問題視されることなく、有効な媒介者たりえたのかという疑問が生じるのだが、[21]それを覆い隠した一つの強みは、五百子が耳順を越えた老婆であったことにあるだろう。もともとすでに女性の現場に属さない年齢の彼女であるからこそ、戦地を代弁することと女性であることの齟齬が際だつことがない。婆であることは彼女を女性領域の周縁に配し、現場の女性と外部を繋ぐ者としての資格を与える。彼女が若い女性であったら、この猛烈さが逸脱として大きな非難を受けただろうと予測することは十分に可能である。

そしてもう一つ重要だと思われるのが、彼女の語りに特徴的な「涙」である。たとえば、小笠原長生は五百子を「大の泣虫」と名付け、「君国の為めに泣き、思想界の為めに泣き、軍人遺族の為めに泣き、孝子節婦の為めに泣き、二日に一度位泣かぬ事は無かつたらう」と語った。[22]この涙が女性性を補う。そしてまた代弁と代表の資格に対する疑問を封じ、出来事の単純化と誇張を可能にしている。非当事者による代弁としての彼女の語りは、当事者であれば抱えるであろう複雑さをそぎおとし、一息に聴衆の感情を揺り動かす大きな力を持った。涙は、恐怖も怒りも悲しみも、矛盾も欠落も摩擦も覆い隠し、異なる領域をただひたすらに繋ぐ装置となる。五百子の生声による演説が、一九〇一年の立ち上げから日露戦争が始まるまで、愛国婦人会を拡大してゆくのに必要不可欠な回路を開いたのである。数字を挙げれば、一九〇三年一年間で、巡回日数一七九日、演説回数一四八度、傍聴者数九万四〇九〇人[23]である。一九〇六年までの総回数は、四百回以上という[24]。

五百子の熱誠の涙ほとばしる演説と聴衆の反応を記した例として、『婦女新聞』から記事を拾ってみよう[25]。『婦女新聞』は、愛国婦人会の立ち上げを報じ（四三号、一九〇一年三月四日）、また「演壇　北清の惨状」と題し「熱血演説満堂の貴婦人を泣かしむ」という小見出し付きで、発起会における五百子の演説を掲載している（四四号、一九〇一年三月一一日）。腐敗した死骸の漂う不潔な河、それを飲み下痢を繰り返す兵士、砂煙に炎天、血を吐く行進、描写は生々しいが、恐怖や嫌悪へと展開する余地は全く与えられない。差し挟まれる「女史の目は漸く涙を帯び来れり」「女史の声は漸く曇る」「涙声となれり」という注はまさに演説する五百子の高ぶりゆく語り口を示している。そして、「こゝに於て女史の声は、破鐘の如く四壁に響き、熱血口辺より、迸るが如し。満堂感にうたれて涙を拭はざるものなし」と説明されるように、涙によって一筋に「是等の兵士が死んでくれなければ、われ〳〵はかく安穏に今日を送る事はできませんぞ！」と纏め上げられていくのである。「私は北京で泣いて来た涙を、再びこゝで皆さんの前に濺ぎます」と語る五百子。四七号には、「奥村五百子女史に与ふ」（一記者）という記事もあり（一九〇一年四月一日）、演説に参加し「満堂の貴婦人と共に、感動して泣きたるものなり」という記者自身のことが語られている。女性たちだけでなく、記者もまた「その感極まりて自らまづ泣き、この国を如何せん、この民を如何せんと慷慨する時壮士ならずとも剣を揮うて起つべく、冷血漢も嚢底を絞りて、資を愛国婦人会に致さんとす」と五百子の涙に巻き込まれていったのである。

4　慈善と良妻賢母

五百子の特殊性は二つの領域の媒介に有効に働き、その熱意と涙の演説が、たしかに愛国婦人会を生み育てていった。しかしここで同時に指摘しておかなければならないのは、家庭の良妻賢母が配された場所は、代弁者五百子の涙だけで容易に戦場に接続し得るものでもなかったという、もう一つの事情である。明治日本が良妻賢母としての女性に付した新しい役割は、戦死者とその遺族に同情の涙を濯ぐことだけに収め得る質のものではなかったからである。

この点で重要なのは、一八九〇年代の婦人団体との繋がり、慈善という回路である。[26]慈善は、分離型における女性の公的役割を端的につくり出す回路であった。寄付から軍事援護活動にまで拡張されてゆくそれは、西洋に範をとりつつ移入された、良妻賢母の性質と調和する公的活動であり、その頂点となるモデルは皇后であった。[27]この時期皇后は、単に金銭的な補助のみならず、病院の慰問さらには傷兵の義眼や義足への配慮まで、国の母としての役割を果たしていく。「半襟一かけ」の迂回は、こうした慈善の枠組みの中でこそ有効になったのである。それは、軍事援護活動であると同時に、的確に家庭の婦人にふさわしい慈善の一部分となり得る呼びかけであった。愛国婦人会には、良妻賢母を育成するための教化的側面が期待されていく。[28]慈善という回路を経由することで、家庭にある女性と公領域をゆるやかに繋ぐことができたのである。先に引用した『婦女新聞』は、一九〇〇年五月、福島四郎が「全国二千万人の女子諸君のために」はじめた週刊新聞である。当初より、「全国の婦人会に望む」（二号、一九〇〇年五月二一日）、「婦人会にのぞむ」（四号、同年六月四日）などと婦人会の充実を訴え、また「婦人会の無気力」（四一号、一九〇一年二月一八日）を嘆いてきた。その福島四郎に熱烈に歓迎されたのが、愛国婦人会であった。

『婦女新聞』がその目的に掲げたのは、女子教育と女子による慈善事業の支援である。「慈善事業に男女の区別なしといへども、女子をしてわけて此種の事に力を尽さしめんとす」、「全国の各婦人会または各慈善団体をして互に気脈を通ぜしめんとす」(「婦女新聞の目的」、一九〇〇年五月一〇日)という。「慈善」は、衛生(「母体の健否」に関わる「女子の体育」)と節約(「家事経済」)に並んで掲げられた、「善良なる家庭」の構成に不可欠な要素だった。

しかし五百子の涙の演説の中に「慈善」の一言はない。愛国婦人会を婦人の慈善活動として明確に規定したのは、下田歌子(一九二〇年に会長となる)であり、会計の佐藤正陸軍少将や新聞発行の任にあたった大日本女学会理事山沢俊夫たちであった。下田歌子が執筆した趣意書には「博愛に富み、慈善を体せる巾幗《きんかく》社会の力を協せて」の一節がはっきり折り込まれている。

家庭との連続性を強く打ち出したのは佐藤正である。五百子の遊説の一方で、佐藤は山沢俊夫らとともに、会拡張のためのもう一つの方法として機関誌『愛国婦人』の発行を提案する。近衛にこの相談を持ち込んでいるのは佐藤であり五百子ではない。[29] 一九〇二年三月三〇日、第一回会員総会での会務拡張状況の報告において、佐藤は「単に慈善事業」のみならず、「此の団体を以て漸々家庭に及ぼし、東洋の形勢に鑑みられ、国家の尚武心を隆盛ならしむる事を期図する念」から「文明の利器たる、新聞」を発刊することとしたと語る。[30] 第二回総会(一九〇三年三月二二日)ではさらに明確に「元と愛国婦人会と云ふものは、どう云ふものであるかと云ふと、軍人を救護すると云ふことが、此の会の精神である。それと同時に、御婦人方は、家庭の主宰であるから、国家主義と云ふものを家庭で涵養して、併せて質素と云ふことを以て此の会を成り立て、質素と云ふことを家庭に及ぼさうと云ふことが、愛国婦人会の精神であるのであります」[31]と、軍人救護以外の側面を重視している。五百子の演説では果たし得ないこの第二の役割を担う『愛国婦人』は、一九〇二年三月一七日に発刊され、一〇〇号を迎えたとき、巻頭には「大切にして有益なる副事業」が堂々と明記された。「会の事業とは言ふまでもなく、軍人の遺族及び廃兵を救護することなり、こはこれ会の正面の目的なり、而して尚其副目的としては、学校以外に於て日本の婦人を社会的に教育し、日本の家庭を改良進歩せしむるの仕事在り」(『愛国婦人』、一九〇六年三月二〇日)という。

五百子もこうした二面性には気が付いていたかもしれない。発起会での演説中、すでに「都会に居られる御婦人方には、新聞や雑誌もあるから、然程申すに及ばないが、田舎の僻隅に居る者は何事も判らない。一郡中に新聞を取る家は数へる位であるから、発起人が是から手を拡げて各地方を巡り、我国恩の広大なる事を云うて聞かせやうと思ふ」と語ったという。[32] しかしその質の違いをどれほど認識していたかは疑問である。五百子にしか開けない回路があったと同様に、五百子には開けない回路があり、それを開いていくのは『愛国婦人』の役割だった。片野真佐子は、明治国家が示した、女性を「主婦という一つの階層として集団化し組織化する道筋」を実践するものとして『愛国婦人』を位置づけ、皇后を頂点に、女性が束ねられていく過程を分析している。[33]『愛国婦人』は、先を行く『婦女新聞』と同様、有識者の論説から家事情報や小説まで、総合的な内容を含んだ機関誌であった。『婦女新聞』は、「体裁わが婦女新聞に似たり」と評している(九七号、一九〇二年三月三一日)。

さてしかし、『愛国婦人』が五百子の演説を無視していたわけではもちろんない。『愛国婦人』上でも連続記事が組まれている。ただその報告の仕方には、興味深い特徴がある。五百子の演説の内容がほとんど掲載されないのである。かわりに掲載されているのは、「遊説日記」と題された細かい事実の記録である。先に数字を挙げたように五百子は膨大な回数の遊説を行っているが、移動や宿泊の情報を含んだ事細かな記録が報じられている。例外的に掲載されている「奥村刀自演説」と題された記事(二六号、一九〇三年三月二五日)の中で、五百子が繰り返しているのはいつものように「軍人遺族の救護」という「目的」と「半襟一掛け」の「倹約」のみ、それ以上にも以下にも展開していない。五百子の演説内容が、家庭の良妻賢母の教化の面では重要性が低いと判断されても無理はない。また、先に述べたように、五百子の方法は、内容ではなくその直接的な語りの力そのものに拠るのであり、基本的に活字メディアの方法にはそぐわないといえるだろう。活字が可能にするのは、演説の内容のかわりに彼女の動向の一々を伝えることによって彼女の偶像性を生み出すことである。動向が細かく報道されればされるほど、偶像性は強化される。新聞紙上で伝えられ続けている彼女に対する関心は否が応でも高まり、彼女の演説の効果も間接的に強められただろう。そして演説会における入会者の記録は、会員増加を可視化する。さらにもう一つ重要だと思われるのは、この詳細な毎日の記述には膨大な量の固有名詞が含み込まれているということだ。会の主催者や、五百子とともに壇上に登った主要な者のみならず、五百子を迎え、移動に付き添い、知人の勧誘をした者たちの名まで伝えられる。全国に散らばる無名の者たちは、こうして個別に存在を承認される。自ら進んで行動する者には名前が与えられるのである。ここに浮かび上がる姿は、一方的な啓蒙の対象ではない。女性たちは大きな物語に自らすすんで関わり、慈善にふさわしい主体と化しているのである。[34]『愛国婦人』により開かれた教化の回路は、五百子が「云うて聞かせ」る啓蒙の対象とは異質な、主体／従属的に振る舞う当事者性を喚起するのである。

女性の国民化を考えるにあたって忘れてはならないのは、女性がすすんでそれに関わっていったということだ。[35]その評価はプラスにもマイナスにも分かれ得るだろうが、愛国婦人会に参加することは、家庭の中に囲われた女性にとって外の領域に出ていく貴重な回路となり、またその過程で、女性たちは国家の物語を語り得る国民として育っていった。家庭の良妻賢母として教化される過程とは、こうした「慈善への積極的な意志[36]」を持ち得る者に、女性を変容させる過程であった。一人一人の女性が自発的に役割を発見し参加する回路が開かれることで、「半襟一かけ」の節約にみられる間接的援助は、兵士の送迎、傷病兵士やその家族また戦死者遺族の慰問という直接的な軍事援護へ容易に滑り込んでいったのである。

5　奥村五百子と『愛国婦人』

五百子の演説と『愛国婦人』の質の違いは、五百子が語りかけた〈女性〉と『愛国婦人』が語りかけた〈女性〉の質の違いでもあった。一貫して奥村五百子と愛国婦人会を支持してきた『婦女新聞』が大批判を浴びせた出来事を通して、その質の違いを確認してみたい。問題になったのは、京都支部への芸妓の入会および彼女たちによる傷病兵見送りである。(37)

『婦女新聞』で最初にこれがとりあげられるのは二二一号（一九〇四年八月一日）である。一面に「△芸妓と婦人会」と小見出しをつけて「芸妓が盛装して停車場に兵士を送迎するは勝手なり（略）然れども、彼等が誠意の団体たる婦人会の徽章を利用するを看過するは、決して其会の神聖を保つ所以にあらざるなり」、二面には「愛国婦人会支部と芸妓」として「京都祇園芸妓数十名愛国婦人会京都支部に入会し日々盛装して七條停車場通過の傷病兵を見送るため会員中にはこれを迷惑に感ずるもの多く排斥の声盛なりといふ」と伝えている。次が、二二四号（八月二二日）で、「奥村女史の談　として京都新聞のかゝぐる所」の記事紹介である。「今日の如き時局に際し芸妓がどうの斯うのと云ふ様な眼光ではマア仕方ないね」と入会を全く否定しない五百子の談話であるが、『婦女新聞』によるコメントはない。これに前後して『愛国婦人』（六〇号、八月二〇日）は、一面に「奥村刀自談片」を掲載する。先にも述べたように、五百子の語る内容が誌面に紹介されることは非常に珍しい。珍しく掲載されたこの断片の一つが「京都の芸妓問題」であった。「京都には芸妓問題と云ふやかましい問題が出来て居るそこで自分の意見を聞かれたから自分はかう答へた元来本会は国恩に報ゆる為に建てた会であるから日本婦人は仮令ひ芸娼妓と雖も等く国恩を受けて居るに違ひないから是等のものが其篤志よりして会員にならうと云ふには少しも拒む理由はない会員にしてよろしいのである」という。先の『婦女新聞』での記事を参照すれば、否定的な意見は会の内外にあったわけで、会員の不満も含めたそれらを五百子に直接語らせる形で封じようという方策であったろう。しかし、この記事は、『婦女新聞』の憤激を買った。

『婦女新聞』二二六号（九月五日）は「社説　愛国婦人会と芸妓問題」で、激烈な批判を繰り広げる。二二一号に彼らの所見を述べたゆえ「必ずや京都支部が断然たる処置に出で、其面目を維持すべきを信じて疑はざりし」ところ、『京都新聞』に五百子の談話が載り「吾等は奥村女史の非常識なるに驚」いたこと。本部の意見は違うはずだと考えたが、『愛国婦人』六〇号には五百子の談話が掲載される。本部の意見も同一ならば、ということで社を挙げての大批判となったわけである。「実に、芸娼妓を愛国婦人会に入会せしむるの可否論は、単に同会に関する大問題たるのみならず、亦日本婦人全体に関する大問題なり」と、問題の大きさ深刻さを指摘し、最後は、五百子の談話について「頗る危険」と徹底的に非難している。さらに二二七号（九月一二日）では「社説　婦人会の恥辱（再び愛国婦人会と芸妓問題に就て）」、二二八号（九月一九日）では「△正義正論　毎日新聞は痛快なる論評を加えたり」の記事紹介、「手帳と鉛筆」欄に「某貴婦人談話」、読者投稿欄「はがきよせ」にも二つの投稿を掲載し、批判を重ねている。

さて、一方で、『愛国婦人』が示した態度は、非常に興味深い。六一号（九月五日）は沈黙、六二号（九月二〇日）に「社説　愛国婦人会の効果」が掲載される。これは、「婦人間の平等主義」がはじめて行われたことを論じたものである。芸妓問題について直接触れるところはないが、愛国婦人会の公式釈明ということになるだろう。そして同じ一面に、相談役谷干城による「男女交際論及芸娼妓廃止論に反対す」という記事。これは、日本の「一国行政の眼より見れば寧ろ其存在が必要」という、「芸娼妓」必要悪論である。「芸娼妓の存在を認む」という点で平等主義を補強すべく掲載されているようだが、その実、平等主義の底の浅さを自ら露呈する結果となっている。しかし興味深いのは、その浅薄さではなく、その最後で「而し社会がこれを歓迎すべきものでないのみならす婦人社会に於いても之を排斥し彼等をして潔白なる婦人と同席せしめぬ位の見識は婦人になくてはならぬ我会の如く日本婦人の大団体が出来たならば其勢力に依り彼等をして社会に跋扈せしめぬやう勤むるは至当の事である歓迎してまで会員には入れぬやうするがよかろふ」と、入会拒絶の意見を述べていることである。つまりこの記事が果たそうとしている役割は、平等主義の建前を芸娼妓拒絶の本音へずらすことなのであり、この一見滑稽な二つの記事の取り合わせには、浅薄さどころか苦労の痕がにじんでいるのである。『愛国婦人』には、これ以上芸妓問題に踏み込んだ記事は出ていない。しかし、『婦女新聞』二二九号（九月二六日）は「△愛国婦人会の反正　愛国婦人会は、遂に芸娼妓の入会を拒絶する事に決したりと聞く。吾等は苦言の空しからざりしを喜び、一般婦人界の為め祝賀する」とのコメントを掲載しており、その後この問題についての批判は消えている。『婦女新聞』が納得する形で事態は収められたといってよいだろう。『愛国婦人』と『婦女新聞』とは、もともと同じ道の上を歩いていたのであり、こうして再び相和したのである。

さてそれゆえ、この一連の摩擦から浮かび上がるのは、『愛国婦人』と『婦女新聞』の齟齬ではない。埋まりようのない溝は、『愛国婦人』『婦女新聞』と奥村五百子との間にある。[38] 五百子の談話は、愛国婦人会を助けるどころか、周囲との亀裂を深める原因となり、『愛国婦人』は、五百子の談話が大きくした摩擦の対応に苦慮することとなったのだった。[39] 五百子の「国恩」のパラダイムに、「慈善」は組み込まれていない。彼女が語りかける女性に、良妻賢母の枠組みは機能していないのである。この決定的なずれは、日露戦後の五百子の退場に、個人的な病にとどまらない根拠を与えるだろう。たしかに五百子は日露戦争に入る頃から体調を崩しており、愛国婦人会が爆発的にふくれあがるその時期、五百子の働きは明らかに小さくなっている。五百子の死の直後、彼女を称えるために出版された『奥村五百子詳伝』が「日露戦役の際、本会が如何に活動し爾後如何に拡張せしかを示さんとするの順序であったけれどそは刀自に直接関係のあったこと少きと紙数の都合ではぶくことにした[40]」というほどである。愛国婦人会が婦人戦争援護団体として確固たる地位を築くとき、五百子の場所はすでになくなっていた。

6 〈婆〉の再配置

奥村五百子が愛国婦人会から退会するのは、一九〇六年七月一七日のことである。他界したのは、一九〇七年二月四日。五百子の逝去を伝えたのは『愛国婦人』一二二号(一九〇七年二月二〇日)であった。さて、この一面には同時に『奥村五百子詳伝』の広告が掲載されている。その死と同時に、五百子には新たな場所が与えられていったのである。

国民国家の立ち上げに起源の発見あるいは捏造が必要であったのと同様、死後、五百子は繰り返し伝記化されながら、愛国婦人会の起源となっていく。そして起源として語られるのに、五百子ほど適当な人物はなかった。五百子を経由することで語り得る歴史は、実に長い。五百子のナショナリズムは、西郷隆盛とともに生きた時代へ、そして幕末の勤皇に遡る。五百子の韓国進出は、五百子が生まれ育った釜山海高徳寺の物語を引き込み、ついには豊臣秀吉の朝鮮出兵前後にまで遡る。釜山海高徳寺は、一五八五年、開祖浄信が布教先の韓国に建立したものである。一五九八年、帰国を余儀なくされた浄心が、唐津に開いた寺に、念を残してその名を付けた。「馬琴の書いた傾城水滸伝でも読むやう[41]」というよりも、さらに長く深い過去が、五百子を語ることによって起源として立ち上がってくるのである。

愛国婦人会を去るその日、五百子は「近衛公爵より頂いた、燃ゆる様な緋色に、金色の菊模様の打かけ、伊藤大将寄贈の白羽二重の袷、小笠原子爵寄贈の錦の袋に納められた懐剣を懐に」現れたという。[42] 歴史を重ねて纏う和装の婆姿であった。大正元年に編纂された『愛国婦人会史』の冒頭には、白黒写真が数頁収められている。最後の写真は「首唱者故奥村五百子」である。和装に杖を持った五百子がすっくりと立つ。そして、巻頭の写真は洋装の皇后。未来を指し示すモデルとして奉られるのは皇后であり、その対極で、過去を象徴する婆として、五百子は新たな場所を与えられ再生していく。

『愛国婦人』が目指した良妻賢母と公領域の接続という方向性が持つ新しさからすると、男勝りの涙の語り部という五百子の個性は古い。彼女の個性こそが愛国婦人会の立ち上げには必要だったわけだが、出来上がっていく愛国婦人会から五百子自身ははみ出してしまう。しかし、生身の彼女が去れば、その古さこそに意味が付与され、新たな役割が付されていくことになるのである。五百子と愛国婦人会の関係を辿って見えてくるのは、こうして、質の異なる力が繋ぎ合わされることで、全体として大きな流れがつくりあげられていくということだ。それぞれの齟齬を潰し込んでいく流れは強い。しかし、ここから学び得ることがあるとするならば、それは、その過程に亀裂がなかったわけではないということではないか。五百子も愛国婦人会も、その亀裂を押し広げることはしなかったが、たしかにずれはあった。ほとんどの奥村五百子伝は、この亀裂について語らない。神崎清が語る「かくれた悲劇[43]」が、それに触れた唯一のものではないだろうか。神崎は、救護金が実は十分に行き渡っておらず、それをめぐってスローガンどおりに救護金を配付することにこだわった五百子と、会の繁栄を主眼に運用を考える佐藤正の間に衝突があったという。本章では、良妻賢母に付された性規範が、性に近い領域に生きる女性たちを排除したことに、亀裂の契機を見た。奥村五百子と愛国婦人会のずれは埋められていった。しかし、五百子と愛国婦人会がそうであったように、これまで語られてきた物語の中にも、これから語られるだろう大きく強い物語の中にも、必ず亀裂はある。亀裂を塗り込める流れに抗い、軋みに耳を澄まさねばならない。

第11章　越境の重層性

——牛島春子「祝といふ男」と八木義德「劉廣福」

1　植民地主義的越境

ジェンダーは、大きな物語を補強することもあれば、軋みを発生させることもある。本章では越境が発生させる物語と、それを語る主体のあり様について考えてみたい。越境、境界を越えること。移民、境界を越えてある場所からある場所へ移ること。こうした行為は珍しいものではない。時期や場所を特定することなく、繰り返し行われてきたし行われ続けている。これらの行為の前提となるのは、境界が存在しているということだ。存在しない境界を越えることは不可能である。

越境という行為が境界に与える効果はけっして一様ではない。まず、境界が壊れる場合。これにはさらに少なくとも二つの場合が考えられると思う。一つは、境界を挟んで存在する二つの文化が混じり合うことによって境界が複雑化する場合である。文化の混合が、単純な線引きを不可能にする場合が想定し得る。あるいは逆に、移った文化が移った先の文化を吸収してしまう場合。正確にいえば、この場合は、境界は壊れるというよりも、消滅するというべきだろう。例えば、植民地化が十二分に実践された場合には、このような事態が生じるのではないか。ただし、植民地化は、本土と植民地の差異を維持することを境界の破壊と同時に要請するだろうから、差異の消滅は起こり得ないともいえる。この点をふまえて言い直せば、境界が破壊され新たに質の異なる境界が引き直される場合というべきだろうか。

また、境界がほとんど無変化ということも考え得る。移った文化・越境者が移った先の文化に完全に同化する場合はそうなるだろう。具体的に実現されることは稀だと思うが、可能性がないわけではない。

さらに、境界が一層強化されることもあるだろう。これにも二つの場合を想定してみたい。一つは越境者が差異を強調する場合。つまり、越境者の文化を越境先にそのまま持ち込み、しかもその純粋性が保たれる（保つ努力が払われる）場合である。物理的な越境の行為が逆に、（非物理的な）文化的境界を強力に再構築すると思われる。もう一つは、境界を越える行為そのものが特権化され優越的に語られる場合。境界に与える越境の効果が不問に付され、越えたということのみが一人歩きして重要性を強調される場合、境界が高ければ高いほど、深ければ深いほど、行為の優越性は大きくなる。となれば、結果的に境界は強化されることになるだろう。変化を生まない異文化との接触は十分にあり得る。

ここで羅列したそれぞれの場合はどれも極端に図式化されたもので、実際に行われている越境の現場では、どの場合にも振り分けることの不可能な複雑な混淆が起こっているだろうと思う。また抽象的な設定としてとらえるには、それぞれの場合を構成している問題のレベルが整理されていないことも自覚している。にもかかわらず、境界に与える効果を基準にいくつかの場合を羅列し越境という行為の効果が一様ではないことを確認したのは、越境という行為が既成の限界を越える行為として何らかの可能性に結びつけられることがあるからである。とりわけ、ポストコロニアリズムを経る以前の文学という領域において越境という行為が語られる場合、その可能性が想定されることは少なくなかった。〈越境する文学〉という、逸脱性や破壊性への期待を内包したフレーズは今も耳に残っているのではないだろうか。しかし、複数の場合が想定し得るように、行為自体に本質的に可能性が内在しているわけではない。また、境界は偶然にあるいは自然に生じるものではなく、文化的に歴史的につくられる。自と他(国境はこの一例である)、正常と異常、男と女、異性愛と同性愛、いうまでもなくどの境界も文化的に構築されたものである。構築された境界の歴史性や政治性を問わずに、越境という行為を考えることはできないだろう。どのようにつくられた境界をどのように越えるかで、行為の効果は異なる。

前置きが長くなったが、本章では、境界がつくられたものであることが明白で、その境界が越えられたということの政治的な意味がわかりやすい例をとりあげる。日本人の「満洲」(以下、満州と表記する)への越境である。周知のように、満州という国の境界の作成とそこへの越境は、日本という国家によって意図的にそして犯罪的に行われた。とりあげるのは、日本人が満州人を描いた作品である。移民した日本人がそこに先住しているものとの関係を日本人の目で描くとき、視点と対象の間に境界がつくられ、線引きと越境という行為が文学という形式の中であからさまに反復される。満人の描かれ方をとおして、文学が一九四〇年代に行った越境という行為の中味を確認したいと思う。日本人と満人の差異自体をその主題とするわけであるから、境界が強化される場合にあたるだろう。満人を劣等な異人として同定し、同時に日本人の優越性を同定する物語のあり様を確認することが、本章の一つ目の柱である。二作品が置かれた歴史的な位置において、植民地主義的振る舞いを確かめることになる。ただし、明らかに植民地主義的であるという点で歴史的には共通する場所に位置している二つの作品は、その権力構造についての敏感さの点ではかなり異なっている。その差異の質を明らかにすることを、もう一つの柱にしようと思う。同じ時間同じ場所において同じ効果を持つものが、同じ質のものであるとは限らない。それを同時に確認したいと思う。予め断っておくが、この歴史的共通性と質的差異という二つの事柄は、矛盾や抵触の関係にあるのではなく、同時に重なって起こっている事柄である。それゆえ、一方のレベルを他方のレベルに回収しきれるものでも、一方のレベルで他方のレベルを免責し得るものでもない。この重層性をそのままにとり出すことを目指したい。

2　二つの〈外地もの〉

とりあげる作品は牛島春子「祝といふ男」(1)と八木義徳「劉廣福」(2)との二編である。「祝といふ男」は、風間真吉という日本人役人が副県長として赴任した先で、県長室付きの通訳である祝廉天という男と出会い、他県に転任するまでの彼との関係を役人としての仕事の上から描いている。「劉廣福」は、工場の庶務や人事を任された「私」という日本人男性が、劉廣福という男を自ら保証人となって雇い入れることから始まり、工場でのいくつかの出来事を通して劉が「私の工人名簿」の「第一位」となるまでを描いた作品である。

二つの作品にはいくつかの共通点がある。第一に、二作品は共に日本人に焦点化した語りによって満人を描いた形式となっている。(3)共通して、日本人が上司、満人が部下という設定で書かれ、日本人と満人の間に明らかな上下の差を付している。上位に立つ日本人が、下位の満人を描いた作品である。主人公となるのは両表題にもあらわれているように、それぞれの満人である。日本人の「真吉」「私」を説明する部分は後景に退いている。

第二の共通点は、共に芥川賞による評価を受けている点である。前者は第一二回芥川賞候補作、後者は第一九回芥川賞受賞作となった。

川村湊が指摘するように、当時の芥川賞は「外地」的な志向性を持っていた。(4)川村が挙げた具体的な作品名を引用すれば、宮内寒弥「中央高地」(第二回候補)、小田獄夫「城外」・鶴田知也「コシャマイン記」(共に第三回受賞)、寒川光太郎「密猟者」(第一〇回受賞)、多田裕計「長江デルタ」(第一三回受賞)、日向伸夫「第八号転轍器」(第一

三回候補)、野川隆「狗宝」(第一四回候補)、中島敦「光と風と夢」(第一五回候補)、倉光俊夫「連絡員」(第一六回受賞)、石塚喜久三「纏足の頃」(第一七回受賞)、小尾十三「登攀」(第一九回受賞)となる。

二作品とも、こうした志向性の中で〈外地もの〉としての評価を受けた。「祝といふ男」は以下のように選評されている。[5]「この個性的な有為の人物の風貌性格をよく把握し、可なりに複雑な人と事とを簡素に大まかなしかも陰影の多い力ある筆で十分に活写して自らに新興国満州の役人社会らしい趣を示し清新の気の漲るもののあるのを敬愛する」(佐藤春夫)、「荒々しい描写力に新鮮鋭敏な健康さがあり、芸を無視しているところに満州という土地に相応しい強さを感じた」(横光利一)、「祝という満人の——異人種の、非常に特殊な性格をこれ程まで見詰めた——女流作家としては珍しいインテンシテー、しかも、その性格描写に於ける成功は、特筆していいと思う。(略)異人種を、これだけ理解したと云うことは、一つの立派な収穫だと思う」(小島政二郎)。「劉廣福」は「登攀」とともに受賞しているが、「この二篇は正しく今日書かれなければならぬ作品」(佐藤春夫)、「外地の作品を、今回また二篇も選ぶことになったのは、予期しない、しかし必然の結果」(川端康成)といわれている。批判的な文脈においても、「どちらも外地の人を描いているから同じだというのではない」(片岡鉄平)、「二篇は満州と朝鮮とに題材をとり時局に添う所もあり、読んでそれぞれ面白味も腕前の力もあるが(略)短編としての冴えと匂いとが稍劣る」(瀧井孝作)という具合に、〈外地もの〉であることが時局的という属性とともに意識されており、それによって受賞が決まった。

「祝といふ男」「劉廣福」とも、このような〈外地もの〉を志向する体制の中で評価を得た、すぐれて時局的な作品であったということができる。芥川賞は時局的価値観を支える働きを積極的に担い、二つの作品は形式・内容ともにそれに最適な作品であったわけである。こうした点で、両作品が置かれた歴史的位置が大日本帝国の植民地主義の中にあることは容易に理解される。本章での第一の目的は、この植民地主義的越境がテクストの中でどのように実現されているのかを確認することにある。以下、それぞれの作品について細かく検討を加えていきたい。

3　満人譚の再生産――八木義徳「劉廣福」

先に「劉廣福」について分析する。発表された順序は後であるが、「劉廣福」は実に整然と一貫して異人譚ならぬ満人譚を完成させているので、比較を容易にするため先に説明したい。その後でより複雑な「祝といふ男」について述べたいと思う。

「劉廣福」は次のように紹介されてきている。「手堅い人物造形で、愚者の聖性にまで高められた勇者性が描かれている」[6]、「〝ヒューマニスティックな〝大人のメルヘン〟といった日本人会社員と満人労働者との友情と信頼の物語」[7]、「奉天のアセチレンガス工場に求職に訪れた一見まぬけそうな中国人の大男と、人事担当の日本人の主人公の、おおらかな交流の話」[8]。たしかに極端に好意的に読めば「勇者性」「友情と信頼」「おおらかな交流」という説明が不可能なわけではないが、このテクストが語るのは、そのような装いのもとに、劉という男を「動物」として同定し、育てながらそれを文字により管理するという物語以外の何ものでもない。一読すれば容易に理解されるほど、それはあまりにもあからさまに書かれているが、このような評価がある以上、劣位の、支配の対象としての満人譚の構築を確認する作業は無駄ではないだろう。

劉という男の登場する部分を引用しよう。「常人の確実に二倍はあろうと思われるその並はずれて巨大な体躯がまず私の眼を驚かせた。そしてその巨大な体躯の上に載ったこれまた途方もなく無邪気な童顔が次に私を笑わせた。この二つのものの接ぎ合わせはいかにも不自然な感じだった」（六五頁）。「巨大」な「子供」である。しかも彼は言葉の運用能力が非常に低い。「ひどい吃り」（六六頁）で「字は書けぬ」（六七頁）。これらの特徴は以後繰り返され、劉という男を輪郭づけている。「あまりに無智」（六七頁）な男であるが、幾分かのやりとりのうちで「余計者だが、使い方では何かの役に立つこともありそうだ」（六八頁）という判断を「私」は下し、自ら保証人となって、劉を雇うことにする。その際、字の書けぬ劉の代わりに誓約書に代筆するのは「私」である。「不思議にも、一枚の紙の上にこのように書くことで、劉廣福という一個の人間がはじめてこの世に生れ、そしてはじめてこの世に生存する権利を獲得したかのような錯覚を私は感ずるのだった」（六八頁）という。

文字の力によって「私」と劉の関係が、親と子の関係にされる。非常にわかりやすい。言葉の問題は、満語と日本語の問題としても現れ、互いに相手の言葉に無知なため単純な挨拶しか交わせないことが記述されるが、その関係は非対称である。「満語の自由でない私には、自分の彼に対する複雑な感情を表現するのに「怎麼様」[9]以外の言葉を知らなかったし、また彼の私に対する答えも、いつでもかならず「不太離」[10]のただ一言であった」（七一頁）。「私」の「複雑」さの対になるのは単純さである。別の箇所ではあるが、劉についてはあからさまに「単純な頭」（八六頁）と語られている。

さて、言葉を使えぬ「巨大」な「子供」という像に重ねて、このテクストは「獣」というイメージを持ち出してくる。「そんな雑役に従っているときの彼の姿は、私の眼には、あたかも有りあまった力をもち扱いかねてひどく困惑している檻の中の獣のように映るのであった」（七〇頁）。ここで注意しておきたいのは、「私の眼には……あたかも……のように映る」というように、比喩であることが明示されていることである。そして、「檻の中の獣」という比喩が、以後語られる二つの事件を経て実体化していくことになる。

二つの事件とは、盗みの嫌疑で劉が投獄されるという事件と、工場で起こった火事が爆発に繋がる危機を大火傷を負いながらも劉がくい止めるという事件である。

一つ目の事件で投獄された劉に面会に行った「私」は、「檻の中の獣のように劉は立っていた」（八〇頁）と語る。「ように」とあるが、ここではまさに監獄の檻の中に劉は捕らえられているのである。しかも「私」に無実を訴えかける劉の様子は「獣のような大きな掌をいっぱいに開くと、パンパンと烈しく音を立てて自分の厚い胸を打ち叩いてみせた」（八一頁）と描写される。はじめには比喩でしかなかった「檻の中の獣」が、ここで完全に視覚的に実体化される。二つ目の事件では、劉は回復不能かと思われるような大火傷を負うが、二週間後には癒る。そして、「この驚くべき治癒力から、私は咄嗟に動物を連想した。どんなに重い傷でも、ただ自分の唾液をなすりつけるだけで癒すというあの動物たちを」（九五頁）と「私」は語る。ついに、劉は視覚的なレベルを超えて、本質的に（あるいは生物学的に）「動物」であることが立証されるわけである。ここでも「連想」という留保が一応あるわけだが、物語内の事実としてたしかに劉は二週間で治癒しているのであり（実際、火傷が浅ければたとえ患部が広くとも二週間で肌は再生するのだが）、そのことを大げさに驚いてみせる語り手「私」は、事実を際立たせ、劉が「動物」に非常に近い存在であることを帰納的に証明しているといえる。そして、この引用文の後にはわずか五文しかない。物語はほぼ終わりかけている。

末尾の一文は「彼の名は、現在、私の工人名簿のなかでは第一位を占めている」（九六頁）である。「私の工人名簿」。「動物」と化した劉を、「私」が文字で書き付けたその名簿の中にきっちりとはめ込んで物語は閉じられる。劉を「動物」とすることと、それを文字によって管理することが、こうして同時に達成されるのである。

この末尾の文の中には注意を向けるべき部分がもう一箇所ある。「第一位」である。二つの事件は、「余計者」が「第一位」になっていく契機にもなっている。一つ目の事件の前に、劉はすでに、会社との交渉において独特のやり方で工員側に勝利をもたらし、彼らの「代表」となっている。そのため「劉は食えないぞ」（七六頁）という風評まで出、それが盗難事件の嫌疑に繋がる。しかし劉の無罪は証明され、「警察の飯を食ってきた」劉は「体に

「貫禄」をつけて帰ったようなもの」(九〇頁)で、事件を経て逆に「声望」を高める。その後、工人宿舎の自治制を整える働きを見せる。そして、二つ目の事件は文句なく周囲を救った「冒険」(九五頁)として評価を受ける。「敬意」のさらなる高まりが語られ、無理なく末文へと至ることになる。

ここで忘れてはいけないのは、もとは「無知」で「余計者」であった劉を見出し保証人にまでなって工場に雇い入れたのは、他の誰でもない「私」だったということだ。劉が「私の工人名簿」の「第一位」となったことの功績は、劉のものでもあるが、「私」のものでこそあるのである。劉の成功を語るだけなら、「私の工人名簿」が語られる必要はない。劉の進歩の物語は、大きく「私」の管理能力の物語に枠取られている。

「私」は、この物語の中でけっして失敗しないしまた弱みも見せない。というより、正確に言うと、二つの事件においてそれぞれ私は若干の揺れを見せているのだが、その波紋は次のようにぴったり押し止められけっして広がらないのである。一箇所目は盗難事件解決後怒らぬ劉に対して「自分にあたえられたすべての苦しい運命を「没法子《メイファーズ》(11)」というただ一言に帰して、事前事後の一切の感情を即座に償却してしまうこの不思議な言葉の恐しさを、私はあらためて感ぜざるを得なかった」(八九頁)という箇所である。が、この「恐しさ」を語る一文の直後は改行され、「それはともかく」の一言で話題は劉に戻ってしまう。二箇所目は、火傷を負った劉をかいがいしく看病する婚約者を前にして、彼女は劉のもとを去るのではないかと考えた自分について「私は先のような凡俗の疑いをめぐらした自分に、羞恥と嫌悪とが烈しく飛び返ってくるのだった」(九五頁)という箇所であるが、この直後、やはり改行され、次の冒頭は「ところで」である。話題転換。結局「私」は、揺れない。

「劉廣福」は、一方で「満人」を「動物」に同定し、一方でつねに優位に立ち続け見事に獣を飼い慣らす「日本人」を描き出していく、見事に統制のとれた満人譚である。

川村湊はこの話を「大人のメルヘン」と評した。「メルヘン」という用語にはもちろん批評的な含意が内包されており、川村は、このメルヘンの底流に「生きている神様」ともいうべき一つの典型としての満人観があること、「彼らは最も人間らしい人間でありながら、社会の底辺層にいて、その存在自体が〈俺たち〉――宗主国人としての日本人ということでもいいし、最下層労働者に対する市民階層ということでもよいが――そうした主人公側の一種の精神的な底支えとなっている」[12]と指摘している。ただし川村は、メルヘンを「書かずにはいられなかった」日本人（移民）の現実の厳しさを持ち出すことで、この典型を生成することに直接批判を加えることを避けている。

とはいえ、ここにある満人観は、あらためていうまでもなく「劉廣福」が発表された一九四〇年代に限ってみられるものではない。たとえば遡って、夏目漱石の「満韓ところ〲」[13]（一九〇九年）を見てみよう。「クーリーは大人しくて、丈夫で、力があつて、よく働いて、たゞ見物するのでさへ心持が好い」（二六六頁）。この働く「クーリー」は「殆んど口を利いた事がない」。「其沈黙と、其規則づくな運動と、其忍耐と其精力とは殆んど運命の影の如くに見える」という。そしてこの節は、「どうしてあゝ強いのだか全く分りませんと、左も呆れた様に云つて聞かせた」（二六七頁）と日本人案内の一言を引用して閉じられる。力、沈黙、そしてそれがほとんど人間の能力を超えたものであるという。もう一展開すればそれは動物になるだろう。劉の造形は、批判されてきた漱石の満人像と寸分違わぬものだ。移民的現実を生きていない漱石の造形した満人像と劉がこうして重なる以上、劉の造形の契機に移民にとっての現実を持ち出して批判を抑制するのは妥当ではない。

たしかに既存の像の再生産自体は珍しいことではない。しかしだからこそ、再生産の質や内容が重要になる。「劉廣福」というテクストは、繰り返し語られる満人譚を差別的視線を含んだままに再生産するものである。本章では、こうした満人譚を植民地主義的越境の典型として位置づけようと思う。植民地主義的越境とは、異文化へ越境して行き、その異人性を劣位のものとして描き出し、それを支配し、一方で自らの文化を優位へ押し上げていく抑圧的で単純な運動のことである。

〈外地もの〉として芥川賞をとり、受賞の資格ゆえに現在でも手に入りやすい小説として流通しているこの作品を、「おおらかな交流の話」（黒川）という言葉で説明してはたして「良い」のだろうか。

4　典型の回避と回収と——牛島春子「祝といふ男」

次にとりあげるのは牛島春子「祝といふ男」である。この作品についての評価を検討することから始めたい。「他民族と協和するということがいかに困難であるかを、この作品ほど端的に語ったものはすくないだろう。（略）しかしその作品が提起している民族の問題は正しくうけとられず、異国風な面白さといったそっけない評価をうけたにすぎない」[14]、「満州における民族問題のきわどい不連続面を描き出した異色の作品」[15]、「祝廉天は、劉広福とはほとんど対照的な〝満州人〟ということができるだろう。（略）彼は満州人からも日本人からも拒まれ、憎まれる存在なのだ。日本人よりも日本人化した満州人。下層官僚として融通の効かないその性格は、まさに〝植民地人〟の一つの典型というべきものなのである。（略）作者・牛島春子は、こうした矛盾した存在としての満州人・祝廉天を描き出した」[16]、「「祝といふ男」には、こうした経験（牛島春子自身のプロレタリア運動と弾圧の体験：引用者注）を経た上での、政治的なるものへの深刻な懐疑、苦い洞察が、一つの臨界点をなして刻まれているだろう。これは白とも黒とも判然としない「冷たい化石したような顔」をめぐる話であり、その謎は、結末にいたっても解かれることがない。祝という男の存在は、風間という日本人にとって、いわば解答のない問いなのだ」[17]。「困難」「不連続面」「矛盾」「深刻な懐疑」「苦い洞察」といった用語をまとめれば、「祝といふ男」は民族問題の複雑さに言及している点で高い評価を得ているといえるだろう。

まず断っておきたいが、このような民族問題への言及という面への注目から、「祝といふ男」が「劉廣福」より複雑だと言おうとしているわけではない。これから検証するように、「祝といふ男」には少なくとも三つの層がある。植民地主義と民族問題への複雑な反応が示された層が第一の層である。第二は、それを回収する日本人上司・風間真吉の管理能力の高さを物語る層である。この二つは真吉に焦点化した部分で構成されている。そして最後に、真吉の妻・みちに焦点化した部分あるいは語り手の語りの現在が露出している箇所にみられるジェンダー化した語りを第三の層として取り出したいと思う。第三の層は、基本的な語りの様態からずれた部分で構成されている。本章で、このテクストを複雑と評するのは、そうした重層性によるものである。重層性自体への評価については、最後に述べたい。テクストの重層性によって、ある層がある層を相対化していると安易に判断し、ある層での行いを免罪することにならぬよう、慎重に論を進めたい。

それでは、まず第一と第二の層を整理しよう。

第一の層は、先に述べたように、民族問題の複雑さへの言及がみられる層である。それはまず、祝という男の複雑さとして語られている。祝は真吉の赴任先にもともと勤務している通訳であるが、赴任前から「非常に悪質な満系通訳がゐる」（1）[18]という噂を聞いている。「日系職員達が理屈は兎も角、たゞもう無やみと祝を憎悪し出してゐたとすると、それは彼の噂されてゐる悪徳のせゐばかりではなく、実はあの祝がもつ満系らしからぬ一種の険しさ、鋭さにであつたかもしれなかつた」（1）という説明と、その彼に対して、真吉は悪質な通訳の存在は「真吉にとつて別に驚くにあたらぬことであ」り「すこし浮づつた感情的な言葉で、祝の悪党ぶりを最大限に表現しやうとする人達の方にも真吉は何か安心してついて行けぬものを感じるのであつた」という説明が並置して語られている。ここで特徴的なのは、「満系らしからぬ」という特殊化と「別に驚くにあたらぬ」という一般化が同時に現れていることだ。単純に彼に満人を代表させることも、満人の中で特殊化することで主人公の資格を与えることも避けられている。「劉廣福」が、劉を「例外」的に「無知」なものとして登場させ（しかしその造形がけっして特殊なものではないことは漱石の満人像との比較で示した）、最後にはそれを満人の「代表」としていく語り方との違いが確認できる。特殊化がなされた部分にある「険しさ、鋭さ」は赴任後の真吉が持った印象の核となる表現で、その意味で特殊化と一般化という二つの傾向は真吉の視点で語られているといえる。より明確に真吉の二つの印象を語る部分もある。はじめて祝が真吉の自宅を訪ねた後、一方では「今真吉を強く捉へてゐるのは南満にゐた頃の同僚であった陳克洪と祝廉天と《ママ》いちじるしい類似点であった」、もう一方では「現に今夜の祝の複雑な幾つにも分裂した印象は陳克洪にはないものである」（4）と、二つの感想が語られている。一般化と特殊化による二面性が、直接表現されている「複雑な幾つにも分裂した印象」を引き出しているともいえる。単純な同定がこうして避けられて、彼は「真吉が思ひもかけなかつたタイプの人間」（1）となるのである。

　複雑な印象は、祝自身の「満州国が潰れたら、祝はまつ先にやられますな」（8）という皮肉な台詞に現実味を与える。この一言はこの作品の評者が繰り返し目を向けてきた箇所であり、日本の統治機関に協力する任についている祝という男の、分裂する立場が彼自身の言葉で端的に表されている。祝が分裂した立場に置かれるのは、満州国が日本の半植民地であるからに他ならない。祝の自己言及は皮肉な自嘲の響きを突き破って、満州国の歪みと危うさを可視化する。

　そして、祝を分裂の中に置く視線が満人全体に延長され、民族問題の複雑さへのより明確な言及に繋がっている。たとえばそれは次のようにして語られる。

> 真吉達にとつて最も必要なことは、満人の社会の実情を正しく知ることである。所がこれが実は仲仲困難なことなのだ。役所の中でも仕事の上から視る時は、日系と満系がさほど距りをもつて向き合つてゐるとは感じ

られないのに、生活を徹してみる時二者ははつきりと別の世界に住んでゐるのである。それも日系の暢気で開けつぴろげな無関心さとはちがつて、満系は自分等の世界の上に共同で一種の援護幕をはつて、日本人が踏み込んで来るのを守り合はうとする意識をもつてゐるのである。（略）それは一見陰険にも狡猾にも見えるけれど、これも永い被抑圧者の生活が教へた知恵かもしれぬ。（5）

満州の二重性が抽出され、その力学が正確に指摘されている。「民族問題のきわどい不連続面」を描いたという評価を生み出しているのは、こうした部分だと思われる。たしかに、これらの叙述は単純化を避け、「おおらかな交流」が成り立ち得ない、日本と満州の関係における抑圧と被抑圧の構図を明瞭にするものだ。これが一つ目の層である。

しかし、この層は、次に確認するように、真吉の統治能力の高さ、判断への慎重な態度へと回収されている。それを第二の層として確認したい。

たとえば判断が保留される祝の印象について、「相当なしたゝか者には間違ひないが、それならそれで尚更自分の目でぢかに見極めぬことには、下手な判断は下せぬ、と真吉は思ふのだつた」（1）と語られる。また満州の二重性については、先に引用した部分に次いで以下の記述がある。

真吉は又実際に一つの県を預かつてみて三十余万の県民の上に生きた政治をしいて行くとなると日本人が日本人的な感覚で満人達を割り切つて行くことがどのやうに危険なものであるか、このやうな善意な不用意さがどんなに満人達に大きな誤解と、乖離した心理を産みつけて行くものであるかに思ひ及び背筋が寒くなるやうな気がした。（5）

続く段落では真吉が賭博の禁止を「日本人の道徳観念を押しつけ」るのではない「型変りの訓示」で、上手く実行したエピソードが語られている。民族問題の複雑さに言及する傍らには、こうした慎重な判断で仕事を円滑に進める能力を持った優秀な日本人統治者として真吉が立ち現れている。「祝といふ男」の評価は、この二つの層の関係を押さえたうえでなされるべきだ。真吉の祝に対する関心も仕事を基準にして説明される。「満系である祝」は「男からその背後にある生活環境まで見通すことが出来る」（4）のであり、「そのためにも祝のやうな人間を傍にひきつけておくことは必要であつた」（5）。

　真吉による祝自身についての評価には、ある特徴がある。真吉はつねに「日本人」を基準に評価を下している。肯定的な評価の場合、「確信あり気な、不届き[19]なものを感じさせる」という第一印象に「まるで激しい日本人のタイプぢやないか」と「ひそかに目を見は」（1）り、「出所進退の明かなてきぱきした動作の大半」について「日本軍の通訳」をしていたときに「身につけた習慣であると思へた」（6）という。「日本」が、肯定的評価の参照枠として機能しているのである。否定的な評価は、刃物のような冷たさに集約され、「その機械のやうな非情さは不気味にすら見えた。かういふ時、祝の持つあの鋭利な刃物にひやりと触れる気がする」、「眉一つ動かさぬ冷然とした祝の顔」に「真吉は祝こそ空おそろしい人間だと思ふのだつた」（7）と繰り返されるが、この冷たさは「根は正直ないゝ人達」（8）である日本人像と対照的に語られている。唯一人、祝を嫌い続ける「年とつた温容な」日本人県長は、「もう慈父のやうに豁達で優しく、祝のやうなとげとげしい刃物を使ひこなす年ではなかつた」とされる。つまり、肯定と否定の両評価とも「日本」を基準になされているのであり、「日本」と重なれば肯定、重ならなければ否定という評価が付されているわけだ。そして、どちらの性質も仕事の運営の点では真吉にとって有利に働き、祝という男を真吉が側に置いておく根拠となっている。

　この二方向の評価は、複雑さとは無関係である。そこに適用されている基準は単一であるからだ。祝を複雑に描く層とは異質な層となっている。

繰り返しになるが確認しておきたいのは、この層は真吉に焦点化して真吉の「仕事」を描いた層であるということだ。「祝といふ男」に、大きな事件は描かれていない。真吉が祝と共に仕事をこなしていく日常が、いくつかのエピソードによって淡々と語られていくばかりである。つまりこの層は、こうした仕事のエピソードで綴られた「祝といふ男」の意味作用において中心的な役割を果たしている。それゆえ、祝という男の複雑さが描かれる層が、単純な図式で語られた真吉の統治上手の物語の層に回収されていると考えることができる。二つ目の層は、一つ目の層によって隠れながら一貫した意味作用を果たしており、この点では、「劉廣福」が劉の成長譚を「私」の功績で枠取るのとほぼ同じ構造だといえる。「祝といふ男」は、このように満人譚としての構造を基本的に備えたテクストでもある。民族主義への言及が、慎重に植民地を管理する真吉の能力を保証するものとなっているのである。

しかし「祝といふ男」には、もう一つの層が存在する。それは全く別の問題系に触れており、第一の層と第二の層が植民地主義の問題系の中にまとまっているのとは異なっている。最後にその第三の層について検討してみたいと思う。

みちという登場人物がいる。真吉の妻である。彼女は真吉とは異なる視点をテクストに持ち込んでいる。たとえば、祝がみちと真吉宅に初めて訪問した後、次のような描写がある。

「よく喋る男ね」みちが横からいつたのも「うん」と碌々聞こえないやうだった。今真吉を強く捉へてゐるのは南満にゐた頃の同僚であつた陳克洪と祝廉天とい《ママ》ちじるしい類似点であつた。（4）

みちの発言を真吉は聞いていない。真吉に焦点化した二文目は、この後祝の複雑な人物像へと展開して第一の層を構成する箇所であり、また、真吉がかつての仕事の記憶を持ち出し祝との距離を測ろうとしている点で、第二の層を構成する部分ともいえる。それに対し一文目は真吉が聞いていないみちの言葉を示すもので、みちに焦点化している。「よく喋る男」として祝を見るみちの視線は、真吉の視線とは明らかに質が異なっている。

最初の出会いの場面と同様、最後の別れの場面も真吉とみちへの焦点化が分離並行している。真吉に焦点化した別れの場面では、祝とこれまでの礼を告げ合ったあと「はじめて真吉は祝と温かい人間らしさでふれ合つたやうに思ひ、祝をいとほしむ愛情を深々と感じて来た」(10)とあるが、この後また仕事に戻った祝がいつもどおりの「冷たい光を宿し、痩身は体温のない機械のよう」で真吉は「心の冷えて行くものがあるのだつた」と、いつもの祝像に収斂している。一方、みちに焦点化した部分は以下である。祝は、みちを訪ねて餞別を渡す。「その時、じつとみちを見る祝の顔に寸時ほのかなものが動いたやうであつた。それきりであつた」(10)。「ほのかなもの」とは何か。説明はない。

みちに焦点化した部分は、あと一箇所ある。祝の家庭を訪ねたみちの目で、その様子が描かれる。「白い日本の湯上がり」と「兵児帯」、「ほゝ歯の下駄」の祝は「物珍しさに着てゐるとも見えず、自然に平気で着ながしてゐるのだつた」という(9)。真吉が祝の言動を、差異を前提に「日本人」との比較で評価するのとは質が違い、和服を着用した祝の姿は「自然に平気」なものとして描かれている。

みちに焦点化した部分の大きな特徴は、意味づけがないことである。第二の層における真吉の評価とは対照的に、第三の層として取り出したみちに焦点化した部分には、判断も評価もない。別れの場面の「ほのかなもの」が何を指すのか、意味を同定することは不可能である。もう一つの特徴は、第二の層が「仕事」についてのみ語られているのと対照的に、ここでは祝の「生活」が語られているということだ。公的なレベルと、私的なレベルの振り分けといってもよいだろう。このレベル分けを生んでいるのは、ジェンダーによる公私の領域分割に他ならない。第二の層でことごとく祝の「生活」あるいは私的な感情が排除され、第三の層でそれに言及される。このように明瞭な区分けがあることは、「祝といふ男」がジェンダー・システムに敏感なテクストであることを示している。

基本的に真吉に焦点化した部分にも、瞬間的で微妙な、語り手と真吉のずれが認められる箇所がある。二箇所、拾い出してみたい。

一つ目は、日本人警察官による満人少女の暴行事件を語る部分である。この部分には他の箇所には見られない異変がいくつかある。まず、真吉に焦点化した語りが出来事を継起的に語る他の部分と違って、真吉の帰宅後、出来事を振り返って語るという変則的な形式、つまり明示されてはいないものの構造的にはみちを聞き手として挟んだ形式がとられていること。次に、唯一、再録の際に大きな削除がなされていること。[20] 削除されたのは、事件の顛末の核心にあたる傍線部の箇所である。

その内に一人の若い警長が出て行つて、隣の芝居小屋の俳優をしてゐる養子娘を連れて来た。一同を一足先に帰へしたあと、先ほどから連中の音頭取りらしく見えた警尉が一人残つてゐたが、その娘が来ると風呂の中につれ込み、拳銃をつきつけて無理やりに自由にしてしまつた。かういふ厭な事でも、相手が警察官ならば――と（略）掌櫃（店の主人：引用者注）は最初は遠慮がちに真吉の顔をうかがつてゐたのが、のちには双の目に憤懣の色を漲らせて語つたのである。それを聞いてゐた祝は蒼白くなり、掌櫃に摑みかゝらんばかりの形相をしてゐた。真吉に通訳しながら時時つまづいては何度も口をへしまげた。（7）

後には隠されねばならないほどに、許され得ない凄まじく暴力的な出来事として、この事件は語られている。そしてその暴力性に、一貫して冷徹であった祝がバランスを失して烈しい憤りを露わにしている。しかしながら、こうして描写された祝の怒りに真吉が注意を向けたという記述はない。翌日の取り調べに場面は移行し、「真吉の鋭い訊問を注意深く、正確に通訳し（略）興奮もしてゐず、顔色も動かさない」祝の様子が語られる。「その機械のやうな非情さは不気味にすら見え」「祝の持つあの鋭利な刃物にひやりと触れる気がする」と、真吉の目からは相変わらずけっして動揺しない冷淡な祝の姿が強調されるのみなのである。真吉と祝の関係の物語に、この怒りが入り込む隙はない。それでは、この祝の怒りを共有する者はいないのか。可視化されていない聞き手のみちを思い起こしたい。そして、みちに重なる語り手自身。書き込まれた少女への暴行についての祝の怒りは、真吉からずれ、みちに重なる語り手自身の語る欲望によって生じているのではないか。植民地主義下の性暴力への祝の憤りを共有する者は、あるいは祝を通してそれを語ろうとする者は、語り手自身であると考えたい。

もう一箇所は、先にも引用した「満州国が潰れたら、祝はまつ先にやられますな」という祝の一言に応答するように書き込まれた、「さうしたものを嗅ぎ取つてゐたのだらうか」という表現である。ここでもまた、語り手は真吉からずれている。「たのだらうか」という表現は、物語現在を逸脱しているからだ。[21] 物語を過去に置いて、語りの現在から推し量る表現である。反満抗日の火がくすぶり続ける満州で日本人官僚の通訳として日本の統治に協力するという状況を祝自身が皮肉な口調で語り、私的な感情が漏れる唯一の箇所であるここで、一瞬、語り手自身が顔を見せる。語り手は、たしかにこの祝の一言に反応している。

こうした語り手自身の視線と、みちに焦点化した部分の視線は近い。同質といってもよい。それらは共に、私的な部分を見つめる視線であり、ジェンダーと性の構造に対して敏感な視線である。

民族問題あるいは植民地主義とは別の問題系がここには存在している。「祝といふ男」は、表題どおりまさに「男」の世界を描いたテクストであるが、第三の層は、その偏向性をひそかに照らし出している。

さて、このような三つの層が存在していることをふまえたとき、「祝といふ男」を「劉廣福」と質的に同じだというわけには、やはりいかない。第一の層と第二の層の関係を見れば、たしかに「劉廣福」における満人譚の構造と類似するものとなっている。しかし一方で、「劉廣福」における劉の成長譚において「私」の成功譚を対象化する視線が完全に欠如しているのとは対照的に、「祝といふ男」の第一の層は第二の層が実現している権力性の根拠を説明するものともなっている。満人譚という大枠で一括りに扱うのは妥当ではないだろう。植民地主義的越境の犯罪性に明瞭に言及する層と、植民地主義的越境を実行する層が、関係し合いながら重なって語られているのであり、相反する方向の運動が同時に起こっているという状態をそのままにとらえたい。「祝といふ男」は、植民地主義的行為を少しも逃れてはいないが、何が起こっているのかへの自己言及があるテクストだといえるだろう。そこにみられる政治性に対する敏感さは結局何も果たしていないというべきなのだろうが（ことに芥川賞において〈外地もの〉志向を強化する働きをしたというテクスト外の文脈を考えれば）、しかし、それを無視しない立場をとりたいと思う。植民地主義も一枚岩ではなかっただろうと考えるからである。どのような分節をしたとしてもその分節におさまらない小さな差異が存在していることを指摘することで、分節化と、分節化への抵抗を同時に行うことは、対象を単純に同定することを避けるために必要だろうと思う。「祝といふ男」は、暴力的な越境のあり様も一通りではないということを示す問題提起的なテクストである。また逆に、その暴力性から逃れることの困難を示していると読み込むことも可能なわけで、分節化への抵抗が結局分節化におさまる現場と見てもよいかもしれない。その意味では植民地主義的越境の執拗な力を確認することができるはずだ。

そして注視しておきたいのは、「祝といふ男」の第三の層である。第三の層における運動も分節化への抵抗と見ることができると同時に、それはあまりにも微妙なものでしかないという点で主たる分節化に対抗し得るものではないというべきだろう。しかし重要なのは、主要な問題系とは異なる問題系があるということである。それは第一の層と第二の層の関係にみられるような、一つの問題系の中に複数の局面を提出するというような多のあり様ではない。第一の層と第二の層のあり方は、二つの層が直接向き合ってしまうことで、主要な問題系それのみを浮かび上がらせ、その意味では事態を一つの主題のもとに収斂させてしまう。第三の層はそうした事態からずれ、植民地主義の問題系そのものとは異なる制度が同時に重なって起こっていることを語っている。

起こっている事態は、一つの主題に完全に収斂し得る単純なものではないということを、「祝といふ男」というテクストの重層性は示している。この点で、「祝といふ男」と「劉廣福」とは、ほとんど異質なテクストなのである。

5　微妙な抵抗

二つのテクストを例に、植民地主義的越境の文学での表れを見てきた。「劉廣福」の単純な運動は他者を捏造する運動であり（その点で、ここにみられる他者は「他者性」を完全に欠いた他者である）、越境が境界の破壊ではなく、階層化をともなった新たな線引きを生む例といえるだろうと思う。「祝といふ男」の場合はもう少し複雑である。第一と第二の層の関係は、ある意味では他者の捏造といえるが、しかし第一の層の明瞭な自己言及性が、単純にテクストの性質を固定することを難しくしている。同時に、さらにそれらの層の偏りからずれた第三の層が抽出できる。

このように二つのテクストは歴史的な位置の点では共通性を持つ一方で、質的には異なっている。ただし、繰り返しになるようだが最後に確認しておきたいのは、だからといって「祝といふ男」が植民地主義から逃れているわけではないということだ。それを再生産するテクストであることを、質の違いが無化するものではない。非常に微妙な抵抗が認められるというだけだ。論の立て方によっては、こうした微妙な抵抗を無視することが有効な場合もあるだろう。しかし、本章の目論見はそもそも越境という行為の複雑さを検証することにある。それゆえ、この微妙な抵抗に、注目した。どのような局面でも、分節化への微妙な抵抗を試みておくことは、分節化を積極的に行うためにも必要なことだと考えている。分節化の完全な回避などあり得るわけもなく、意味から逃れた世界を夢見るわけにはいかないからだ。

第12章　従軍記と当事者性
――林芙美子『戦線』『北岸部隊』

1　従軍記の欲望

語る主体の重層性に、目を向けたい。本章では、従軍記をとりあげる。

従軍記は、あからさまに帝国主義的かつ植民地主義的な欲望を語ることを要請されたテクストである。戦争という剝き出しの暴力を肯定し、国家の欲望に読者を同一化させるために書かれたものだ。従軍記を読み直せば、愛国主義への自己放棄的な同一化、他者の征服の正当化を目の当たりにすることとなる。悲壮な決意に支えられた同一化の昂揚感、敵に対する怒りや憎しみ、征服した異文化への蔑みを語らない従軍記は、まずないだろう。成功した従軍記であればあるほど、植民地主義の実践としての責任も罪も重くなる。

ここでは、林芙美子の従軍記を読み直してみたいと思う。林芙美子は、日中戦争が勃発して間もない一九三八年、「ペン部隊」の陸軍班の一員として漢口攻略戦に同行、『朝日新聞』にいくつかの記事を連載したあと、『戦線』[1]、『北岸部隊』[2]という二つの従軍記を著している。九月から一〇月にかけての芙美子の従軍は「漢口一番乗り」と報道され、これらの従軍記は彼女自身の評判を高めた[3]。荒井とみよの調査[4]によれば、一一月の『朝日新聞』には芙美子自身を扱った記事が立て続けに掲載されている。芙美子が書いた従軍記事への反応は大きく、とくに一〇月五日に掲載された「(二) 若き少尉の死」などは、直接的な反響を呼び起こす。「軍国の母の感謝 梅村中尉母堂のお礼状 林芙美子女史へ」(一一月一七日)、「『御介抱・有難う』梅村中尉の厳父 林女史と涙の対面」(一一月二一日)など、語られた物語は現実の両親の登場によって補強され、一種の英雄をつくりあげることに成功している。

単行本の従軍記は、これらの記事掲載ののち出版されたものである。芙美子の従軍記の中でも触れられているが、ほぼ同時期に、火野葦平の『麦と兵隊』[5]、『土と兵隊』[6]も出ている。これらの従軍記と共鳴し合い、銃後の読者を動かす役割を十二分に果たしただろう。植民地主義への関与という点では明らかに有罪である。

さてしかし、ここでの読み直しの目的は、林芙美子の加害性そのものを問うことにはない。もちろん従軍記としての加害性を否定しようというわけではない。そのことに重ねて、従軍記として書かれたテクスト間にもある微妙な差異を、林芙美子のテクストを中心に拾い出してみたいと思うのである。等しい目的のもとに書かれたテクストであっても、それぞれに固有な差異がないわけではない。帝国の欲望が充満した場所で、疑いようもなくそれに積極的にコミットした芙美子であるが、その書かれたテクストの中には、大きな枠組みに回収され得ずはみ出したままになっている問題がある。そうしたはみ出しは、帝国への同一化には、余計であり不必要である。このはみ出しは芙美子の従軍記の固有性として読むことができると思う。過去のあるいは現在の日本の植民地主義の内実を具体的に問い直すということと同様に、一色に見える植民地主義的状況の中にあったはずの差異を洗い出し、埋もれてしまった亀裂を掘り返す作業は、ポストコロニアルな思考に向かうために必要だろうと考えている。芙美子が書いた従軍記は、それが書かれた時点では、差異や固有性を無視し最も大きな枠組みでのみ読まれるべきであったろうし、そう読まれた。だからこそ、成功した従軍記として植民地主義とぴったり重ねる読み方は、それを賞揚した読み方と、よって立つ文脈が異なるだけで読み方としては変わらなくなってしまう。植民者として主体を一枚岩につくりあげ、被植民者として他者を一枚岩に塗り込める、植民地主義的な語り方と読み方を脱することを目指して、拡大鏡で微妙な差異に目を向けることにしたい。

2　吉屋信子の従軍記

一九三八年結成のペン部隊には、よく知られるようにもう一人の女性作家として吉屋信子が参加している。吉屋信子は、前年に「主婦之友皇軍慰問特派員」として中国大陸へ渡っており、『戦禍の北支上海を行く』(7)をまとめている。吉屋信子と林芙美子の従軍記は、これまでにも合わせて読まれてきており、その違いが指摘されている。同時期の評では、板垣直子が、吉屋の『戦禍の北支』について、「彼女の表現には灰汁があるが、一種の才気をひそめてゐることが解り、また観察にも男子とは変つた角度を示してゐて興味深い(8)」とし、ペン部隊での執筆については「吉屋信子の短信類は、全体に筋を通すやうに工夫されてゐて、従軍生活を可成り纏つて伝へてゐる。書き方に余裕があり、時々機知の閃めきを感ずる。たゞ、いつもの如く、婦人雑誌を舞台にしてきたこの作家らしく、甘へたもの ゝ 云ひ方を精算してゐないことは、彼女のために惜しまれるのである(9)」とする。一方で、林芙美子には厳しい。「林芙美子の仕事のうち「戦線」は問題にならない。「北岸部隊」もいゝものではない。従軍記でありながら従軍中の身辺記事が多く、しかも非常に非インテリ的である。恐らく大抵の女の作家達がもし林の代りに筆をとつたら、今少し客観性のある記事をかき、報道の精神も今少し趣味のよいものができたであらう(10)」と批判している。芙美子については、これ以前にも「林氏の描写が自分本位であることは非常に惜しく思はれる(11)」としており、吉屋信子のものの統一性を評価する一方で、芙美子の主観性を批判している。

近年では神谷忠孝が、とくに中国の女性についての描写に注目している。[12]「戦地には行ったが前線を見ず戦争の実態にふれることはなかったので『戦禍の北支上海を行く』は迫力はないが、戦争にまきこまれた中国の女性たちを描写しているところに価値があるといえる。その点では『戦線』（略）で兵隊と行動をともにした林芙美子と大きなちがいがある」という。「吉屋信子と比較すると林芙美子の現地報告は実感的、主観的である。日本兵を描写するときは暖かい眼差しを注ぐのに敵兵に対してはいささかの感傷もない。後半の文章には日本文化の源流たる中国文化へのいささかの畏敬の念もない」と、その主観性が描写の質の違いを生んでいることを指摘している。ただ、この違いについての神谷の評価は微妙である。「林芙美子の眼は時として残酷でもあるが、視点をかえれば兵士の眼になっているともいえるわけで、現在になって読むと臨場感があり、吉屋信子の「甘い」文体の裏に隠されている非情性よりも人間的であるともいえる」と、吉屋信子に対する評価は揺れている。

吉屋信子の筋の通った観察や感想とは、たとえば次のようなものである。神谷が注目した中国人女性についての記述を引用してみよう。吉屋は日本軍に追われた愛国女塾（女子中学校）の「無残な跡」（一八二頁）を見ている。そして、「抗日の基本方案」という課題で書かれた初級女学生の試験答案が発見されたという上海日報の記事をふまえ「いたいけな女学生少女の心に、人倫や婦徳の道を教へるよりも、隣国日本への猛々しい敵愾心と反抗精神をギシ〳〵詰め込むのが支那の女子教育だつた。なんといふ非人道的な不具的な呪はれたる女子教育！　しかも、少女の白紙の心は、その呪はれた教育に盲ひていつたのだつた」（一八二頁）と驚く。この驚きは「思へば、私ら日本の女性は、今まであまりに、隣邦支那の女性へ無関心であり過ぎはしなかつたか？」（一八三頁）と自らの無関心への問いへと続き、「日本の女性も、武器なき抗日転向戦を、支那の女性へ機会あらば働きかけてゆく意思を持たねば」（一八四頁）と結論づけられる。中国女性の現状について目を開いた結果が、「支那」の非難と、「ものゝあはれを知る武士の日本兵士は、貴女如き女性を撃つのを、決して本望とはしてゐない」（一八五頁）という自国の文化の露骨な賞揚である。同じ理屈は、「支那童子軍」についても繰り返され、「かういふ少年は、撃ちたくないのです」という「右に武器、左に徳性を持つて戦ふ日本武士の、その子を持つ父の如き温情ある部隊長の言葉」を引用したうえで、「かゝる非人道の戦ひで抗戦を続ける支那こそ、永久の恥を戦史に残すのだ!」(一八七頁)とまとめられていく。この「人道」的な語りが、端的に植民地主義的なものであることは、ここで細かく説明するまでもないだろう。一九四三年に板垣が吉屋を肯定的に評価するのは、その意味でわかりやすい。また、二〇〇一年の時点で、吉屋の従軍記には中国人女性の描写があるという神谷がその評価を揺らすのもまた当然である。「東亜の平和の不朽の光」(一九〇頁)をうたいあげる吉屋の「甘へたものゝ云ひ方」(板垣)は、従軍記として完全な構成を整えているといってよいからだ。

3　火野葦平『麦と兵隊』と林芙美子の「宿題」

さてそれでは、林芙美子はどうであるのか。芙美子のテクストでは「支那兵」の描写が非常に多いのだが、二つのテクストからそれぞれ、その描写し始めにあたる箇所を引用してみる。書簡体が選ばれている『戦線』では、以下のように描かれる。

　両手を拡げた位の狭い町のあつちこつちに、支那兵が様々な恰好で打ち殪れてゐます。まるでぼろのやうな感じの死骸でした。こんな死体をみて、不思議に何の感傷もないと云ふことはどうした事なのでせう。これは今度戦線に出て、私にとつては大きな宿題の一つです。違つた血族と云ふものは、こんなにも冷たい気持になれるものでせうか。

（三四–五頁）

日記体の『北岸部隊』では、以下の具合である。

その支那兵の死体は一つの物体にしか見えず、さっき担架の上にのせられて行った我が兵隊に対しては、沁み入るような感傷や崇敬の念を持ちながら、この、支那兵の死体に、私は冷酷なよそよそしさを感じる。その支那兵の死体に対する気持は全く空漠たるものなのだ。私は、本当の支那人の生活を知らない冷酷さが、こんなに、一人間の死体を「物体」にまで引きさげ得ているのではないかとも考えてみた。しかも民族意識としては、これはもう、前世から混合する事もどうも出来ない敵対なのだ。

（一二八頁）

「支那兵」の死体描写は、事実の記述としてなされているのだが、特徴的なのはそのときの「私」の感覚が語られていることである。板垣と神谷が主観性と指摘するのは、こうした「自分本位」性に注目してのことだろう。吉屋信子のテクストと比べたとき、非常にはっきりしているのは、この「私」に焦点化した語りが、日本と支那という優劣の付された二項対立に展開していかないということだ。「違つた血族」としての「本当の（略）生活を知らない冷酷さ」、「民族意識」の根強さという説明は、そのまま「支那」側の事情にも転じ得る。「民族意識」という言葉はどちらにも適用可能であり、「支那」の側の「民族意識」からすれば、日本兵の死体が「物体」となる。もちろんそのように積極的に書かれてはいないが、その可能性を否定する記述は全くない。「私」の「宿題」として、大きな枠組みに広がることを止めており、状況をメタ化して批判する視点はここにはない。しかしそうした限定によって批判の矛先を曖昧にすることで、従軍記の語り手としての役割を確保しながら、同時に植民地主義的状況の歪みを正確に写し取ることに繋がっているとはいえないだろうか。

この芙美子のテクストの特徴は、もう一人の著名な従軍記と比較すれば、よりはっきりするだろうと思う。火野葦平の『土と兵隊』、『麦と兵隊』である。「支那兵」の死体に対する無感覚の認識は、火野の『麦と兵隊』にも記述されている。

『麦と兵隊』の末部で、「私」は壕の中に積まれた「支那兵の屍骸」の山を見る。「私はこれを見て居たが、ふと、私が、この人間の惨状に対して、しばらく痛ましいという気持を全く感ぜずに眺めて居たことに気づいた。私は愕然とした。私は感情を失つたのか。私は悪魔になつたのか。私は戦場にあつて何度も支那兵を自分の手で撃ち、斬りたいと思つた。又、屢々自分の手で撃ち、斬つた。それでは敵国の兵隊の屍骸に対して痛ましいと考える方が感傷である。私はうそ寒いものを感じ、そこを離れた」（二七八頁）。死体に対する無感覚への気づき、戦場における感情の力学に思考をめぐらし、ある種の合理性に辿り着くものの、「うそ寒」さの感覚が残る。理解でき、何らかの説明が付いたとしても、自分の内に抱えてしまった感覚（無感覚）は、「私」に不安をもたらしている。こうした認識は、「冷酷」な自分を見つめる芙美子が抱いたものと、ほぼ重なっているだろう。

ただし、『麦と兵隊』には、続きがある。続きというより、落ちがある。『麦と兵隊』は、「支那兵」の処刑のシーンを描写して閉じられるが、その最後の一文は、「私は眼を反した。私は悪魔になつては居なかつた。私はそれを知り、深く安堵した」（二八四頁）である。火野葦平は、自らを「悪魔」から救い出す。「私」の人道性を最後に取り戻して「安堵」の中で、筆を擱いているのである。戦場の力学は、霧散する。むしろ、この人道性を最後に記すために、「悪魔」の一瞬が設けられていたのではないかと思えるほどの、調和した構成である。[13]

一方、芙美子は、自らの「冷酷」さをどこかに落ち着けることをしない。「冷酷」さを「支那兵」の最初の描写から書き込み、繰り返し、淡々とその自分を記述している。「私の神経は、実に白々とこれらの死体をみまもつてゐられます。（略）この中国兵の死体は、私に何の感傷もさそひません。正直に云つて、私は森閑とする一瞬すらもないのです。私は私の心の中に、荒れたすさまじいものを感じましたが、これはこれで仕方のないことではないかと思ひます」(『戦線』、七七頁)。「これはこれで仕方のないこと」という言葉は、答えとして示されているのだろうか。先に引用した『北岸部隊』の箇所では「民族意識としては、これはもう、前世から混合する事もどうも出来ない敵対なのだ」ともいう。しかし、それが答えになっているとは思えない。というのも、『戦線』でも同様に「血族」を問題にしながら、しかもこれを「宿題」としているからだ。答えが出ていないから「宿題」となる。従軍後の「宿題」として、これを持ち帰っているのである。またさらに踏みとどまっていえば、火野葦平による説明は、「敵」への憎しみによって「感情を失」うという、感情の動きについての因果関係を示したものであり、その意味で人と人の関係として記述されているといえる。一方、林芙美子は人が「物体」となる感覚として説明するのであり、この「冷酷」さは、火野のものとはレベルを異にしている。圧倒的に非人間的な感覚があることを示し、その元凶として「民族」の問題という枠組みを与え、しかもそれを答えとしては受け取らず、どう扱ったらよいのかどう考えたらよいのかという「宿題」を抱えるのである。認識が安定することなく、思考の行き先が開かれている。

4 記述と想像

林芙美子の従軍記には、火野葦平の従軍記の枠組みを借用しているのではないかと思われるところがある。棉畑が広がる土地を進み、「『麦と兵隊』といふ小説がありますけれど、この辺はどこもこゝも棉畑と米田です」(『戦線』、一九〇頁)と説明する。読者と共有し参照すべき先行テクストとして火野のテクストが明示されている。火野の従軍記が芙美子の想像力に枠組みを与えてしまっているともいえるだろうが、従軍記としての体裁を整えていくために、積極的に参照されたのではないだろうかとも思われる。『土と兵隊』は弟へ向けた書簡体、『麦と兵隊』は日記体であるが、芙美子の『戦線』は書簡体、『北岸部隊』は日記体である。従軍記に、必ず書簡や日記の枠組みを設けねばならぬというわけでもなかろう。『放浪記』の作家なのだ。学んで書くというのは、彼女のやり方である。

たとえば、死んだ母と子供についての記述がある。「道沿いの農家の軒下に若い母親がうつぶせに殪れて死んでいた。そのそばに、三歳位の男の子が泣き疲れて、母の躯に凭れて呆んやり軍列を見ている」(『北岸部隊』、一三一頁)。兵隊たちが、このままでは子供は死ぬだろうから「いっそやった方が」いいだろうか、いや「とてもやれないねえ」と話しながら、結局「一人の兵隊がキャラメルのようなものを走って子供へ持って行った」というエピソードである。芙美子は何のコメントも挟んでいないが、戦場の論理からはみ出した人間的な悲劇の一こまに、視線が向いている。とはいえ、これに似た記述は、火野にもある。『土と兵隊』の「瀕死の母親が、道に転がつて居る赤ん坊の方に手を差し延べて、何か口の中で歌うように呟きながら、赤ん坊をあやして居るのを見た」(五四頁)というエピソードだ。「私」は「胸の中に何かはげしく突き上げて来るものを感じ」、赤ん坊を蒲団でくるんでやる。そして、「とうとう朝まで、赤ん坊の声が耳についてまんじりとも出来なかつたのである。兵隊も皆そうだつたのである」(五五頁)という。憎しみや怒り、あるいは蔑みとその裏返しの優越というような枠組みからは外れて、母と子の風景に胸を突かれる、人としての悲しみがうかがわれる箇所である。従軍記において人道性を確保しておくためのエピソードだろう。

また、戦場の「美」の記述。『麦と兵隊』は、次のように語る。

石榴の丘から私は見て居た。一面の淼々たる海のごとき麦畑の中を、遠く、右手の山の麓伝いに行く部隊もある。左の方も蜿蜒と続いて行く。中央も長蛇の列をなして行く。東方の新しき戦場に向かつて、炎天に灼かれながら、黄塵に包まれながら、進軍して行くのである。私はその風景をたぐいなく美しいと感じた。私はその進軍にもり上がつて行く逞しい力を感じた。脈々と流れ溢れて行く力強い波を感じた。私は全く自分がその荘厳なる脈動の中に居ることを感じたのである。（二七四頁）

『北岸部隊』では、こうだ。

樹木一つない丘の上に寝転び、あらゆる道と云う道を行軍してゆく我が軍列をみていると、戦争の美しさ雄々しさを感じる。見覚えの菊水部隊が赤い旗をひらひらさせて向うの本道上を進軍して行っている。銃に日の丸の旗をなびかした兵隊がどの部隊にも二人や三人はあった。輜重車両も、日の丸の旗をたててゆくのがある。丘の上から見ていると、青空の下の軍列は、まるで錦絵のような美しさだった。（一二一―二頁）

丘、隊列、美しさ、雄々しさ、逞しさ。非常に似ている。

従軍しているのだから、自己を語って、愛国心の高まりが語られねばならないだろう。『北岸部隊』は「戦場の神経は、これは内地にじっとしている人間の心で計画することは出来ない。銃弾にあたって殪れる兵隊が、天皇陛下万歳、母さん万歳と云うとあったが、私でさえも、もしも、現在、この戦場で殪れる事があったら、心から、天をあおぎ地をつかんで、そんな叫びも出そうな気がして来る」（一四八頁）と語る。従軍記らしい現場の経験、生の感覚を記述したところであるが、「天皇陛下万歳、母さん万歳と云うとあったが、私でさえも」という記述は、先行する文脈をふまえていることを強く感じさせる。きわめて一般的に流布している物言いだとも思うが、『麦と兵隊』にもやはり、「私は祖国という言葉が熱いもののように胸一ぱいに拡がつて来るのを感じた」（二五二頁）、「私は死ぬ時には、敵にも味方にも聞えるような声で、大日本帝国万歳と叫ぼうと思つた」（二五三頁）とある。火野の愛国心の語り方も、まさにそうした場を体験するうちに徐々に育ってくるという状況性を組み込んだ記述の仕方になっている。こうした形式は、ある種の臨場感を生み出すだろう。芙美子もまた状況性を付すことの効果を組み込みながら、ただし、「私でさえ」という一言で、微妙に自分をこの状況の只中からずらしてみせている。

戦場での体験そのものに共通性があるということをふまえる必要はあるだろう。とくに類似性が感じられるところは、いかにも従軍記らしいという箇所であるが、その意味で最も有罪性の強いこれらの箇所を、火野葦平の模倣に過ぎないなどと痴れ言を述べて、芙美子を免罪しようというわけでもない。むしろ、こうして積極的に芙美子は従軍記をそれらしく構成していったということを確認したいと思う。

ただし、学んで借用しながらも、若干の変形が施されていないわけではない。「私でさえ」というずらしがあったように、微妙に語り込まれたずれを拾い出しておきたいと思う。

野菊にまつわるエピソードがある。『土と兵隊』では、火野が山崎という少尉から、垂本という一等兵が口中を弾丸に貫かれ、話せぬので何かを書き残そうとしたのか、右手の人差し指を土に差し込んだまま息絶えたこと、その指のあとに垂本上等兵戦死之地と書いて、咲いていた野菊を一輪つきさしたという話を聞く（二八頁）。溢れそうな涙をこらえて話した山崎少尉という男は、短歌雑誌『歌と観照』の同人であり歌人だとされている。文学的な抒情性が重ね合わされた死の場面である。『北岸部隊』では、芙美子が拾った「支那将校」の背嚢に写真を見つける。恋人らしき女性と裏表に貼り合わされたその写真の主の死体が池のほとりにある。「乾いたような野菊の花を四五本摘んでその将校の横顔の上へ置いておいた」（一四五頁）。花を手向けられているのは、ここでは「支那兵」である。

「支那兵」の記述は、植民地主義的な語りにおける他者描写の問題に直結している。その点で林芙美子の従軍記について確認しておきたいのは、「冷酷」な視線でのみ語られているわけではないということだ。この「支那将校」を見つめる視線は、物体を見る眼ではない。過去と失われた未来に繋がる一人の青年の物語が、花を手向ける行為の中に語られている。

こうした他者の生に対する想像は、他の箇所でも書き込まれている。たとえば、『戦線』に挟み込まれた、漢口の女をうたった詩。一部（第二、三節）を引用してみよう。

沢山の女よ飢ゑをしのびて
窓に嗚咽してゐることであらう
燈火なき部屋々々
かつては恋を語つた部屋
かつては母のゐた部屋
妻の唇の震へたふしど

このみづうみのほとりを
紫の絹靴も歩いたであらう
今日のこの戦歌を
耳に焼く火を、女よ
これは忘河の湖なりや
剣太刀は押し流され

はたまた女の愛は押し流れたり

（一一二―三頁）

ここで歌われている漢口の女は、日本人ではない。

私は、さつき、若い百姓の夫婦を見ました。若い女を始《ママ》めて見た私の眼のなかに、いままた、その百姓の女の俤がうかび、私は、漢口に沢山溢れてゐたゞらう若い女の現在を考へてみるのです。野を行き、山を行く戦線にあつては、私は敵国の女のことなんか一度だつて考へてみたこともありませんでしたけれど、こゝまで来て、文化的な並木を持つドライヴ・ウェイの堤に寝転んでみますと、私は何と云ふこともなく、溢れる大群の若き支那婦人のこともいま考へに浮んで来ました。（一二四頁）

先に引用した吉屋信子の記述をもう一度思い起こせば、二人の従軍記が決定的に違うということが、より明確になるだろう。同じように、中国の女性について初めて考えたと言いながら、吉屋は日本の正しさに一直線に向かう。芙美子は、どこにも向かっていない。この悲惨な状況を引き起こした日本の侵略を問い質すような批判性は、完全に欠けている。目の前の事態からは悲惨ささえ失われていく。続く「あの向ふの、眉ほどな陸地が漢口だつて云ふけれど、あの都会にどんな女が住んでゐるのだらう。どんなに美しい可愛い娘がゐるのだらうとも考へます」（一二四頁）という一節は、これが従軍記であるということすら忘却してしまったとしか思えない、のどかな「空想」（一二五頁）である。

植民地主義的な状況における他者記述のあり方として、この現実遊離には問題がある。紫の絹の靴をはいた女たちの美しい幻影は、オリエンタリズムの一パターンに陥りかけている。とはいえ、これが「敵国の女」に対する想像であることを考えると、従軍記からふらりとはみ出していくこの「空想」は興味深くもある。板垣直子を苛立たせる「自分本位」さがあるからである。はみ出した先に何があるのかは、たしかに曖昧だ。曖昧であるから「私」を超えたレベルに展開するということがない。植民地主義的な発想の枠組みとの距離も、その点ではっきりしない。ただ、この「飢ゑをしの」ぶ「沢山の女」は『放浪記』の芙美子自身に連なる女たちに他ならず、自他の分け目の無い芙美子の「空想」は、戦場にあってその強烈な論理に回収されることを、微妙に回避しているともいえるのではないだろうか。「兵隊の一人一人の顔は困苦欠乏によく耐えて、私のように考えごとをしている兵隊は一人もない」(『北岸部隊』、一二〇頁)というように、状況から遊離していることは自覚されている。自覚されつつも、この態度は維持されている。高崎隆治は、芙美子について「彼女は、作家が集団で行動する不毛を予知していたのかどうか不明だが、あるいは、権力に引きまわされることを生理的に嫌悪していたのかもしれない。だが、そのへんのことは、この時のレポートとして話題を呼んだ『北岸部隊』や『戦線』のどこにも書かれてはいない」という。[14]「自分本位」な態度が、どの程度の覚悟に支えられているのか、高崎も測りかねているようだが、芙美子のとった態度には、こうしたはみ出しがある。

ここでもう一度、「支那兵」の描写に戻りたいが、その描写の細かさと量の多さは、従軍記に対する期待の範囲を超えているのではないかと思われる。荒井とみよは、『戦線』とも比較しながら、『北岸部隊』における描写は「写真を見ているよう」であると指摘する。[15]荒井の言葉を借りれば「カメラのレンズとなった女」と、先の「冷酷」さは、こうした大量な死体の描写を可能にしている。敵の死体の描写、しかしそれについての意味づけがない大量の描写に、何を読んだらよいのだろうか。「本当の支那人の生活を知らない冷酷さが、こんなに、一人間の死体を「物体」にまで引きさげ得ているのではないかとも考えてみた」と芙美子は書いていた。他者に対する想像の欠落は、他者を「物体」化する。大量の死体の描写は、想像の欠落のすさまじさそのものの記録である。植民地主義的な発想の枠組みの中では、目の前にいたはずの他者の姿が消え、あるいは歪曲化されて記される。それを典型的な徴候とすれば、芙美子の従軍記の中には、とにもかくにも死体として「支那兵」の姿が書き込まれていることを見落とさずにおきたいと思う。また一方で、自らと重ねて空想を広げ、ときに花を手向けている。ここにある他者の姿は、少なくとも異質なものにねじ曲げられてはいない。「自分本位」に確保した小さな空想の場に、彼らは姿を見せている。一瞬のことではあるが、不在ではないということを掬い取っておきたい。

5 感傷性と当事者性

林芙美子の従軍記の特徴として繰り返し指摘されてきたのは、その庶民性である。神谷忠孝は、支那兵の描写があることについて「兵士の眼になっている」と指摘していたが、これもまた芙美子が持つといわれている庶民性の言い換えであろう。[16]「自分本位」であることと「兵士の眼」を持つことはどのように関係しているのか、考えてみたい。

この庶民性を高く評価するのは川本三郎である。「林芙美子が、戦争でもっとも労苦を強いられる「兵隊」に思いを寄せたことは、記憶されていい。そこに庶民作家の真骨頂がある」[17]という。今川英子もまた「芙美子が旅で最も優先したのは、一日一日を精一杯に生きようとする庶民の生身の感覚であった。偏見や先入観を拒み、あくまでも自分の目で見たもの、自分の手で触れたもの、自分の舌で味わったものだけを、直截的に表現していく。それは『放浪記』や初期の詩作品に連なるものであるが、このような感受性と歯に衣着せぬ独特の表現が読者の心を捉えたのである」と述べる。[18]

川本は、「これは、戦意高揚とか時局便乗とは少し違う態度である。林芙美子はただ、泥にまみれて黙々と行軍してゆく兵隊たち（その多くは貧しい農民出身の若者だった筈だ）に思いを寄せた。「戦争」でもなければ「軍人」でもない。林芙美子はただ無名の「兵隊」のことを語った」ともいうが、しかし、「兵隊」の精神性が基本的には帝国の枠組みに繋がっている以上、それに同一化することは、芙美子を植民地主義的枠組みに繋ぐことになるのではないだろうか。

そもそも従軍記というのは、国民を戦争に駆り立て、同一化していくためのソフトな装置である。その意味で、兵士と同一化し、それにより戦争と同一化していくという庶民性が、まさに必要とされたはずである。『戦線』に二度、さらに『北岸部隊』にも掲載された、「私は兵隊が好きだ」という一節で始まる芙美子の詩がある。『戦線』の最初の掲載箇所では「私は兵隊が好きだ。／空想も感情もそつと秘めて、／砲火に華と砕けて逝く。」「土に伏し草を食ふとも、／祖国への青春に叫喚をあげる兵隊！」（四九頁）、改稿されて再度掲載された箇所では「私は兵隊が好きだ。／あらゆる姑息を吹きとばし、／荒涼たる土に血をさらすとも、／民族を愛する青春に噴きこぼれ、／旗を背負つて黙々と進軍してゆくのだ。」（一六六頁）と、高らかに兵隊と祖国と民族をうたい上げた詩である。この詩についてはやはり「戦意高揚」に加担していると言わざるを得ない。そのような側面がない従軍記などあり得ない。「兵隊が好きだ」というわかりやすく強いフレーズが読者を動かす効果が期待されたからこそ、形を変えながら三度も掲載されたというべきだろう。

ここには感傷性もある。成田龍一は、イ・ヨンスク、川村湊とともに、芙美子の戦後の代表作『浮雲』をとりあげた鼎談で[19]、「「感傷」の共同性を利用することによって語り、自らの語りを支えようとしています[20]」と指摘する。イもまた、「感傷的な感情の罠に入ってしまっている[21]」と批判する。一方で、成田は『浮雲』に「植民地におけるアイデンティティの構成をめざす語り」とは異なる語りを「帝国‐植民地の関係の中から抽出しようとしている」という可能性を読み解いている[22]。『浮雲』についてここで触れる余裕はないが、芙美子の従軍記について考える際にも、この「感傷」という装置の機能は無視できないと思う。従軍記の中に幾度涙が描かれているか。ことに場面を変えて記述される「戦友」に対する兵隊の熱く切ない思いなど、この感傷を経由することで、悲惨さは撓められ、事実への冷静な批判性が生まれる可能性が奪われる。従軍記においては、感傷は、兵隊と語り手と読者を繋ぐ装置として、最大限に利用されているといってよいだろう。

さてしかし、ここで同時に考えてみたいのは、芙美子と兵隊はそれほどぴったりと重なっているのかということである。たしかに「兵隊が好きだ」と兵隊に寄り添い兵隊の美しさ崇高さをうたっているのだが、同時にこの従軍記には、芙美子の個別的な感覚というものが、覆われることもなく書き込まれている。「前線へ出てみて、私は戦争の崇高な美しさにうたれた」（『北岸部隊』、一二〇頁）という一節の前後に書かれているのは、先にも引用した「兵隊の一人一人の顔は困苦欠乏によく耐えて、私のように考えごとをしている兵隊は一人もいない」という一言、「私はいま、全く死んだように疲れている」という呟きである。兵隊の立派さに胸をうたれても、だからといって「私」がそれに同一化し、気持を高ぶらせていくというわけではないのである。あるいは、「前線へ来る程、その表情は岩のような馬力をそなえ、どんな兵隊も堂々としてみえた。砲弾の音とともに兵士の士気も、前線近くなると、何か、逞しい力で咆哮しつづけている感じである」（『北岸部隊』、一二五頁）という意気盛んな記述があるが、その数行あとには「私は日記をつけながら、日記を書く事に失望を感じ始めて来ている。何故だか解らない」（一二六頁）という沈滞に漂い込んでいる。兵隊の崇高さを描く一方で、執拗に描かれるのは、それに同一化できない「私」なのである。荒井とみよが『戦線』に比べながら指摘するように[23]、ことに『北岸部隊』では、「躊躇逡巡が深い襞を作っている」。「疲労感と憂鬱」を記しながら、「日記体は沈む。うろたえる」。

沈む「私」とともにこの従軍記に特徴的なのは、書けないということが繰り返し述べられているということだ。『戦線』では、「私は私の知つてゐるかぎりの人達に、この戦争の話を、年をとつて、腰がまがるまで話しつゞける事でせう」（一一五頁）という意気は徐々に失われる。

従軍作家なんて、酸つぱくつて、何と云ふ厭な名前だらう。私は兵隊や馬と同じやうに、一人の女として、こゝまでついて来たやうな、そんな胸のふくれるやうな気持もあるのです。これからさき、何を書き、何を喋ればいゝですか。ごみつぽい智恵や知識だけでものを批評する人間がうようよしてゐる、どうにもならない人種を相手に、私は何を書き、何を喋ればいゝのか少しもわからないし、厭なことです。（一三六頁）

『北岸部隊』も、同様である。

内地へ再び戻れることがあっても、私は、この戦場の美しさ、残酷さを本当に書ける自信はないと考える。残酷であり、また崇高であり、高邁である、この戦場の物語を、実戦に参加した兵隊のようには書けないのだ。だけど、そのくせ妙になにか書きつけたい気持は何時も噴きあがり、私の頭の中はパリパリと音がしそうなのだ。（一四六頁）

帰ったら何か書けそうかという質問には、「わからないのよ、書けるかも知れないし、また書けないかも知れないし……何だか、肝臓をひっぱたかれるような闘争心はあるのよ。だけど、私は今度のことなんか書けない。どんなことを書いていいかわからない。本当を書くとしたら千頁だって足りないものね」（一七七頁）と答える。こうした記述は繰り返し現れ、書けないと、何度も何度も記す。

この〈語りにくさ〉、躊躇には、当事者性をどのように考えるかという問題が深く絡んでいると思う。ある者が何らかの事態について自分自身を当事者ではないと説明するとき、そこには無関心や無知あるいは隠蔽や欺瞞が滲んでいるということを、ポストコロニアリズム批評は示してきた。私たちは関係の中を生きているのであり、問題の設定の仕方を変えれば、何らかのかたちで自身が生きるこの時代に関与している。この時代は過去と連続しているから、その意味で私たちは、それぞれが生まれる以前の時間にも関与している。大きく小さく、深く浅く、また遠く近く、問題を測る目盛りの設定を丁寧にしてみれば、あらゆる事態について、どこかの場所に自分が置かれていることを、知ることができる。知ることを避けて自分は当事者ではないと迂闊に口にすることは許されないと言ってしまっていいだろう。それは、責任の回避にしかならないからだ。

だが逆に、自分は当事者であるというフレーズはどうなのか。いつでもどこでも当事者を名乗ることができるかといえば、これもまた否というべきである。それぞれの者とある事態との関わりの重さには、当然違いがあって、この重さの違いを無視することはできない。それを無視して、誰もが同じように当事者であるということもまた、乱暴である。ここには代表性や代理性の問題が、さらに潜んでいる。すべての人が同じように当事者となるわけではないからこそ、語る者と語られる者との関係のあり方が重要な問題となるわけである。林芙美子が従軍してぶつかっている問題は、このような当事者性の問題に他ならない。

前線に参加した。しかし、それは従軍記者としてであって、兵隊と同じ質の戦いを経験したわけではない。当事者として語ってよいのかどうか、当事者とは何を指すのか。代わりに語るのだとしたら、何を語るべきなのか、誰にそれを伝えるのか。こうした問いが具体的に迫っているのであり、それは当事者であることを自問する必要のない『放浪記』では抱えることのなかった問いだったのではないだろうか。

従軍記は、まさに代弁性、代表性の際だつ書き物である。外地を内地へ繋ぎ、戦場を銃後へ繋ぐ役割を負っている。しかしそれを語る資格はどこにあるのか。体験の質の違いに敏感であればあるほど、書くことが難しくなっていくはずだ。『戦線』の「付記」には、「私は戦線からもどつて、ソプラノ的にものを云つてゐるかもしれませんけれど、生命を共に晒されてきた一週間の、戦線の将兵士の労苦を、私はほんとうは祖国のみんなにぶちまけ、うつたへたい気持でもあるのでせう」（一六八頁）とある。「ソプラノ的」という自嘲じみた形容は、〈語りにくさ〉と〈語りたいという欲望〉の衝突から生まれている。ポストコロニアルの思想は、当事者性にきわめて敏感な議論を展開してきた。語るということがどういうことなのか、聞き手になるということはどういうことなのか、代表するということは、代弁するということは。こうした問いに繋がるものが、林芙美子の躊躇にはある。

林芙美子の『戦線』や『北岸部隊』における、従軍記としての有責性は明らかである。ここで述べてきた微妙な特徴によって、それが軽減されるものではない。一方で、本章のはじめに述べたように、従軍記という大枠の内部の差異を埋め込んでしまわなければ、そこには拾い上げる意味のある差異がある。またそれらを浮かび上がらせることによって、テクストの重層性が見えてくる。林芙美子の従軍記は、従軍記としてのあり方を模倣し、たしかにそれとして機能し、兵隊に同一化して祖国への愛をうたいあげると同時に、それが育てた冷酷さをそのままに記し、それから外れる自分の感覚を挟み込み、そして語り手の位置についての逡巡を書きとめている。大きな物語に抵抗を試みようとするとき、このような重層性を無視しないことは、十分ではなくとも必要な条件となるはずだ。異なるものを一つに括ってしまわないこと。ここでの読み直しで見失わないよう心がけた、重く大切な前提である。

第Ⅳ部　言挙げするのとは別のやり方で

第13章　異性愛制度と攪乱的感覚

——田村俊子「炮烙の刑」

1　身体的な言葉

第IV部では、言葉が帯びている身体感覚に目を向けたい。ここまでに論じてきた被読性や応答性は、書く主体の身体感覚の一部である。言葉を発するときの、あるいは書くときの身体感覚は、その発せられ書かれた言葉の中に滲み漂っている。ここからは、書く主体の重層的で動的な様態を、読者との関係以外の観点にも切り口を広げてとらえてみたい。言葉を発する行為を、力の獲得や、統一的で安定した主体となることに結ぶのではなく、亀裂や軋みや矛盾を孕んだままに生き延びることへ、そしてできれば快楽へ、変容しながら動き続ける方向へ繋いでみたいと思う。

「炮烙の刑」(1)は、単線的に読むことのできない重層的なテクストである。この重層性は、「炮烙の刑」のみに特殊に認められるわけではなく、田村俊子の作品に共通して読み取られてきた官能的な情緒、豊かでときに過剰ですらある感覚が、つねに生み出しているもののように思われる。俊子の情緒や感覚は、テクストの中で、線状的にプロット化され得るものではない。それは、テクスト全体に不定形に広がり蠢いている。そして、物語内の出来事に触発され、プロットに分け入るようにして物語の表面に浮き出てくるのである。その瞬間の田村俊子の言葉は、身体感覚を描写するものではない。言葉が身体性を帯びるのである。本章で試みたいのは、身体感覚の在処を物語の層や思考の層とは異なる層として取り出し、その重層的な構造を「炮烙の刑」に読み取ってみることである。そしてそれによって、男女の相剋を描いた作家として読まれてきた田村俊子の感覚世界を異性愛文脈から解放することを考えてみたい。俊子にとって、異性愛制度は感覚への刺激をもたらすものであっただろうと思うが、しかし溢れ出た感覚のすべてがその中に収まるものだったとは思えないからだ。感覚を繋ぎ合わせるために、物語の枠組みは有効だろうと思う。異性愛制度によって組み立てられた物語、たとえば「男女の相剋」、あるいは〈男〉と対になるものとしての〈女〉、それらの物語は俊子の感覚に言葉を与える装置としてたしかに機能している。しかし、俊子が描いた感覚の世界は、異性愛の窮屈さをも示しているのではないか。そこから溢れ、こぼれ、泡立ち、波だっているのではないだろうか。言語を抱え込み、言語を生み出す身体はつねにそこに在る。俊子の感覚に触れることを目指して、「炮烙の刑」を読み解いてみたい。

2 姦通という物語

「炮烙の刑」の物語内容となっている出来事は、夫のいる女が他の男と親密になるという状況で、一種の姦通といってよい事態である。「炮烙の刑」の龍子は慶次という夫に愛情を持ちつつ、若く情熱的な宏三という男に慕われ、その想いも受け入れている。龍子と宏三の間に起こったのは唇が触れあったという程度のことで、それ以上ではないのだが、夫の慶次にとってその関係は許しがたく、怒りと嫉妬で夫婦の間には大波乱が生じている。

姦通は、周知のとおり当時の刑法上の犯罪である。しかし、物語のテーマとしては、姦通は許され、あるいは欲望されてすらいる。トニー・タナーは『姦通の文学』[2]において、「姦通という行動は、何もそして誰も（社会的に見て）位置や役割を必ずしも変えたりせずに、社会の存立基盤たるあらゆる調停が瓦解する可能性を予示し、社会構造を形成する相互に関連したパターンに関与することの内在的不可能性を例証する」[3]として、姦通、つまり妻の不義が、ブルジョア小説にとって重要かつ普遍的なテーマとなっていることを指摘した。日本の小説に目を向けても、夏目漱石「それから」（一九〇九年）、「門」（一九一〇年）、芥川龍之介「袈裟と盛遠」（一九一八年）、志賀直哉「暗夜行路」（一九二一-三七年）、谷崎潤一郎「蓼喰ふ虫」（一九二八-二九年）、「鍵」（一九五六年）、三島由紀夫「美徳のよろめき」（一九五七年）、小島信夫「抱擁家族」（一九六五年）など、途切れることなく姦通は書き続けられている。こうして姦通が小説のテーマとして許容されてきたことをふまえれば当然ともいえるが、「炮烙の刑」についての同時代評において、龍子の行為そのものは批判されていない。肯定的な読みすらある。たとえば中村孤月は、類似のテーマで書かれた俊子の「魔」にも目を配りながら「新に目覚めた女が、生活の自由の中に性欲の自由をも含ませて求めるのは当然である」[4]という。「何よりもまづ事実の興味にひかれて読んだ」という西条八十は、「Lustの中に宝玉を見た」と褒める。[5]この姦通という出来事そのものによって構成される層を、まずは第一の層としておこう。タナーとは異なる普遍化の例としては、「「炮烙の刑」の龍子が求めるのは、「一対一」の規範に縛られたくないという、「色事」的な関係である。（略）死に恋の至福をみいだす、心中する恋人たちと同じような死への憧れを、龍子もまた抱いている」という佐伯順子の論もある。[6]出来事そのものは普遍化することが可能で、とりたてて新しいわけではない。加えて確認しておかねばならないのは、姦通の物語は、徹底的に異性愛的だということである。異性愛の規範を、異性愛的に逸脱するのが姦通である。それゆえ、異性愛制度そのものを撃つものにはなり得ない、その点では安全な物語である。

しかし「炮烙の刑」が批判を被らなかったかといえば、そうではない。同時代には、論争にすら発展した森田草平と平塚らいてうの批判がある。[7] 二人が問題視したのは出来事そのものではなく、それに対する龍子の態度である。草平は次のように、倫理意識の欠落を批判した。[8]

女の主人公は、自分の為たことは自分の為たことだ、自分のものだ、罪悪でも何でもないと云ふやうな事を言ふんだが、そんな箆棒な事はない。又頻に自分の立場々々と言ふが、如何云ふ立場に立つて自分の行為が罪悪でないと云ふのか、それも能く解らない。（略）今更道徳的な作品を提供せよ、既成道徳に順応するやうな人物を描けと云ふのではない。破倫な事件を取扱ふのも可い、堕落した人物を描くのも宜しい、只其堕落には熾烈な倫理的意識の伴はむことを要求するので有る。堕落すれば堕落する程、一層倫理的意識の痛切ならむことを希ふものである。

一方、平塚らいてうは、龍子が自らの行為を肯定しきっていないという点に批判の目を向ける。[9]

私は龍子が他の男を愛したから堕落したものだとは云はない。又他の男を愛したことを罪悪だと認めなかつたからモラルセンスがないとは云はない。それよりも非難に値する重大なことはもつと根本的な処にあると思ふ。それは龍子が自分の行為に対する明かな自覚をもたなかつたことだ。龍子は他の男を愛したことをたゞ自分のいたづらとした。（略）無自覚な、不徹底な価値無き煩悶以上に出られなかつた処に寧ろ龍子の自己に対する大きな罪悪があると思ふ。

らいてうは、このように龍子の行為そのものを強く肯定するとともに、倫理的意識が不足しているという草平の立場を嘲笑した。[10]

草平とらいてう、二人とも龍子の態度を批判しているわけだが、二人の対立はすれ違っている。というのも、問題化されている龍子の態度はほとんど正反対のものだからだ。一方は自責が欠けていること（「罪悪でない」）を批判し、一方は自責があること（「いたづら」）を批判している。では、もともとの龍子の態度はどのように示されていたのか。二人が注目している箇所を引用してみよう。

> 一人に心を惹かれながら一人にも心を残してゐたといふ事は、一人を欺き、一人を弄んだ事になつた。それが私の心を責め通してゐた。私は何方へ対しても悪る《ママ》いことをしたと思つた。さうして私は自分のいたづらを悩んだ。（略）けれども、その行為を、私が慶次の前に懺悔をしなくてはならないといふ事はない。私は決してそんな事はしない。それは厭である。あの行為も、私の男へ対する愛も、みんな私のものである。何の為に私が慶次へ悔ゐの心を見せる必要があるのだらう。（五六頁）

龍子は矛盾する態度を同時に示している。自分の行為に自責の念を覚えていると同時に、懺悔する必要はないという。この矛盾の後者の部分に草平は反応し、前者の部分にらいてうは反応したわけである。こうした龍子の態度の揺れに反応しているという点で、論争している二人は実は類似している。[11] また、草平は倫理的意識が欠けているといい、らいてうは思想的自覚が欠けているというわけだが、それぞれが掲げる、理念が欠如しているという批判の形式においても、二人は類似している。草平とらいてうの異なりよりも類似点をふまえることで、龍子の態度の特異性を理解することができるだろう。二人が共に持っている一貫性を求める心性が、矛盾をそのままに投げだす龍子に苛立っているのである。龍子とその延長線上にいる俊子は、理念の欠如を非難される存在だった。何かが欠けている。読者は、出来事に対するヒロインの思いがどこかに収まり結晶化することを期待している。あるいは因果関係が綴じられ、結末が示されることを期待している。ところが、俊子のテクストはそうはならないのである。

出来事と分節して、こうした龍子の出来事に対する姿勢・態度によって構成される層を第二の層としよう。「炮烙の刑」においては、この層における矛盾や揺れが、読者の反応を引き起こしている（くどいようだが、姦通という出来事ではなく）。

先行研究も、この層に向かい合って、解釈を試みてきたといえる。たとえば、長谷川啓は「〈男という制度〉からの自決権奪還の物語、いいかえれば父権制秩序からの越境物語」[12]だという。長谷川は「妻は夫の所有物で姦通罪のあった時代に、夫権の解体を迫る妻の自己決定権を要求し、父権制秩序そのものを象徴する姦通罪を拒否した」として高く評価する。一方、龍子を「自己主張の強い女性」としながらも、だからこそ「他者からの承認をより強く求めようとする」と解釈したのは、山崎眞紀子である。[13]姦通を、「慶次の反応を誘発」するために「宏三との恋という不協和音を忍び寄せ」たと解釈し、「他者に働きかけ、その反応によって自我を把握していく」物語と結論づけている。長谷川が「〈男〉からの自由と独立」を読んだのと、きわめて対照的である。評価が定まらないのは、姦通に対する龍子の態度そのものが矛盾を孕んだものであるゆえ、致し方ない。ここではどちらにも加勢せず、この層もまた、姦通に対する姿勢によって構成されている以上、第一の層と同様に異性愛的文脈に属しているということを確認しておきたい。龍子の「自我」のあり様を異性愛的に読み解くという点では、長谷川と山崎の論は方向こそ逆だが同じ土俵にある。

3　三つの手紙と異性愛的物語

さて、以上のようにまずは二つの層に分けたうえで、「炮烙の刑」に向かってみよう。はじめに確認したいのは、幻覚や妄想ともいえる合理性を欠いた龍子の感情の流れが描かれる一方で、慶次や宏三の描かれ方については、ほとんどぶれがないということだ。彼らの思考や態度は、言語化された矛盾を含みながらも一貫しており、また、彼らの思考を補完するように龍子の振る舞いが描出されている。つまり彼らは、姦通という異性愛的物語の中で与えられた役割を、それを疑う契機も与えられず忠実に遂行しており、その意味で物語は整合性を保って緻密に構成されているということである。龍子と慶次と宏三という三人の登場人物のあり様を端的に示すように組み込まれているのは、それぞれが書いた手紙である。一つ目は龍子が宏三に向けて書いた手紙、二つ目は慶次が龍子に書いた手紙、三つ目は宏三が龍子に書いた手紙である。「炮烙の刑」は、三人の登場人物によって書かれた手紙が一通ずつ挿入されるという、整った構成になっている。二つ目の手紙の書き手が慶次であり、三つ目の手紙の書き手が宏三という、数字にちなんだ命名も構成の整合性を示している。「炮烙の刑」は、すべての部分で無制御に混乱を描いているわけではなく、的確に人物を配置した構成的なテクストでもあるのである。ここでは、それぞれの立場から書かれた三つの手紙を通して、三者の語られ方について整理してみたい。

一通目の手紙は龍子が宏三に宛てた手紙である。その特徴は、最後まで配達されないということだ。龍子が宛先を記したことは書かれている。しかし、後半で二人が会う場面では、宏三が「手紙を下されば心配はしないのに」と言い、龍子が「手紙でよく申し上げますから」と言っており、冒頭で書かれたこの手紙が配達されないまま宙づりになっていることがわかる。届かない一通目の手紙は、龍子一人の世界の外へ出ず、手紙として機能していない。

手紙が属している第一章の龍子の世界は、ほとんど幻覚と妄想によって出来上がっている。「混沌と眠りに落ちて」いるところから始まり、「頭の上に押しかぶさつてくる真つ暗な陰翳」を感じるが、目を開いてみれば誰もいない。慶次が何かを書くペンの音が聞こえると、「女を殺してからあとに残しておかなければならないものを、彼男は書いてる《ママ》に違ひない」（二四頁）と考えるが、それが妄想だったことは次章で明らかにされる。さらに、慶次を愛している、謝るのは厭だ、殺されるなら仕方が無い、殺されるのは厭だ、慶次が私を笑っている、怒った顔は怖ろしい……と矢継ぎ早に感情の動きが示されてゆくが、「又物に脅かされて目が覚めた」（二七頁）という。つまり眠りの中にいたということになるが、覚醒した時点からいつ朦朧とした状態に辷り込んだのかも不明である。慶次に襲われるという恐怖に満ちた推測も、脳裡に浮かんだという凶器を求めて歩いている慶次の殺気走った形相も、すべてが現実とずれた「まぼろし」である。その連なりに、第一の手紙は配されている。内容は、宏三と別れて家も出て「朝鮮の父のところへ行くつもり」（三〇頁）ということだが、それが実行されることのない妄想であることは、小説の結末に明らかである。第一の手紙は、こうして、手紙として書かれながらも現実に関わりを持たない、自分だけに宛てた書き物となっており、また龍子の世界から慶次や宏三という男たちが排除されていることを示している。

男たちの手紙は第一の手紙とは対照的である。第二、第三の手紙は配達され、書かれたことが実行される。伝えられた情報に誤りはなく、たしかに手紙として機能している。

第二章に組み込まれた慶次が龍子に宛てた手紙は、龍子に近い語り手から切り離された慶次による自己語りともなり、彼の心情を説明している。慶次は、龍子が自らの行いを罪悪ではないと言いきることに対して「殺しても足りない憎い女」（三二頁）と感じ、嫉妬と憎悪に苛まれ、それを忘れ許すことのできない自分を恥じ、何もできないことを卑劣だとも感じており、こうした思いに耐えられないので龍子と別れるため「私は旅に出る」（三三頁）という。この後描かれる慶次という男は、手紙が示した枠を外れることはない。記されたとおりに家を出、あとを追ってきた龍子とKという町で会ったあとは、手紙と同様の感情の流れを再び辿りながら「憎むべき女！」（五一、五四頁）と繰り返す。慶次の目に映る龍子の姿にも、変化はない。先にも確認したように龍子の思考は二つの方向に分岐している。一方には「慶次に対する恋ひしさ」（三九頁）があり、自責の念に繋がっている。もう一方には、

「私だけの生活」（三九頁）を求める気持ちがあり、その延長線上に懺悔も自戒も拒否する姿勢がある。しかし慶次の目に映るのは、後者の姿のみである。「お前は僕の前に来て自分の行為を悔ゐているのか」という問いに龍子は、「いゝえ後悔なんかしてません。決して」と「冷めたく」（五四頁）言い放つのであり、慶次の「憎むべき女」という言葉の中味は正確に埋められていく。慶次の自己語りでもある第二の手紙は、慶次を規定し、物語の展開に枠組みを与えているといえる。二人のやりとりは非常に烈しいものだが、注意しておきたいのは、物語現在において、それはすでに一度なされた出来事の再現として語られているということだ。未知の体験であったはずの最初の衝突が済んだ後に、小説の時間は開始されている。事後的にあらためて繰り返されたこのやりとりの中で、二人は互いの中に未知の他者を見出すことなく、既知の関係性を再確認するのである。そもそも「一と言でも物を云へば、あの問題に触れなければならないといふ事が煩はしい」（四九頁）ので「自分から口を開くことはいや」だと感じていた龍子は、応酬の過程で、徐々に言葉を失っていく。「私は黙つてゐればいゝのだ」（五七頁）と覚悟を決め、最後には「この男にもう口を交く用はない」（五七頁）と沈黙する。態度を固める龍子に対して、慶次は「可哀相だと思つてくれ、僕を」（五九頁）と「嗚咽」するしかない。互いの関係を再編する契機は、ここにはない。怒りと嫉妬に苦しみ、妻を憎んで自己憐憫に暮れるという夫の役割を慶次は見事に担っている。龍子もまた、不貞を働く悪妻ぶりを十分に発揮し、結婚制度を揺るがす姦通の物語が破綻無く完成しているといえるだろう。第二の手紙によって枠組みを与えられた姦通の物語は、このように新しさを欠いて進行している。

宏三によって書かれた第三の手紙は、龍子が慶次を残して東京に戻り、宏三と面会する後半に組み込まれている。第二の手紙の導入までがそうであったように、龍子の妄想が一頻り展開された後に手紙が挿入されている。そしてやはり第二の手紙同様に、第三の手紙は書き手である宏三という登場人物自身を語る。手紙には、龍子を待っていたこと、待っている場所に現れなかった龍子に怒ることもなくただ心配しているということ、この後も待つつもりであることが記されている。宏三の自己語りが映し出しているのは、姦通物語の第三の登場人物となる女に甘える若い男の姿である。このあと龍子は訪ねてきた宏三に会うが、話しかける宏三にわずかな返答をするのみで黙り込み、「返事をしないで先きに立つて外へ出」（七五頁）た後には、「この儘何も云はずにゐて停車場まで送つて行かうと考へ」（七五頁）る。宏三とのやりとりは慶次以上にはっきりと拒否されている。もう会わないと告げる龍子に、宏三は「いつものやうに、女の手の内に毬のやうに媚びやうとする男のおとなしい感情」（七六頁）で応じ、龍子の決意が固いことがわかると涙をこぼす。龍子は「宏三に対する嫌悪の念が募」（七八頁）り、また反省することも「煩さくてたまらな」（七九頁）いと沈黙する。宏三のあり様に変化はなく、龍子にとって二人の関係はすでに終わったもので、関わること自体が倦まれている。男は涙し、女は去る。この成り行きは、慶次の場合と同じである。第三の手紙がつくり出す光景は、第二の手紙を反復するものだ。

第二、第三の手紙を配して組み立てられた徹底して異性愛的な物語は、先に切り分けた第一の層を構成している。男たちの目に映った、貞節を欠き悪びれない冷酷な女は第一の層の登場人物としてよいだろう。二つの手紙によって、二人の男が自己と女のあり様を説明し、女はそれを覆すことなく受け止めるとともに、沈黙して去る。このようにして、姦通の物語は再現され反復される形で遂行され、閉じられている。他者性を欠いた二人の男と、彼らがつくる女性像を抵抗するのも懶いとばかりに体現する女によって組み立てられた物語なのである。つまり、「炮烙の刑」という小説の過剰さは、姦通という出来事にはない。

第二の層とした、出来事に対する龍子の矛盾した姿勢は、慶次にも宏三にも見えていない。龍子の「自我」のあり様として、読者が受け取り読み解いてきた層である。では、そこに「炮烙の刑」の新しさ、過剰さはあるのだろうか。多くの読者からそれぞれの反応を引き出し得ていることをふまえれば、もちろんこの層には人を動かす力があるというべきである。〈男女の相剋〉を〈女〉として描く田村俊子という作家像を生み出してきたのは、この第二の層である。男への愛情と私は私だという自我の衝突は、当事者が二者であっても三者であっても発生する。二つの極の間を振り子のように行き来し、そのどちらをも自分の感情として混乱そのものを生き抜こうとする俊子の女たちは、強烈な存在感を放っている。ただここで、踏みとどまってあらためて考えてみたいのは、龍子の世界と第一の手紙である。それは、第二の層に属しているだろうか。第一の手紙は、第二、第三の手紙とは、明らかに異なる性質を帯びていた。配達されない、妄想的な感覚の世界に属する第一の手紙は、男たちとのもつれた関係から去ることをはっきりと志向しており、その点で、矛盾を含んではいない。それは第二の層の一方に接しているが、第二の層の問題系とぴったり重なるものではないのである。また第二の層は姦通事件に関する姿勢である限り、異性愛的な文脈から外れるものではない。第一の手紙の世界もまた、異性愛的に読むしかないのだろうか。それはもちろん姦通物語から書き出されたものである。しかし、そうでありながら、彼らとの関係から離脱したところに龍子は運ばれていないだろうか。姦通物語に触発されて生まれながら、自己増殖しふくれあがった妄想と感覚の世界は、すでに発生の契機となった物語から切り離されてしまってはいないだろうか。

4　龍子の感覚世界

姦通物語に分け入って描出された龍子の感覚世界について考えてみたい。先に、第一の層たる姦通物語において慶次と宏三が決定的に他者性を欠いていることを確認した。その一方で、非常に興味深いのは、龍子の感覚の世界が膨張したとき、他者が現れるということである。

慶次とのやりとりの最中に、龍子の内側に湧き起こった感覚は、次のように記されている。

龍子は斯う云つてから、自分の声が聞き馴れない――他人の声のやうな気がして、偶とその声を呑んだ。さうして慶次の顔を見た。突然、はげしい力で彼女の肉の上にある感覚がおそつてきた。龍子はそれを何うすることも出来なかつた。四肢が釣れて呼吸が燃えた。（略）自分の身体がぢり〳〵した。自分の肉全体を燃え上る火の中に抛り込んでもらひ度いやうに肉が苛れた。

「焼き殺して下さい。」（五三頁）

龍子は他者に出会っている。彼女は、自分の感覚、「自分の身体」、「自分の肉」、他者化した自己に出会うのである。配達されない第一の手紙が男たちとの繋がりを持たなかったように、龍子の世界の登場人物は彼女一人である。龍子は、その世界で自らの肉に潜んだ他者に出会う。それは自分であって自分ではない者、自分の身体から現れた者でありながら自己統御不可能な見知らぬ何者かである。引用箇所の直前の場面で龍子は、「あなたに逢へなければ私は死なうと思つた」（五一頁）、「あなたとは別れることが出来ないのです」（五二頁）、「私がどんな思ひをしてあなたの後を追つかけて来たか」（五三頁）と畳みかけるように慶次に言う。これらの台詞は、男への愛情を物語るもので、慶次を追う道中の記述と重なっているので嘘ではないといえるだろうが、半ば芝居めいている。言葉に酔うように彼女は涙ぐむのだが、その流れがある地点でふつりと止まる。その瞬間、龍子は自分の発話と切断される。感覚の膨張が起こるのはそのときである。次に口を突いて出るのは、「殺しちまつて下さい」「焼き殺して下さい」（五三頁）という熾烈な一言である。涙まじりの声から一転、それは「底強い声」で押し出される。「自分の肉全体を燃え上る火の中に抛り込んでもらひ度いやうに肉が苛れた」という、自意識を踏み破って身体性が暴発した瞬間である。マゾヒスムとも読まれてきたこの「感覚」は、二つの極を行き来していた感情が、ついに振り切れて、閾値を超えたところに生じている。それは、異性愛の文脈をも振り切っている。それゆえ、慶次は応えることができない。龍子の欲動は、男が用意した展開のどこにもおさまり様がないのである。殺して下さいという声に慶次が応じるのは、東京へ戻り、宏三と会っていた龍子を発見した瞬間である。そのとき何が起こっていたのか。「炮烙の刑」の末尾の部分である。

「汝が云つた通りに焼き殺してやる。」

慶次はうめくやうに低く云つた。その息が大きく弾んでゐた。龍子は黙つて引きずられて行つた。恐怖が全身を襲つたけれども、龍子は非常な力でそれを押へつけた。

「どんな目にでも逢ひます。逢はしてごらんなさい。」

自分の人生にも斯ういふ奇蹟がおこるのだ。――龍子は冷嘲的に然う思ひながら空を見た。青い空は幸福に輝いてゐた。（八三頁）

この結びは、第二の層を読む読者たちを当惑させてきた。たとえば、らいてうは次のように言う。

作者は最後に『自分の人生にさういふ奇蹟がおこるのだ――龍子はかう思ひながら空を見た。』と書き足してあるけれど私には何のことだか分らない。さういふ奇蹟とはどういふ奇蹟なのだらう。何だか少しおかしい。[14]

この不可解さは印象的である。龍子の姿勢には思想的自覚が欠如していると糾弾したらいてうだが、この部分については批判もできないほどの不可解さで戸惑っている。「何だか少しおかしい」としか言いようのないこの末尾の一節を、どのように受け止めるべきか。

興味深いのは、再浮上したマゾヒスム的欲望に「青い空は幸福に輝いてゐた」という風景への視線が絡み込んでいることである。「炮烙の刑」には、風景描写が断片的に織り込まれている。心象風景として読まれてきたが[15]、ここで注目したいのは、これらの描写がきわめて感覚的であることに加えて、それゆえ姦通物語の進行から逸脱する瞬間となっていることである。

風景と感覚が混ざり合う描写の断片には「一人」の解放感が語り込まれている。たとえば、車窓から「大きな河が眠るやうに流れてゐる」様や「放胆な山の姿」を眺めるうち、龍子は「初めて自由な気がした」（四三頁）という。

「なんて親しい色をしてるのだらう。」

龍子は然う思つて、空想的な代赭色の山のひだを眺めた。

気がせい〳〵とした。龍子は当分山を見て暮らしたいと思つた。誰れの顔をも見ずに、たゞ山を見て日を送つて見たいと思つた。そうして其所で静に考へたい。一日でもほんとうの心の生活がして見たいと思つた。

（四三頁）

そしてもし慶次とはぐれたら、「自分はこの儘一人で日光へ行かう。そうして、一人でゐて一人で考へやう。／誰れの顔も見ずに、誰の感情にも煩はされずに、私は私の事をそこで考へる」（四三頁）という。あるいは、慶次と別れて帰る車窓から、「雪の光を残して暮れて行」く風景を眺めながら、「自分の身体がいまそつくり自分のものだ。自分の精神がいまそつくり自分のものだ、と云ふ意識が弾くやうに強く起」（六六頁）こったという。宏三が煩わしくなったときにも、「遠い空に眼も心も放」ち、「此処からこの儘に何処かへ」（七九頁）という感覚が呼び起こされる。風景へ視線が向けられるとき、龍子は一人になる。妄想と幻覚を走らせた先で書かれた第一の手紙は、この感覚と繋がっている。マゾヒスム的な感覚が、男への愛情の閾値が振り切れた先に突如湧き起こった感覚だとすれば、この一人への解放感は、対抗的に創り出された自意識が目前の関係から風景へ滑り出るようにして遠ざかり、ついに閾値が振り切れた先で突如開けた感覚といえるのではないだろうか。

マゾヒスム的な感覚が見知らぬ自己の出現だとすれば、ここでは自己の全一感が解放感とともに湧き出している。二つの感覚が、全く異質なもののようであるにもかかわらず響き合うのは、どちらも姦通物語がつくり出した閾値を超えた感覚だからである。龍子の感覚の世界では、そのようにして、マゾヒスム的な感覚と風景に放たれていく圧倒的な解放感とが繫がっている。龍子は慶次をマゾヒスム的な欲動に巻き込んでいるが、その意味で、この欲動は慶次との関係の位相には属していない。龍子が見つめているのは自らの身体であって慶次ではないからだ。龍子の欲動に慶次が応じた形をとってはいても、それを「奇蹟」として受け取り得るのは龍子のみである。第一の手紙同様に、宛先として名前が書かれていたとしても、龍子の欲望が彼らに届けられることはないのである。欲望の送り手も受け取り手も、龍子である。自己が多重化したその世界の中で、彼女は他者化した自己に出会う。それゆえ、この感覚の世界は、すでに異性愛文脈から切れている。

ここでさらにもう一箇所、解釈が滞ってきた箇所といえる「母」が登場する夢について考え合わせてみたい。最終章に挿入された夢である。龍子は、夢の中で、洗濯をしている宏三の母親に会う。母は「どうしたのかさめぐと泣」き、龍子も「声を上げて」泣く。夢は次のように続く。


「あのお母さんを見ると私はいつでも斯う悲しいんです。ほんとに何時見ても、いゝお母あさんね。」

龍子は斯う云つたやうな心持で、いつまでも泣いた。さうして少しも泣いてゐない宏三が龍子には憎かつた。

二人はその母親の事で何か云ひ争ひをした。それは慶次の母親だと宏三が云つた。

けれども、龍子には宏三の母親としきや思はれなかつた。その顔も宏三の母親とおんなじ顔であつた。たいへんに暗い隅の隅の方に、その母親の坐つてゐる影が見えた。龍子は其所へ行かうとして立つたが、ちつとも歩けなかつた。龍子は「お母あさん。お母あさん。」と呼んだけれども、その母親はだまつてゐた。宏三はその母親の傍に行つて何か話してゐた。

龍子は宏三がその母親と二人だけで話してゐるのが口惜しい気がした。それで自分が何か云はうとすると宏三がいつの間にか自分の傍にゐて、自分の手を取らうとしてゐた。龍子はそれを頻りに拒まうとしてゐると、母親の顔と姿が直ぐ目の前に大きく出てゐたので、龍子は嬉しさに我れ知らず声を立てながらその母親に縋らうとした。龍子の夢はそこで破れた。

（七一―二頁）

引用が長くなったが、この箇所の解釈としては、宏三への「罪悪感」から「同性としての苦労が忍ばれる母親（洗濯、暗い隅の方と、いかにも夫権制下の日本の母親像だ）に謝罪したくなったのであろう」[16]、「『青鞜』に集うようなエリート階層ではない先達へ向けた、労りや連帯意識の萌芽であったのだろうか」[17]という指摘があるが、宏三への罪悪感からくる謝罪であれば、宏三が拒まれていることとも宏三と競争関係が生じていることとも辻褄が合わず、連帯意識の萌芽なのであれば母への接触が遮られていることと辻褄が合わない。

同性としての謝罪や連帯としてではなく、ここでは夢の光景そのままに「娘」の「母」に向けられた愛に満ちた情動として読みたい。この母は宏三の母として現れているが、途中で宏三が慶次の母だと言う場面があるように、誰の母でもない、あるいは誰の母であってもよい「母」なる存在といえる。龍子はその前で「泣」き、また宏三と「母」を取り合う「娘」として登場しており、「母」に対して湿り気を帯びた暖かな愛情を感じている。そして重要なのは、その母を求める龍子の感情が、宏三という異性から寄せられた愛によって阻まれているということである。

母への愛が異性愛によって遮断されるという事態は、第1章の「女作者」の分析でも参照したジュディス・バトラーの次の指摘を思い起こさせる。「文化のなかに存在する二分法の制約は、両性愛《バイセクシュアリティ》が見慣れた異性愛に分岐して「文化」のなかに出現する以前の前-文化的な両性愛にその根を持つ[18]」。「前-文化的な両性愛」が排除されることで、異性愛文化が成立し、「法のまえに存在する快楽《ジュイサンス》という過去は、語られる言語の内部からは知り得ないものとなって[19]」いる。しかし、「過去が主体の発話のなかで失敗や不整合やメトニミー的な言い違えとしてふたたび現れてこないということにはならない[20]」のである。そのように現れた過剰さを帯びた切片として、第1章では「女作者」の表層を滑走する感覚描写に注目した。「炮烙の刑」では、俊子の情動を異性愛が切断するという事態が、より明瞭に示されているということができるだろう。バトラーが「両性愛」と説明した情愛を、竹村和子は「母への愛」として読んでいる。そして「母の殺害」によって、異性愛的なセクシュアリティを形成していく過程にはジェンダーによる非対称性があることを、次のように説明している。

母への愛を殺さずに、性対象を母と同じ性に求めて、母の殺害（母からの分離）ができる男と、母への愛を殺して（忘れて）、母と同じ性になり、母の殺害（母からの分離）ができない女。母の殺害をめぐる物語のこの非対称性が、男女の自律性（主体化）の非対称とともに、男女のセクシュアリティの非対称を決定する。[21]

娘が原初的に持っていた母への愛、原初的な快楽と結びついたそれは、異性愛の成立によって忘却され、娘にメランコリーを植えつける。しかしそれは、言い違えや不整合な発話の中に、ふいに現れることがある。こうした指摘をふまえれば、龍子の夢は、その不整合な言語としての実践の中で、きわめて鮮明に「娘」が強いられる異性愛体制への抵抗を示したものとして読み得るはずだ。竹村は、「性の体制を背後から強力に支えている「母なるもの」や「母なるもの」の再生産である母-娘関係をどう攪乱しながら経験していくか――そのメランコリーからの離脱の道のり――を模索していくことが必要なのではあるまいか[22]」と論じたが、俊子は龍子の夢を通して、娘の母への愛を覚醒させている。母を呼んでも、異性愛に阻まれ辿り着くことはできない。しかし、娘は母を忘れてはいないのである。

また、母への愛は、マゾヒスムの物語の一部として理解することもできる。ジル・ドゥルーズは、サディスムとマゾヒスムを一対視する見方を批判し、マゾヒスムに口唇的な母と子の近親相姦的な結合を読み込んでいる。(23)口唇的な母とは、子宮的な母と、エディプス的な母の中間において、「悪しき母親の諸機能を良き母親へと引き写しそれを理想化(24)」した存在を指している。マゾヒスムにおいてはこの母を拷問者として迎え、父を排除して「性的素質としての超自我」を払い去り、単性生殖的な第二の誕生を経験するのだという。(25)それゆえマゾヒスムは、異性愛的な性愛とは位相の異なる実践となる。マゾヒスムが欲望される「炮烙の刑」において、母への愛は非異性愛的なものとして欲望され書き込まれていると思われる。具体的な拷問者となっているのは慶次であるが、ドゥルーズを参照すれば、慶次の位置にある者は象徴的に口唇的母として欲望されていることになる。つまり、母の夢と、「殺してください」という発話として表れた「ある感覚」は共に、抑圧された母への愛が異なる回路を経由して表出されたものといえる。風景に放たれたときの解放感もまた、母への愛が備給されたものといってよいだろう。それは、全一的で、山や空や日の微笑みに包まれる感覚であるからだ。また第一の手紙に書き込まれた、朝鮮にいるという「父」、物語内の現実的な逃避先として設定されている父についても触れておこう。父は、男たちとの異性愛のもつれを総括する法として、超越的に配置されている。その名が必要なときには召喚されるが、機能する機会は用意されていない。手紙が配達されることはなく、朝鮮行きが実行されることもけっしてないからだ。父を消去することは不可能である。しかしそれは、法の場に据えられ彼方に退けられている。そして、マゾヒスム的な欲動と全一感が脈絡を欠いて混じり合う龍子の感覚世界が、幸福に輝く青空に向かって広がるのである。

5　非異性愛的攪乱性

マゾヒスム的な「ある感覚」と風景への解放感、そして母の夢。それぞれは全く異質な切片のようだが、共に言語以前に抑圧された母への愛によって備給されている。断片化して物語の表面に浮かび上がったものに、全く繋がりがないわけではない。それらの感覚を生み出す身体まで戻り、抑え込まれ言語化されることを禁じられた欲動に触れるならば、その繋がりが見えてくる。この感覚の切片を繋ぐ層を、ここまでの第一、第二という腑分けに続き、第三の層とすることとしたい。

線状に紡がれた小説の言語を質の異なりによって分節化すれば、重層化した様相を見出すことができる。ことに田村俊子の作品では、暗闇を凝視するようななりふり構わぬ集中力によって身体的な感覚が言葉にされている。その言葉の生々しさは、女性作家に向けられた視線への戦略的なへつらいや、描写の時代に競われたレトリックに回収することのできない、切実で真剣な何かの実践がなされていることを感じさせる。その何かは、異性愛制度との格闘に収まりきるものではない。俊子の感覚の世界は、異性愛的性愛を限定的に構造化し配置するものであって、その中にあるものではないからだ。「炮烙の刑」の姦通や、「生血」における性交の初体験や、「枸杞の実の誘惑」の強姦など、俊子の作品では異性愛的に扇情的な素材が扱われているが、そこで描き出されているのは、それらを一種の契機にして発動する感覚の世界である。その圧倒的な感覚の世界に比したとき、具体的な異性愛素材は、もはや感覚を発動させる契機以上の意味を持たないのではないかとすら感じられる。田村俊子にとって、異性愛制度は窮屈なものだったのではないかと思うのである。第三の層は、異性愛制度に与した第一、第二の層に組み入れ不可能であるというだけではなく、その制度性と抑圧性を示している。この層にこそ、「炮烙の刑」に価する過剰さと危険性、そして攪乱的な魅力が満ちている。
表題になっている「炮烙の刑」は、異性愛的に生み出されたものだ。

> 或時后妲己南庭の花のたばえ《ママ》を詠て、寂寞として立給ふ。紂王見に不レ耐して、何事か御意に叶ぬ事の侍る。と問給へば、妲己哀炮烙の法とやらんを見ばやと思ふを、心に叶はぬ事にし侍ると宣ければ、紂王安き程の事也とて、軈て南庭に炮格《ママ》を建て、后の見物にぞ成しける。夫炮烙の法と申は、五丈の銅の柱を、二本東西に立て、上に鉄の縄を張て、下炭火をおき、鑊湯炉壇の如くにおこして、罪人の背に石を負せ、官人戈を取て、罪人を柱の上に責上せ、鉄の縄を渡る時、罪人気力に疲て、炉壇の中に落入、灰燼と成て焦れ死ぬ。焼熱大焼熱の苦患を移せる形なれば炮格《ママ》の法とは名けたり。后是を見給て、無レ類事に興じ給ひければ、野人村老日毎に子を被レ殺親を失て、泣悲む声無二休時一。
> （『太平記』巻三十[26]）

銅柱を立て鉄の縄を張って炭火を下に置き、石を負った罪人を渡らせて、力尽き炉壇に落ちて焦がれ死にさせる。「焼熱大焼熱の苦患」に見立てたこの刑罰は、殷の紂王が愛妾妲己を笑わせるためになしたものであり、凶暴な異性愛的欲望が生み出した見世物である。俊子はこの罪人に自らをなぞらえている。異性愛者に笑われながら刑に処せられている罪人は、彼らに共有され得ない感覚と快楽の世界を持つ一人の女である。俊子の感覚世界は、異性愛者に処罰されねばならぬほどに危険で過剰な攪乱性に満ちている。

第14章　遊歩する少女たち

――尾崎翠とフラヌール

1　歩く少女

「少女」という鍵語によって、その可能性が広く読み解かれるようになった作家に尾崎翠がいる。川崎賢子「〈少女〉的世界のなりたち　尾崎翠の彷徨」[1]、生方智子「「女の子」のファミリー・ロマンス　尾崎翠『第七官界彷徨』の世界」[2]、小谷真理「翠幻想　尾崎翠のメタ恋愛小説」[3]、黒澤亜里子「尾崎翠と少女小説　新しく発見された一群のテクストをめぐって」[4]、リヴィア・モネ「自動少女　尾崎翠における映画と滑稽なるもの」[5]など、中心からずれた位置に囲い出された領域としての「少女」という概念を経由して、非常にユニークな「恋愛」のあり方や感覚の様相、また同時代的には、モダニズム、とくに映画との関係などについて検討が加えられてきた。尾崎翠を「少女」として読む先行研究に連なりながらここで考えてみたいのは、歩くということである。尾崎翠は、「途上にて」「第七官界彷徨」「歩行」というように、歩くことにまつわる言葉を作品のタイトルとして繰り返し選んでいる。尾崎翠は、歩く少女を書いた作家だった。尾崎翠と歩くことについては、川崎賢子がまとまった論を提示している[6]。川崎は、脚の散歩から、目や耳や鼻の散歩という諸感覚の散歩へ、さらに「人間中心主義的な感覚および知覚の限界を超え」ていったというように、その感覚の解体・再編過程を辿った。本章では、歩くという身体感覚そのものに注目してみたい。尾崎翠の少女はなぜ、どのように歩いたのか。そしてまた、歩くことと書くことはどのように関係しているのだろう。

同時代といい得る大正から昭和にかけて、歩くことは、特別な意味を帯びた行為となっている。たとえば、『文学時代』一九三一年六月号に、「都会の魅惑　尖端少女座談会」(7) という企画がある。参加者は、龍田静枝、花岡菊子、松井潤子といった女優を含む六人である。そこで、「尖端少女」たちに投げかけられた最初の質問は、「よくあなた方は街を散歩なさいますね。一体どんな所が好きで街に出るのですか」というものである。松井潤子が答える。「今こゝへ来る時に東京駅の前のビルヂング街を歩いて来たんですよ。さうすると何とも言へない不思議な好い気持ちに……」。龍田静枝は、次のように言う。「私は銀座を歩くのは、なんとなく華やかで、ぱあつとして居る所を、自分が静かな気持で縫つて歩くのが好きなんです」。聞き手の加藤武雄が、「所謂群衆孤独というやつだな」とまとめ、「群衆の中の淋しさを味ひたいのです」と龍田が答える。明治の女学生の典型的表象といえば、リボンを風になびかせながら自転車に乗る姿である。しかし、昭和の都市空間を生きる少女は歩く。街路を彷徨い、遊歩するのである。昔も今も、歩くことは人にとって日常的な行為であるが、ここでは歩くことが、「尖端少女」を輪郭づける象徴的な意味を帯びている。聞き手にも少女たちにも共有された、モダンガールを端的に描き出す記号となっているのである。

林芙美子の『放浪記』(8) も、歩く少女を描いたものといえそうである。不屈のモダンガール林芙美子は、「道を歩いてゐる時が、私は一番愉しい。五月の埃をあびて、新宿の陸橋をわたつて、市電に乗ると、街の風景が、まことに天下タイヘイにござ候と旗をたててゐるやうに見えた」(三四頁)という。ときには、友と一緒に歩く。「歩ける丈け歩きませう。銀座裏の奴寿司で腹が出来ると、黒白の幕を張つた街並を足をそろへて二人は歩いてゐた。朝でも夜でも牢屋はくらい、いつでも鬼メが窓からのぞく。二人は日本橋の上に来ると、子供らしく欄干に手をのせて、飄々と飛んでゐる白い鷗を見降ろしてゐた」（四二二―三頁）。

一種のコウフンは私達には薬かも知れない
二人は幼稚園の子供のやうに
足並をそろへて街の片隅を歩いてゐた。
同じやうな運命を持つた女が
同じやうに眼と眼とみあはせて淋しく笑つたのです。
なにくそ！
笑え！　笑え！　笑え！
たつた二人の女が笑つたとて
つれない世間に遠慮は無用だ
私達も街の人達に負けないで
国へのお歳暮をしませう。
（略）
二人はなぜか淋しく手を握りあつて歩いたのです。
ガラスのやうに固い空気なんて突き破つて行かう
二人はどん底の唄をうたひながら
気ぜはしい街ではじけるやうに笑ひあひました。

ここで、林芙美子と歩みを共にしているのは、平林たい子である。二人は歩くうちに力を賦活させる。貧しさも寂しさも、彼女たちを弱くするどころか、抵抗の根拠とすらなっている。歩くことは、現在を「突き破」る意志を発生させる行為である。『放浪記』というタイトルは、その潜在する抵抗性を示すものではなかっただろうか。「尖端少女」と林芙美子は、こうして同じ時代を歩いている。これらの少女たちのどこかに、尾崎翠の歩くことも関係しているはずである。尾崎翠と遊歩する少女たちとの関係をどのように理解したらよいだろうか。また、この時代に特殊な意味を纏いながら歩いたのは少女たちだけではない。同時代における歩くことの意味を辿り直し、繋ぎ合わせながら、尾崎翠を読んでみたい。

2　フラヌール・銀座

はじめに思い起こされるのはフラヌール、遊歩者という概念である。一九世紀から二〇世紀初頭にかけて、大きく変容した都市空間の中で、人が歩くという行為は、歴史的に特殊な意味を帯びることになる。ヴァルター・ベンヤミンは、『パサージュ論』[9]に、それらの都市の遊歩者たちの姿を写し取った。「遊歩者というタイプを作ったのはパリである」[10]と、ベンヤミンは言う。「遊歩者にとってパリは風景として開かれてくるのだが、また彼を部屋として包み込む」からである。「一九世紀のパリで起こっている街路と住居の陶酔的な相互浸透」[11]を遊歩者は経験する。それを可能にするのは「遊歩の弁証法」である。「一方では、この男は、誰からも注目されていると感じていて、まさにいかがわしさそのもの。他方では、まったく人目に触れない、隠れこもった存在。おそらくは「群衆の中の男」が繰り広げているのはこの弁証法なのだろう」[12]。この弁証法を生きた遊歩者の象徴的な存在が、シャルル・

ボードレールである。「ボードレールにおける大衆。それは遊歩者の前にヴェールとなってかかっている。それは孤立している者の最新の麻酔薬である。——それは次に個人のすべての痕跡を消し去る。それは追放された者の最新の隠れ家である」[13]と、ベンヤミンは言う。先の少女たちが味わいたいと語った「華やか」な場での「静かな気持ち」、そして「群衆の中の淋しさ」。加藤武雄が「所謂」とまとめていることからもわかるように、この孤独のあり様は、この時期、日本でもすでに概念化されている。彼女たちは、それらの日本における都市遊歩者の一人といえる。

ことに「銀座」は、歩く者にとって特別な場所であった。「銀ブラ」という表現がある。一九三一年刊の『銀座細見』[14]で、安藤更生は、「銀ブラ」という語が生まれたのは、一九一五、六年ごろ、慶應の学生たちの間でのことと指摘している。銀座は、「当時最も異国的な感じを持つて居た」[15]町であった。一九二一年には「ギンブラ」というう名のカフェも現れ、「その頃になつて銀座はハツキリと散歩街としての観念を一般に植ゑつけたのである」[16]という。ただし、「少数の好事家の通語ではなくして、流行語と化し、次第にその実質を大衆化して来」[17]るのは、震災後のことである。この震災後の銀座が、歩くことを特異化する空間となった。

日本近代の中心となった街といえば「浅草」というスポットもあるわけだが、吉見俊哉は、震災前の中心としての「浅草」と震災後の「銀座」を比較し、都市空間としての質の違いを次のように指摘している。「一方の「浅草」は、出来事や振舞いの意味がそこに集う人びとに共有される幻想の共同性に基づいて紡ぎ出されていくような盛り場であるのに対し、他方の「銀座」は、それらの意味が先送りされた〈未来〉からの備給によって、保証されている盛り場である」[18]。こうした違いは、集う人々の階層の違いにも関連している。浅草に集まったのは地方から上京してきた単身者からなる都市下層民であったのに対し、銀座には山の手や郊外の新中間層とその子弟が集まった。それゆえ、浅草では幻想としての〈家郷〉のイメージを共有することによる「〈触れる＝群れる〉感覚」が基礎となり、一方、抽象化した〈外国＝未来〉を志向して人が集まる銀座はモダン生活の「檜舞台」となり「〈眺める＝演じる〉感覚」が基礎となる。吉見はこの転換に、日本における「モダン」なるものが発生すると指摘している[19]。

銀座に満ちている抽象性は、同時代の評価では一種の偽物性として指摘されている。先に引用した安藤更生は、『銀座細見』の第一章冒頭に次の文章を置く。

銀座を享楽することは今や日本中の渇仰の的だ。大臣も散歩する。共産党も散歩する。だが、――これが日本の都市生活の檜舞台なのか。そこには何の深さもない。無上の楽園ではなくして絶望の困迷だ。軽いダンスのステップで歩るく爪先は地についてゐない。それは明日のない街だ。幻影に踊る果敢ない亡者の集団だ[20]。

また松崎天民が『銀座』で引用した生田葵山の言葉。

モダーンボーイだの、モダーンガールだのと云ふが、内容の無いモダーンの化物行列だよ。髪の化物や、白粉の化物や、洋服の化物が、ウヨ〳〵歩いてゐるだけのことさ。旧時代も新時代もあつた訳のものでは無く、浅間しい模倣が散歩してゐるんだよ。（略）たゞいろんな人間が、いろんな風体をして、歩いてゐると云ふだけの事で、気分とか調子とか云つた問題では無いよ[21]。

安藤同様の批判的な感触に満ちている。確認しておきたいのは、本物や真実が志向されるのではない独特の浅さが、歩くという行為に重ね合わせて言及されているということだ。吉見が指摘した銀座における抽象性は、こうして、彷徨すること自体を目的化する。どこかに至るためではなく、「〈眺める＝演じる〉」ために人は街を遊歩したのである。人々は模倣的に新奇な装いのヴェールを被り、そして銀座を模倣的に虚構化された空間としていく。現実と直結しているのではない抽象化した「〈外国＝未来〉」のようなものを、街の表層に映し出すのである。異化された空間を彷徨う感覚は、自分自身を異化する感覚と繋がる。安藤更生も生田葵山も、それを否定的な文脈で指摘しているが、遊歩する人々にとっては、この表層性と抽象性によって生まれる虚構の感覚そのものが重要だったのではないかと思われる。

3　模倣と自己離脱

遊歩者たちの感覚はどのようなものだったのか。日本でボードレールを模倣し歩いた者たちの言葉を拾ってみたい。

たとえば、萩原朔太郎。「群集の中に居て」[22]は、「群集は孤独者の家郷である。ボードレエル」というエピグラフが付された作品である。「都会生活の自由さは、人と人との間に、何の煩瑣な交渉もなく、その上にまた人人が、都会を背景にするところの、楽しい群集を形づくつて居ることである」（三一五頁）とはじまり、「都会は私の恋人。群集は私の家郷。ああ何処までも、何処までも、都会の空を徘徊しながら、群集と共に歩いて行かう。浪の彼方は地平に消える、群集の中を流れて行かう」（三一八頁）と閉じられる。関係を持たない個の集合の中で、「何といふ無関心な、伸伸とした、楽しい忘却をもつた雰囲気だらう」というとき、忘却されているのは自分が誰であるかということである。人の記憶に自分自身が結びつけられている窮屈さから解き放たれ、「私」ははじめて「自由」の感覚を得る。何者かであることから浮き上がり、何者でもない者として、ただ歩いていこうとしているのである。群集における孤独は、自己を離脱する感覚として見出され、積極的に求められている。挙げられている場所の名は（「銀座」ではなく）「浅草」で、群衆は「ルンペン」や「無職者」や「何処へ行くといふあてもない人間」という吉見俊哉が指摘するとおりの都市下層民であるが、ここで求められているのは浅草的「共同性」ではなく、銀座的「孤独」といっていいだろう。浅草を語る際にも、ボードレールを経由して描かれる「群集」やその中の「孤独」、銀座という場を覆っていったモダンの感覚が、優勢なコードとして参照されているのである。

同じくボードレールに傾倒していた梶井基次郎もまた、街を彷徨っている。「檸檬[23]」で歩きまわるのは京都であるが、土地の固有な意味は積極的に払拭され、ここでも「錯覚」を得ることに努める様が描かれる。「私は、出来ることなら京都から逃出して誰一人知らないやうな市へ行つてしまひたかつた。（略）錯覚がやうやく成功しはじめると私はそれからそれへ想像の絵具を塗りつけてゆく。何のことはない、私の錯覚と壊れかかつた街との二重写しである。そして私はその中に現実の私自身を見失ふのを楽しんだ」（七‐八頁）というように、京都は見知らぬ場所へと変幻させられ、そして、自分自身を「見失ふ」感覚がつくり出されるのである。「私はもう往来を軽やかな昂奮に弾んで、一種誇りかな気持さへ感じながら、美的装束をして町を闊歩した詩人のことなど思ひ浮べては歩いてゐた」（一一頁）というように、ここでの欲望は、はっきりと遊歩者としての都市の抽象化に向かっている。こうして風景の錯覚を求める感覚は、朔太郎が「猫町[24]」で描いた感覚と同質のものだろう。「故意に方位を錯覚」させて、「現実の町」を「幻燈の幕に映つた、影絵の町」として、「未知の錯覚した町」へと感じ変える工夫（三五一‐二頁）の果てに、ついに、北越の「辺鄙な山の中」で突如「立派な大都会」に入り込み、美しい「群集」が「猫の大集団」となる経験をする（三五六‐三六〇頁）。「確かに宇宙の或る何所かに、必ず実在して居るにちがひない」（三六二頁）その場所は、いつどこの街に映し出されるかわからない。錯覚さえ起これば、どこを歩いていても出現し得る、その意味できわめて抽象的な空間なのである。

堀辰雄「不器用な天使[25]」は、自己離脱の感覚をより鮮明に浮かび上がらせている。語り手「僕」が、友人の槇と関係のある「カフエ・シヤノアル」の娘を愛し始めるという設定で、見慣れた三角形が描かれているようなのだが、おもしろいのは、「僕」がこの娘に同一化していく点である。「僕」は苦しみから逃れようとして群集の中を歩く。「僕は何処でもかまはずに歩く。僕はただ自分の中に居たくないために歩く。彼女や友人たちからばかりでなく、僕自身からも遠くに離れてゐる事が僕には必要なのである」(一四頁)。ここでもまた、歩くことは自己離脱の積極的な方法となるが、興味深いことにここでは、自分を離れようとすることが、視覚の対象となっていた者に同一化していくことへとずれていく様子が描かれる。語り手の「僕」は、かつて槇と散歩をしているとき、槇の肩を見上げて通り過ぎた一人の女を思い出すのだが、そのうちに「その見知らない女と彼女とが入れ代」わり、「彼女がいま無意識のうちに(かつて彼女が好ましいと語った：引用者注)ヤニングスの肩と槇の肩をごつちやにしてゐるのだと信じる」ばかりでなく、さらに「そのどつしりとした肩を自分の肩に押しつけられるのを、彼女が欲するやうに、僕も欲せずにはゐられなくなる」(二五頁)という。「僕は、もはや僕が彼女の眼を通してしか世界を見ようとしないのに気づく。(略)僕は、もう僕の中にもつれ合つてゐる二つの心は、どちらが僕のであるか、どちらが彼女のであるか、見分けることが出来ない」(二五-六頁)。小説の末部では、「僕」は、狭いタクシーの中で「大きくてがつしりとして」いる槇の腿に座る状態におかれ「少女のやうに耳を赤らめ」(三〇頁)る。「僕」は、視線の対象であった通りすがりの女に「彼女」を重ね、その「彼女」にいつのまにか同一化し、そもそもの自分の欲望を離れていくのである。もちろん「彼女」の欲望といっても「僕」が思い出の中で仮構したものであるから、その出自を辿れば誰の欲望なのだか確定できなくなり、「僕」と「彼女」という二人の人物のどちらにも回収することのできない欲望が宙づりにされているといえる。重要なのは、誰の欲望なのかということではなく「僕」が自分を離れることなのである。ベンヤミンは遊歩者の「感情移入の陶酔[26]」としてギュスターヴ・フローベールとボードレールのテクストを引用している。フローベールは「男性かつ女性であり、両性の恋人である私は(略)馬であり、木の葉であり、風であり、人の語る言葉であり、恋に溺れたまぶたを半ば閉じさせる赤い太陽だった……」と記すが、堀辰雄の「僕」にみられる同一化も、その一例として数えることができるのではないか。歩くことを自己離脱の方法とする者にとって、誰かを見ることは誰かとなることへとずれていく。見ることが生み出し得る主体性は、対象に自己が絡みつき始めるとき、揺らいでいく。この二重性は、模倣によって得られる虚構性への欲望と質的に重なるのではないだろうか。根拠や本質に結びつけられた何者かであることが避けられ、むしろイミテーションとなること、他の者に自分を重ね込んでいくことが望まれているのである。遊歩と錯覚と自己離脱が、空間と欲望と行為における虚構性の過剰化によって重ねられていくのである。

4 墜落する歩く女

ではこうした日本の遊歩者の感覚に少女の遊歩は重なるだろうか。グリゼルダ・ポロックは、ボードレールに触れながら「散策者という、根本的に男性的なモデルに相当する女性像はない」、「女性散策者というものは実際にいないし、またありえない[27]」という。なぜなら、「女は散策者の視線の対象と位置づけられている」からだ。堀辰雄の「不器用な天使」における「彼女」は、「僕」の創造性と感性、そして情熱と欲望の源である。しかし、「彼女」を見ることによって「僕」は「彼女」を仮構し、その「彼女」に自分を重ねる。カフェの女給というモダンガールの一人であろう「彼女」自身は、歩くことも見ることもない。

室生犀星の「幻影の都市[28]」は、歩く女性を死に至らしめる。舞台は浅草、視点人物の「かれ」は、「日ぐれころになると、的もなくぶらりと街路へでかけて、いつまでも歩きつづける」（四〇一頁）という遊歩者の一人である。その彼が「ふしぎな或る挿話」（四〇三頁）を耳にいれる。「電気娘」と呼ばれ、また「雑種児」ではないかと噂されている女の話である。日本語が巧みで髪も黒く日本人の母を持つ彼女が、にもかかわらず「西洋人」に結びつけられるのは、彼女が歩く女だからだ。

その歩きぶりは其等の凡ての条件を全うすべき資格をもつてゐるのである。彼女は、すらりすらりと歩きながら八百屋の角や小路の曲り目などでは、凡ての西洋人の持つところの軽快な歩行と、しかもかなりな繊細さをもつてくるりと八百屋の角をまがつてゆくことである。（四〇五頁）

歩く女である彼女は、街にとっては異人となっている。「電気をからだに持つてゐる」（四一〇頁）という評判は、ほとんどSF的な異質さが彼女に付されていることを示しているし、一方で「女優のやうな妖艶さ」（四一六頁）があると描かれるモダンガールの一人でもある。そして物語の末部で、彼女は十二階から投身自殺する。歩む場を奪われて空を落下したあげく、「あの女が噂のやうに妬んでゐたとすれば」（四二五頁）という性愛にまつわるありきたりな文脈に引き寄せられていく。そして、視点人物の「かれ」は、彼女が「どこか西洋人のやうな足早に歩いてゆく姿」（四二四頁）の幻影を見る。つまり、歩く女は、現実に生きることを否定され、錯覚が生み出す幻の空間を歩き続けるのである。

堀辰雄の「水族館」(29)もまた、浅草を舞台に歩く女の命を奪う物語である。語り手「私」は、「浅草公園の魅力」を理解させるために「空想の中に生れた一個の異常な物語」（五七頁）を語ろうという。「私」には、水族館の階上にあるカジノ・フォリーの踊り子小松葉子に恋をしている秦という友人がある。彼は「自分の欲望を、私の欲望のランプに照らされて、始めて知つた」と「私」に語っており（六三頁）、またも模倣的な欲望の図式が下敷きにされているのだが、物語を特徴づけているのは、葉子の恋人は美少年に扮した女だということである。そして、さらにここで注目しておきたいのが、その女は男装した美少年の姿で「滑稽なくらゐ大きなハンチングをかぶり、そしてわざと大股に歩いてゐるような歩き方」（六四頁）で街を歩いているということである。秦も「私」も、探偵さながらに彼女たちを追跡する。見る者である遊歩者がしばしば探偵と重ねられることが思い出されるのだが、ここでも秦は恋する踊り子を、「私」は美少年に扮した女を追って街を歩きまわる。秦は追跡の結果、二人が裸体で絡み合う場面を目の当たりにし、そして「私」は追跡の途中、女がある部屋の窓に石を投げつけるのを目撃するという、二つの追跡によって物語の内容が埋められる。そして末尾で、男装した女は水族館の屋上から墜落する。結末に至る事情として語られているのは、冷淡になった踊り子に激昂した女が、舞台に出ている踊り子を客席からピストルで殺そうとして失敗、取り押さえられるのを逃れて屋上に登ったという、これまた見慣れた痴情のもつれであるが、忘れてはならないのは、これが歩く女を追跡する物語であったということだ。「私」が歩き疲れてついに追跡をあきらめても、女は、まだ「ずんずん」（七〇頁）歩き続けていた。しかし、あるいはやはり、そうして歩き続けた女は、最後には歩き行く場を奪われて「屋上から真逆様に私たちの上に墜落」（七四頁）する。

落下は、きわめて象徴的な歩行の禁止となっている。足場がかき消され、自らの重みのために墜落する。あるいは上昇しようとしていた者の失敗が意味されているとも思われる。「水族館」の女が歩むことができたのは、美少年の姿を借りていたからだ。男のように歩こうとした彼女は、最後に屋上に追い込まれていく途中でハンチングを落とし「ふさふさとした女の髪毛」（七三頁）を露わにする。女に戻った彼女に、歩くことは許されない。歩く女は処罰されるのである。

5　ステッキガール

浅草を舞台とする物語では、女が一人で歩くことは許されない。しかし、歩くことを特異化する街である銀座では、女にもまた歩くことが許されているようだ。ただし、それは異性愛的な文脈におさめられている。銀座の文化が生み出した歩く女、「ステッキガール」である。

「ステッキガール」とは、どのようなものか。たとえば、松岡久華「ステッキ・ガール倶楽部」[30]は次のように説明している。

或るお客が、何か食べたい、買いたい、何々を見たい、何処々々へ行き度い、けれども自分には不案内で困るという時に、このステッキ・ガールになるものは、名の如くステッキとなって行き、世話女房として退屈させぬよう、十二分にサービスするのが、彼女等の職業であり目的なのだ。（四一三頁）

つまり、「物を言うステッキ」として、歩く男性の支えとして付き添い歩くことを仕事とする女を指している。相場は、「銀座御案内係（一時間）三〇〇〇厘以上」。松岡がステッキガールの前身として示しているストリートガールについての説明も同様、「一人淋しく、固いペーブメントを踏んで行く不自由な青年紳士（？）の、食事、買物などの御案内、又はのんびりした散歩の退屈さを、慰めてやるという一時的の——世話女房」（四〇七頁）というもので、歩くことそのものの流行に伴って生み出された存在といえる。松岡は、「都市美」という点からもステッキガールを持ち上げ、「一九五〇年銀座風景、ステッキガールの図なんていうその情緒たっぷりな木版刷の素晴しいのが、日本風俗史上の一頁を飾るのではないだろうか」と未来を描いてみせる（四一五頁）。

注目したいのは、流行の当時から、ステッキガールの虚構性が指摘されていることである。「ステッキ・ガールの名付け親」のように思われていることに「抗弁(31)」する新居格は、「君が一緒に歩いてゐた人は誰だね」という質問に「あれは云はゞステッキさ」と「軽くあしらつて」答えたことはあったが、「数年後になつてステッキガールなどと云ふ言葉が卒然として人々の口の端にのぼり始めた計りでなく、一種の流行言葉みたいになつて居」ることに驚き、同時に「わたしはさうした実在があるとは思はれない。如何に物ずきな連中の多い当節だとは云へ、この不景気な世の中に若干金を支払つて、莫迦々々しい、何のためにつれて歩く女ぞやである。女だつていかにそれが新職業として成立ちうるにせよ、あまりに詰らなさ過ぎる」として、「ステツキ・ガールなんて存在してはゐないのであらうし、また存在すべき理由がないのである」と「断乎として断言したい」という。こうした新居の断言をうけて、安藤更生のように「一時ステツキガールが出るといつて大分やかましかつたが、実際はどうもなかつたらしい。安文士共のリテラリイイメエジさ。第一そんなものが商売として成り立つわけがない。そんな中途半端なことで、お客だつてガール達だつて満足するわけがない」とその存在を否定するものもある(32)。しかし一方では、ステッキガールの虚構性は、その非本質性ゆえに、先に確認した銀座の表層性、演技性と共鳴するのである。

久野豊彦「あの花！　この花！　あ！　モダアニズムの垢よ！(33)」に登場するステッキガールは、「これが、かのステッキ・ガアルか知ら」と客となった「僕」に、「愛人と一緒に歩る《ママ》いているっていう気分」や「フラウと散歩しているっていう気持」になるはずだと説き、銀座へと誘う（二〇一―三頁）。「どうにも、自分らしい気持がしな」いという「僕」はその居心地の悪さを彼女に伝えるのだが、「なにを、あなたは、そんなに、無理を仰有るの。どうせ、あたしたちは、みんな、街頭の役者なんですもの、ちっとは、あなたも我慢しなきゃア、あたしたちのお芝居はこわれてしまいますわ。さあ、さっさとお歩る《ママ》きなさいな」と言い渡す（二〇五―六頁）。ステッキガールは、存在の希薄さそのものを生きる者の象徴である。自分らしさのような内実を消し去ることが、存在の条件となっている。幻想の輪郭を維持するには、何よりも演出が不可欠なのである。

佐藤春夫の「妄談銀座」[34]は、ステッキガールを意図的に創り出した男を登場させる。

先に銀座にステッキ・ガールなるものの出没を宣伝したものは実に山村であつた。彼はこの新職業を先づ新聞や雑誌に関係ある彼の友人たちをしてゴシップ風に宣伝せしめて置いて、その噂が高くなるのを見計らつて彼自身の情婦をしてステッキ・ガールといふ新職業を試みさせたものであつた。（三八六頁）

山村はある日、一人の女に声をかけられる。「わたしはあなたのお言葉から生れた女でございますわ、自然は芸術の模倣だとやら申しますのね」（三八九頁）と女は虚構性を自ら纏う。マノン・レスコオを名乗る「幻想のやうに美しい」女は、「街上の女皇」となるため、「いつも引つれて御歩き下さること」「御知り合ひの皆さまへ御紹介下さること」「お贈り申す被服類を御嘉納になつて日常御用ひ下さること」という三つの条件からなる取引を持ちかける（二二三‐四頁）。ここでは、流行を仕掛けた男までが登場し、ステッキガールが概念先行で生み出された存在であることがいっそう強調されているといえる。この虚構性が、物語を構成する前提となっている。

二つの物語が示すように、ステッキガールは実在性から遠く、その点で謎めいた存在として描かれる。そして物語の後半では、どちらにおいてもその正体が明らかにされる。前半に謎、後半で種明かしという構成になっていて、ステッキガールが仮構性や偽物性を描く装置として機能していることが示されているといえるだろう。その意味で、ステッキガールは銀座なるものを象徴する存在であるといえる。ただし、だからこそ、彼女たちは快楽の主体にはなり得ない。銀座という舞台をステッキガールという小道具とともに遊歩する快楽の主体は、男たちである。街路に出現した女たちには、幻影として徹底した虚構性が付され、男の遊歩の道具としての位置が与えられるだけである。しかし幻想は幻想である。物語の最後にステッキガールというヴェールは剝ぎ取られる。「あの花！　この花！」では小さな自動車の中で、「妄談銀座」ではビルの一室で男を誘う女に戻る。暴露される謎の正体は、欲望の対象にもならない典型的な娼婦型の女である。

6　尾崎翠の歩くこと

さて、歩くことが特異化された時代と場所に戻りながら、遊歩者たちの姿と、少女たちが一人で歩くことを許されていないことを辿ってきた。それでは、尾崎翠が描いた少女は、その文化的文脈の中をどのように歩いたのか。はじめに、「木犀」[35]、「新嫉妬価値」[36]、「途上にて」[37]という、街路を歩く作品をとりあげたい。それらの中では、都市の片隅を幻想を抱いて歩く様が語られており、尾崎翠の歩行が、他の作家同様、都市遊歩者のイメージと絡み合っていることを示している。連れを伴って歩く様が描かれているのだが、特徴的なのは、この連れがきわめて非現実的な存在だということだ。「木犀」では、彼の牧場に来ないかというN氏の申し込みを断った三日前の夜から、淋しさに共鳴するチャップリンを愛している語り手「私」が、映画館から住み処である屋根裏に戻るまで「チヤアリイ」を連れにして歩く。「嚢を背負ひ藁沓をはいて、孤独な彷徨者の姿のまま私と並んで歩いてゐた」と描写される「チヤアリイ」に、「私」は、実在する者であるかのように話しかけ、屋根裏以外に居場所がないことを訴えながら歩いている（二三四頁）。「新嫉妬価値」における連れはさらにユニークである。それは語り手たる「私」の「肉体の中に一緒に棲んでゐる」「耳鳴り」（二五六頁）である。「耳鳴り」に連れられて、「私」は街の漫歩に出かける。街を歩く語り手の幻想癖は、先述した都市遊歩者たちのあり様と通じていて、ここでの語り手の分裂を、統一した自己の喪失、一種の自己離脱として理解することができると思う。ただ違いもある。ここでは、外部の対象へ向かって輪郭が多重化していくのではなく、内側へ向かって多重化が起こっている。「木犀」でも「新嫉妬価値」でも、歩く語り手は街に向かって離脱していくのではなく、自分の屋根裏へと戻ろうとする。現実に対する違和感は、より深い。

もう一つ注目したいのは、「新嫉妬価値」で「耳鳴り」とともに語り手が出会った奇妙な女である。「駅の地下道で、耳鳴りは何か固いやうな柔らかいやうなもので背を触られ」（二五七頁）る。女は二人連れで、左腕に杖を仕込んでいるという。

女の腕に楽々と横たはつた杖は、前に塞つてゐる背中に固いのか柔かいのか解らない触覚を与へる。妙な触覚で前の背中は無意識に道を譲る。背中が杖の存在を知つた時は、杖はもう彼の前にゐて次の背中に働きかけてゐる。（二五八頁）

この女は、ステッキを「人込みの中を速く歩く武器」として、使いこなす。先に確認した、男の杖としてのステッキガールを完全にパロディ化しているわけである。しかも女が歩くスピードは、速い。彼女は男を連れにしており、武蔵野館の舞台にジョセフィン・ベーカーを見に行く途中だが、行きたくないわけではないが脳貧血を起こしたら迷惑になりそうで不安だと話す男に、「何て変な考へ方。（略）今の中お帰りになつた方が好いわ。何しろ私はベエカアのゐる限り毎晩見るんだから」と言い放ち、「丁度前にあり合はせた背中に烈しい杖の一撃を与へ、爪先で階段を蹴つて人込みに消え」（二五八頁）ていく。尾崎翠は、ステッキとして持たれる存在からステッキを持つ存在へ、女のあり方を反転させる。一人でも全く構わない女が男を連れ、容赦のない言葉使いと杖捌きでずんずんと高速度で歩く光景には、ステッキガールに対する鋭利な批評性がはっきりと見て取れる。

ただし忘れるべきでないのは、耳鳴りを伴にして歩く語り手自身は、この高速歩行するステッキガールではないということだ。語り手も耳鳴りも、いさましい彼女を傍観するばかりである。街路を歩くことの可能性も難しさも、ステッキガールのパロディ化の延長線上にはない。というのも、ステッキガールは銀座なるものを女性化した形象だが、尾崎翠において展開される歩行は、都市空間によって規定されたものではないからだ[38]。先に並べた遊歩者たちにとって、遊歩が、抽象性・幻想性を帯びた都市空間との共鳴をもたらす回路となっていたのに対し、内側に多重化していくという変異性を示す尾崎翠の歩行は、舞台が帯びた虚構性に向かわない。

代わりに重要なのは、歩く行為のその行為性、運動性ではないかと思われる。「途上にて」の語り手は、かつて連れだって歩いた友だちを想い出し、読んだ話を一つ想い出し、二年ぶりに中世紀氏という人物に出会い、そして部屋に戻るまでの経過を細かく語る。それは、「パラダイスロストの横町で市電を降り、さて、これから四五分かかつて省線の停車場へ行かなければなりません」、「いま、パン屋の前にちよつと立ちどまつてゐました」、「三つ四つさきの肩に見覚えがあるやうです」、「漸く散歩者と夜店のなかを出て、停車場前の広場にきました」、「あと二分で私の屋根裏につく地点です」、「部屋に帰りました」と、さながら実況中継のように詳述されている（二六〇頁-二七六頁）。際立つのは、歩くことがもたらす進行性そのものである。友人の話、読んだ話、中世紀氏の話がモンタージュ的に繋ぎ合わされていくが、三つの話が繋ぎ合わされ得るのは、ともかくにも止まらず進む歩行のリズムがあるからである。三つの話を意味的に繋ぐ因果関係を読み込むことは不可能ではないかもしれないが、そうしたジグソーパズル的な物語の完成が求められているとは感じられない。むしろそれぞれが継起的に想い起こされていく、その動的な感覚が強調されていると思われるのである。この進行性は、物語内容の水準にとどまらず、語りの水準にも示されている。冒頭では、かつて「友だち」と歩いたことを昔ばなしとして語り始め、途中で「久しぶりあなたに長い手紙を書かうと思ひ立ち」（二六三頁）、そこからは友人を示す「あなた」に向けて語られていく[39]。語りの場もまた、きわめて進行的に構成されているのである。

ある場所からある場所へと移動し続けることは、外側へ多重化するのでも、内側に多重化するのでもない、そしてもちろんどこかに止まるのでもない開放性を生み出している。全体を通してこの開放性は維持され、物語の最後でさえ、意味が結ばれることが避けられている。中世紀氏に預けた「きんつば」の包みが、別れ際「私に腹を立てて還すのを忘れたはず」にもかかわらず、「何としたことか」持ち帰った荷の中に入っているという（二七六頁）。帰り道の途中で出会いしばしの連れとなった中世紀氏であるが、氏によって持ち去られたはずのものが手元に残っているというのであるから、彼が実在の者なのか、あるいは「チヤアリイ」や「耳鳴り」のように彼女の幻想が生んだ者なのか、判断できない。どこの部分でこの辻褄の合わない出来事が生じているのか、それ以上語られることはないのである。語られているのは、とにもかくにも語り手は歩みを止めなかったということである。家に戻るという目的性のある歩行のようであるが、玉突きのように次々と途上で想起される脈絡を欠いた切片の連続が、目的へ向かうようなあり方を無化し、歩行が生み出す体感の開放性を示している。ここに、彷徨の可能性を見たい。歩くことそのものを表題にした作品「歩行」[40]は、こうした進行性がもたらす開放性をはっきりと示している。

おもかげをわすれかねつつ
こころかなしきときは
ひとりあゆみて
おもひを野に捨てよ
おもかげをわすれかねつつ
こころくるしきときは
風とともにあゆみて

おもかげを風にあたえよ

（よみ人知らず）

冒頭（三七一頁）と最後（三八四-五頁）に置かれた詩である。ただし物語の冒頭では、「忘れようと思ふ人のおもかげといふのは、雲や風などのある風景の中ではよけい、忘れ難いものになつてしまふ」といい、「目的に副はない歩行をつづけてゐるくらゐなら（略）屋根部屋に閉ぢこもつて幸田氏のことを思つてゐた方がまだいいであろう」（三七二頁）と部屋に戻ってしまう。野と風のある場が用意されているだけではおもかげは消えず、彼女のかなしさも消えないわけである。幸田氏というのが語り手の前から去った男の名であり、そのおもかげとともに部屋に閉じ込もろうとした語り手だが、次々となされる依頼のために歩き続けることになる。はじめは、孫の「運動不足」（三七二頁）と「ふさぎの虫」（三七三頁）を心配し「出来るだけ私を歩行させようと願」（三八〇頁）った祖母による、松木夫人の元へお萩を届けるという依頼。次は松木夫人の、おたまじゃくしを土田九作に届けるという依頼。さらに土田氏のところでは、ミグレニンを買いに行くことを頼まれる。そうして歩き続けるうちに、「つひに暫くのあひだ幸田当八氏のことを忘れてゐた」（三八三頁）ということになる。行った先々で突然になされる三つの依頼は、やはり脈絡を欠いている。意味的な繋がりのないまま玉突きのように次へ進むことになっている。重要なのは、歩くことである。歩くことによって、忘れることである。最後にもう一度同じ詩が置かれて閉じられているのだが、重要なのは意味がすっかり変わっているということだ。尾崎翠の歩行は、こうした非目的的で継起的な出来事の連鎖を引き起こし得る行為となっている。次々と移動しながら一周して同じ場所に戻っているようだが、すっかり意味が異なっているという事態。用意された風景に変化がなくとも、止まることなく歩く者は知らず知らずのうちに別のステージに移動しているのである。こうした移動のあり方に、螺旋的な運動を感じる。円を描く移動の中心に離れてしまうことのできない軸がありながらも、止まらないということによって上へずれ、あるいは下へずれ、固着してしまう窮屈さ息苦しさが回避されている。あるいは、求心的な力に対して、移動することによって生じる遠心力が微妙な釣り合いを生み出し、世界にとどまりながらもつかまらない状態がつくり出されているともいえるだろうか。こうして歩行することは、閉じ込もらずに生きていくための方法となる。

さて、このように考えてくると、「第七官界彷徨」[41]という尾崎翠を代表する作品で、「第七官界」という独特な感性のあり方もさることながら、「彷徨」に付された可能性、その魅力が新鮮に迫ってくる。尾崎翠は「第七官界彷徨」を書くにあたって、「場面の配列地図」（三六六頁）を描いたと自説している。[42]人物配置ではない、舞台となる場の配置でもない、場面の配列地図である。人物配置も舞台の配置も固定的にその関係性を示すものだが、この配列地図は、ある場からある場への移動を平面の上に抽象化したものである。「丁度鉄道地図のやうな具合」（三六八頁）につくり出されたという比喩が用いられており、移動の体感がたしかに喚起されていると考え得るだろう。「第七官界彷徨」は、そのような、運動性によって生み出された世界である。「彷徨」は、「第七官界」に辿り着くことが容易ではないために結果的に引き起こされた事態ではない。むしろ、「第七官界」というどこにどのようにあるのかわからない感覚を行方に置くことによって、「彷徨」することが可能になるのである。「彷徨」そのものこそが、目的とされているとすらいえるのではないだろうか。「歩行」で三つの依頼が語り手に歩く理由を与えたように、「第七官界」は「彷徨」の理由となる。

小野町子の名を持つ語り手は、兄の一助、二助、そして従兄の佐田三五郎の住む家に炊事係として同居していて、それぞれの部屋を行ったり来たり移動し続けながら「第七官界」について考える。

こんな空想がちな研究は、人間の心理に対する私の眼界をひろくしてくれ、そして私は思つた。こんな広々とした霧のかかつた心理界が第七官の世界といふものではないであらうか。それならば、私はもつともつと一助の勉強を勉強して、そして分裂心理学のやうにこみいつた、霧のかかつた詩を書かなければならないであらう。（二九二頁）

けれど三五郎のピアノは何と哀しい音をたてるのであらう。年とつたピアノは半音ばかりでできたやうな影のうすい歌をうたひ、丁度粘土のスタンドのあかりで詩をかいてゐる私の哀感をそそつた。そのとき二助の部屋からながれてくる淡いこやしの臭ひは、ピアノの哀しさをひとしほ哀しくした。そして音楽と臭気とは私に思はせた。第七官といふのは、二つ以上の感覚がかさなつてよびおこすこの哀感ではないか。そして私は哀感をこめた詩をかいたのである。（二九三頁）

第七官といふのは、いま私の感じてゐるこの心理ではないであらうか。私は仰向いて空をながめてゐるのに、私の心理は俯向いて井戸をのぞいてゐる感じなのだ。（三二八頁）

そして私は知つた。蘚の花粉とうで栗の粉とは、これはまつたく同じ色をしてゐる！　そして形さへもおんなじだ！　そして私は、一つの漠然とした、偉きい知識を得たやうな気もちであつた。——私のさがしてゐる私の詩の境地は、このやうな、こまかい粉の世界ではなかつたのか。（三四二頁）

彼女が求めている感覚は、複雑で相反する要素を持ち、分裂しまた混合し、多重化し共鳴している。明確な定義には結局至らず、「第七官界にひびく」詩が書かれることもないのだが、だからこそ彼女の彷徨は、物語が閉じられた後もやむことはないと思われる。

語り手の「私」たちは、ときに散歩を嫌ってもいる。しかし、部屋にとどまっていようとしても、「耳鳴り」や祖母など、誰か彼かがさまざまなやり方で彼女を連れ出し、物語は彼女が歩く様を描き続けているのである。「第七官界彷徨」についても同様である。戸外に出るのは最後の数頁だけだが、それまで彼女は止まっていたわけではない。部屋を移動している様子は事細かに記述されている。動き続け、発見し続け、考え続けている。

この運動性がもたらす明るさと開放性は、一方で、止まったときに陥る困難と組み合わされてもいる。尾崎翠という作家は、少女の置かれた場所の困難に対して非常に鋭利な批評性を持っている。「第七官界彷徨」では、一助が恋するのは「決して返辞をしない」(三一六頁) 女の子、二助が失恋したのは「泣いてばかしゐる女の子」(三〇三頁) であり、三五郎が恋した隣家の女の子は、手紙を書き終わる時間を与えられず去っていく。女の子たちはみな言葉を奪われているのである。しかし町子だけは、詩を書こうとし続け、またこの小説の語り手「私」となってもいる。止まれば言葉を失った女の子の一人になるよりほかはない。女の子の世界を離れることはできなくとも、「彷徨」し続けることが、町子に言葉を与え続けているのである。

一九三二年発表の「こほろぎ嬢[43]」は、こうした流れの中に置くと、歩みが止まる瞬間が描かれていると読め、息苦しさや窮屈さを感じさせると言わざるをえない。語り手とこほろぎ嬢は分離し、そして、語り手はこほろぎ嬢に対してたいへん微妙なやり方で距離をつくり出している。「私たちは曾つて、微かな風のたよりを一つか二つ耳にしたことがある」(三八六頁)。「私たち」と語ることで読み手に近い場所に身を置き、「曾つて」という副詞で時間的な距離を設け、「風のたより」として曖昧さを強め、「一つか二つ」として接点を減らす。尾崎翠の伝記的な事実を参照すれば、非常に彼女自身に近い事柄について語ろうとしていながら、こうして距離を設けようとしているのであり、ここには〈語りにくさ〉が生じているといえる。この〈語りにくさ〉を、どのように理解すればいいのか。好意的に受け止められるとは限らないと予想されることを語るとき、〈語りにくさ〉は生じる。あるいは、伝えようという意志と知られることへの恐れが同時にあるとき、やはり〈語りにくさ〉は生じる。語る対象を守ることと、語る対象が孕む危険性に巻き込まれることを避けようとするときにも、〈語りにくさ〉は生じるだろう。語りの場にそのような困難の感触が滲んだ「こほろぎ嬢」という作品では、粉薬の常用のために「人ごみ」も「昼間の外出」（三八八頁）も厭うこほろぎ嬢が雨の日に図書館へ向かうのだが、最後は、図書館の地下にある婦人食堂の片隅に座り、勉強を続けるもう一人の女性に向けて「声を使わない会話」を送ったところで閉じられている（四〇一頁）。先に、屋上から宙に踏み出し転落するというやり方で歩く女たちが処罰されたことに触れたが、ここにおける停止は、それとは逆の方向で、歩行が不可能になった状態となっている。屋根裏から地下室へという下降、墜ちる危険は避けられているが、しかし歩行を進める空間はもうない。声は失われる。こほろぎ嬢の会話の後、語り手が付したのは「地下室食堂はもう夕方であつた」（四〇二頁）という一文のみである。語りの場でも、移動が起こることはないのである。

そして発表された最後の作品「地下室アントンの一夜」[44]で、歩く少女の姿は、語りの場から消えていく[45]。

7　歩行の運動性

都市空間に出現した遊歩者のあり様は、ジェンダー化されている。歩くことが、文化的に意味づけられた行為となるとき、ジェンダーのような強制力あるいは構成力の強い枠組みが機能しないはずはなく、異国の遊歩者を模倣した日本の遊歩者たちを、さらに少女たちが模倣することは、それほど容易ではない。表象化された歩く少女として、ここでは墜落する少女とステッキガールをとりあげたが、一人で歩くことが許されていないことは明らかである。女性には枷が嵌められている。そうした同時代の文脈の中で尾崎翠の歩行について考えるとき、歩く少女を繰り返し描いたというそのこと自体に、ジェンダー化への抵抗を見ることができるのではないかと思う。また、語り手の歩行の連れとなる存在は、ほとんどが彼女の幻想の中の存在であるから、その意味で尾崎翠が描いた少女は一人で街を歩いていることになる。尾崎翠は、「アップルパイの午後[46]」で兄と闘う妹に攪乱的な抵抗の姿勢を描き出しているが、一人で歩く姿にもまた、おさまりのいい女性表象からずれようとする意志が感じられる。ただし、〈女の子〉というカテゴリーから尾崎翠が脱出しようとしていたとは考えにくい。尾崎翠の描く世界で試みられているのは、〈女の子〉という言葉の周囲をぐるぐるとめぐりながら、その意味を絶えず変化させていくことである。都市の遊歩者たちにみられた、虚構の過剰化や自己離脱の欲望といった特徴が尾崎翠の歩行にはみられないことは、彼女が彼らへの同化を志向しなかったことを示しているだろう。

外部の空間や視線の対象に向かって自己離脱する彼らとの違いは、外部との関係性にある。尾崎翠にとって外部は、同化し得ない違和感をもたらしている。それゆえ分裂する自己は、内側に多重化あるいは多声化していくのである。「チヤアリイ」も「耳鳴り」も彼女と対話する相手で、彼女が重なりゆく者ではない。内側にも他者が発生しているのであり、〈女の子〉の疎外の程度は、深い。そして同時に、〈女の子〉というカテゴリーは無化することのできない圧倒的な強度で機能している。ジェンダー化された世界に、外側はないのである。ジェンダーが構成する文脈にきわめて敏感でありながら〈女の子〉から離れることを志向するのではないというあり方でこの場所を生きていこうとするとき、歩くことによって生み出される運動性は生きるための方法となる。

尾崎翠が描いた歩行は、移動し続けること、止まらないことによって、新鮮な発見や予定におさまらない開放性が継起的に経験されていくことを可能にする行為である。〈女の子〉が窒息せずに生き続けるための方法として、言葉を発し続ける方法として、歩くということがつくり出す身体感覚が求められたのではなかっただろうか。尾崎翠は、歩くように書いた。「第七官界」を求めて歩きまわる小野町子は、その可能性を最も鮮明に託された少女だったのではないかと思う。

第15章　言葉と身体
――多和田葉子『聖女伝説』『飛魂』

1　「沈黙」への期待

言挙げするのとは別のやり方で、言葉について考えたい。「沈黙」もまた、言葉のあり様の一つではないか。はじめに確認したいのは、「沈黙」が「沈黙」として認識されているとき、そこではコミュニケーションの回路がすでに開かれているということである。というのも、誰かが言葉を発していないということが了解され、それが可視化したとき、その事態が「沈黙」と名付けられるからだ。その名付けが可能になるということは、話し手となる者（ただし、発声していない）と聞き手となる者がいるという状況が成立していることを意味している。逆に、言葉が発せられていないということそのものに誰も気づいていなければ、その認知の枠外にある事態は「沈黙」として受け止められることすらない。徹底した不可視（聴）の状況においては、かりに声が発せられていたとしても、それが言葉としての意味を持つと認知されることはない。声を持つと想定される話し手の存在自体が、認められない。そうした状況を逆の前提として置いてみれば、「沈黙」は、潜在的な声に対する期待とともに、聞き手となる者によって発見されるのだといえる。その意味で、「沈黙」という事態はコミュニケーションの一つの要素として組み込まれているということができる。

「沈黙」は、たとえば、ある種の非言語的な方法を用いた伝達手段と考えることもできる。それゆえ、コミュニケーションの回路が開いている状態での「沈黙」は、非常に雄弁だと言われもする。聞き手が、そこに本来あるはずの言葉に対して、耳をそばだてることになるわけで、「沈黙」する語り手の存在性は強化されるからだ。語り手によって伝えられる意味が言語的にコントロールされた事態に比べ、むしろ「沈黙」した語り手に対する聞き手は、積極的に、そこに含まれているメッセージを解釈することにエネルギーを注がねばならない。どんな小さな情報も逃さずとらえることが求められるそうした対話において、語り手と聞き手の関係の密度はきわだって高まるはずである。

逆に、沈黙の対極にある饒舌な語りの伝達性が高いかといえば、必ずしもそうではないということになる。聞き手は溢れる情報に翻弄されがちになり、文脈を特定してメッセージを受け取ることが難しくなる。それゆえ、そうした攪乱を意図して饒舌な語りが選ばれることもあるだろう。また同時に、そのとき伝わらなくなる情報があることを考えれば、語り手はその消された情報に対して最も敏感な処理を施しているともいえるわけであり、饒舌に語ることによって、ある情報について「沈黙」を守っているという事態も、けっして稀ではない。「饒舌」と「沈黙」は、語りのかたちの二つの極を表しているといってよいと思うが、情報の伝達性の点では、一つの尺度で比較することができない。誰に、何を、どのように伝達することが望まれている場であるのか、語り手は誰で聞き手は誰なのか、という具体的な文脈によって、情報の伝達性や、関係の構築可能性は変化する。

さて、ここまで述べてきたことは、力関係が対称的な場合のコミュニケーションを前提としている。しかしここでは、「沈黙」について中立的に、あるいは普遍的に語りたいわけではない。「沈黙」と、その回路に力関係があるということ、言い換えれば、言葉や声を有している者とそれを奪われている者という関係があるということを連携させて考えたい。そのとき「沈黙」は、声を持つ者が不本意に強いられた状態として描写される。「沈黙」し、語ることのできないものは、ある力学における弱者の位置に置かれている。そうした事態を問題化するために「沈黙」についての議論は、重ねられてきている。力学を無視して「沈黙」の伝達性について語るわけにはいかない。

とはいうものの、ここでは、力学を明らかにすることを目的として「沈黙」について論じることから少々ずれながら考えてみたい。というのも、力学を論じるために「沈黙」と弱者を結びつけて考えるとき、必ず発生する不自由さがあるからだ。

「沈黙」はコミュニケーションの一要素であると前置きしたが、繰り返せばそれは、「沈黙」が発見されるとき、そこにはすでに、「沈黙」する者の聞こえぬ声を聞こうとする聞き手が存在しているということを意味している。その聞き手は、声を持っていると自覚し得る強者の立場から、発声されぬ語り手の言葉を可聴化しようという欲望を持っているわけである。不自由さは、このような期待が場を決定することから生じる。というのも、こうした文脈や場において「沈黙」していると認定されている者は、つねにすでに弱者となるからだ。声を発することになれば、そこに期待されていた言葉を発見され、用意されていた空白を何らかのかたちで充塡することになってしまうし、もし声を発しなければ、話せぬ弱者という枠組みを強化することになる。「沈黙」した者が「語ることができるか」という問いは、予めその不可能性を孕んでしまう。

こうした不自由さをどのように解くか。そこで考えてみたいのは、オリジナルな声と言葉を持つ主体によるコミュニケーションという枠組みを壊してみることである。語ることのできる者／語ることのできない（沈黙する）者が、強者／弱者と組み合わされて二項対立をなすとき、その前提として想定されているのは、語る者にも語らぬ者にも同様に望ましいものとされた、オリジナルな言葉を語る主体である。簡単にいえば、だからこそ、「沈黙」の背後には、語られるべきオリジナルな物語が期待されているわけである。そのような期待に応えることは、弱者を弱者の場所から解放しはしない。語る欲望を持つ主体という像そのものから離れることで、この枠組みを解く可能性を探ってみたい。

具体的にそうしたあり方について考えるために、多和田葉子の二つの作品をとりあげる。一つは『聖女伝説』[1]（一九九六年）であり、もう一つは『飛魂』[2]（一九九八年）である。どちらも言葉のあり方が、存在の仕方の比喩として用いられた作品である。前者はオリジナルな発話を奪われる、その意味で象徴的に「沈黙」を強いられる少女を主人公とし、後者はオリジナルな言葉を語るという語り方を決定的に外れた女を主人公としている。言葉と身体の関わりが重視されながら、音読という行為が提起されているが、「沈黙」を成立させる枠組みがどのように組みかえられているのか検討してみたい。発表年代に沿って、二つの作品にみられる変化をある種の展開として読み、オリジナルな言葉を語らないというあり方に、誰かの欲望に還元されない快楽が見出されていることに注意を向けたいと思う。

2　『聖女伝説』の「被害者」

『聖女伝説』は「わたし」という少女が、既存の物語による侵略に抵抗し、それから逃げ切るまでを描いた小説である。少女は、はじめに視覚を通して異なるものに侵入されているが、その結果喪われるのは視覚ではなく、声である。

そんな光景を眺めているうちに、わたしは口の中に腫れ物があることに気がつきました。それが邪魔になって声が出ません。舌の先で触っているうちに、ぷちんとつぶれて、精液の味がしました。これはどうしたことでしょう。その時、いつかある本で読んだ一節が思い浮かびました。〈心を悩ませることなく飲み込むがよい。その化膿は精霊によるものである。おまえは女の子を生むであろう。その名をハレと名付けなさい。その子は、おのれの民をそのもろもろの罪から救う者となるからである。〉

声の喪失は、既存の性的な物語と関わっており、その物語によって少女は「聖母」となる任務を負わされる。少女はこの状況に抵抗し、逃避を試み、入り込んでくる言葉と濃密な応酬を繰り広げることになる。声の喪失が小説の起点であるという点ですでに明らかなように、この言葉をめぐる抵抗は「沈黙」という問題を前景化している。が、ここで前もって小説の最終部分を覗きながら確認しておきたいのは、「沈黙」させられているということを強調するだけでは問題は解決しないという判断が明示されていることだ。最終部分で少女を追いつめる外部者として登場するのは、「信者の舌の一部を切り取る残酷な新興宗教のグループ」である。しかも、このグループによる「舌を切り取ろうとする暴力」は、「暴力を受けた者たちの団体」という立場から生じている。

わたしたちは暴力の被害者です、自分の舌を切って抗議します、とボール紙には書いてあります。わたしも暴力の洗礼を受けた者なのだから舌を切れということなのでしょうか。彼らは、声の出ない者の声をもう一度奪うつもりなのです。

暴力の被害者が「沈黙」に同一化しそれをアピールするとき、より大きな暴力が発生するというわけである。この団体の他の特徴は、「同じ人が、毎回、顔の輪郭を変えて現れる」こと、「眼球がガラス玉のようで、笑いがないこと」にある。個別性や性別が「塗りつぶ」される「暴力」、「個人の悲惨な物語」を前に「笑いの禁じられた場所」。さらに「身体が硬直している」こと。可動性を禁じてしまったその者たちは、少女を仲間にすべく追いつめる。逃げる少女の中に浮かぶ信号は、「かかわりあうな」である。とはいえ、無視しようというわけではない。憎しみについての態度は、こう示されている。「でもわたしはその声を非難してはいけない、と思いました。非難すれば罪のないどこかの誰かが処刑されるだけです。わたしは平気なふりをして、賛成でもないふりをして、冷静に状況を見守らなければいけないのです」。憎しみに向かい合わないこと、「沈黙」についていえば、それへの同一化を避けることだけが、この逃走にとっては重要なのである。すでに生じてしまっている「深い憎しみ」は無視できるものでも、されるべきものでもないが、しかし同時にそれと同一化してしまっては事態は解かれないのである。「沈黙」と弱者を結ぶ枠組みの中にとどまることは、苦しみを増幅させるばかりである。

3 媒体となること

小説の冒頭に戻ろう。『聖女伝説』で興味深いのは、声を奪われるという事態を、声そのものの喪失としてではなく、物語の強制的な挿入として示していることである。

はじめに彼女が陥る状態は、「こけし」である。「こけし」は、選ばれた者の象徴である（「棒杭のようなこけしのわたしはもう、町の病院のひとり娘ではなく、誰とも血のつながりのない選び抜かれた者になってしまったのでした」）。

少女に与えられた任務は、「おのれの民をそのもろもろの罪から救う者」を生むことである。それは突然聞こえ始めた声によって刻み込まれた「任務」であり、「わたしには、ただ、こうして選び抜かれたことは避けられない事件だった、と感じることしかできませんでした」というような外部性を帯びている。外から選ばれ生まされるということを、ここでは媒体化と呼びたい。自らがオリジナルな主体でなくなるという事態である(「こけしであるわたしの源には、コケシという言葉があり続けます。子供を消して作った人形だから、こけしというのだそうです。消されたものがわたしの起源です」)。それは、「母親に殺された女の子の身代わり」というような、代替性を帯びてもいる。選ばれた者でありながら、しかも、唯一性は奪われているわけである。身代わりとして、何かに経由される者である。

媒体化は、言葉の問題として展開する。

〈どうしたの? 口がきけなくなったの?〉

わたしの口から、わたしの思考の脈絡とは関係ない道筋を通って、答えがするすると出ていきました。

〈あなたが、わたしとどういう関係にあるでしょう。血でつながる者の時代は終わりました。そして、わたしの時代はまだ来ていません。〉

母の問いに答える少女は、自分のものではない言葉を語る者となっている。言葉は、このようにして内部に侵入し強引に身体を通じ抜けて行く性質のものとして現れてくる。

一方、内側に入り込んでくるのではなく外部から響いてくる言葉は、「声」として響いてくる。鶯谷という男が、ときおりその主となる。鶯谷が「下品な冗談」を言う男でもあるというところに、この声がつくり出す回路と少女との関係が示されている。この続きには、「母は下品な話が出ると言語を理解しなくなる」ゆえ、「自分の身は自分で守っていかなければならない」という覚悟と、「女の子は言葉の力を借りて身を守らなければならないので大変です」という認識が引き出されていく。入り込んでくる言葉や響いてくる声がつねに「下品」だというわけではないが、異性愛的な性と生殖が主流の文脈を構成するとき、身体とともにある言葉によって開かれる回路は少女にとって望ましいものばかりではない。「女の子」はその回路の中に組み込まれながら自分を守らねばならないのである。それでは、オリジナルな主体ではなく媒体となるという状態において、どのように身を守ろうというのか。

4 「抵抗」の「術」

一つ目の方法は、「意味の分からない返答をして、言葉の力で、意地の悪い人たちに対抗するやり方です。悪口を言い返すのではなく、暴力をふるうのでもなく、ただ、意味の分からない文章をとっさにつくり上げて、相手の脳味噌の中をかきまわしてやるのです」というものだ。つまり、回路の中で意味を攪乱すること。これはかなり有効だという。

そして二つ目が、「沈黙」である。侵入してくる言葉を通過させないために、彼女は〈黙〉の字を身体に刻む。

〈黙〉の字が肌に削り込まれている日は、授業中にあの変な精霊に取りつかれる心配がありませんでした。精霊は、熱い塊のように胃の中に沸き起こって、気をつけないと、声になって、わたしの口から飛び出してしまうのでした。

「沈黙」が、武器となる。語るつもりのないことを語ってしまうという、不如意な回路への組み込みに対する抵抗として、「沈黙」は利用されている。自分のものではない言葉を語ることは危険だからだ。一方には「わたしは正直に今言ったばかりのことを繰り返そうと思いましたが、それはわたし自身の言葉ではなかったので、もう忘れてしまっていました」という忘却があり、他方には「精霊がわたしの口を通してしゃべろうとする限り、わたしは人に誤解を受け続けるでしょう」という誤解がある。媒体となることは、そのようなコミュニケーション不全を引き起こし続ける。意味の攪乱のような先制に転じることは、なかなかに難しい。そうしたとき、「沈黙」が唯一の武器となるのである。

カナーという少年が中盤で登場しているが、彼は言葉の力に対して少女より弱い存在である。

自分の身体を渦巻き運動から守る術を知らなかったカナーは、ただその中に呑み込まれていってしまったのかもしれません。本に弱い性格だというのは、言葉に弱い、つまり、言葉の力に抵抗できない、という意味だったかもしれません。

言葉には、「抵抗」する「術」を持たねばならない。そうすれば、積極的に自分のものではない言葉を媒介し、その毒を借りてしまうこともできる（「聖書は便利な書物でした。頭が空洞になって、火のような言葉を吐きたいのにそれが見つからない時には、聖書を開けばいいのでした」）。悪意を伝えるという限定的な目的のためには、外部の言葉を媒介することが有効な「術」ともなり得る。

しかし、他者の言葉を身体に通すことには、やはり危険がともなう。最も大きな危険は、それが異性愛的性を呼び寄せるということである。後半にはイザベルという女性の話が挿入されている。イザベルは、「巫女のように、自分の心から出たものではない言葉をしゃべることができた」という。その結果「怪しげな妖術を使って人々の心を誘惑して暮らす女」として窓から突き落とされて殺される。彼女には、「当時の人々の性的空想を網羅したリスト」がつくれるほどの噂がまとわりついていたとされている。自分のものではない言葉を語ることは、性的な意味を過剰に呼び込む。言葉のあり方は、身体のあり方の比喩、あるいは比喩でなくそれそのものであり、多くの言葉を通過させることが、身体の性的な意味を深めてしまうのである。異性愛体制において性的に過剰な身体を持つ女性は、処罰の対象となる。

そもそも、言葉が強制的に侵入するものとして示されていること自体、異性愛的性交のアナロジーになっている。女性の身体は、自らではないものを生む、何かの媒体となるわけである。生殖と性の不自由さから逃れるためには、少女は、イザベル的なあり方から離れていかなければならない(「わたしは、自分がイザベルのようになりたいとは思いませんでした。イザベルは身体の肉が人の倍も重く熱い女に違いないと思いました。わたし自身は、逆に白樺のような聖人になりたいと思っていました」)。

5 「全然違う身体」

このような因果的連鎖の結果、『聖女伝説』では、言葉の力に対抗するために、「全然違う身体」が求められることになる。「聖人を生むのが嫌なんです。わたしはマリア様にはなりたくない。わたしは、自分が聖人になりたいんです」という欲望が明示されるが、オリジナルな物語と言葉を持つ主体でなくなることを起点にしたこの小説は、オリジナルな言葉を発することを結末に用意したりはしない。「違う、違う、全然違う身体が欲しい。それを捜しに、旅に出ます。それがなければ、わたしは尿と涙の中で、溺死してしまう。旅に出て、聖人になってみせます」と、「全然違う身体」を求めることになるのである。しかし、言葉を通しながら言葉に抵抗することの難しさは解消されず、彼女は言葉を発しないことをむしろ選んでいく。

いったいどのような暴力がイザベルの身体を通して、わたしの中に伝わってくるのでしょう。わたしの中にある、いつか加えられた暴力が勝手に反復運動をしているだけなのかもしれません。人に加えられた暴力について知った時から、それが何かの道を通って自分に伝えられてくるはずだと思うようになっていました。それは避けることのできないもので、ただ目をはっきり開けてそれがどうやって来るのか見極めなければいけないと思うのでした。そうしないと意識ごと呑み込まれて、あとにはぼろぼろになったカカシのような記憶が取り残されるだけなのです。口もきけずに。

最終部分で少女は追っ手から逃げるために窓から飛び降りる。落下の途中、さまざまな記憶が少女の中を通り抜けていく。記憶の中から発見された逃避のための一つの方法は、「観察」である。「くわしく観察すること、そして何も言わないこと、それがあの日のわたしの武器でした」と語られている。見極めること、観察すること。視覚を活用することで、言葉に対抗しようという方法である。言葉を発することを強く自制するわけだが、しかしそれのみでは、言葉との関係がつくり出す身体性もまた、後景に退いてしまう。

もう一つの、より微妙でわずかな隙間をぬって意味からすり抜けるように最後に導入される方法が、それゆえ重要である。それは、「滑稽」化である。落下しながら、執拗に入り込んでくる外部の言葉に対して「これも私の物語ではありません」という語を挿入し、棺桶に横たわる自分の死顔を思い、それが「〈聖女〉という言葉を使ってもおかしくないほどの植物性を持っているので、満足感が胸を満たしました」と性的な身体性から逃れ、いよいよ地面に衝突し死に絶えようかという瞬間に、それは起こる。ふと使われた「ヒガンバナという言葉にわたしは鼻の穴をくすぐられ、くしゃみしました。それから死体の尾翼の膨らんだのが見え、たまらなくおかしくなりました」という、偶発的に滑り込んだ「滑稽」さである。そこで、「滑稽であることの方がきれいであることよりも強いんだ」と唐突に悟りが開かれる。「鼻を思いっきり膨らまして、頬を膨らまして笑えば、そこから逃れることができます。ふざけた笑いが美しさを損ねてしまうからです」という視覚的な方法に、言葉を契機にしつつも意味を読むのとは違う道筋で滑稽が持ち込まれ、「ヒロインになれないよ、死んでも誰の記憶にも残らないよ」という鶯谷の呟きの届かぬところへ少女は逃げ切っていく。少女の身体は「地面すれすれのところ」で浮いて、止まる。

さて、しかし。オリジナルな言葉へ辿り着くのではない逃げ切り方ではあるが、言葉と身体がいかに絡んでいるかということを、媒体化する身体を通して執拗に辿ってきて、最後に視覚的に展開された滑稽さで逃げていくという結末には、言葉における「全然違う身体」を提示することの困難さが滲んでもいる。言葉と欲望と身体を結んだときに、性と生殖の意味が絡みつき、〈女〉というカテゴリーが立ち上がってくるという不自由さは、結び目が解けぬまま残されている。

ここで思い出したいのは、眼科医をしている少女の父が「朗読」する人として登場していることである。「父は朗読は得意でしたが、しゃべるのは苦手でした。だから、言葉に詰まると本を手に取って朗読し始めることがよくありました」と説明されている。朗読もまた、非オリジナルな言葉が身体を通り抜けていく行為であるが、引用部分に明らかなように、ここでの朗読はオリジナルな言葉の欠如を単に示すだけである。『聖女伝説』の中では、他者の言葉が身体を通り抜けていくことから新しい局面へ進む可能性は、ついに見出されない。父は、身体によるコミュニケーションの回路すら理解しない者として登場しているので、容易に意味が安定してしまう回路に対抗する術は、何一つ持たない。身体と言葉の絡み合いが示されていても、その交わる場が動き出さないところで、少女と同様『聖女伝説』は、宙づりになっているのである。

言葉が奪われるという事態を、外部の言葉の侵入として示すことで、オリジナルな言葉として何かを語らされる期待から離れ得る方向性を示す『聖女伝説』であるが、言葉が通過することによって獲得される「全然違う身体」は、まだ見えてこない。

6 『飛魂』の弟子たち

『飛魂』の主人公、小説の語り手ともなっている梨水は、音読に巧みであることを特徴とする女である。『聖女伝説』を引き継ぐ小説として読むとき、そこに開かれた音読という通路は非常に興味深い。『聖女伝説』では、言葉の力に対抗するにはあまりに虚弱な「朗読」が父に割り当てられていたが、ここでは、すでにある言葉を声で読むという行為は再び笑いと合わされながら、全く違う快楽を提示することになる。オリジナルな物語を語り手の背後に想定しないあり方が、欲望ではなく快楽に辿り着くということの意味について考えてみたい。

『飛魂』には、亀鏡という師と、そのもとに集まった多くの弟子の中から六人の弟子が、軸となる人物として配されている。亀鏡のいる学舎は「虎の道」を究める場であり、弟子たちは「虎」を求めてそこに集まる。「虎」が何を意味するのかは明示されていないが、確かなのは、それが強く求められるものであるということだ。後に音読の力を開花する主人公の梨水は、そうした弟子の一人である。そこに、梨水と学舎までの道を共にした、元は学者の妻で美しい粧娘、肉情に捉えられた煙花、理解力にすぐれた紅石、少年のようで癖の強い指姫の四人が登場し、前半は以上の五人の弟子が中心人物となる。途中で粧娘は物語から退場、かわりに入ってくるのが柔軟性に富む朝鈴で、後半はその五人を軸として物語が進行する。

それぞれの弟子には、異なる特徴が振り分けられており、梨水は、彼女たちとさまざまに対しながら徐々に輪郭を明らかにしていき、個別性を持つようになっている。それゆえ、誰とどこで異なるのかを丹念に追っていくことで、何が梨水に与えられているのかが見えてくるだろう。

六人の弟子たちは、二つの軸によって、四つのグループに分けられる。一つ目の軸は、異性愛的に意味づけられた身体を持つものとそうでないものを分ける軸、もう一つは、学問的な理解力に長けているか身体性により強く通じているかを分ける軸である。「音読」に開かれる梨水は、二つの軸のそれぞれ後者にあたり、異性愛的な意味を付与されない、身体性が前景化した存在である。二つの軸で切り分けた四つの区画の一つを梨水が代表するわけだが、残りの三つはどう示されているのか、順に見てみたい。

はじめに、異性愛的で、学問を学問として受け止めている存在が入る区画であるが、女性としての美しさを持つことに加えて学問的関心が強い粧娘がこれにあたる。『飛魂』で最も魅力のない存在として描かれるのがこの粧娘である。この区画における学問は、知の蓄積を意味している。学舎へ来る以前は、学者の妻であった彼女にとって、学問とは「毎日耳にしたことを帳面に細かい字で記述し、それを暗記」（四五頁）することを意味している。それは明確に整理され蓄積されていくべきものであるから、彼女は「理解」と「矛盾」を重ねることができない。「矛盾」を「ものが見えてくる時の輪郭だ」と説明する亀鏡の言葉で「自分とまわりの言語とを隔てる壁が今はっきりと現われ」、「学舎で行われる学問が自分とは無縁のものである」（四五頁）ことに気づいたあたりで、あっさりと消える。多く語られることもない粧娘は、否定されるために登場したような人物であり、彼女が体現する学者的知と梨水は、ほとんど無関係であるといえる。「無縁」というように、全く異質なもので、交わりようもない遠さに置かれている。粧娘と交代して現れる朝鈴は、「身体の線にも言葉遣いにも柔軟なところがある」（九九頁）女であるが、彼女は梨水の「肌に触れたいと思っている」（九四頁）かもしれないという特徴を持つ存在であり、異性愛もまた遠ざけられていく。

次に、異性愛と身体性が結びついた区画である。『飛魂』で、性的な存在であってしかもその身体性を引き受けていることを特徴とするのは、「有り余る肉房」（一五頁）を持つ煙花である。性に結びついた身体を持つ者が否定的に扱われる点は『聖女伝説』から連続しており、ここでも「肉」の問題は、死と痛みと恐怖に閉ざされていて救いがない。また、性に冒された煙花は、嫌悪の対象にもされ、周囲の者と切り離されていく。

このような否定は、音読における身体性の特質を際だたせることになるだろう。後に確認するように、音読について説明がなされるとき、必ず身体性が前景化するが、その身体は性的な欲望と切り離されたものとして描かれる。『聖女伝説』における「全然違う身体」への試みでは性的な意味が障害となっていたが、性が障害としてとらえられるという点に変化はない。つまり、より正確にいえば、性とは違うものとして快楽をつかみ取ることが、言葉と身体を解く焦点となるのである。

残りの一つは、性的な意味から遠く、学問を理解する力に長けている者たちの区画である。ここに入るのは、紅石と指姫である。もちろん二人とも、性そのものから遠いわけではない。紅石は庭師との、指姫は株男との関係を持っている。たとえば紅石は「庭師をしていた青年と密会し何度か堕胎」(二五頁)しており、「そうすれば、虎の道などどうでもよくなり、心が軽くなるかと思った」とすら書かれているが、その結果は「日が高くなり、男が庭に仕事に出て行ってしまうと、自分に残された仕事は読書しかない」という覚悟になり「書の研究」へ進む意志を強めることになっている(八三頁)。煙花のように、身体を通して迫ってくるものが存在の全てとなることはない。指姫は、学舎で「特別の権威」を獲得する瞬間を持ち(一〇二頁)、亀鏡とは「説明のつかない粘着質の根の部分」で繋がり「書の解釈や勉強熱」を「注入」されている存在(一六一頁)である。紅石は、「氷の判断力」(一三七頁)を持ち、「よく図書室で準備勉強してきて、敷物をきれいに広げるような長い発言」(一三五頁)をする。「何百ページもの内容をまとめて、その連なりを説明することのできるのは紅石だけだったかもしれない」(八三頁)という。梨水とこの二人との違いは容易に整理されることなく、言葉との関係の仕方をめぐって、繰り返し比較されている。音読における身体性の特徴は、この二人との比較の中で明確化していくことになる。

梨水と二人の最も大きな違いは、学問についての理解力にある。二人と違って梨水は、理解力に乏しいことを特徴としているからだ。「わたしには理解力と呼べるものは乏しかった。書の重さ厚さに毎日立ち向かう忍耐力もなかった。わたしは偶然開いたページから、自分の気に入った語句だけを拾い、書き写し、音読し、それを自分なりに変えていった」(八四頁)。かわりに彼女に与えられているのが、「音読」し「自分なりに変えて」いく能力である。それが、「理解」することと対置される。

7 「理解」と独創

はじめの段階での音読は、次のように語られる行為として、特徴づけられる。

読んでいるのが自分なのか他人なのか分からなくなるまで、繰り返し読む。初めて書を音読した時、わたしは手が震えて、文字が床に振り落とされてしまいそうだと思った。(二九頁)

わたしは、書を音読する時には、文字を知らない者の心で読んだ。そこに書かれている形をまず、風が落ち葉を吹き寄せて作り上げた形のように、偶然のものとして見つめた。それから、声を振動させ、その振動を魚をとらえる網のように広げた。記憶の彼方から何かが飛んでくる。酔いしれることのないように快感を抑圧し、逆に硬くならないように頬のあたりで少しだけ微笑し続けた。するといつの間にか、わたしの声はしなやかな漁網であることをやめて、剛鷹になり、茶色いぶちのある長い翼を広げて、講堂の天井に舞い上がり、円を描きながら頭上を飛行した。聴衆の首は鷹が下降飛行すれば下へ折れ曲がり、鷹が東に大きく弧を描いて遠ざかれば、そちらを憧憬して伸びた。わたしは聴衆の首を操ろうとしていたわけではない。わたしはそこに現われた力に自分自身も操られていたのだ。わたしも初めはその光景に多少酔っていたかもしれない。酔いつぶれてしまわないように、目を大きく見開いていたが、抵抗しがたい力が渦を巻いて、わたしを巻き込んで、捻りつぶそうとした。痛みはない。痛みなく捻り潰されて消えてしまうのは、快楽なのかもしれない。亀鏡がいなかったら、わたしは粉消していたかもしれない。（五九頁）

引用が少々長くなったが、梨水の音読は、このように言葉が身体を通過するその運動性を前景化させるものである。「自分なのか他人なのか分からなくなる」、あるいは「自分自身も操られていた」というように、言葉を媒介する存在となっていることがわかるだろう。そもそも梨水は、「人々が「飛魂」と呼んでいた心の働き」（八頁）が強い存在として登場し、それが学舎に入ることを許された理由ともされている。「飛魂」は、「記憶の中のひとつの状況に魂を飛ばして、今そこに居るのも同然になる」（八頁）能力に通じている。そのとき主体は、安定して確立するものではありえない。『聖女伝説』から受け継がれているのは、オリジナルな言葉を有する主体となるのではないあり方であるが、ここでは音読という具体的な行為を通して、ある種の「快楽」へ開かれていくことになる。初めての音読について、すでに「内容のことを考えている余裕もなく一心に書を声に変えた最初の音読の時、わたしは初めて書の肌に近づいたような感触を持った」（三一頁）と説明されているように、意味を留め内容を理解することは重要ではなく、言葉の運動性を体感することが目指されていく。

こうした音読の特質は一貫して語られ続ける。しかし、途中でいくつかの問題が指摘されないわけではない。紅石や指姫、また師である亀鏡の存在によって、梨水の音読は枠組みの変化を迫られることになり、「理解」と対置されオリジナリティに還元されない行為として、徐々に練り上げられていく。

はじめに問題になるのは、音読の持つ暴力性である。たとえば亀鏡は、「思考を麻痺させる霊は暴力だ」（三四頁）と言う。指姫からも、暴力性についての忠告を受けている。

聴衆は声の魔術にかかりやすい、宙の振動を自らの中に集めることのできる声は暴力であるから、気をつけなければいけない。もちろん、それは稀にしかない才能であるけれども、そんなことを面白がっていてはいけない、なぜなら、暴力は必ず暴力を必要とする他人に利用され、結局あなた自身が犠牲者になるだろうから、と。

（六〇頁）

音読の、とりわけ「声」の持つ力の強さが、「思考」と対立的にとらえられ、聴衆を煽動する危険性を持つものとして批判の対象になる。

音読の暴力性という問題は、その動員力に潜んでいる。宗教的な儀式で何らかの文句が唱和されることはその典型的な例であるだろうし、戦時においてそれが人を束ねる道具となってきたことについての指摘もなされてきた。そのことへの配慮が示されているといえるだろう。しかし、音読の動員力については、配慮以上の直接的な踏み込みはない。亀鏡の指摘に対しては、「わたしは思考を麻痺させようとしたのではない。（略）亀鏡が音読を中断したので、わたしは気を悪くした」（三四頁）と抵抗を示し、指姫についても「当時は指姫の忠告の有難さがわたしにはよく分からなかった」（六〇頁）とあるのみである。

むしろ、梨水の音読は、ある種の達成を示していく。「わたしの声が大きくなるのは、書かれたものを朗読する時だけだった。朗読するために、前へ進み出ていくわたしは、一歩、歩くごとに虎に変身していった」（七八頁）。彼女自身が「虎」になると形容されていることに、その進展のほどが示されているが、しかしそれはそのまま一直線に伸びていくわけではない。「思考を麻痺」させる暴力性は、ある迂回によって練り直されることになる。その契機になるのが、書くことを通じて再び生じる「理解力」欠如の問題である。

梨水は登場人物中、唯一の書く者でもある。「過去の詩人たちもよく試みた」「書を真似ながら、書を変えていく技術」によって、「その結果、みんなに読み聞かせてやりたくなるような文章ができあがった」（八〇頁）というように書くことと音読は結ばれている。そして、「わたしには理解力と呼べるものは乏しかった。書の重さ厚さに毎日立ち向かう忍耐力もなかった。わたしは偶然開いたページから、自分の気に入った語句だけを拾い、書き写し、音読し、それを自分なりに変えていった」（八四頁）というように、書くことが梨水を「理解力」との対立に向かわせることになる。迷いは、具体的には「わたしがその一部を書き写し、そこから新しい本を書いていくとしたら、わたしは身体はここにありながら、書からも亀鏡からも離れていってしまうのではないか」（八五頁）という疑いによって生じている。理解力の乏しさが音読とともに書く能力に繫がることであらためて浮上するのは、オリジナリティをめぐる問題である。独創性が逸脱として問題化され、「理解力」と対立する。先に述べたように、音読という行為の中でその行為体となるのは、自己同一性をもつ安定した主体ではない。そこに発生した言葉は、把握可能な論理的連関や発展とは異なる質を持っている。それが、不穏な無軌道性に展開することの危険性が、問題になるのである。

ただ、ここで注意しておきたいのは、独創性は、逸脱に変換されるように、基本的に負の評価を与えられていることである。『飛魂』においても、「自分なり」の「新しい本」をつくる行為などのオリジナルな言葉への志向が讃えられることは、徹底して無い。それは、「思考の麻痺」や、あるいは「理解力」の欠如として批判の対象となる。オリジナリティを志向するのではない、しかし「思考」や「理解」の主体となるのでもない、そして無軌道でもない、異なる身体性を見出すことが探られていく。

梨水にとっての「理解力」欠如の問題は、「学弱者」（一〇二頁）意識に繫がり、さらにその劣等感から「陶酔薬」（一〇五頁）に浸り記憶力や計算力、時空間の認識力を決定的に衰弱させることへと深化する。ついに、「学弱者よりもずっと極端な痴人の地位を得たということかもしれない」（一一五頁）という地点まで達した時点での音読は、「もう何も分からない。疑問の波紋に身体をまかせて、声を出し続けるしかない」（一一四頁）というもので、「自分が書の内容を変えて読んでいる、という意識はわたしにはなかった」（一一五-六頁）、あるいは、「薬のせいで大地にはびこる雑草の根のような記憶力が無くなってしまい、今その場で創り出す言葉にしか信頼がおけなくなった。その結果、声とともに現れては消える快楽泡だけを追い続けなければならなくなった」（一一九頁）という、無防備さに陥ることになる。

8　方法としての体感

しかし、「陶酔薬」による効果は、負の面だけに限られているのではない。「自分は速い、自分は鋭い、という傲りを捨てたために、わたしは人の心に影響力を持つようになった」（一一三頁）という展開は、薬が可能にしたものだ。この時点での音読の体感は、次のように描写されている。

不明のものを無理にでも形にして、その襟首をつかむような視線の迅速さや強靱さがなくなってしまうのだ。つかみかけたところで、力を抜いてしまう。把握してしまうことを拒否する。かと言って、逃してしまうつもりもない。どっちつかずで、ふらふら歩くから、ころびそうになる。（一一四頁）

より不安定な身体が現れたといえるわけで、これが方法として練られたとき、音読する新しい身体が獲得される。そのための鍵は二つある。一つは、亀鏡に反逆を企てる「短髪族」というグループとの関わりである。彼女たちは

「これまでとは違った身体で学ぼう」という「主張」（一一八頁）を持ち、身体を通して言葉と触れようとする梨水と一見似通っているかのように見えるが、にもかかわらず彼女たちと異なる場所にいるということで、梨水が希求するものの輪郭が見えてくる。梨水があらためて確認するのは、「わたしは文字を軽蔑したことなどない」（一一九頁）ということである。

より重要な鍵は、師への同一化をめぐる問題にある。梨水はもともと、「今思えば、亀鏡とわたしほど遠く隔たり合った存在はなかったように思う」（六二頁）といわれるように、唯一、亀鏡に似ていかない存在である。独創を批判する他の弟子は、同時に師と同一化していく。「理解」を最重要視することが、「似て」いく脆さに変換されたとき、梨水は、自身の特徴を明確化していくが、重要なのは、それを身体の使い方として体得するようになるということだ。

> 子妹たちが亀鏡に似てしまえば、肌と肌の境界線がなくなり、思うこと、感じること、痛みなどが混流し、どこまでが亀鏡で、どこまでが子妹なのか、区別がつかなくなっていくのではないか。亀鏡の中から肌を破って、別の肌の中へ浸透していくにおいのようなもの、亀鏡を囲んで他の子妹たちと立っていると、そのにおいが絶え間なく意図的に発散されているのが分かる。わたしはわざと別の方向に身体を向けて、別のことを考えている。（一六九頁）

そして、この「わざと別の方向に身体を向けて、別のことを考えている」という間合いの取り方は、その方面だけに生かされるものではない。ここに示されるのは、認識のあり方が体感として把握されるとき、具体的には異なる問題への対応においても、会得された体感の状態そのものを希求することで、同質の行為が可能になるということだ。同一化についてのあり方は、音読という行為のあり方と重ねられており、音読する身体もまた、梨水自身にとって把握し得るものとなる。音読について説明されている箇所を引用しよう。

宵時ひとり原書室で声を出していると、室内の闇が深くなっていく。床の塡め木細工がもぞもぞと動きだし、閉められた東の窓から西の窓へ、ひんやりとした大気が思い出のように移動していく。耳の中が騒ぎ出すのはそれからだ。騒ぎ始める、目には見えない雑多複数の力がひとつの流れを発見すれば、それからは、もう何もする必要はない。わたし自身の力は無に等しくても、激流に乗って、河を下るように読みくだす。しかし、流されていくだけではいけない。途中で何度もわざと、その場にそぐわないもの、たとえば、虎の眉毛だとか、かぼちゃの蔓だとか、三日月だとかを思い浮かべて、陶酔を中断する。音読の心得として、覚めていながら流されること、と帳面に書き記した。

（一六六頁）

師への同一化と音読は、それぞれ異なる問題であるが、ほぼ同時に同様の体感を得ることで進展している。「覚めていながら流されること」という体感が、一つの「心得」として「帳面に書き記」され得る確かさをもったとき、それは一つの技術となる。身体を使う行為は、思考と対立するものとして配置されやすい。ここまで確認してきたように、『飛魂』において設けられた障害もそれを意味してきた。はじめの音読についても、その特殊な身体感覚が示されていたわけだが、それが「操られる」「酔う」あるいは「捻り潰されて消えてしまう」という形容によって説明されていたことは、暴力性に転じる危険の指摘とともに、無軌道性を露呈していた。それを、こうした「心得」に練り直すのに、梨水は十年という時間をかけたのである。

わたしには、人の魂に働きかける力はなかったが、霊を集め、霊といっしょに飛ぶことならばできそうな気がしてきた。霊たちを呼び寄せ、耳の中を一杯にする快感を思い浮かべてみる。それは麻酔薬以上に甘い痺れをもたらしてくれるに違いない。学舎に止まり、書に肉が染み込み、肉に書が染み込むまでここで暮らそう、と決心した。決心をするのに十年もかかったことになる。今日で学舎に着いてちょうど十年になる。

（一五六頁）

『飛魂』において記される「今日」は、この一箇所のみである。ここを起点に物語は語られてきたことになる。提示された到達点といってもよいだろう。繰り返しになるが、ここにおける音読は、原書そのものを理解することとは異なり、しかも独創とも異なる行為である。起源を重視する志向は何かへの同一化に転じ、確かな主体による独創への志向は理解の不足、さらには思考の麻痺や暴力性へ転じる。音読は、そうした言葉をめぐる問題を回避しながら、身体性に拘るという方法によって、一つの抜け道を探る可能性として、提示されている。そのとき、一つの技術として必要となるのは、自と他の関係における間合いのはかり方であり、それを体感として錬成していくことである。そしてさらに、そこには快楽がある。「指姫だけでなく、紅石や朝鈴は、ひょっとしたら、声の震えが肉の震えになり、見知らぬ力が宿っていくあの感じを生まれてからまだ一度も経験したことがなかったのかもしれない」（一六七頁）。

「快楽」という語彙も、初めの音読の描写に使われていた言葉ではある。しかし、ここで「あの感じ」として記される快楽は、梨水の主体が起源となる欲望とは異なっている。小説の最後部に置かれた梨水の発言は、「「魂」という字は鬼が云う、と書きます、つまりものを云う鬼が魂です」、「つまり、わたしがしゃべっていても、実際はそれは鬼を招待して、その鬼にしゃべらせているのであって、そういう訳で、わたしの魂の本音はいつも鬼のしゃべっていることです」（一七四頁）である。聴衆は、みな笑う。そして亀鏡も、笑う。「鬼の字が入ってきたので、張り詰めていた力がゆるんで、ほぐれ、隙間から新しく流れ込んできたものがある。戸惑いの唇がくずれて、笑いに変わった。回転する車輪のように亀鏡が笑い、その笑い声の中にわたしは虎を見た」（一七五頁）。言葉の通過する媒体となることが、快楽を発生させるわけである。練り直される前の音読で「虎」になっていたのは、梨水であった。ここでは、亀鏡に「虎」を見る。求めてきた「虎」は、語り手側にあるのでも聞き手の側にあるのでもなく、一瞬の関係性の中にのみ生じている。声を発したのは亀鏡であり、虎を見るのは梨水である。どちらに帰属するものでもない。聞き手の欲望にも、語り手の欲望にも還元されない「笑い声」に、誰にも帰属しない快楽への通路が開かれている。

9　言葉の可動性

言葉のあり方について考えるとき、それが交わされる場の力学を無視することはできない。しかし同時に、そうした力学への関心の中で「沈黙」が問題化されるとき、その背後にオリジナルな物語が期待され、語り手を聞き手の欲望の枠の中に閉じ込めてしまうことになる場合がある。ここで考えたかったのは、そうした問題の配置を動かす回路を探すことであった。

多和田葉子の二つの作品は、言葉と身体の関わりを執拗に語るものとして読める。言葉を流通するものとしてとらえれば、オリジナルな主体であることへの期待が解かれる。そしてそのうえで、意味に対抗する方法として、身体を持つ存在であるということに徹底して拘る。言葉の可動性そのものを体感するという回路をつくり出すことは、意味の力学に配慮するのと同様に、言葉によって生かされている存在として、言葉について考える行為となるだろうと思う。言葉との関係の中から快楽を取り出すことが、「沈黙」を問題にしなければならない現場においてどのような効果を持ち得るのか、その質や程度を予め述べることはできないが、それは、力学を明らかにする作業と矛盾するわけではないはずだ。思考の先に用意されているものが、苦痛や懊悩でないということは、重要だと思う。人々が、ある場に参加したいと望むその志向性は、苦痛や懊悩ではなく、快楽——ただし、自己に貢献するのではない種類の——を具体的に示すことによって、生じやすくなるのではないかと考えるからだ。

それと合わせて確認しておきたいのは、音読を、一つの理念的な言語行為として取り出したのではないということである。そうではなく、言葉との関係の仕方を広げる一つの回路として、受け取ることができるだろう。体感を前景化して思考することの興味深さを、共有したいと思う。語ることも聞くことも、身体を言葉が通過していく経験であるからだ。

注

序　章　〈女性作家〉という枠組み

(1) ジョーン・W・スコット『ジェンダーと歴史学』原著一九八八年、荻野美穂訳、平凡社、一九九二年、一六頁。

(2) ジュディス・バトラー『ジェンダー・トラブル　フェミニズムとアイデンティティの攪乱』原著一九九〇年、竹村和子訳、青土社、一九九九年、五八–九頁。

(3) 同書、二五四頁。

(4) ジュディス・バトラー『触発する言葉　言語・権力・行為体』原著一九九七年、竹村和子訳、岩波書店、二〇〇四年、二五二頁。バトラーは、「名前を言う行為が、それとは逆のものを起動させる発端になるかもしれない」というように、積極的に「反乱的な発話」の可能性について述べている。本書では、「反乱的」であるかどうかを判断する前に、応答的であるということにまず注目し、そのうえでそれが、意図的であるか否かを問わず呼びかけとずれている様について論じる。そのずれを「反乱」と言うべきかどうかは、質と文脈によるだろう。

(5) ベル・フックス『アメリカ黒人女性とフェミニズム　ベル・フックスの「私は女性ではないの?」』原著一九八一年、大類久恵監訳・柳沢圭子訳、明石書店、二〇一〇年。

(6) トリン・T・ミンハ『女性・ネイティヴ・他者　ポストコロニアリズムとフェミニズム』原著一九八九年、竹村和子訳、岩波書店、一九九五年、一四六頁。

(7) イヴ・コゾフスキー・セジウィック『クローゼットの認識論　セクシュアリティの20世紀』原著一九九〇年、外岡尚美訳、青土社、一九九九年。

(8) ミンハ『女性・ネイティヴ・他者』、一四八頁。原文では「無限の層」がゴチックだが、引用の際に強調を外した。

(9) シャンタル・ムフ「フェミニズム、シティズンシップ、ラディカル・デモクラシーの政治」『政治的なるものの再興』原著一九九三年、千葉眞・土井美徳・田中智彦・山田竜作訳、日本経済評論社、一九九八年、一五六頁。

(10) エルネスト・ラクラウ、シャンタル・ムフ『民主主義の革命　ヘゲモニーとポスト・マルクス主義』原著二〇〇一年、西永亮・千葉眞訳、ちくま学芸文庫、二〇一二年、二八一頁。

(11)ダナ・ハラウェイ『猿と女とサイボーグ　自然の再発明』原著一九九一年、高橋さきの訳、青土社、二〇〇〇年、三一四頁。
(12)同書、三六九頁。
(13)同書、二一七頁。
(14)ムフ『政治的なるものの再興』、一七四頁。
(15)水田宗子「女性が自己を語るとき　近代女性文学と〈自己語り〉の軌跡」『ヒロインからヒーローへ　女性の自我と表現』田畑書店、一九八二年、二一四頁。
(16)たとえば、「女性作家は、文化によって定義された「女であること」と、自分自身であることとの間に深い溝を感じないではいられない、女性の内面を描いてきた」と総括している(水田宗子「フェミニズム・ジェンダー・セクシュアリティ」『女性文学を学ぶ人のために』渡邊澄子編、世界思想社、二〇〇〇年、一三頁)。
(17)水田の議論は、けっして特殊なものではない。最近の例として、たとえば与那覇恵子も「近代・現代の女性文学の試みは、男性中心の長い歴史のなかで形成されていった妻、母、そして娼婦という女の役割・ジェンダーを、何とか一つの〝主体〟として統合しようとする悪戦苦闘の歴史だったかもしれない」(与那覇恵子『後期20世紀 女性文学論』晶文社、二〇一四年、一一頁)とまとめている。
(18)水田宗子「山姥の夢　序論として」『山姥たちの物語　女性の原型と語りなおし』水田宗子・北田幸恵編、學藝書林、二〇〇二年、三七頁。
(19)バトラーは「権力は撤回できるものでも、否定できるものでもなく、ただ配備しなおすことができるだけである」という(『ジェンダー・トラブル』、二二〇頁)。
(20)山姥表象の代表的な作家といえば、水田も深い関わりを持って論じてきた大庭みな子がいるが、大庭みな子が書いた山姥は山に棲む山姥ではなかった。江種満子の言葉を借りれば「里に棲む山姥」である(『浦島草』、または里に棲む山姥」『大庭みな子の世界　アラスカ・ヒロシマ・新潟』新曜社、二〇〇一年)。「山姥の微笑」や『浦島草』など、大庭の山姥は里に棲んでいる。その意味で、外部を設定して逃走を夢見る小説ではないといえる。江種は「冷子は山姥だったとしても、けっして人間ならざる存在として、厄介払いされたり、「疎外」されたりはしなかった」(一九〇頁)とする。里の女と山姥の共同性が探られた小説ではないが、山に棲むのではないことを見落としてはならないと思う。里の山姥という表象には、交渉しつつ生き延びるという感覚との繋がりを見ることができるだろうとも感じる。本書では、外への離脱ではなく内での交渉をこそ、読みたい。
(21)本書と同様の問題提起がなされているものに、「主体の立ち上がらなさ」を緻密に分析した小平麻衣子『女が女を演じる　文学・欲望・消費』(新曜社、二〇〇八年)がある。小平は、ジェンダー・パフォーマンスという切り口で、女性作家と女優のアナロジーに注目し、女性が〈女〉というカテゴリーを再生産する際のずれを抽出している。
(22) ハラウェイ『猿と女とサイボーグ』、三六九頁。
(23) シモーヌ・ド・ボーヴォワール『決定版 第二の性 II体験』原著一九四九年、中嶋公子・加藤康子監訳、新潮社、一九九七年、一一頁。
(24) ショシャナ・フェルマン『女が読むとき女が書くとき 自伝的新フェミニズム批評』原著一九九三年、下河辺美知子訳、勁草書房、一九九八年、三〇頁。ここで示されている他者は、男性であることも、女性であることもある。ヴァージニア・ウルフを論じた箇所では、ウルフは「母を通してしか自分の自伝を考えることが出来ない」(二四三頁) と語られており、女性が女性を読み書くことの可能性へと議論が展開している。
(25) 同書、三三頁。
(26) 同書、二〇一頁。
(27) ヴォルフガング・イーザー『行為としての読書 美的作用の理論』(原著一九七六年、轡田収訳、岩波書店、二〇〇五年)、ウンベルト・エーコ『物語における読者』(原著一九七九年、篠原資明訳、青土社、一九九三年) など。
(28) ジェームス・プロクター『スチュアート・ホール』原著二〇〇四年、小笠原博毅訳、青土社、二〇〇六年、九七-一二一頁。
(29) ジュディス・フェッタリー『抵抗する読者 フェミニストが読むアメリカ文学』原著一九七八年、鵜殿えりか・藤森かよこ訳、ユニテ、一九九四年。
(30) セジウィック『クローゼットの認識論』、一一一頁。
(31) フェルマン『女が読むとき女が書くとき』、二一一-二頁。
(32) 同書、二一三頁。原文では、一部がゴチックであるが、引用の際に強調を外した。以下、同様。
(33) ジュディス・バトラー『自分自身を説明すること 倫理的暴力の批判』原著二〇〇五年、佐藤嘉幸・清水知子訳、月曜社、二〇〇八年、六八-九頁。
(34) 同書、三七頁。
(35) 同書、一五七頁。

第1章 〈女〉の自己表象

(1) 日比嘉高『〈自己表象〉の文学史 自分を書く小説の登場』翰林書房、二〇〇二年、二七-八頁。
(2) 山口直孝『「私」を語る小説の誕生 近松秋江・志賀直哉の出発期』翰林書房、二〇一一年、一三-八頁。

（3）同書、六三頁。
（4）同書、六六頁。
（5）人称の変化を重要視する山口が自己生成小説として認めないものも、ここには含んだ。
（6）引用は、『宇野浩二全集』第二巻（中央公論社、一九七二年）による。
（7）引用は、『〔新編〕日本女性文学全集』第三巻（菁柿堂、二〇一一年）による。
（8）引用は、川浪道三編『水野仙子集』（叢文閣、一九二〇年）による。
（9）引用は、山田昭夫編『素木しづ作品集　その文学と生涯』（北書房、一九七〇年）による。
（10）引用は、同書による。
（11）小平麻衣子は「『女子文壇』における散文は実質小説なのだと言うこともできるだろう」と指摘している。「けれど貴女！　文学を捨てては為ないでせうね」『女子文壇』愛読諸嬢と欲望するその姉たち」『女が女を演じる　文学・欲望・消費』新曜社、二〇〇八年、一三〇頁。
（12）『青鞜』の中心と周辺？」（『名古屋近代文学』一五、一九九七年一二月）にて、〈喪失〉の物語として他の主題と合わせて論じた。引用に際し、一部修正した。杉本正生については、本書第2章においても論じた。
（13）キャロリン・ハイルブラン『女の書く自伝』原著一九八八年、大社淑子訳、みすず書房、一九九二年、二二頁。
（14）ショシャナ・フェルマン『女が読むとき女が書くとき　自伝的新フェミニズム批評』原著一九九三年、下河辺美知子訳、勁草書房、一九九八年、二四頁。
（15）同書、二一一―二頁。ヴィタ・サックヴィル＝ウェストの自伝の分析に含まれた考察。
（16）水田宗子「自伝と小説　女性の表現」『フェミニズムの彼方　女性表現の深層』講談社、一九九一年、一六二頁。
（17）原題は「遊女」。単行本『誓言』（新潮社、一九一四年五月）所収の際に改題。引用は、『田村俊子作品集』第一巻（オリジン出版センター、一九八七年）による。
（18）「木乃伊の口紅」は、俊子が文壇で注目を集める契機となった『大阪朝日新聞』懸賞当選小説「あきらめ」（『大阪朝日新聞』一九一一（明治四四）年一月一日―三月二一日）執筆の頃を描いたものである。
（19）黒澤亜里子「田村俊子」渡邊澄子編『女性文学を学ぶ人のために』世界思想社、二〇〇〇年、一〇九頁。
（20）尾形明子「田村俊子『女作者』の女」『作品の中の女たち　明治・大正文学を読む』ドメス出版、一九八四年、一四二頁。
（21）水田宗子「田村俊子の現在」『田村俊子作品集』月報3、オリジン出版センター、一九八八年。
（22）長谷川啓「書くことの〈狂〉　田村俊子『女作者』」岩淵宏子・北田幸恵・高良留美子編『フェミニズム批評への招待　近代女性

文学を読む』學藝書林、一九九五年、七四頁。
(23) リベッカ・コープランド「〈告白〉する厚化粧の顔 〈女らしさ〉のパフォーマンス」関根英二編『うたの響き・ものがたりの欲望 アメリカから読む日本文学』森話社、一九九六年、二四七-二五五頁。
(24) 光石亜由美「田村俊子「女作者」論 描く女と描かれる女」『山口国文』二一、一九九八年三月。
(25) ジュディス・バトラー「ラカン、リヴィエール、仮装の戦略」『ジェンダー・トラブル フェミニズムとアイデンティティの攪乱』原著一九九〇年、竹村和子訳、青土社、一九九九年、一〇六-一一一頁。
(26) 同書、一〇六頁。
(27) 同書、一〇九頁。
(28) 同書、一一一頁。
(29)「その才気と、感触とが僕には僅かに表皮の上に起つた、刺激に対する反応としか見えない」、「少しも、自ら苦悩して居ると思はれる処がない」、「女史の感覚はたゞ盲目な肉体の中に働いて居る触覚の感応である」という具合である(水野盈太郎「田村俊子女史に送る書」『文章世界』、一九一四年六月三〇日)。
(30) 水野盈太郎「林の中へ(「沈黙せる生」の中より)」『文章世界』、一九一四年一〇月一日。「沈黙せる生」は『国民文学』(一九一四年六月)に掲載され、『文章世界』に再録されている。
(31) 柄谷行人『日本近代文学の起源』講談社、一九八〇年。

第2章 書く女／書けない女

(1) 水田宗子『物語と反物語の風景 文学と女性の想像力』田畑書店、一九九三年、二五頁。
(2) 同書、三五頁。
(3) 同書、四九頁。
(4) 同書、五二頁。
(5) 同書、五五頁。
(6) 同書、六二頁。
(7) 同書、五五-六頁。
(8) 村山敏勝『(見えない)欲望へ向けて クィア批評との対話』人文書院、二〇〇五年、九二-三頁。
(9) 中山昭彦「〝作家の肖像〟の再編成 「読売新聞」を中心とする文芸ゴシップ欄、消息欄の役割」『文学』四-二、一九九三年四月。

(10)小平麻衣子「〈一葉〉という抑圧装置　ポルノグラフィックな文壇アイドルとの攻防」『女が女を演じる　文学・欲望・消費』新曜社、二〇〇八年、一五〇頁。
(11)北田幸恵「街頭に出た女たちの声　評論」新・フェミニズム批評の会編『『青鞜』を読む』學藝書林、一九九八年、一八一頁。
(12)同書、一八三頁。
(13)同書、一八三頁。
(14)『女子文壇』(明治三八年一月創刊)に関しては、飯田祐子「愛読諸嬢の文学的欲望　『女子文壇』という教室」(『日本文学』四七－一一、一九九八年一一月)、小平麻衣子「「けれど貴女！　文学を捨ては為ないでせうね」『女子文壇』愛読諸嬢と欲望するその姉たち」『女が女を演じる　文学・欲望・消費』(新曜社、二〇〇八年)、『女子文壇』と『青鞜』との関係については、飯田祐子「『青鞜』の中心と周辺?」(『名古屋近代文学研究』一五、一九九七年一二月)を参照されたい。
(15)ただし、このときの筆名は長曾我部菊子である。
(16)岩田ななつ「杉本まさを」『文学としての『青鞜』』不二出版、二〇〇三年。
(17)京都府立総合資料館所蔵『京都日出新聞』によって調査した。わずかではあるが、欠けている部分があるので、他に作品が掲載されている可能性が全くないとはいえない。
(18)岩田ななつ『文学としての『青鞜』』、一〇三頁。
(19)同書、一〇二頁。
(20)ただしこの青楓の「東京の生活」については、未見。七月三一日「東京の生活(一)」は確認したが、これには正生についての記述はなかった。
(21)一〇月二三日号にも、正生が執筆してきた月曜文壇欄はあるが、正生の作品は掲載されていない。
(22)内容の連続性は、連載された長編小説「流離」(八月一八日-一〇月一二日)にもある。「流離」は、子爵千秋家の庶子である長女綏子と、本来千秋家の次女でありながら母方の男爵高山家の養女となっている静子という姉妹が、瀬川哲夫という男を挟んで苦悩し、最後には二人とも命を失うという話である。静子の亡母は、瀬川と静子の結婚を遺言とし、二人もまた互いに望み合っていたところ、それを知らぬ父が綏子と瀬川の結婚を勧める。静子には、賀那川子爵との結婚話が進行する。静子と瀬川がさまざまに苦悩する中、二人の関係を知った綏子は病に臥せってしまう。静子と瀬川は、最後には覚悟を決めて駆け落ちをするが、その旅先で綏子が死んだという電報を受け取る。姉の死を知った静子は、一人、死を選ぶ。家の事情が絡んだ三角関係である。
　このようにあらすじを辿ってみれば、家庭小説的な悲恋物語として読むことのできる作品といえるのだが、ここで指摘しておきたいのは、一方でそのようなあらすじに沿いながら、静子を通して焦点化されているのは、異性愛的な苦悩というより、母や姉に対する想いであるということである。瀬川との結婚は母の遺言であり、瀬川との関係に躊躇を見せるのは、姉に与える衝撃を心配してのことである。最期もまた、死へ向かう過程で語られるのは姉と母ばかりである。姉の姿を夢に見て目覚めた静子は、「母の片身の懐剣」を手にし、「母と姉妹が写つた写真」を眺めて、海岸へ一人向かう。波の中を進む静子が描写された後、「慟哭と痛恨の叫声とが、蚊の泣くそれよりも幽かに、波の音は天地の憂寂を破つて鳴り渡つた」という一文で、物語は閉じられる。そのように線を繋いでみれば、「流離」は、妹が、母と姉の想いの間で揺れ動く物語と読み直すことができる。瀬川との異性愛関係は、母と姉妹三人の死に繋がる悲劇の原因そのものである。静子の「慟哭と痛恨」に、瀬川に対する愛情が入り込む余地はなく、生き残った瀬川について語られることもない。

(23) 正生の作品の掲載号の中で「小説」というジャンル表示がなされていないのは、第二巻第四号、第二巻第五号、第二巻第九号。

(24) 前後を合わせて引用すれば、「一人と一人が寄つて二人に成つた、二人切りもう誰れも寄つけない事にしましやうねえ、と忶う約束しました、其雑誌の名が黒蜂、それを黒蜂社が出すと云ふのです」。

第3章　読者となること・読者へ書くこと

(1) ヴォルフガング・イーザー『行為としての読書　美的作用の理論』原著一九七六年、轡田収訳、岩波書店、一九八二年。

(2) ウンベルト・エーコ『物語における読者』原著一九七九年、篠原資明訳、青土社、一九九三年。

(3) 初出は、第一部「朱を奪うもの」(『文芸』、一九五五年八月-五六年六月)、第二部「傷ある翼」(『中央公論』一九六一年一月-七月)、第三部「虹と修羅」(『文学界』、一九六五年三月-六七年三月)。それぞれに単行本化されたのち、円地文子『朱を奪うもの三部作』(新潮社、一九七〇年)一巻にまとめられた。引用は『円地文子全集』第一二巻(新潮社、一九七七年)による。

(4) 和田敦彦『読むということ　テクストと読書の理論から』ひつじ書房、一九九七年、三四-七頁。

(5) 同書、一四〇頁。

(6) 和田敦彦『メディアの中の読者　読書論の現在』ひつじ書房、二〇〇二年。

(7) 飯田祐子「〈告白〉を微分する　明治四〇年代における異性愛と同性愛と同性社会性のジェンダー構成」『現代思想』二七-一、一九九九年一月。

(8) 和田敦彦『読むということ』、一三九頁。

(9) 同書、二八四頁。

(10) 和田敦彦『メディアの中の読者』。

(11) 関肇『新聞小説の時代　メディア・読者・メロドラマ』新曜社、二〇〇七年、三七-八頁。

（12）日高佳紀『谷崎潤一郎のディスクール　近代読者への接近』双文社出版、二〇一五年、一〇頁。
（13）和田敦彦『読むということ』、一一六–一三五頁。
（14）同書、一二六頁。
（15）円地文子「散文恋愛」『人民文庫』、一九三六年八月。のち『風の如き言葉』（竹村書房、一九三九年）に所収された。全集所収の際に、円地によって伏字がおこされている。引用は『円地文子全集』第一巻（新潮社、一九七八年）による。
（16）亀井秀雄「間作者性と間読者性および文体の問題　『牡丹燈籠』と『経国美談』の場合」『国語国文研究』八九、一九九一年七月。
（17）亀井秀雄「虚の読者」『文学』五七–三、一九八九年三月。

第4章　聞き手を求める

（1）ジュディス・バトラー『権力の心的な生　主体化＝服従化に関する諸理論』原著一九九七年、佐藤嘉幸・清水知子訳、月曜社、二〇一二年、一三三–一六五頁。
（2）G・C・スピヴァック『サバルタンは語ることができるか』原著一九八八年、上村忠男訳、みすず書房、一九九八年。
（3）フランツ・ファノン『黒い皮膚・白い仮面』原著一九五一年、海老坂武・加藤晴久訳、みすず書房、一九九八年、四〇頁。
（4）同書、五八頁。
（5）鄭暎惠『〈民が代〉斉唱　アイデンティティ・国民国家・ジェンダー』岩波書店、二〇〇三年、三一頁。
（6）同書、三一頁。
（7）同書、三二頁。
（8）G・C・スピヴァック『ポスト植民地主義の思想』原著一九九〇年、清水和子・崎谷若菜訳、彩流社、一九九二年、一〇八頁。
（9）ファノン『黒い皮膚・白い仮面』、三五頁。
（10）スピヴァック『ポスト植民地主義の思想』、一〇八頁。
（11）たとえば、和田敦彦『読むということ　テクストと読書の理論から』（ひつじ書房、一九九七年）、同『メディアの中の読者　読書論の現在』（ひつじ書房、二〇〇二年）など参照。
（12）山口誠「メディア（オーディエンス）」吉見俊哉編『知の教科書　カルチュラル・スタディーズ』講談社、二〇〇一年、五九頁。
（13）水村美苗『私小説　from left to right』新潮社、一九九五年。引用は単行本に加筆・修正が施された文庫版（新潮社、一九九八年）による。
（14）「第十七回野間文芸新人賞発表」『群像』五一–一、一九九六年一月。

(15) Mizumura, Minae, "Authoring *Shishosetsu from left to right*", in *PMAJLS: Proceedings of the Midwest Association for Japanese Literary Studies*, v. 4, Summer, 1998. 訳は引用者による。
(16) 鈴木登美『語られた自己　日本近代の私小説言説』原著一九九六年、大内和子・雲和子訳、岩波書店、二〇〇〇年、一〇頁。
(17) 水村美苗『本格小説』上、新潮社、二〇〇二年。引用は、単行本に加筆・修正が施された文庫版（新潮社、二〇〇五年）による。
(18) 水田宗子『物語と反物語の風景　文学と女性の想像力』（田畑書店、一九九三年）など参照。

第5章　関係を続ける

(1) 松浦理英子『裏ヴァージョン』筑摩書房、二〇〇〇年。家主側の言葉は原文ではゴチックだが、引用に際して強調を外した。
(2) 『裏ヴァージョン』で繰り返し語られる具体的な話題の一つに同性愛がある。前半の（架空の）アメリカを舞台とした小説群では、レズビアンの主人公たちのSM関係が語られ、そこに読み込まれる少年同性愛の物語を語り合った高校時代の記憶が語られ、その記憶の召還が現在の二人の関係に対する欲望の問題として語られる。同性愛という名称がさまざまな文脈で反復され、異性愛的物語が遠く忘れ去られていく。二人の記憶と現在に、同性愛についてのヴァリエーションを組み込む語り方は、反復によって概念が中心化する効果を導いている。テクスト前半の質問状で「私としては、日本人が主人公で異性愛の、SMではない恋愛小説、性愛小説を書いてほしいと思います」（八二頁）と書く家主の女性だが、小説を通して、さらにそれを超えて、二人の関係は同性愛の文脈の中に位置づけられていく。当初の異性愛中心的な文脈とは異なる文脈に、繰り返しの中でずれながら移動していくといえる。ただし、この小説の二人の女性の関係は、同性愛と名付けられてはいない。性的と名付けられる欲望が互いの間にないことと、二人が関係の継続を望んでいることが同時に語られるが、最後は同居が解消されて閉じられている。『裏ヴァージョン』に、同性愛者としての名乗りの瞬間を見つけることは難しい。語られる対象としては、繰り返し言及されるが、『裏ヴァージョン』の登場人物となる二人の女性は、書く行為の中で、何者かとして語ることを執拗に避け続けている。物語内容のクィア性は、ジェンダー化した『こゝろ』と『放浪記』に対する批評的な位置を補強している。
(3) 林芙美子『放浪記』改造社、一九三〇年。引用は『林芙美子全集』第一巻（文泉堂出版、一九七七年）による。
(4) 林芙美子『続放浪記』改造社、一九三〇年。引用は『林芙美子全集』第一巻（文泉堂出版、一九七七年）による。
(5) 林芙美子『放浪記第三部』留女書房、一九四九年。引用は『林芙美子全集』第一巻（文泉堂出版、一九七七年）による。
(6) 村山敏勝『（見えない）欲望へ向けて　クィア批評との対話』人文書院、二〇〇五年、九三頁。
(7) 同書、一〇五頁。
(8) 「放浪記」の副題で掲載された文章は一七編だが、そのうち小説欄に掲載されたのは一編（「裸になって　放浪記」、第三巻四号）

のみである。小説と付した作品は、「放浪記」とは別の枠にまとめられている。また九編が「長流記」と並列している。
（9）林芙美子「九州炭坑街放浪記」『改造』、一九二九年一〇月。
（10）大野亮司「神話の生成　志賀直哉・大正五年前後」『日本近代文学』五二、一九九五年五月。大野亮司「〝我等の時代の作家〟「和解」前後の志賀直哉イメージ」『立教大学日本文学』七八、一九九七年七月。
（11）水田宗子「放浪する女の異郷への夢と転落　林芙美子『浮雲』」岩淵宏子・北田幸恵・高良留美子編『フェミニズム批評への招待　近代女性文学を読む』學藝書林、一九九五年。水田宗子、インタヴュー「ジェンダーの視点から読む林芙美子の魅力」『国文学解釈と鑑賞』六三-二、一九九八年二月。
（12）林芙美子「あとがき」『放浪記Ⅱ』（「林芙美子文庫」）新潮社、一九四九年。引用は『林芙美子全集』第一六巻（文泉堂出版、一九七九年、二六八頁）による。
（13）前半における、第四話から第六話までの「トリスティーン」の位置にあたる。
（14）ジュディス・バトラー「単に文化的な」原著一八九八年、大脇美智子訳、『批評空間　Ⅱ期』二三、一九九九年一〇月、二二七-二四〇頁。

第6章　〈女〉を構成する軋み

（1）深谷昌志『良妻賢母主義の教育』黎明書房、一九六六年。引用は増補版（一九八一年）による。一五六頁。
（2）同書、一一頁。
（3）小山静子『良妻賢母という規範』（勁草書房、一九九一年）など。
（4）同書、五頁。
（5）牟田和恵『戦略としての家族　近代日本の国民国家形成と女性』新曜社、一九九六年、五一-七七頁。
（6）山本敏子「日本における〈近代家族〉の誕生　明治期ジャーナリズムにおける「一家團欒」像の形成を手掛りに」『日本の教育史学』三四号、一九九一年一〇月、八五頁。
（7）沢山美果子「近代的母親像の形成についての一考察　一八九〇-一九〇〇年代における育児論の展開」（『歴史評論』四四三号、一九八七年三月）、木下比呂美「明治後期における育児天職論の形成過程」（『江南女子短期大学紀要』一一号、一九八二年三月）、同「明治期における育児天職論と女子教育」（『教育学研究』四九巻三号、一九八二年九月）など。
（8）沢山美果子「近代的母親像の形成についての一考察」。
（9）小山静子『良妻賢母という規範』、一九頁。また、牟田和恵も、『女大学宝箱』（一七一六年）をとりあげ「いずれも舅・姑と夫、婚家に対する務め、日常生活と家政についての注意、つまり「妻」「嫁」としての務めであって、子育ての注意や母としての義務には全くといっていいほど触れられていない」（牟田和恵『戦略としての家族』、一二五頁）と指摘する。

（10）小山静子『良妻賢母という規範』、四五頁。

（11）同書、四六頁。

（12）牟田和恵『戦略としての家族』、六六頁。

（13）犬塚都子「明治中期の「ホーム」論　明治18‐26年の『女学雑誌』を手がかりとして」『お茶の水女子大学人文科学紀要』四二、一九八九年、五六頁。

（14）岩堀容子「明治中期欧化主義思想にみる主婦理想像の形成　『女学雑誌』の生活思想について」脇田晴子、スーザン・B・ハンレー編『ジェンダーの日本史』下、東京大学出版会、一九九五年、四七四頁。

（15）同書、四六一頁。

（16）本田和子『女学生の系譜　彩色される明治』青土社、一九九〇年、一二頁。

（17）同書、一二頁。

（18）同書、二四頁。

（19）岩田秀行「「海老茶式部」攷　あるいは川柳的視点による明治三十年代女学生論」『言語と文芸』八六号、一九七八年六月。

（20）牟田和恵『戦略としての家族』、七一‐二頁。

（21）小山静子『良妻賢母という規範』、四六頁。

（22）同書、三九‐四〇頁。

（23）犬塚都子「明治中期の「ホーム」論」。

（24）村上信彦『明治女性史　中巻前篇』理論社、一九七〇年、一九八頁。

（25）嵯峨の屋お室「くされ玉子」『都の花』、一八八九年二月。

（26）坎坷山人（須藤南翠）「濁世」『改進新聞』一八一九‐一八六三号、一八八九年四月から五月にかけて三八回の連載。屋木瑞穂「『女学雑誌』を視座とした明治二二年の文学論争　女子教育界のモラル腐敗をめぐる同時代言説との交錯」（『近代文学試論』三五号、一九九七年、一一頁）の指摘による。

（27）他に、小関三平「明治の「生意気娘」たち（中）「女学生」と小説」（『女性学評論』一〇号、一九九六年三月、一二七‐一三〇頁）など参照。

（28）中山清美「「こわれ指環」と『女学雑誌』」『金城国文』七七、二〇〇一年三月。

（1）ジョアナ・ラス『テクスチュアル・ハラスメント』原著一九八三年、小谷真理編訳、インスクリプト、二〇〇一年。

（2）たとえば、「わたしはあれほどいろいろな人を引きつけてゐた木曜日の会に一度も行かうとはしなかつた」という（「夏目先生の思ひ出　修善寺にて」、初出「夏目先生のこと　修善寺にて」『文芸』、一九三五年五月）。引用は『野上弥生子全集』第一期第一九巻（岩波書店、一九八一年）による。以下、弥生子の文章の引用は同全集（第一期：一九八〇-八二年、第二期：一九八六-九一年）による。

（3）「私がもっとも影響を受けた小説」（『文藝春秋』、一九七一年一一月、『野上弥生子全集』第一期第二三巻）。「学校を出てから先生とお呼びしたのは夏目先生より外にはない」（「その頃の思ひ出　師友のひとびと」『婦人公論』、一九四二年四月、『野上弥生子全集』第一期第一九巻）ともいう。

（4）「夏目先生の思ひ出」（一九三五）、「思ひ出二つ」（『漱石全集』第一六巻附録月報第五号、岩波書店、一九二八年七月、『野上弥生子全集』第一期第一八巻）、「夏目漱石」（『海』、一九七七年一月、『野上弥生子全集』第一期第二三巻）などに記述がある。

（5）前掲「夏目先生の思ひ出」（一九三五）、前掲「思ひ出二つ」、「夏目先生の思い出　漱石生誕百年記念講演」（『中央公論』、一九六六年五月）、前掲「夏目漱石」（一九七七）などに記述がある。

（6）『清経』の稽古で、漱石の声を「めえーッと山羊の鳴くやうな、甘つぽい、いかに素人らしい、間延びのした謡」と形容している（「夏目先生の思ひ出」）。山羊の声の比喩も繰り返され、「夏目先生の日記について」（『新日本文学』、一九五五年一一月、『野上弥生子全集』第一期第二二巻）、「夏目漱石」（『文藝春秋』、一九六四年八月、『野上弥生子全集』第一期第二二巻）、「夏目先生の思い出」（一九六六）、「夏目漱石」（一九七七）などに記述がある。

（7）「夏目先生の思い出」（一九六六）、「夏目漱石」（一九七七）などに記述がある。

（8）めずらしく回想の内容に揺れがある。「夏目漱石の思ひ出」（一九三五）では、「嬉しさで夢中になつた」「正直に値ぶみすればそれは屹度あんまり高いお人形ではない。しかし（略）どんな高価なお土産を頂いたよりも親しい有り難さを感じた」と書いているが、「夏目先生の思い出」（一九六六）では「あら、こんな人形……」といって、はじめはガッカリしたものでした」「はなはだ不平であったのでございます」と話している。聞き手などの影響であらわれるこうした語り口の揺れが、他では非常に少ないことが、弥生子の回想文の特徴だと思われる。

（9）「夏目先生の思い出」（一九六六）。

（10）「木曜会のこと」（『夏目漱石』（「日本文学全集」第六巻）月報、河出書房新社、一九六七年六月、『野上弥生子全集』第一期第二三巻）。ここでも回想で具体的に述べられるのは、豊一郎の帰宅にまつわるエピソードと、漱石の長女筆子の回想の引用である。豊一郎から聞いた出来事についての記述はない。
(11)平野謙「作品解説」『野上弥生子・宮本百合子集』(『日本現代文学全集』第六三巻)講談社、一九六五年。
(12)篠田一士「作家と作品　野上弥生子」『野上弥生子集』(『日本文学全集』第三四巻)集英社、一九六八年、四二四頁。
(13)松岡陽子マックレイン「漱石の一番弟子」『新潮』八一-六、一九八四年六月。
(14)本多顕彰「漱石山脈」『新潮』四三-五、一九四六年五月。
(15)「明暗」、弥生子存命中は未発表。発見されたのは、没後ほぼ三年後の一九八八年。瀬沼茂樹「ついに出た処女作　野上弥生子「明暗」について」の解説とともに、『世界』五一三(一九八八年四月)で、初めて活字になった。引用は『野上弥生子全集』(第二期第二八巻)による。「明暗」評の引用は、『漱石全集』第二三巻(岩波書店、一九九六年)による。
(16)「夏目漱石」(一九六四)。
(17)「解説」『昔がたり』ほるぷ出版、一九八四年。
(18)「処女作が二つある話」(『漱石全集』内容見本、岩波書店、一九八四年九月)。引用は『世界』(一九八八年四月)による。
(19)渡邊澄子に、「夏目漱石との師弟関係も、漱石直接の弟子とならずに豊一郎経由であったことが結果として幸せだったのではないかと思われる」という指摘がある(「野上弥生子論」『国文学解釈と鑑賞』五〇-一〇、一九八五年九月)。
(20)森宛書簡に言及し、「若い人の作品の向こうに、漱石は自分の旧作を見つめ、その欠点に妙にこだわっているように思う」という中島国彦の指摘がある(「写生文を超えるもの　弥生子の処女作「明暗」と漱石」『国文学』三三-七、一九八八年六月)。
(21)引用は『漱石全集』(第二三巻、岩波書店、一九九六年)による。
(22)佐々木亜紀子に、幸子と日露戦後の女性像との重なりについて指摘がある。「日露戦争後の日本においてあり得べき「婦人」像としての造形であること、兄の結婚によって「居候の様」な立場に陥る「妹」たちの一人であることを指摘し、漱石評におさまらない「明暗」像を提出している。「明暗」に「新しい時代の潮流を描こうとする姿勢」の胚胎がみられるという結論には、異論もあるが、漱石評とのずれが指摘されており、参照されたい(「野上弥生子『明暗』の行方　漱石の批評を軸に」『愛知淑徳大学国語国文』二二、一九九九年三月)。
(23)「縁」『ホトトギス』一〇-五、一九〇七年二月。引用は『野上弥生子全集』(第一期第一巻)による。

第8章　意味化の欲望

(1)引用は『宮本百合子全集』第三巻(新日本出版社、二〇〇一年)による。本文引用には章・節番号を付した。
(2)本多秋五「宮本百合子　その生涯と作品」『増補　戦時戦後の先行者たち』勁草書房、一九七一年。引用は、多喜二・百合子研究会編『宮本百合子　作品と生涯』（新日本出版社、一九七六年）による。

（3）水田宗子『ヒロインからヒーローへ　女性の自我と表現』田畑書店、一九八二年、九八頁。

（4）岩淵宏子「『伸子』　仕事と愛と」『宮本百合子　家族、政治、そしてフェミニズム』翰林書房、一九九六年、四二頁。

（5）荒正人「伸子と真知子」『市民文学論』青木書店、一九五五年（一九七一年訂正）。引用は多喜二・百合子研究会編『宮本百合子　作品と生涯』による。

（6）千田洋幸「〈作者の性〉という制度　『伸子』とフェミニズム批評への視点」『東京学芸大学紀要　第2部門』四五、一九九四年。

（7）千田論への反論として、「性別された女性が生き延びてきた拠点までも剝奪しようとするもの」という北田幸恵「『伸子』は男根的（ファリック）なテクストか？」（『Rim』五、一九九六年五月）があり、逆に、「書く女の妻に奉仕する」夫と離婚するのだからそもそも「統一ある人物」ではないと論ずる水田宗子「作者の性別とジェンダー批評」（『Rim』八、一九九九年三月）、伸子を「父権制家族のなかで統一的な主体ではありえない〈姫〉」と読む、高良留美子「『伸子』は〝男根的《ファルス》〟テクストか　千田洋幸批判」（『Rim』九、一九九九年一〇月）がある。

（8）本多秋五「宮本百合子」。

（9）高橋昌子「志向と描写　『伸子』の複合性について」『日本文学』四三-四、一九九四年四月。

（10）生方智子「徴候としての身体　『伸子』における〈主体〉の様態」『国文学解釈と鑑賞』七一-四、二〇〇六年四月。

（11）複層的な読みを示した論として、ほかに、遠藤伸治「宮本百合子『伸子』　主体における切断と重層について」『国文学攷』一七五、二〇〇二年九月）がある。「伸子は、主体であることを、男性的な象徴言語、象徴的な〈母殺し〉を志向しながら、同時に自らが志向する男性的言葉では捉えられない回路を通して〈母〉と結びつくという、非論理的で、曖昧で、両義的な存在」であると論じている。

（12）吉川豊子「伸子〔宮本百合子〕　伸子のエレクトラ」三好行雄編『日本の近代小説Ⅰ　作品論の現在』東京大学出版会、一九八六年、二三一頁。

（13）江種満子「『伸子』論　ディスタンクシオン〈卓越性〉とジェンダーの交点」『わたしの身体、わたしの言葉　ジェンダーで読む日本近代文学』翰林書房、二〇〇四年、四七〇頁。

（14）同書、四七三頁。

（15）本章は、「ジェンダーと主体」（中山和子・江種満子・藤森清編『ジェンダーの日本近代文学』翰林書房、一九九八年）に加筆修正したものであるが、前稿について「「抵抗の拠点としての主体の立場そのものを崩す」ことを中心化した脱構築には、疑問を抱かざるをえない」という批判があった（岩渕宏子「研究動向　宮本百合子」『昭和文学研究』三七、一九九八年九月。同「宮本百合子

『伸子』」渡邊澄子編『女性文学を学ぶ人のために』世界思想社、二〇〇〇年）。本章では、主体化の過程の検証が、「抵抗の拠点としての主体の立場」を崩すことに帰結するとは考えていない。主体化は同時に従属化であるという認識から出発するならば、主体化の過程の運動性を確認することは、従属化の過程を不安定にすることに繋がり得る。抵抗の拠点は、ずれを孕んだ再生産の中にこそある。

(16) 北田幸恵「母と娘と「婿」の物語『伸子』を読みなおす」（『社会文学』一一、一九九七年六月）や、遠藤伸治「宮本百合子『伸子』」などが、母と娘の関係が、佃と伸子の夫と妻という関係を浸食していることを指摘している。

(17) 「あとがき」『伸子』上・下、新潮文庫、一九四九年。「一九四八年九月」の日付けが付されている。

(18) 高良留美子「物語として読む『伸子』」『城西文学』二二、一九九七年三月。

(19) 江種満子「『伸子』論」。

第9章 女性作家とフェミニズム

(1) 田辺聖子「愛してよろしいですか？」『週刊明星』、一九七八年六月四日-七九年一月二一日。単行本『愛してよろしいですか？』集英社、一九七九年。

(2) 田辺聖子「あとがき」『風をください』集英社、一九八二年。『風をください』は、『愛してよろしいですか？』の続編。引用は、浦西和彦「解題」『田辺聖子全集』第一一巻（集英社、二〇〇五年）による。

(3) 田辺聖子「作者の言葉」『週刊明星』、一九七八年五月二八日。引用は、浦西和彦「解題」による。

(4) 田辺聖子「お目にかかれて満足です」『婦人公論』、一九八〇年一月-八一年一〇月。単行本『お目にかかれて満足です』中央公論社、一九八二年。引用は『田辺聖子全集』第一二巻（集英社、二〇〇五年）による。

(5) 「共働き女性が専業主婦を上回る」久武綾子・戒能民江・若尾典子・吉田あけみ著『家族データブック 年表と図表で読む戦後家族 一九四五-九六』有斐閣、一九九七年、一五三頁。

(6) 竹村和子「はじめに」『フェミニズム』岩波書店、二〇〇〇年。

(7) 田辺聖子「夕陽、限りなく好し」『田辺聖子全集』第一七巻、集英社、二〇〇五年、六七〇-一頁。

(8) 田辺聖子「猫も杓子も」『週刊文春』、一九六八年一二月九日-六九年七月七日。単行本『猫も杓子も』文藝春秋、一九六九年。引用は『田辺聖子長編全集』第四巻（文藝春秋、一九八二年）による。

(9) 田辺聖子「魚は水に女は家に」『朝日新聞』、一九七九年三月一三日-一一月一一日。単行本『魚は水に女は家に』新潮社、一九七九年。引用は『田辺聖子長編全集』第一二巻（文藝春秋、一九八二年）による。

（10）田辺聖子「姥勝手」『小説新潮』、一九九三年四月。単行本『姥勝手』新潮社、一九九三年。引用は『田辺聖子全集』第一七巻（集英社、二〇〇五年）による。

第10章 〈婆〉の位置

（1）千野陽一「体制による地域婦人層の掌握過程（1） その戦前的系譜」『社会労働研究』一一-一、一九六四年七月。
（2）奥村五百子に関する先行研究には、まとまったものとして守田佳子『奥村五百子 明治の女と「お国のため」』（太陽書房、二〇〇二年）がある。他は、加納実紀代「奥村五百子 〈軍国昭和〉の先導者」（『女たちの〈銃後〉』筑摩書房、一九九五年）、橋澤裕子「奥村五百子と朝鮮」『朝鮮女性運動と日本』（新幹社、一九八九年）など。加納は「敗戦を境にしてのあまりの落差」と述べ、守田は「忘れられた女傑」（五頁）とする。
（3）千野陽一「体制による地域婦人層の掌握過程（1）」。同『近代日本婦人教育史 体制内婦人団体の形成過程を中心に』ドメス出版、一九七九年、一二五-六頁。佐治恵美子「軍事援護と家庭婦人 初期愛国婦人会論」近代女性史研究会『女たちの近代』柏書房、一九七八年、一二〇頁。
（4）千野陽一「体制による地域婦人層の掌握過程（1）」。
（5）永原和子「大正・昭和期における婦人団体の社会的機能 愛国婦人会茨城支部をめぐって」『茨城県史研究』三六、一九七六年一二月。片野真佐子「初期愛国婦人会考 近代皇后像の形成によせて」大口勇次郎編『女の社会史 17-20世紀 「家」とジェンダーを考える』山川出版社、二〇〇一年、二六七-八頁。守田佳子『奥村五百子』、九二頁。
（6）「愛国婦人会に対する将来の希望」島田三郎君演説『愛国婦人』二号、一九〇二年四月一〇日。
（7）本文に引用したものの他に、岩本木外『奥村五百子』（濱活版所、一九〇七年）、九百里外史「奥村五百子」（『現代女傑の解剖』萬象堂、一九〇七年）、手島益雄『奥村五百子言行録』（新公論社・新婦人社、一九〇八年）、渡辺霞亭『奥村五百子』（霞亭会、一九一五年）、三井邦太郎『奥村五百子言行録』（三省堂、一九三九年）を参照した。
（8）小野賢一郎『奥村五百子』先進社、一九三〇年、一六八-一七五頁。
（9）神崎清『奥村五百子』国民社、一九四四年、二五四-六頁。
（10）上野千鶴子『ナショナリズムとジェンダー』青土社、一九九八年、三二-八頁。
（11）同書、三七-八頁。
（12）小笠原長生「序文」小野賢一郎『奥村五百子』、一頁。
（13）大久保高明『奥村五百子詳伝』愛国婦人会、一九〇八年、七三頁。本書は愛国婦人会の編集によるもので、著者の大久保高明は愛国婦人会の庶務課長である。愛国婦人会年史、趣意書并に定款、会員数等を附録とし、愛国婦人会の記録となっている。

(14) 同書、九一頁。

(15) 小笠原長生「序文」、二頁。

(16) 「社説　奥村女史の逝去」『愛国婦人』一二二号、一九〇七年二月二〇日。

(17) 『近衛篤麿日記』一八九九年一二月四日。引用は、近衛篤麿日記刊行会編『近衛篤麿日記』第一巻–第五巻・付属文書、鹿島研究所出版会、一九六八–六九年）による。

(18) 二月二四日の発起人会に次いで、主旨拡張のため開催された。

(19) 大久保高明『奥村五百子詳伝』、二七一頁。

(20) たとえば小野賢一郎『奥村五百子』、九八頁。加納実紀代「奥村五百子　〝軍国昭和〟に生きた明治一代女」（『思想の科学』第六次五一、一九七五年九月）は、この点を「家族ばなれ」とし、「勤王」・「朝鮮開拓」と合わせて、五百子伝記の三つの特徴としている。

(21) 一九三五年には、こうした婦徳からの逸脱性が咎められ、愛国婦人会主催の五百子の芝居が上演中止になっている（藤井忠俊『国防婦人会　日の丸とカッポウ着』岩波書店、一九八五年、七四頁）。

(22) 小笠原長生『正伝奥村五百子』南方出版、一九四二年、八頁。

(23) 「奥村刀自」『愛国婦人』四五号、一九〇四年一月一日。

(24) 守田佳子『奥村五百子』、九七頁。

(25) 五百子と聴衆の反応が注記されている点で、ここでは『婦女新聞』から引用した。

(26) 千野陽一「体制による地域婦人層の掌握過程（1）」。片野真佐子「近代皇后像の形成」富坂キリスト教センター編『近代天皇制の形成とキリスト教』新教出版社、一九九六年。

(27) 片野真佐子「近代皇后像の形成」。Sharon H. Nolte and Sally Ann Hastings 1991 "The Meiji State's Policy Toward Women, 1890–1910," in *Recreating Japanese Women, 1600–1945*, Gail Lee Bernstein (ed.), University of California Press, pp. 159–163.

(28) 千野陽一『近代日本婦人教育史』、一二三頁。片野真佐子「近代皇后像の形成」。

(29) 『近衛篤麿日記』一九〇二年三月一日、三月八日。

(30) 三井光三郎『愛国婦人会史』博文館、一九一二年。引用は『愛国・国防婦人運動資料集』1（日本図書センター、一九九六年、四四頁）による。

(31) 同書、五二頁。

（32）大久保高明『奥村五百子詳伝』、二七七頁。
（33）片野真佐子「初期愛国婦人会考」、二七四頁。
（34）同時期のメディアには、戦死者の固有名が氾濫し、無名の者の物語化が行われるとともに（紅野謙介「戦争報道と〈作者探し〉の物語　「大阪朝日新聞」懸賞小説をめぐって」『文学』季刊五-三、一九九四年七月）、投稿や懸賞という回路で読者を抽象的な大きな物語に具体的にひきこんだ（金子明雄「新聞の中の読者と小説家　明治四〇年前後の『国民新聞』をめぐって」『文学』季刊四-二、一九九三年四月）。
（35）佐治恵美子「軍事援護と家庭婦人」。石月静恵「愛国婦人会小史」津田秀夫先生古稀記念会編『封建社会と近代』同朋舎出版、一九八九年。
（36）佐治恵美子「軍事援護と家庭婦人」、一三四頁。
（37）片野真佐子は、日本基督教婦人矯風会から反発があったことを指摘している（「初期愛国婦人会考」、二七六頁）。
（38）先行研究では、愛国婦人会と五百子との亀裂を、階級の問題として説明している。守田佳子は「尊王運動からお国のために働いてきたとの自負心のある五百子と、上流婦人や高等教育を受けた婦人との間に確執があったのかもしれない」とし（『奥村五百子』、一〇七頁）、永原和子は「五百子の求めていたのが愛国婦人会のような上流婦人中心の組織であったか否かは疑わしい。目前に迫った日露戦争にむけて女性の団体をつくることに強い関心をもっていたのは近衛や小笠原や下田をはじめとする政界、軍部、教育界の指導者たちであり、その人々にとって五百子の強烈な個性、異常な体験は新団体の象徴として恰好のものであったといってよいのではないか」（「解説」大久保高明『奥村五百子詳伝』〔伝記叢書七七〕、大空社、一九九〇年）とする。本章では、階級ではなく良妻賢母主義が孕んだ性規範に注目した。「半襟一かけ」の「節約」をスローガンに掲げた愛国婦人会に動員された女性たちのすべてが上流階級だったわけではない。彼女たちは、かりに貧しかろうとも〈良妻賢母〉だったのであり、芸妓はそれから排除されたのである。
（39）五百子は退隠時、ある人に「私は世の中に向って言ひたいことは沢山あるが、お饒舌をすると会が憎まれるから何にも言ひませぬ」と語ったという（岩本木外『奥村五百子』浜活版所、一九〇七年、二〇頁）。
（40）大久保高明『奥村五百子詳伝』、三七九頁。
（41）小笠原長生「序文」、二頁。
（42）吉村茂三郎『高徳寺秘話奥村五百子伝』大東文芸社、一九四一年、二三九頁。
（43）神崎清『奥村五百子』、三一四-三三七頁。

第11章　越境の重層性

（1）牛島春子「祝といふ男」『満州新聞』、一九四〇年九月二七日-一〇月八日、全一〇回。その後『日満露在満作家短編選集』（山田清三郎編、春陽堂、一九四〇年）に収録、第一二回芥川賞候補作となった。引用は初出による。

（2）八木義徳「劉廣福」『日本文学者』、一九四四年四月。引用は『八木義徳全集』第一巻（福武書店、一九九〇年）による。

（3）作品の成立事情にも共通性がある。牛島春子の「祝といふ男」は、一九三八年から三九年にかけて夫が副県長を務めた龍江省拝泉県での経験をもとに、四〇年に新京へ移ってから書かれ、八木義徳「劉廣福」は一九三八年に渡満し勤めた会社（満州理化学工業）での経験をもとに、一九四三年に東京へ戻ってから書かれている。共に、作家自身の満州での体験を振り返って書かれたものである。「祝といふ男」は三人称で日本人男性に焦点化するという形式、「劉廣福」は日本人男性の一人称の形式で書かれており、語り手の場所に作家自身を読み込みやすい形式をとって、同様の設定で描かれている。

（4）川村湊『異郷の昭和文学　「満州」と近代日本』岩波書店、一九九〇年、一四二頁。

（5）引用は『芥川賞全集』第三巻（文藝春秋、一九八二年）による。

（6）山田昭夫「八木義徳」『日本近代文学大事典』第三巻、講談社、一九八四年、三八四頁。

（7）川村湊『異郷の昭和文学』、一五六頁。

（8）黒川創「解説　螺旋のなかの国境」『〈外地〉の日本語文学選』第二巻、新宿書房、一九九六年二月、三五一頁。

（9）初出箇所にはザンマヤンというルビと「どうだい」という意味が示されている（七一頁）。

（10）初出箇所にはブダリというルビと「たいしたことはない」という意味が示されている（七一頁）。

（11）初出箇所に、「仕方がないさ」という意味が示されている（八九頁）。

（12）川村湊『異郷の昭和文学』、一五五頁。

（13）夏目漱石「満韓ところぐ〵」『東京朝日新聞』、一九〇九年一〇月二一日-一二月三〇日／『大阪朝日新聞』、一九〇九年一〇月二二日-一二月二九日。引用は、『漱石全集』（第一-二巻、岩波書店、一九九四年）による。

（14）尾崎秀樹「「満州国」における文学の種々相」『近代文学の傷痕　旧植民地文学論』（岩波書店、一九九一年六月、二五九-二六一頁）による。

（15）橋川文三「解説」『昭和戦争文学全集』第一巻、集英社、一九六四年一一月、四九六頁。

（16）川村湊『異郷の昭和文学』、一五六-八頁。

（17）黒川創「解説　螺旋のなかの国境」、三五九頁。

（18）引用には、新聞掲載時の回数を示した。

(19)「不届きな」は『文藝春秋』(一九四一年三月)に再録される際に、「不屆な」と修正されている。

(20)「祝といふ男」は、『日満露在満作家短編集』(一九四〇年)、『文藝春秋』(一九四一年三月)、『日本小説代表作全集　昭和一六年・前半期』(川端康成・武田麟太郎・間宮茂輔編、小山書店、一九四一年)、『満州国各民族創作選集』(川端康成ほか編、創元社、一九四二年)などへ再録される度、徐々に初出時の誤字(誤植)が修正されている。大きな削除は、傍線箇所のみである。

(21)ここでの「さうしたもの」とは、「一見忠実に為政にしたがひ、異議らしいことも申立てぬ柔和な相貌の者達の幾部かゞ、もし一朝ことあつた場合、突然反満抗日の旗をかゝげ、銃をあべこべに擬して立ち上らぬとも限らぬ」という状況認識を指している。祝はつねに拳銃を携えていたとある。牛島春子が友人から伝え聞いたという後日談では、祝は終戦後、「住民たちの手で、大通りの十字路に首だけを出して生き埋めにされ、処刑勝手という高札が立てられて惨殺された」(牛島春子「祝のいた「満州・拝泉」」黒川創編『〈外地〉の日本語文学選　月報2』新宿書房、一九九六年二月、三頁)という。ただし、「たのだらうか」という表現は、一九四〇年の初出時から存在しており、後日の結果を知って選ばれた表現ではない。

第12章　従軍記と当事者性

(1)林芙美子『戦線』朝日新聞社、一九三八年一二月。前半(「一信」から「二三信」までの書簡文)は書き下ろし。後半に収められた「漢口戦従軍通信」の初出は、「漢口戦従軍記」『東京朝日新聞(夕刊)』/「文壇人従軍記」『大阪朝日新聞(夕刊)』(一九三八年九月二九日、一〇月五日、一〇月二五日)、「美しき棉畠の露営　心急く漢口従軍記」『東京朝日新聞』/「漢口は目前、勇士興奮」『大阪朝日新聞』(一〇月二五日)、「女われ一人・嬉涙で漢口入城・林芙美子記」『東京朝日新聞』/「嬉し涙があふれ出て」『大阪朝日新聞』(一〇月三一日)。「漢口より帰りて」の初出は、「漢口より帰りて」『東京朝日新聞(夕刊)』/『大阪朝日新聞(夕刊)』(一一月五日/六日、六日/八日、八日/九日)。

(2)林芙美子『北岸部隊』中央公論社、一九三九年。初出は、「北岸部隊」(『婦人公論』、一九三九年一月)。引用は『北岸部隊　伏字復元版』(中公文庫、二〇〇二年)による。

(3)佐藤卓己は、『朝日新聞』による大々的な『戦線』キャンペーンや同時代の反応について詳述し、「林の著作の中で、もっとも社会的に影響力をもった作品は、『戦線』ではなかったか」と指摘している(「解説」『戦線』中央公論新社、二〇一四年)。

(4)荒井とみよ「林芙美子の従軍記」『文芸論叢』五三、一九九九年九月。

(5)火野葦平『麦と兵隊』改造社、一九三八年。初出は「麦と兵隊」(『改造』、一九三八年八月)。引用は『火野葦平選集』第二巻(創元社、一九五八年)による。

(6)火野葦平『土と兵隊』改造社、一九三八年。初出は「土と兵隊」(『文藝春秋』、一九三八年一一月)。引用は『火野葦平選集』第二巻（創元社、一九五八年）による。

（7）吉屋信子『戦禍の北支上海を行く』新潮社、一九三七年。

（8）板垣直子『現代日本の戦争文学』六興商会出版部、一九四三年、四一頁。

（9）同書、四七頁。

（10）同書、四七‐八頁。

（11）板垣直子「戦争文学批判」『新潮』、一九一九年三月。

（12）神谷忠孝「従軍女性作家　吉屋信子を中心に」『社会文学』一五、二〇〇一年六月。

（13）ただし、この直前の部分には検閲による大きな削除がなされている。火野は、その事情について以下のように記している。「活字になつた「麦と兵隊」を、私は涙のにじむような思いで読み返した。（略）読んで行くうちに、いたるところ改訂削除されているのに気づいた。しかも、削除された部分は、（ここ何字削除）或いは（ここ何行削除）とやらず、黙つて削除しておいて、前後をくつつけてしまつてある。このため、意味が通じなくなつているところがある。ひどいのは最後で、三人の支那兵を斬首するところが十数行削られていて、ポツンと、（略）最終行がくつついているので、感銘がひどく弱まつている。しかし、その軍の検閲について、私はなにを抗議する力もなかつた。私の計算したところでは、二十七カ所が削除訂正されていた。」（火野葦平「解説」『火野葦平選集』第二巻、四二〇頁）。読者に与える「感銘」が弱まっているとあり、最終行への高まりは、現行のものよりさらに強く意図されていたといえる。

（14）高崎隆治『戦場の女流作家たち』論創社、一九九五年八月、一六六頁。

（15）荒井とみよ「林芙美子の従軍記」。

（16）神谷忠孝「従軍女性作家」。

（17）川本三郎「作品「太鼓たたいて笛ふいて」　林芙美子の戦争体験」『国文学』四八‐二、二〇〇三年二月。

（18）今川英子「林芙美子のアジア　日中戦争と南方徴用」『アジア遊学』五五、二〇〇三年九月。

（19）「従軍記から植民地文学まで」川村湊・成田龍一他『戦争はどのように語られてきたか』朝日新聞社、一九九九年。

（20）同書、一六一頁。

（21）同書、一六〇頁。

（22）同書、一五〇‐一頁。

（23）荒井とみよ「宮本百合子と林芙美子　戦時下の手紙事情」荒井とみよ・永渕朋枝編『女の手紙』双文社出版、二〇〇四年、二〇二‐三頁。

第13章　異性愛制度と攪乱的感覚

（1）田村俊子「炮烙の刑」『中央公論』、一九一四年四月。引用は『田村俊子作品集』第二巻（オリジン出版センター、一九八八年）による。

（2）トニー・タナー『姦通の文学　契約と違犯　ルソー・ゲーテ・フロベール』原著一九七九年、高橋和久・御輿哲也訳、朝日出版社、一九八六年。

（3）同書、三九頁。

（4）中村孤月「現代作家論（3）田村俊子論」『文章世界』、一九一五年三月一日。

（5）西条八十「四月の創作」『仮面』、一九一四年五月。

（6）佐伯順子『「愛」と「性」の文化史』角川学芸、二〇〇八年、二〇四頁。

（7）論争は、草平四編、らいてう三編の記事からなるが、後半は「炮烙の刑」そのものから離れている。佐々木英昭「草平とらいてうの「内面道徳」論　「炮烙の刑」論争に見る二つの〈事件後〉」（『愛知県立芸術大学紀要』一五、一九八五年三月）に両者のすれ違いについての詳細な検討がある。本章では、むしろ類似性に注目した。

（8）森田草平「四月の小説（上）」『読売新聞』、一九一四年四月二一日。

（9）らいてう「田村俊子氏の「炮烙の刑」の龍子に就いて」『青鞜』、一九一四年六月。

（10）らいてうと同様の批判は、中村孤月も行っている。龍子が「烈しく責め詰られた為めに、今まで悪るいことを為したと、悔悟すること」に対して「安易に、旧《ママ》るい思想や道徳の蔭に引き返し過ぎる」という。

（11）類似性を指摘しているものとしては、小平麻衣子「愛の末日　平塚らいてう『峠』と呼びかけの拒否」（『女が女を演じる　文学・欲望・消費』、新曜社、二〇〇八年）がある。小平は、「従来の道徳に代わる新しい規範を打ち立てるべき、という点」での類似を認め、論争の対立軸を内容ではなく「新しい道徳を模索する主体」の認知の点に見出している。本章では「炮烙の刑」の重層性が食い違う論争を発生させたと読んだ。

（12）長谷川啓「〈妻〉という制度への反逆　田村俊子「炮烙の刑」を読む」長谷川啓・橋本泰子編『現代女性学の探究』双文社出版、一九九六年、一三〇頁。

（13）山崎眞紀子『田村俊子の世界　作品と言説空間の変容』彩流社、二〇〇五年、一八三－二〇一頁。

（14）らいてう「田村俊子氏の「炮烙の刑」の龍子に就いて」

（15）長谷川啓は「心象風景を、曇→雪→晴といった、空・天候・色を駆使して表現している」と指摘し（「〈妻〉という制度への反逆」）、山崎眞紀子は「呼応する風景」として「自己の抱いた感情を主体的に承認してい」くため「心象と〈風景〉との一体感を求めようと働きかけている」と指摘している（『田村俊子の世界』）。
（16）長谷川啓「〈妻〉という制度への反逆」、一二〇頁。
（17）矢澤美佐紀「「炮烙の刑」の表象世界　欲望と破壊と」渡邊澄子編『今という時代の田村俊子　俊子新論』、『国文学解釈と鑑賞』別冊、至文堂、二〇〇五年。
（18）ジュディス・バトラー『ジェンダー・トラブル　フェミニズムとアイデンティティの攪乱』原著一九九〇年、竹村和子訳、青土社、一九九九年、一〇八頁。バトラーは、両性愛を同性愛としても読んでいる。一方で、クリステヴァの理論を批判的に検証し、母を読み込むことには否定的な立場を示している。
（19）同書、一一一頁。
（20）同書、一一一頁。
（21）竹村和子「あなたを忘れない　性の制度の脱-再生産」『愛について　アイデンティティと欲望の政治学』岩波書店、二〇〇二年、一八〇頁。
（22）同書、一八四頁。
（23）ジル・ドゥルーズ『マゾッホとサド』原著一九六七年、蓮實重彦訳、晶文社、一九九八年、一二五頁。マゾッホは男性であるが、ドゥルーズはマゾヒストを「雌雄同体」（八七頁）であるとして、「娘が息子の役割を引き受ける」ことに問題はないとしている。
（24）同書、七九頁。
（25）同書、一五九頁。また「母親は、いささかも一体化すべき最終目標ではなく、それを介してマゾヒストが自己を表現する象徴論的な条件なのである」（八一-二頁）という。
（26）引用は、『太平記　全』（国民文庫刊行会、一九〇九年）による。

第14章　遊歩する少女たち

（1）川崎賢子「〈少女〉的世界のなりたち　尾崎翠の彷徨」『少女日和』青弓社、一九九〇年。
（2）生方智子「「女の子」のファミリー・ロマンス　尾崎翠『第七官界彷徨』の世界」『明治大学日本文学』二四、一九九六年六月。
（3）小谷真理「翠幻想　尾崎翠のメタ恋愛小説」『日本文学』四七-一一、一九九八年一一月。
（4）黒澤亜里子「尾崎翠と少女小説　新しく発見された一群のテクストをめぐって」『定本尾崎翠全集』下巻、筑摩書房、一九九八年。
（5）リヴィア・モネ「自動少女　尾崎翠における映画と滑稽なるもの」竹内孝宏訳、『国文学』四五-四、六、二〇〇〇年三月、五月。
（6）川崎賢子「歩くことと書くこと　初期散文から「歩行」まで」『尾崎翠　砂丘の彼方へ』岩波書店、二〇一〇年。川崎は、尾崎翠の作品における展開を以下のように論じている。初期には、歩くことが「書くことのモチーフ」であり「方法論」（三七頁）となっている。それが、一九二〇年代の終わり頃に「散歩嫌い」「人間嫌い」へ転じる（四六頁）。その後の感覚の解体と再編の過程では、「隠遁のなかにある邁進／邁進のなかにある隠遁、もしくは漫想的彷徨」（八〇頁）へ、そして「脚の散歩を抑制することから転じて、他の諸感覚の散歩の可能性を追求する」（七〇頁）「第七官界彷徨」を経て、「地下室アントンの一夜」において「人間中心主義的な感覚および知覚の限界を超え、意識の流れや記憶の深層、生態学の空間や進化論の時間、宇宙論的な時空へと踏み込む作家となった」（八〇頁）。川崎論は、尾崎翠の散歩のヴァリエーションについて、その質的変化とともに論じたものといえる。本章では、散歩の形態の変化ではなく、歩くという身体感覚について論じた。

（7）「都会の魅惑　尖端少女座談会」『文学時代』、一九三一年六月。
（8）林芙美子『放浪記』改造社、一九三〇年。引用は『林芙美子全集』第一巻（文泉堂出版、一九七七年）による。
（9）ヴァルター・ベンヤミン『パサージュ論』第三巻、原著一九八三年、今村仁司・三島憲一ほか訳、岩波現代文庫、二〇〇三年。
（10）同書、七八頁。
（11）同書、九四頁。
（12）同書、八六－七頁。
（13）同書、一四七頁。
（14）安藤更生『銀座細見』春陽堂、一九三一年。
（15）同書、一六頁。
（16）同書、一九頁。
（17）同書、二三頁。
（18）吉見俊哉『都市のドラマトゥルギー　東京・盛り場の社会史』弘文堂、一九八七年、二四二－三頁。
（19）同書、二四九－二五三頁。
（20）安藤更生『銀座細見』、三頁。
（21）松崎天民『銀座』銀ぶらガイド社、一九二七年。引用は『銀座』（ちくま学芸文庫、二〇〇二年）による。一二三頁。
（22）萩原朔太郎「群衆の中に居て」『四季』、一九三五年二月。引用は『萩原朔太郎全集』第二巻（筑摩書房、一九八六年）による。また、萩原朔太郎と遊歩者の関係については、朝比奈美知子「都市の遊歩者　ボードレールと萩原朔太郎」（『東洋大学紀要　教養課程篇』三七、一九九八年二月）参照。
（23）梶井基次郎「檸檬」『青空』、一九二五年一月。引用は『梶井基次郎全集』第一巻（筑摩書房、一九九九年）による。

(24) 萩原朔太郎「猫町」『セルパン』、一九三五年八月。引用は『萩原朔太郎全集』第五巻（筑摩書房、一九八七年）による。
(25) 堀辰雄「不器用な天使」『文藝春秋』、一九二九年二月。引用は『堀辰雄全集』第一巻（筑摩書房、一九七七年）による。
(26) ベンヤミン『パサージュ論』第三巻、一五三頁。
(27) グリゼルダ・ポロック『視線と差異　フェミニズムで読む美術史』原著一九八八年、萩原弘子訳、新水社、一九九八年、一一六頁。
(28) 室生犀星「幻影の都市」『雄辯』、一九二一年一月。引用は、『室生犀星全集』第二巻（新潮社、一九六五年）による。
(29) 堀辰雄「水族館」久野豊彦ほか著『モダンＴＯＫＩＯ円舞曲　新興芸術派作家十二人』春陽堂、一九三〇年。引用は『堀辰雄全集』第一巻（筑摩書房、一九七七年）による。
(30) 松岡久摹「ステッキ・ガール倶楽部」『風俗雑誌』、一九三〇年五月。引用は『モダン東京案内』（モダン都市文学Ⅰ、海野弘編、平凡社、一九八九年）による。
(31) 新居格「ステツキガール抗辯」『婦人公論』、一九二九年九月。
(32) 安藤更生「ステッキガール」『銀座細見』、二九二頁。
(33) 久野豊彦「あの花！　この花！　あ！　モダアニズムの垢よ！」『モダンＴＯＫＩＯ円舞曲』。引用は『モダンガールの誘惑』（モダン都市文学Ⅱ、鈴木貞美編、平凡社、一九八九年）による。
(34) 佐藤春夫「妄談銀座」『新青年』、一九三二年三月-六月。引用は『定本佐藤春夫全集』第八巻（臨川書店、一九九八年）による。
(35) 尾崎翠「木犀」『女人芸術』、一九二九年三月。尾崎翠作品の引用はすべて『定本尾崎翠全集』上巻（筑摩書房、一九九八年）による。
(36) 尾崎翠「新嫉妬価値」『女人芸術』、一九二九年一二月。
(37) 尾崎翠「途上にて」『作品』、一九三一年四月。
(38)「途上にて」では背景となっている場の固有名が示されることはなく、特殊な空間としての関心は払われていない。
(39) 語られている内容を整理すれば、語り手は図書館近くで「きんつば」を買って「明日の朝ははやく起きて送りださうと思つてゐます」とあるので、冒頭の部分が語られる時点で、すでに「あなた」が読み手となることは決定されていたともいえるのだが、にもかかわらず、まず「友だち」として三人称的に語り出し、途中で二人称へと移動させている。
(40) 尾崎翠「歩行」『家庭』、一九三一年九月号。
(41) 尾崎翠「第七官界彷徨」は、『文学党員』（一九三一年二、三月）に一部掲載されたのち、全編が『新興芸術研究』（稲垣鷹穂編、刀江書院、一九三一年六月）に掲載された。

(42)「第七官界彷徨」の構図その他」『新興芸術研究』、一九三一年六月。
(43)尾崎翠「こほろぎ嬢」『火の鳥』、一九三二年七月。
(44)尾崎翠「地下室アントンの一夜」『新科学的文芸』、一九三二年八月。
(45)土田九作・松木氏・幸田当八の三人の男の語りの中に、小野町子への言及があるが(ここでも歩く少女として)、小野町子は語られるだけで登場人物とはならない。また、土田九作は「風の中を帰って行」った小野町子に「それっきり」逢うこともなく、その後を「知りません」という。歩く少女は、語り手からそのようにして去っていく。本章では、ここに尾崎翠の停止を読んだが、川崎賢子は、「地下室アントンの一夜」の「厭世詩人」土田九作を、「読者を苦笑に誘う」ほどのひきこもり、初期習作の「セルフパロディ」としながらも(七五頁)、そこに「観念としての移動」(七七頁)を読み込む可能性を見出している。また「尾崎翠が書かなくなる、あるいは書けなくなるといった予兆を、そのテキストのなかから読み取ることができるとは、後付けの理屈のように想われる」(八一頁)ともいう。歩く少女を見送って、地下室へと降りた男たちによって、それまでとは異なる新たな世界が開けようとしていたと考えることもできるのだろうか。尾崎翠を悲劇的結末から解放する川崎論の意義を認めつつ、今後の問いとしておきたい。
(46)尾崎翠「アップルパイの午後」『女人芸術』、一九二九年八月。

第15章　言葉と身体

(1)多和田葉子『聖女伝説』太田出版、一九九六年。頁数が記されていないので、引用頁数は示していない。
(2)多和田葉子『飛魂』講談社、一九九八年。括弧内に、引用箇所の頁数を示した。

あとがき

本書をまとめるまでに、ずいぶん時間がかかった。一九九八年に『彼らの物語』をまとめ文学場のジェンダー構造について論じたあと、その構造に収まらない問題に目を向けていこうと考えて〈女性作家〉の作品を読むようになった。それから現在に至るまで、文学場のマイノリティである〈女性〉という位置に配された者の経験をどのように結んでいったらよいのか、発表の機会は様々であったが、自分の中にある問いを細いながらも繋ぐようにして書き続けてきたものをここに収めた。前著を足がかりにして異なる方向へ進んできたので、それと対になるように本書を『彼女たちの文学』と名付けた。書いてから時間のたった論文もあるが、まとめるにあたって多少なりとも手を入れているので、比較的新しい章とともに、読者を得られるよう願っている。読まれることについて書きながら、本書の読者についてあれこれと考えることは少なくなかった。その顔はもちろん一つではないが、どんなに複数化しても実際の読者とぴたりと重なることはないということを、これから知ることになるのだろう。

最後の章で扱った多和田葉子の『飛魂』では、書を読んで「理解」するという行為と、梨水という主人公の「音読」するという行為との差異が強調されている。多和田葉子自身は「漢字の形そのものにエロスを感じとり、そこから文学を作っていきたいという主旨」で書いたと記しているが（『カタコトのうわごと』青土社、一九九九年、二六頁）、漢字の形から発生したエロスは、梨水の音読という行為によって周囲に伝播しており、言葉の身体性が単体の経験にとどまることなく波及するものとして扱われている。『飛魂』では、その動的な営みを抽出するために「音読」と「理解」が対照的に配置されていたが、「理解」という行為もまた、そのような単体から外へと広がる感応に関わる行為になり得るのではないだろうか。というより、「理解」を、また「文学研究」をそのような行為としたいと思う。「文学研究」は、すでにある言葉について語り、それを誰かに伝える行為であって、自分自身が起源となることを志向するものではない。「音読」は意味から離れる「飛魂」の行為として書かれていたが、それは意味に囚われることへの抵抗であると同時に意味を占有することに対する抵抗として読むこともできる。そのような意味の固定化に巻き込まれることへの抵抗を共有し、「理解」が、その対象の搾取や掠奪にならぬよう、読む主体としての自己を解体し変容させること、他者に出会うこと、そして自己を経由して何かを誰かに繋ぐこととしていくことは可能であるし、必要でもあろうと思う。そしてまた書を読むことは、その言葉の形に収められた身体的な感触を、言葉を感じることでふたたび解きほぐすことに繋がり得る。言葉そのものの身体性を受けとめることに「文学研究」は役立つだろう。言葉は単層的でも単質的なものでもなく、つねに身体性を帯びている。その言葉が発せられた現場に触れたいと考えてきて、読まれるということ（被読性）という問題が徐々に重みを増すことになった。

本書では、読まれることへの敏感さを〈女性文学〉の中に読み、マイノリティ文学について考えるための視座の一つとして示したが、読まれるということに対する感受性の大切さは強調されてよいと思う。「自己表象」という言葉が過去に葬られるのではないかと思われるほど、「発信」行為に溢れた現在であるが、だからこそ読まれることへの感覚を鈍磨させてはならないと思う。読まれることに鈍感でいられるとすれば、それは他者のいない均質な共同体を形成しているか、あるいは異質な読者の視線を無視した傲岸な話者であることを意味するのではないだろうか。一方には同調圧力という問題もある。読まれることに過剰な緊張が強いられるような状況もまた望ましいとはいえない。これまた他者に対して非寛容な共同性に繋がっている。読まれることへの感受性は、発話の場の力学への感受性として、それに呑み込まれるのではなく対象化するための手立てとして必要となるだろう。有効な「発信」は読まれることへの配慮によって生まれるはずである。とはいえ、本書での読まれることへの関心は、成功した語りではなく失敗した語り、言い淀みや滞り、不整合や不具合や過剰さに引き寄せられて生まれたものである。不自由さの滲む言葉には、聞き手を求める切実さとでもいうような性質が強く感じられるからだろう。そうした性質を端的に示す言葉が見つからず〈語りにくさ〉という言葉で論じることとなった。言葉による応答は、人と人の繋がりの一部にしかならず、しかもつねに齟齬を孕んでおり、発話の意図が十全に受けとめられることはまずない。しかしそれでも、私たちは言葉から離れるわけにはいかない。本書では、言葉を力に直結して考えることに疑問を提示してきたが、危険を承知で発せられた言葉は、その覚悟ゆえに、失調しながらも聞き手を引き寄せる力を帯びているといってもよいかもしれない。言葉の力という主題は、その実現が阻まれているという状況が前提となるときにこそ、深い望みを託して語られるべきなのだろう。〈語りにくさ〉と言葉の力を、何らかの道筋を見つけて結び直すことを、これから考えていきたいと思う。

本書に収められた論文の多くは、前任校の神戸女学院大学において書かれた。一九年を過ごしたが、時間の感覚が組みかえられるような美しいキャンパスで、公私の別なく付き合うことのできた素晴らしく愉快な同僚に恵まれたことに、今も感謝している。また関西で参加してきた読書会や研究会での出会いに感謝したい。一人一人のお名前を挙げることはできないが、その中のいくつかの会の主宰者である日高佳紀さんには、とりわけお世話になった。記して感謝したい。また、二〇一三年の秋に日本近代文学会で参加したパネル発表が縁でできたジェンダー・クィア研究会の岩川ありささん、久米依子さん、笹尾佳代さん、陳晨さん、高榮蘭さん、内藤千珠子さん、中谷いずみさんに感謝したい。理論を出発点にした熱い議論は、いつも自分の仕事を見詰め直す貴重な機会になっている。現在所属している名古屋大学大学院文学研究科日本文化学講座の同僚である日比嘉高さん、齋藤文俊さん、藤木秀朗さん、また院生たちにも感謝したい。多様な知的関心が交錯し活気に溢れた場に身を置くことができ、多くの刺激を得ている。異動したことは、重い腰を上げて本書をまとめる契機になった。また刊行にあたって、名古屋大学学術図書出版助成を受けることができたことも有り難かった。前著の編集を担当していただいた橘宗吾さんに今一度お世話になることができたことを嬉しく思う。また、新しく山口真幸さんにもお世話になった。お二人にたいへん丁寧に読み込んでいただき、なんとか形にすることができた。深く感謝したい。本書を外へと繋ぐ装丁に、橘さんの発案で内田あぐりさんの作品「私の前にいる、目を閉じている」を使わせていただけたことは、望外の喜びであった。繰り返し眺め、迫り上がってくるイメージの連なりに引き込まれている。この場を借りてお礼申し上げたい。

最後に家族に感謝を。夫の佐藤友亮、娘の仁怜、またピンチの度に遠くから駆けつけてくれる母に支えられている。現在、先月末にしてしまった右膝蓋骨骨折で生活に支障が出る毎日であるが、家族の協力があって本書の刊行にこぎつけることができた。支えられているのは、もちろん今に限ったことではない。心より感謝している。いつもありがとう。

二〇一六年二月二二日

飯田祐子

初出一覧（ただし、全面的に加筆・修正している）

序　章　書き下ろし
第1章　「「女」の自己表象　応答性・被読性と田村俊子「女作者」」森本淳生編『〈生表象〉の近代　自伝・フィクション・学知』水声社、二〇一五年一〇月、三〇三-三二一頁
第2章　「〈語りにくさ〉と読まれること　杉本正生の「小説」」飯田祐子編『『青鞜』という場　文学・ジェンダー・〈新しい女〉』森話社、二〇〇二年四月、五三-九八頁
第3章　「朱を奪う　読者となること・読者へ書くこと」『日本文学』五二-一、二〇〇三年一月、四〇-五〇頁
第4章　「聞き手に向かう　書くことと読まれることとフェミニズム、『私小説　from left to right』を通して」『岩波講座　文学　別巻　文学理論』岩波書店、二〇〇四年五月、二三一-二五〇頁
第5章　「関係を続ける　松浦理英子『裏ヴァージョン』、『こゝろ』と『放浪記』と」『現代思想』二八-一四、二〇〇〇年一二月、二〇〇-二一一頁
第6章　「「女」を構成する軋み　『女学雑誌』における「内助」と「女学生」」『岩波講座　近代日本の文化史2　コスモロジーの「近世」』岩波書店、二〇〇一年一二月、二〇三-二三四頁
第7章　「野上弥生子の特殊性　「師」の効用」『漱石研究』一三、二〇〇〇年三月、一三一-九頁
第8章　「宮本百合子『伸子』解説　ジェンダーと主体」中山和子・江種満子・藤森清編『ジェンダーの日本近代

文学』翰林書房、一九九八年三月、一八三-六頁

第9章　「田辺聖子とフェミニズム　重なりと違いと」『国文学解釈と鑑賞 別冊 田辺聖子』、二〇〇六年七月、一七二-九頁

第10章　「婆の力　奥村五百子と愛国婦人会」小森陽一・成田龍一編『日露戦争スタディーズ』紀伊國屋書店、二〇〇四年二月、一三三-一五〇頁

第11章　「『劉廣福』と『祝という男』と　植民地主義的越境を例に、多層性について考える」『移民とトランスボーダー』（ブックレット）神戸女学院大学研究所、一九九八年三月、四五-五九頁

第12章　「従軍記を読む　林芙美子『戦線』『北岸部隊』」島村輝・飯田祐子・高橋修・中山昭彦・吉田司雄編『ポストコロニアルの地平　文学年報2』世織書房、二〇〇五年八月、一六五-一八三頁

第13章　報告「情動と異性愛　田村俊子を例として」（「東アジア女性文学研究会　国際ワークショップ」二〇一五年二月二八日、於大妻女子大学）をもとに、書き下ろし

第14章　「遊歩する少女たち　尾崎翠とフラヌール」飯田祐子・島村輝・高橋修・中山昭彦編『少女少年のポリティクス』青弓社、二〇〇九年二月、八〇-一〇七頁

第15章　「言葉と身体　多和田葉子『聖女伝説』『飛魂』を通して」中山昭彦・島村輝・飯田祐子・高橋修・吉田司雄編『文学の闇／近代の「沈黙」　文学年報1』世織書房、二〇〇三年一一月、三-二六頁

索　引

ア　行

カ　行

サ　行

タ　行

ナ　行

ヤ　行

ラ・ワ行

《著者紹介》

飯田《いいだ》 祐子《ゆうこ》

1966 年　愛知県に生まれる
1995 年　名古屋大学大学院文学研究科博士課程満期退学
　　　　神戸女学院大学教授などを経て
現　在　名古屋大学大学院文学研究科教授，博士（文学）
著　書　『彼らの物語——日本近代文学とジェンダー』（名古屋大学出版会，1998 年）
　　　　『『青鞜』という場——文学・ジェンダー・「新しい女」』（編，森話社，2002 年）
　　　　『女性と闘争——雑誌「女人芸術」と 1930 年前後の文化生産』（共編，青弓社，2019 年）
　　　　『プロレタリア文学とジェンダー——階級・ナラティブ・インターセクショナリティ』（共編，2022 年，青弓社）
　　　　『ジェンダー×小説　ガイドブック——日本近現代文学の読み方』（共編，ひつじ書房，2023 年）
　　　　『家族ゲームの世紀——夏目漱石『明暗』を読み直す』（現代書館，2024 年）他

彼女たちの文学
—語りにくさと読まれること—

2016 年 3 月 31 日　初版第 1 刷発行
2025 年 4 月 30 日　初版第 2 刷発行

定価はカバーに
表示しています

著　者　飯　田　祐　子
発行者　西　澤　泰　彦

発行所　一般財団法人　名古屋大学出版会
〒 464-0814　名古屋市千種区不老町 1 名古屋大学構内
電話(052)781-5027/FAX(052)781-0697

印刷・製本 ㈱太洋社　ISBN978-4-8158-0835-8